De amor y de guerra

Novela

Pilar Eyre
De amor y de guerra

Planeta

La lectura abre horizontes, iguala oportunidades y construye una sociedad mejor.
La propiedad intelectual es clave en la creación de contenidos culturales porque
sostiene el ecosistema de quienes escriben y de nuestras librerías.
Al comprar este libro estarás contribuyendo a mantener dicho ecosistema vivo y
en crecimiento.
En **Grupo Planeta** agradecemos que nos ayudes a apoyar así la autonomía creativa
de autoras y autores para que puedan seguir desempeñando su labor.
Dirígete a CEDRO (Centro Español de Derechos Reprográficos) si necesitas fotocopiar
o escanear algún fragmento de esta obra. Puedes contactar con CEDRO a través de la
web www.conlicencia.com o por teléfono en el 91 702 19 70 / 93 272 04 47

© Pilar Eyre, 2023
© Editorial Planeta, S. A., 2023
   Avda. Diagonal, 662-664, 08034 Barcelona (España)
   www.planetadelibros.com

Adaptación de la cubierta: Booket / Área Editorial Grupo Planeta
Fotografía de la cubierta: © Magdalena Wasiczek / Arcangel
Primera edición en Colección Booket: septiembre de 2024

Depósito legal: B. 13.494-2024
ISBN: 978-84-08-29227-2
Impresión y encuadernación: Liberdúplex, S. L.
Printed in Spain - Impreso en España

Biografía

Pilar Eyre (Barcelona, 1951) estudió Filosofía y Letras y Ciencias de la Información. Ha ejercido el periodismo como columnista, entrevistadora y reportera en diversos periódicos y revistas (*Hoja del Lunes*, *Mundo Diario*, *La Vanguardia*, *Interviú*, *El Periódico de Catalunya*, *El Mundo* y *Lecturas*) y ha colaborado también en varias emisoras de radio y televisión. Es autora de numerosos libros, entre ellos *Dos Borbones en la corte de Franco*, *Secretos y mentiras de la Familia Real*, *Ricas, famosas y abandonadas*, *Vips: todos los secretos de los famosos*, *Mujeres, veinte años después*, *Cibersexo*, *La reina de la casa* y *Franco confidencial*; de las novelas *Todo empezó en el Marbella Club* y *Callejón del olvido*, y de la biografía *Quico Sabaté, el último guerrillero*. Sus relatos históricos *Ena*, *Pasión imperial*, *María la Brava* y, sobre todo, *La soledad de la reina* la han convertido en todo un fenómeno editorial. En 2014 resultó finalista del Premio Planeta con su novela *Mi color favorito es verte*, que tuvo una gran acogida de los lectores, al igual que su continuación: *Nomeolvides*. En 2018 publicó *Carmen, la rebelde*, y en 2019 *Un perfecto caballero*. Con *Yo, el Rey* Pilar Eyre se aupó de nuevo a las listas de los más vendidos. En 2022 publicó su última novela, *Cuando éramos ayer*, un relato intenso y emotivo sobre una época crucial para Barcelona.

📷 @pilareyreoficial

✖ @pilareyre

*Para mis hermanas Olga y Georgina
en recuerdo de nuestros queridos padres*

1

ROMÁN

—Mirad, ahí en la playa de Masnou conocimos a la francesa, ¿os acordáis? La obligábamos a tirarse desde las rocas para ver si se le caía el traje de baño.

Román, el conductor, apartó la mirada de la carretera por un momento para echar un vistazo a la larga cinta de arena blanca, ahora vacía de gente, pero no dijo nada. Los cuatro amigos, apretujados incómodamente en el cochecillo como sardinas en lata, sonrieron a la vez. Pepe continuó:

—Nunca se le caía.

Se instaló un silencio en el coche, un silencio evocador de los veranos de antaño, con esa nostalgia desesperada que solo tienen las personas muy jóvenes. Félix lo rompió con voz trémula:

—El heladero vendía negritos.

Pepe asintió:

—Iban envueltos en cartón y a los cinco minutos el helado se deshacía y lo comías todo, papel y chocolate.

Otro silencio y Félix opinó sin venir a cuento:

—Pero la francesa era muy guapa.

Y Pepe repitió como un eco:

—Todo era muy guapo entonces.

Se borraron de golpe sus sonrisas y un latigazo de dolor cruzó el rostro de artista de cine de Román. Félix, por su

9

parte, apoyó la frente en el cristal mientras Pepe cabeceaba. Se oyó un suspiro que era un quejido y nadie supo de qué garganta se había escapado.

El único que no se enteraba de qué iba la película era el hermano de Pepe, Carlitos, que, ajeno a la tormenta de sentimientos que sacudían el alma de sus acompañantes, levantó esa voz llena de gallos del adolescente que seguía siendo:

—Pues a mí las francesas no me gustan, las pilinguis de la Maison Chevalier parecen peponas... —parpadeó rápidamente, puso boquita de piñón imitando la «u» francesa y se abrazó a sí mismo retorciéndose—, *mon amour, oh, là là, je t'aime.*

Acabó la frase con un golpe de tos porque el pequeño coche estaba repleto de humo, los cuatro amigos enlazaban un cigarrillo con otro y no había que pensar en abrir las ventanillas porque en el exterior el invierno apretaba y estaban a cinco grados. Pero el comentario de Carlitos pareció animar a los chicos: Félix —al que llamaban el Gordo porque pesaba más de cien kilos, el último gordo que quedaba en Barcelona, según Pepe— se giró penosamente para darle un golpe en el brazo desde el asiento de delante y le dijo en el tono condescendiente con el que se habla a los niños, porque él era un hombre adulto de veintidós años y al fin y al cabo Carlitos solo tenía diecisiete:

—Escucha al milhombres, el experimentado, qué pilinguis ni qué pilingas. —Hizo un gesto despectivo con la mano que todos secundaron porque se habían estrenado en la Maison Chevalier y se veían obligados a defender a las prostitutas francesas por un confuso sentimentalismo—. ¡Mira quién habla de peponas! ¡Un niño de teta y medio marica!

El otro puntualizó, envalentonado:

—De teta sí, pero medio marica no.

—¡Marica entero!

Carlitos se revolvió rojo de indignación para pegarle un puñetazo a Félix, «¡Tú sí que eres maricón e hijo de puta a la vez!», «¡Eso, tú y tu madre!», y ahí fue el acabose, porque mentar a las putas era una cosa y a la madre otra, y el Gordo se vio obligado a disculparse:

—Perdón. —Y luego se dirigió a los otros—: Es que no sé qué coño hacemos con este crío en el coche y en estas circunstancias.

Carlitos ya iba a responder cuando lo atajó su hermano:

—Qué pesados sois, sí, tú, Carlos, eres el peor, no sé por qué te he traído, no entiendo cómo mamá ha podido convencerme. ¡Con lo que llevamos encima y estáis con estas mierdas! Por estas mierdas hemos perdido la guerra, porque a ver, compañeros... —Los otros prestaron atención porque Pepe era uno de esos chistosos serios con madera de líder y, cuando hablaba, todo el mundo le hacía caso—: ¿Por qué hemos perdido la guerra?

Levantó el dedo como si dirigiera una orquesta imaginaria y los cuatro amigos, incluido el que conducía, Román, que desde que habían salido de Barcelona no había abierto la boca, gritaron como un solo hombre:

—¡Por la desunión de las fuerzas de la República!

Y todos rompieron a reír porque, de tan repetida, la frase se había convertido en un lema y el lema en una broma que maldita la gracia que tenía si te ponías a pensar en serio.

Todavía con una leve sonrisa prendida en los labios, Román protestó mientras encendía un cigarrillo con la colilla del otro en un gesto estudiado, de película, uno de esos que, unido a su atractivo —moreno, de aterciopelados ojos oscuros con largas pestañas, ademanes elegantes y varoniles y expresión seria y severa—, atraía como un imán las miradas femeninas:

—Y ahora callad un ratito, joder.

Él era el único que estaba casado y eso hacía que los demás lo miraran con respeto. Bueno, por eso y también por la gabardina que llevaba. Y por lo de... Pero no, mejor no mencionar el hecho terrible en su presencia.

El cochecillo iba dando saltos como un conejo sobre los baches de la carretera de la Costa Brava; resultaba un milagro que no se descalabrase, porque era un Fiat que tenía más de diez años. A través de las tablas del suelo se veía el asfalto y las puertas iban cogidas con alambres para que no se abriesen. En las subidas pronunciadas habían tenido que bajar del coche, no ya para aligerar el peso, sino para empujarlo.

No eran los únicos que huían. Había bastante tráfico y grupos de personas con aspecto derrotado caminaban por el arcén con la mirada baja. Al principio les habían llamado la atención, sobre todo una mujer que caminaba con un cesto lleno de ropa en la cabeza, dos críos agarrándose a su falda y unos borriquillos con bolsas colgando, pero luego habían dejado de mirar porque el ser humano tiene sus recursos para protegerse; si no, la vida sería insoportable.

Pasaron Masnou y después Vilasar y Arenys, los pueblos que se extendían por la costa como las cuentas de un collar, las playas donde los cuatro amigos habían jugado de niños. Hubieran querido bajar y que les diera el viento sutil de levante en el rostro, pero no podían detenerse porque esas zonas ya habían sido ocupadas por las tropas de Franco, ¡nadie podía saber cuándo volverían a verlas! Y de pronto las pequeñas discusiones se esfumaron y el dolor y el miedo los juntó como cola de pegar. Se miraron los unos a los otros y después apartaron la vista porque ninguno tenía respuestas a todas las preguntas, mejor dicho, a la gran pregunta: ¿qué va a ser de nosotros?

Román pensó en su mujer, Beatriz, a punto de dar a

luz. ¿Dar a luz? ¡Dar a sombra, maldita sea! Se acordó de su barriga de embarazada, con la piel tirante como una bomba a punto de estallar, el ombligo abultado era el detonador. Explotará y llenará el mundo de pedazos de ser humano, un tronco, brazos, un pie amputado aún con el calcetín puesto y la zapatilla de fieltro... Cerró los ojos, sacudió la cabeza, porque desde la explosión que se llevó por delante la vida de sus padres, el 17 de marzo de 1938, sentía dentro el revoloteo de un moscardón que no lo dejaba vivir y que planeaba, terco, sobre el resto de sus pensamientos. El coche dio un bandazo y se dirigió a un árbol enorme que parecía surgido de la nada, los cuatro callaron sobrecogidos, inmóviles, con los ojos muy abiertos. No tenían miedo porque se había agotado su capacidad de sentir temor, y el gesto resignado de los que se someten sin más a su destino se congeló sobre sus jóvenes rostros. Era increíble que sus vidas fueran a acabarse aquí, en un simple accidente automovilístico, después de haberse salvado de tantos peligros.

Pero Román, en el último instante, reaccionó, dio un volantazo y consiguió enderezar el coche. A sus tres amigos se les escapó un suspiro de alivio. Con un guiño, Félix le contó a Carlitos:

—Aquí donde lo ves, el Clark Gable este es un quintacolumnista de cojones que nos quiere dar matarile.

—Tiene cara de fascista el cabrón.

—Su suegro es conde.

—Esconde lo que puede.

En ese momento sintieron el ruido de un motor de avión, Félix dijo:

—Es un Mosca.

—No, es un Saboya.

Y Pepe, el mayor de todos ellos, no pudo dejar de exclamar con amargura:

—Podrían ahorrarse el combustible..., ya no hace falta.

Los cuatro habían salido de Barcelona en la madrugada de ese mismo día, el 9 de febrero de 1939. Llevaban escondidos desde que las tropas de Franco entraron en su ciudad dos semanas antes: los amigos, con familiares; Román, en casa de una antigua vecina. Aunque se contaba que Franco era implacable con el enemigo, tanto que incluso había hecho fusilar a su propio primo, creían que ellos eran personajes secundarios e insignificantes de la gran tragedia nacional, que no corrían peligro, y confiaban en que pronto podrían regresar a sus hogares a continuar con sus vidas.

¿Continuar? No, eso no, no se engañaban, el tajo certero de la guerra los había marcado con un antes y un después. Les habían amputado su juventud y siempre llevarían ese colgajo a cuestas.

La última vez que Román se movió libremente por Barcelona fue cuando se dirigía al refugio que le había ofrecido la vecina, un sótano en Sarriá que había sido establo de vacas. Ese día se había encontrado a un grupito de requetés, los voluntarios carlistas y católicos que se habían apuntado al ejército de Franco para luchar contra el marxismo, caminando despistados por el paseo Bonanova mientras el general Yagüe entraba a lo grande en la ciudad por la Diagonal, con gran fanfarria de tropas en perfecta formación. Los chicos navarros de la boina roja no despertaban entusiasmo, pero tampoco aversión. Los ciudadanos, fatigados después de tanta guerra, los miraban con recelo desde las ventanas, apartando apenas los visillos, y, en una estampa asombrosa, los empleados de la limpieza barrían las calles, indiferentes al cambio de régimen que se cernía sobre la ciudad. Por la mañana dependían de la Generalitat, ¿cómo se llamaría el gobierno al cual entregarían sus útiles de trabajo por la noche?

La única patria de Román ahora era este cochecillo inestable, que su padre había comprado de quinta mano para su hijo al cumplir los dieciocho años, recién completado el bachillerato; su único oasis eran los recuerdos compartidos desde la infancia. Román, Pepe y Félix eran amigos desde pequeños porque los padres de los tres eran empleados de la Banca Arnús y habían participado en las actividades que la empresa organizaba para los hijos de los trabajadores, como las colonias de verano en la Costa Brava. Se habían matriculado juntos en Ingeniería, en la Escuela Industrial de la calle Urgel, iban a ser los primeros universitarios de sus familias, pero los tres habían abandonado los estudios al comenzar la guerra.

Félix y Pepe habían estado en el frente, primero en Aragón, luego en la defensa de Madrid, al final en el Montsec, no tenían ideas políticas, pero les había tocado defender el bando republicano simplemente por su situación geográfica. Se decía que el noventa por ciento de los combatientes de uno y otro lado luchaban por obligación y solo el diez por ciento por convicción. Román había permanecido en Barcelona porque trabajaba en el servicio de propaganda de la Generalitat y se había afiliado a Acció Catalana una semana después de morir sus padres, el mismo día en que se casó con Beatriz; le pareció que de esa manera le daba sentido a su vida.

La había conocido en el Club Pompeya, fue Bea la que decidió declararse con voz temblorosa una tarde de enero, ni un año hacía de eso:

—Todas esas que te van detrás serán muy guapas y yo soy mayor que tú, pero, mira, ninguna de ellas te va a querer como yo.

A él le gustó su franqueza, porque adivinó el esfuerzo que le había costado, y le enternecieron sus palabras. En un gesto instintivo la cogió de la mano y se sintió a gusto. Se miraron y rieron, ella le tocó los labios con los dedos y él se los besó.

Empezó a pasar las noches con Beatriz, en el piso del paseo de Gracia. Todo el edificio era de propiedad familiar, pero lo había requisado la Confederación Nacional del Trabajo, el sindicato anarquista, y a ella le habían dejado usar la portería. Cuando las sirenas anunciaban un bombardeo, se podían refugiar en el cuarto subterráneo donde antes se guardaba el carbón. Una enorme pancarta cubría la fachada con las letras CNT sobre fondo rojo y negro y una foto gigante de Bakunin.

Cuando estaban abriendo la puerta de su cuchitril, el día en que se casaron delante de un funcionario somnoliento, unos milicianos bajaban por la escalera un par de estatuas de romanos de plata de tamaño natural. Los llevaban cogidos entre dos, por la cabeza y por los pies, como si fueran cadáveres con *rigor mortis*. Bea le comentó con cierta melancolía:

—¡Se llevan a los Pretorianos! Estaban en la puerta del despacho de mi padre...

Porque, además de conde, su padre era abogado. Luego la muchacha fingió indiferencia:

—A mí me da igual, yo no soy como mi familia, a mí estas cosas no me importan.

Quizá era verdad, porque mientras los padres y la hermana de Bea vivían desde hacía tres años en San Juan de Luz y llevaban una vida de lujo con la fortuna que tenían depositada en bancos suizos, Bea trabajaba de auxiliar de enfermería en la Casa de la Caridad y soñaba con iniciar algún día sus estudios de Derecho.

Pero ¿qué sabía Román de su mujer en realidad? ¡Se conocían tan poco!

En la clandestinidad del sótano de Sarriá con olor a paja y a leche, Román intentaba recordar instantes que hubieran pasado juntos, emociones que hubieran compartido, y no se acordaba de ninguno, intuía oscuramente que no había sentido aún ese amor del que hablaban los poetas. Cuando fueron al cine a ver *La usurpadora*, Beatriz se cogía a su brazo y lo apretaba, inclinaba la cabeza sobre su hombro y él se sentía como un impostor porque no se identificaba con las pasiones desatadas que se proyectaban en la pantalla ni con la sobreexcitación de su novia. Y aun así, si ella le preguntaba: «¿Me quieres?», se sentía conmovido por su mirada implorante, sin artificios, y siempre contestaba: «Claro».

La chica se esponjaba y movía la cabeza como si tal felicidad le resultara increíble y él la abrazaba y no sabía si la quería o quería el reflejo de sí mismo que veía en los ojos de Beatriz. ¿Estaría con ella si el mundo no se hubiera parado? ¿Si el amor y la seducción no hubieran quedado arrinconados a punta de pistola? Había conseguido engañarse durante meses, pero en la soledad de ese sótano las mentiras que se había contado a sí mismo caían como soldados en el frente de batalla.

El suelo tenía briznas de paja entre los adoquines y se entretenía arrancándolas, y como no había nadie con quien hablar, lo hacía solo:

—Si al final seré un hijo de puta.

En esas largas jornadas en las que todo sabía a víspera, no se atrevía a realizar un balance de pasado, ni planes de futuro, vivía suspendido en el tiempo. Por un ventanuco a ras del suelo le pasaban alimentos y tabaco de parte de su mujer.

Hasta que la vecina llegó una tarde y por su expresión supo que esa corta tregua se había acabado. Y no le importó, porque la tortura más refinada es la de la incertidumbre:

—Están deteniendo a mucha gente, los furgones van a las casas por las noches, dicen que están fusilando sin juicio todos los días en el Campo de la Bota y que solo se puede salvar la vida si denuncias a un rojo, han puesto bandos en las calles..., y tú, mejorando lo presente, y perdóname, eres... rojo.

Román hubiera querido explicarle que él no era rojo, que odiaba tanto a los fascistas como a los comunistas o a los anarquistas. Que le asqueaban las sacas, los paseos y los tiros en la nuca.

—Mire usted, yo... —empezó.

Estuvo a punto de repetir una frase de Lamartine que su padre tenía en un cuadrito en su despacho, «La guerra es un asesinato en masa, es lo contrario del progreso», pero le pareció estúpido y pedante. De pronto tuvo calor, se secó el sudor con la manga de la camisa y lo intentó de nuevo:

—Yo...

Pero se interrumpió, porque se puso a recordar el centro de detención ilegal de la calle San Elías, lo que los fascistas llamaban «checa», que tuvo que visitar por un asunto burocrático. No había pasado de la puerta, pero había visto a un hombre al que llevaban en andas, los pies colgando, la cabeza vencida sobre el pecho.

¡Lo peor de todo es que le dio miedo preguntar!

¡No quiso saber!

La mujer esperaba sus palabras con impaciencia, tenía prisa y golpeaba el suelo con el pie. Román permanecía mudo, estaba aletargado, todas las emociones le resbalaban como el agua sobre el hule que cubría la mesa. Suspiró al fin resignadamente:

—Muchas gracias, han hecho ustedes más de lo que debían.

La mujer se alzó de hombros como disculpa:

—Lo que les pasó a tus padres, hijo... —Negó con la cabeza, suspiró y no añadió más—. Avisaré a tu mujer.

Esa noche Bea fue al sótano con gran esfuerzo, porque ya estaba muy gruesa. Llevó una pequeña bolsa con algo de ropa, unos bocadillos y un sobre con unos billetes de pesetas y francos.

—Me lo trajeron de tu oficina la semana pasada. —Bajó la voz, en el ambiente de Beatriz siempre se bajaba la voz para hablar de dinero, como si fuera algo de mal gusto—. Ahí están las señas de las personas con las que debéis contactar en Toulouse.

Con gran solemnidad se despojó de la gabardina que llevaba:

—Mira, era de papá... Es inglesa, muy buena, te irá bien.

De repente, todo se aceleraba, lo que había parecido el juego del escondite hasta entonces se convertía en una carrera seria contra la cárcel, por lo menos. La muerte era la otra posibilidad.

Román preguntó por los altos mandos del Gobierno, y Bea contestó burlona:

—No te preocupes, todos ellos han sido evacuados a Francia.

Él meneó la cabeza con desaliento e incredulidad. ¡Irse de su ciudad, del lugar donde había nacido, donde reposaban sus padres! ¡No poder visitar sus tumbas, ni depositar unas flores sobre el frío mármol!

Entendía que hubiera personas que, en ese momento fatal, esgrimieran una pistola y se dispararan en la sien. Lo había hecho alguien que vivía en la casa de al lado y él había oído la detonación a través de las húmedas paredes de su sótano. El único ruido que sintió en esos trece días fue como el taponazo de una botella de champán. De esa manera, «descorchar», llamaban los faístas a los tiros en la nuca que les pegaban a los pobres desgraciados en la carretera de la Rabassada.

Se estremeció.

Iba con una camisa sucia a la que faltaban la mayoría de los botones, pero aun así Bea lo miraba con embeleso. Levantó la mano y le tocó la cara con una sonrisa tímida:

—Te has dejado bigote.

Él la miró detenidamente y sintió una compasión abrumadora. Tenía el aspecto marchito; en esos días sin verla había cambiado mucho, con eccema en la cara y los tobillos muy hinchados. Y de pronto, sin quererlo, sintió al mismo tiempo una oleada de rencor salvaje que casi lo tiró atrás. Y es que ella iba a salvarse ¡y él no! ¡Su embarazo la protegía! ¿Por qué no a él también? Tenía derecho y sin embargo debía huir como un asesino. Esa criatura ¿no la habían hecho entre los dos?

La abrazó cerrando los ojos con fuerza mientras se sentía miserable y un sollozo se le enquistó en la garganta impidiéndole hablar.

Bea malinterpretó su silencio y su expresión sombría y trató de consolarlo:

—No te preocupes por mí... Papá regresará en cuanto pueda y se ocupará de todo, le han dado garantías. —Román era consciente de que su suegro, al que no conocía, había prestado una importante ayuda monetaria a los sublevados—. Ahora te tienes que ir, porque con lo revuelto que está el ambiente no se sabe qué puede pasar. Ayer detuvieron a mi jefe, el doctor Campos. Figúrate, después de todo lo que ha hecho estos años. Lo ha denunciado uno de los celadores porque estuvo trabajando en el hospital de sangre de la iglesia de Pompeya. Pero lo tuyo está muy claro, volverás en unos meses y conocerás a tu hijo.

Román se apartó de ella y clavó sus ojos en el suelo, ese hijo hipotético no le conmovía, tenía todo el corazón invadido por la pena honda y negra de lo ocurrido a sus padres. Ese niño también sería nieto de ellos. Román era una persona inteligente, pero no podía pensar con lógica en este asunto y veía al no nacido como un usurpador de afectos. ¡Él no le iba a dar su cariño! ¡El pozo de su cariño se secó once meses atrás! ¿Se creían que lo iba a querer, que la cosa era tan fácil? ¿Que movería los bracitos y que él se iba a derretir? ¡A otro perro con ese hueso!

Mi corazón se quedó debajo de los cascotes de mi casa, se dijo. Ahí está y nadie lo ha rescatado aún.

Pero Bea no se daba cuenta de lo que pasaba por la mente calenturienta de su marido y seguía hablando sin cesar:

—Además, Franco durará cuatro días. Y encima no tienes las manos manchadas de sangre y mi padre te reclamará. ¡Cómo va a dejar tirado al padre de su primer nieto! Mientras, ya sabes que Gema me cuidará.

Gema era una enfermera de la Casa de la Caridad que, durante la guerra, había estado tratando de disimular sus maneras cautas, su mirada huidiza y su cutis pálido para no delatar su condición de monja emboscada. Al final se había ido a vivir con ellos a la portería.

Entre risas y lágrimas Bea le contó que se había hecho a escondidas un hábito con un telón de teatro:

—... y cuando entraron los nacionales se lo puso y parecía una mesa camilla andante.

A él le entristeció que dijera «los nacionales» en lugar de «los fascistas», pero no protestó.

Una vez tomadas Tarragona y Barcelona, las tropas franquistas avanzaron imparablemente hasta la frontera, conquistando pueblos y ciudades. Era una carrera contra reloj, a ver quién llegaba antes, porque medio millón de personas, de las cuales la mitad eran catalanes, avanzaban también penosamente hacia Francia. Román se obligó a salir de su aturdimiento, tenían que abandonar el país, ¡era ahora o nunca! Contactó con sus compañeros a través de la vecina, y su marido, que era guardia urbano, lo acompañó de madrugada con su humilde uniforme hasta el garaje donde ocultaba el coche; allá se dieron un apretón de manos y el hombre desapareció de su vida para siempre.

Sus amigos ya lo estaban esperando, tiritando de nervios. Habían llevado un bidón de gasolina para repostar por el camino, porque su objetivo era cruzar la frontera por Portbou.

Después de un abrazo rápido, Félix se demoró tocando la gabardina:

—Chico, cosa fina... —Frotaba la tela entre dos dedos—. Vaya género, esto no es producto nacional.

Román disimuló propinándole un pescozón a Carlitos, que se había vestido como todos ellos con corbata y americana y parecía disfrazado:

—¿Te vienes tú también? ¡Si eres un crío! ¡A ver si te vas a hacer pipí en los pantalones!

El crío se pavoneó:

—¡Pues soy de la CNT!

¡La CNT! Solo un iluso como Carlitos podía haberse afiliado al declinante movimiento anarquista. Había sido la principal fuerza motriz de los trabajadores, pero debido al importante número de bajas en sus filas y también a su indisciplina, sus tensiones internas y el creciente protagonismo en el frente y en la retaguardia de sus rivales comunistas, estaba viviendo sus horas más difíciles.

El hermano se sorprendió al escucharlo:

—Pero ¿qué me dices, pollo pera? No sabía nada... Con razón mamá se puso tan pesada para que vinieras conmigo. ¿Anarquista tú?

El chiquillo se engalló:

—¡Sí, yo! ¡Anarquista! ¡Los únicos que no se han vendido en esta guerra!

—Quizá es que nadie los quería comprar —replicó Félix con sorna.

—Pues ya ves, yo sí, me he afiliado a las Juventudes Libertarias, ¿pasa algo?

El hermano le dio un empujón:

—Pasa que tienes mucha tontería, anda para adentro..., joven libertario.

Cruzaron la ciudad dormida pero erizada de miedo y pudieron salir milagrosamente a la carretera sin que nadie los detuviera.

¿Por qué no les ocurrió nada?

Román nunca pudo explicárselo.

Quizá era cierto lo que se decía, que a Franco le interesaba que se fueran los rojos de España: ¡menos subversivos, menos bocas que alimentar! Por eso el diario *Arriba* les conminaba encarecidamente: «¡Huid y no volváis! ¡Dejadnos y no volváis!».

Lo cierto es que nadie los detuvo.

Quizá fue solo que acertaron con su plan. Escogieron esa hora secreta en la que hasta los espíritus más intrépidos navegan por el mundo de los sueños: la madrugada sin luz de los inviernos.

El máximo peligro que corrieron fue chocar con un árbol por la impericia del conductor.

Cuando tuvieron que abandonar la costa y dejaron de ver el mar de su infancia y el severo perfil de los Pirineos empezó a dibujarse a lo lejos coronado de nieve, se dieron cuenta de que no había marcha atrás y se acabaron las risas.

Aunque sus labios no llegaron a pronunciarlas, en sus corazones anegados de añoranza sonaron las voces viejas de los emigrantes despidiéndose de la tierra querida:

Dolça Catalunya, patria del meur cor,
quan de tu s´alluyna d´enyorança es mor.

La oscuridad de la noche se fue diluyendo en unas nubes color pizarra preñadas de tormenta. Se oyó un trueno largo y estridente como el rasguido de una tela y la lluvia empezó a golpear con furia el techo del Fiat.

Lloraba el cielo..., y no solo el cielo.

2

ROMÁN

El cochecillo, cada vez más sucio y destartalado, tenía un soniquete asmático que presagiaba un pronto fallecimiento, hasta tal punto que Román bromeaba:

—Te vamos a tener que echar del coche para soltar lastre, Gordo.

Félix ponía el grito en el cielo ante tamaña injusticia:

—Calla, idiota, no tienes ni idea. Si tenemos que acabar devorándonos los unos a los otros, ¿qué mejor que un gordo como yo? Figuraos que solo tuvierais a ese —señalaba a Pepe, delgado como un alambre—, ¡os moriríais de hambre!

Con el paso de los kilómetros, la carretera iba cambiando de aspecto: aumentaban los coches y después de cada curva aparecían más y más personas que huían tras los bombardeos de Gerona, Olot y Figueras y caminaban en desbandada con la desesperación del que ha salido de casa con lo puesto, sin saber cuándo podrían regresar. No llevaban maletas ni objetos personales, es más, las cunetas estaban llenas de todo tipo de utensilios, no solo coches averiados o secos de combustible, sino carromatos cargados de enseres, armas, municiones, cochecitos de niños, colchones, máquinas de coser, hasta bicicletas con las ruedas pinchadas o baúles atados con cuerdas. ¡Pero nadie tenía interés en llevárselos, porque el único objetivo ahora era salvar la vida! Las tropas marroquíes que formaban parte del ejército de Franco despertaban auténtico terror en las poblaciones; se contaban tales atrocidades de los moros, el siete por ciento del total de soldados «nacionales», que la fama que los precedía resultaba más eficaz que las bombas para derrotar al enemigo.

Román se alejó de la costa para intentar llegar a Portbou por el interior confiando en su buena suerte, porque era una ruta que desconocía y solo llevaban un mapa muy rudimentario que Pepe había arrancado de un libro de geografía de su hermano. Lo único que sabían era que, si iban siempre hacia el norte, al final cruzarían la frontera. Eran caminos estrechos y mal pavimentados llenos de rostros despavoridos que miraban al cielo temiendo un nuevo bombardeo.

Carlitos preguntaba con voz temblorosa:

—Pero ¿ellos por qué se van? ¿Quiénes son?

Hasta que al final, harto, Félix cortó:

—Pues unos desgraciados como nosotros.

Los cuatro amigos cayeron ahora en el silencio más absoluto con el corazón encogido. Los postes estaban derribados con su red de acero por el suelo; los asnos de carga, agotados, se negaban tozudamente a caminar más y los habían dejado sueltos, con los bultos colgando del lomo. Carlitos aplastaba la cara contra el cristal y se quedaba prendido del anciano que llevaba un perro atado con una correa, de la niña de la pata de palo, de la madre con un pecho descubierto estrechando a un recién nacido tan inmóvil que parecía muerto.

¡Las mujeres! ¡Las mujeres se llevaban la peor parte porque tenían que arrastrar a los enfermos, a los niños, a los viejos! Carlitos vio a una abuela que, en un malabarismo imposible, llevaba en una mano una jaula con unas gallinas y, en la otra, varios niños atados entre sí por una cuerda.

No podía evitar sorber los mocos, se secaba las lágrimas con el dorso de la manga disimuladamente, intentando que no lo vieran sus compañeros.

—Carlitos, apártate de la ventanilla.

El consejo de Pepe no era tanto para ahorrarle esa visión tan dolorosa, sino para no despertar la envidia de aquellos hombres y mujeres agotados y hambrientos. Unos iban desharrapados, otros bien vestidos, algunos con uniforme, pero todos tenían algo en común: lo mejor de sus vidas quedaba atrás, a partir de ahora se iban a convertir en parias.

Nervioso, Félix iba mirando el mapa desplegado sobre sus rodillas:

—Ya debemos de estar llegando.

Román tenía que tocar la bocina incesantemente para abrirse paso; algunos chiquillos se subían al estribo e iban así algunos kilómetros hasta que se descolgaban y continuaban andando solos.

¿Dónde estarían sus padres? ¿Qué iba a ser de sus vidas?

No podía más de agotamiento. Esos últimos días en el sótano de Sarriá apenas había dormido y solo la tensión le había permitido conducir tantas horas. Pero ahora que se acercaban a su objetivo lo invadió una fatiga cósmica. Sentía hormigueo en los codos y las manos se agarrotaban sobre el volante como si formaran un bloque compacto. A cada momento le pedía a Félix que limpiara el cristal porque le parecía que estaba sucio, como si lloviera barro, cuando eran sus ojos los que lagrimeaban y le impedían ver con claridad. No podía pasarle el volante a otro porque era el único que sabía conducir. Al final tuvo que admitir:

—Tenemos que parar para descansar, aunque sea cinco minutos, y comer algo. No puedo más.

¡Comer! Todos se habían olvidado de comer a pesar de que llevaban bocadillos de tortilla que habían preparado en casa.

Casa, sí. Esa palabra tan dulce que tardarían mucho en volver a pronunciar.

Pepe añadió:

—Y tenemos que llenar el depósito.

Félix calculó que debían de estar a la altura de La Valleta o Colera. En ese tramo de carretera, muy sinuoso, había disminuido el gentío, que seguramente había preferido avanzar a campo abierto. A un centenar de metros vieron un bosquecillo donde el coche pasaría desapercibido, Román dejó la marcha en punto muerto mientras se reclinaba, exhausto, en el respaldo, y el Fiat descendió por sí solo cuesta abajo hasta que se detuvo.

Estaban solos. Cuando se apagó el ruido del motor, los invadió un silencio impresionante y pudieron oír el susurro del follaje moviéndose al viento, un pájaro misterioso que alzaba el vuelo y un sonido lejano de manantial. Ruidos ingenuos de un mundo que parecía perdido.

Los amigos tardaron unos instantes en moverse. Abrieron las puertas, bajaron, el primero Carlitos, tan entero que hasta dio algunas cabriolas. Los otros hicieron unos ejercicios de gimnasia sueca para desentumecer los músculos y Pepe incluso amagó algunos ganchos de izquierda contra el aire porque había aprendido a boxear con el campeón Víctor Ferrand, «la Ardilla del Ring».

Román se quejó:

—Tengo los brazos dormidos.

—Yo el culo.

—¿Cómo vas a tener dormido el culo?

—Pues como las piernas. —Pepe le hizo una llave y lo tiró al suelo—. Muerde el polvo, derrotista.

Román se revolvió:

—Matacuras, engendro.

Mientras rellenaban el depósito, el más joven sacó los bocadillos y los fue entregando a sus compañeros. Iban

28

envueltos en papel de periódico y los titulares, con tinta de tan mala calidad que te dejaba los dedos pringados, les saltaron a los ojos como si estuvieran en la marquesina de un teatro del Paralelo: «Barcelona para la España invicta de Franco». «Nuestra ciudad no ha sido conquistada: ha sido ganada por la fuerza irrebatible de la razón de la nueva España.» Empezaron a comer con lentitud, sin ganas.

El muchacho comentó como de pasada:

—Me ha dicho mamá que los almacenes oficiales y militares estaban abarrotados de comida mientras nosotros pasábamos hambre.

—¡Eso no es verdad! —se indignó Román—. ¡Yo he visto a Companys compartir el bocadillo con su guardia! ¡Eso es una calumnia de los facciosos!

Pepe riñó a su hermano:

—¿Cómo te puedes creer estas burradas? Pero ¿tú te has hecho de la CNT con esta mentalidad? Eres la caraba, cállate, va, cállate, bobo, que eres un bobo.

Carlitos murmuró una disculpa y Román meneó la cabeza con incredulidad y desaliento.

Era medianoche, había cesado de llover y en la impresionante bóveda celeste titilaban los astros infinitos, hacía un frío punzante y las cercanas nieves pirenaicas eran una mole gris claro recortadas contra el horizonte. Desde las alturas cayeron como un saco de arena sobre los cuatro amigos la soledad y el silencio.

Se dieron cuenta de que les era imposible comer, todo sabía a ceniza y poco a poco dejaron de masticar. La solemnidad de ese momento les puso un nudo en la garganta.

Después de la bronca que le había propinado, ahora Pepe sintió lástima por su hermano, que, lleno de vergüenza, no se atrevía a mirarlos:

—El cielo será el mismo aquí que allá... Además, pronto volveremos.

Carlitos se agarró a esta esperanza:

—Sí, ¿verdad? ¡Volveremos pronto! —Pasado el entusiasmo inicial y la excitación de las primeras horas, añoraba su cama tibia y el beso en la frente de su madre antes de dormir—. Yo no he hecho nada.

—Claro que no.

Le echó el brazo por los hombros y en ese gesto se notó que ambos hermanos se querían entrañablemente. Román no pudo evitar mirarlos con la envidia del hijo único; bajó los ojos y fingió limpiarse con el dedo sus zapatos de oficinista llenos de polvo.

De pronto, unos haces de luz paralelos horadaron la oscuridad. Un coche enorme, muy lujoso pero muy sucio, se acercaba despacio, con el motor al ralentí. Era un Hispano-Suiza, la marca que solían utilizar los altos mandos del ejército sublevado. Al final se detuvo a su lado.

Los cuatro amigos se pusieron en pie con el temor pintado en los semblantes, Pepe todavía abrazado a su hermano, protegiéndolo. Ninguno de ellos iba armado, ni Román ni Carlitos habían tenido jamás una pistola entre las manos, y Félix y Pepe no se habían atrevido a llevar el «naranjero» que habían utilizado en el frente. Cualquier cosa podía ocurrir, habían visto tanto en estos años de guerra que nada los extrañaba.

Pasaron unos segundos interminables.

¿Morir así, de una forma tan estúpida? Román no pensó ni en su mujer ni en el niño que iba a nacer, sino en sus padres. Bueno, padres, ¿qué me decís? Al final no íbamos a estar tanto tiempo separados, ¿no? ¿A qué tanto drama?

Lentamente se abrió la puerta del conductor y un hombre uniformado con polainas, gorra de plato y la corbata roja de los comunistas descendió y levantó el puño en dirección a ellos:

—Salud, camaradas.

Y con la misma arrogancia, se alejó unos metros, se

volvió de espaldas y se puso a orinar. Los cuatro amigos exhibieron una sonrisa cohibida mientras repetían salud, camarada, y qué frío, y otra vez, salud, camarada.

El coche permanecía en silencio, con las ventanillas subidas, las puertas cerradas..., casi parecía un animal en reposo, respirando.

Cuando el chófer acabó, sacó una petaca de tabaco del bolsillo, la abrió y se la ofreció a los amigos, que cogieron un cigarrillo cada uno murmurando «gracias». La situación era tan original que a ninguno de los cuatro les hubiera sorprendido que el hombre les preguntara con ligereza: «¿Qué? ¿Al exilio?». Pero, como es natural, no dijo nada de eso y se limitaron a fumar en silencio hasta que Román se decidió a inquirir con algo de cortedad, pues evidenciaba su bisoñez en esto de salir al extranjero:

—¿Sabes si falta mucho para la frontera?

El hombre miró la punta del cigarrillo y luego contestó con acento andaluz:

—Diez kilómetros al paso de Portbou, pero son los peores, porque la carretera está prácticamente bloqueada por la gente que intenta pasar.

—Ah, pero ¿no pueden?

—No podían. En Francia hay mucha gente que no nos quiere. Su Frente Popular, hermano del nuestro, por desgracia tuvo que disolverse el año pasado, pero al final —con el cigarrillo señaló el coche— ellos han convencido a los gendarmes para abrir la frontera de par en par, aunque tengo que avisaros de que se incautan las armas.

Félix se encogió de hombros, se había percatado de que el hombre llevaba un enorme pistolón al cinto:

—Es igual, no tenemos.

Y entonces Carlitos, el irreflexivo Carlitos, lo interrumpió con la curiosidad de los niños preguntando lo que todos querían saber:

—¿A quién llevas en el coche?

El chófer se detuvo de nuevo, deleitándose en la respuesta. Al final dijo:

—¡A dos héroes!

Carlitos no pudo aguantar la emoción, «¿Quiénes?». Le brillaban los ojos y era evidente que el hombre se sintió halagado por ese interés y le explicó con sencillez:

—Al coronel Modesto y al teniente coronel Tagüeña.

Los cuatro amigos asintieron, impresionados. A sus escasos veinticinco años, Manuel Tagüeña era el responsable del XV Cuerpo del Ejército de la República. Juan Modesto era su superior, porque había estado al mando del Ejército del Ebro, aunque ninguno de los dos era militar de carrera y habían ascendido por méritos de guerra. Tagüeña era físico y médico, y Modesto, leñador.

Con un punto de sorna, Félix preguntó:

—Pero ¿huyen?

El hombre lo miró con severidad:

—Los comunistas nunca huimos, ¿no sabes eso, camarada? —Con más calma, aclaró—: Entraremos de nuevo en España por avión para regresar a la zona centro a seguir combatiendo.

Se calló de golpe porque en ese momento se vio una llamarada color naranja asomar detrás de las montañas, una lengua de fuego en algún punto indeterminado seguida de una explosión en sordina, como si hubieran reventado las entrañas de la tierra. Los amigos se quedaron estupefactos, pero el hombre no se sorprendió. Es más, sonreía con satisfacción, como si lo estuviera esperando.

Se quedó unos segundos más, expectante, hasta que se oyó una segunda explosión, más fuerte que la primera.

Entonces tiró su cigarrillo al suelo, lo aplastó con el pie y les dijo con una leve sonrisa:

—Ya está, deber cumplido. Salud, camaradas.

Pero Félix no pudo evitar cogerlo por el brazo:

—¿Qué ha sido eso?

El hombre trató de desasirse y a su rostro asomó una expresión peligrosa. Pero pareció rectificar con un esfuerzo de autodominio formidable:

—Es lógico que tengas curiosidad, camarada. Hemos hecho estallar la estación de Portbou y la fábrica de suministros para que no caigan en manos de los fascistas. Ahora ya nos podemos ir.

El chófer tenía razón: cuando retomaron el camino principal, las multitudes apenas los dejaban avanzar, y eso que grupos de voluntarios abrían camino a los coches donde iban los altos mandos del ejército y del Gobierno al grito de:

—¡Paso a los defensores de la República!

Un hombre malencarado contestó:

—Aquí a la República la hemos defendido todos.

El otro, sin miramientos, le dio un culatazo que lo tiró al suelo. Nadie protestó.

Debían estar ya a pocos metros de la frontera cuando los cuatro amigos se tuvieron que detener en seco porque un obstáculo impedía ir más allá. Delante de ellos se encontraba el Hispano-Suiza de los dirigentes comunistas, también parado. El chófer había salido y permanecía con un pie en el estribo y la portezuela abierta hablando con sus pasajeros.

Pepe bajó a ver qué pasaba y regresó con la noticia:

—Es un camión que ha volcado y están tratando de apartarlo de la carretera para que podamos circular.

Bajaron también Carlitos y Félix, Román se quedó al volante porque temieron que alguien robara ese coche que muchos miraban con codicia, aunque era evidente que el Fiat estaba en las últimas. Román se hacía el distraído fumando un cigarrillo cuando de pronto, en su ventanilla, apareció un rostro de muchacha. Él la miró también y ella se puso bizca, le sacó la lengua y se apartó dándole una patada a la portezuela.

—Pero qué cojones...

Román bajó y la chica echó la cabeza hacia atrás y soltó una carcajada tan alegre y espontánea que todos los que estaban allí sonrieron también a pesar de lo penoso de la situación. Era morena, con el pelo muy corto, llevaba un capote de soldado encima de un mono de miliciana y una boina con la insignia de la hoz y el martillo. Levantó el puño:

—Salud, fascista.

Él la cogió por la muñeca medio enfadado, medio divertido:

—¿Tú te crees que si fuera fascista iba a estar aquí?

La muchacha se desasió haciendo pucheros y fingiendo que le había hecho daño:

—Ay, ay, ay, pegando a una débil mujer, eso no lo hace un caballero con corbata y gabardina de marqués —llevaba correajes cruzándole el pecho y un fusil en bandolera, parecía todo menos débil—, un señorito como tú.

Román se encabritó acercándose a ella:

—¿Señorito yo?

En ese momento un muchacho con el rostro curtido por el sol y las penalidades, con una mirada entre hosca y triste, se aproximó a ellos y sin quitarle el ojo de encima a Román le preguntó a la chica:

—¿Qué pasa aquí?

La muchacha depuso su actitud y con los ojos en blanco dijo en tono aburrido:

—Nada, me estaba divirtiendo.

Sin acabar de creerla, el hombre se acercó con expresión amenazante a Román, que no pudo evitar retroceder hasta acabar aplastado contra el coche:

—¿Seguro que no pasa nada? No me gusta que nadie moleste a mi hermana.

La chica se puso seria, le salió una arruga en el entrecejo y le dio un golpe en el brazo:

—Yo creía que te llamabas Manolo y no Quijote... Ya me sé defender sola. Voy donde está padre, no hace falta que me acompañes.

Román, interesado —a saber por qué, ya que siempre había considerado a las milicianas una especie de prostitutas—, y con el corazón inflamado por un vago deseo, iba a preguntarle algo para retenerla, pero en ese preciso instante se abrieron las puertas del Hispano-Suiza y salieron Modesto, Tagüeña y una mujer joven. El teniente coronel Tagüeña tenía un caminar tranquilo, más que un militar, parecía un profesor, y cogía a su pareja por el hombro. Juan Modesto, sin embargo, denotaba un estado de nerviosismo tremendo. Saltaba sobre un pie, sobre el otro, Román lo oyó gritar:

—¿Qué cojones hacéis que no ayudáis a sacar el camión? ¡Cada minuto que paso retenido aquí es un minuto menos para luchar contra el fascismo! ¡Para defender a vuestros compañeros! ¡Cobardes, echad una mano al menos!

Lo más alarmante era que esgrimía una pistola, la hacía oscilar al ritmo de sus palabras como si se hubiera olvidado de ella. Tagüeña trató de apaciguarlo, pero Modesto le contestó airado, fuera de sí:

—Déjame, son todos unos cobardes. Por vosotros han muerto tantos compañeros, ¡la flor de la juventud española se ha quedado en los frentes de batalla! ¿Qué sois? ¡Escoria!

—¡Yo voy, coronel! —gritó Carlitos de repente.

Pepe y Félix se sumaron:

—Y yo, y yo.

El camión estaba tumbado sobre un costado, se le había reventado una rueda y un grupo reducido intentaba apartarlo para dejar la vía libre. Félix, Pepe y Carlitos se sumaron a la cuadrilla. Empujarlo no serviría de nada, se trataba de levantarlo y llevarlo a pulso hasta la cuneta.

Se pusieron cuatro en cada lado, se agacharon poniendo las manos bajo la carrocería, Félix daba instrucciones:

—A la de una, a la de dos..., a la de tres.

Consiguieron sostenerlo en vilo unos segundos, pero era demasiado pesado y cayó de nuevo. Modesto se había aproximado agitando la pistola con el rostro lívido y un brillo demencial en los ojos. Los hombres no lo veían porque estaban deslumbrados por los faros del coche.

Pero Román sí.

Tuvo una premonición de desastre. Dudó, aunque al final hizo por acercarse al coronel, que murmuraba terribles denuestos. Tagüeña no le prestaba atención porque hablaba con su mujer; el chófer, acostumbrado quizá al carácter de su jefe, consultaba su reloj... En ese momento, como pasa siempre que hay un grupo llevando a cabo una tarea común, empezaron a guasearse, «Pesa más que mi suegra», «Vamos a intentarlo de nuevo, maricón el que no pueda», y uno en broma dijo, ni siquiera fue seguro que se tratara de Carlitos:

—Que vengan también los camaradas jefes, coño, no vamos a estar aquí solo los parias de la tierra.

Román dijo «No, no». Dijo «Cállate, imbécil», se lanzó hacia ellos o hacia Modesto, no sabía hacia dónde debía ir, pero tenía que llegar, tenía que detenerlo o apartarlos... Agitó a ciegas los brazos como las aspas de un molino...

Demasiado tarde. Modesto, poseído por una furia indescriptible, las piernas abiertas, levantó la pistola y disparó una sola vez con un pulso tan tembloroso que tuvo que sujetarse la muñeca con la otra mano. Fue un milagro que acertara.

Maldita puntería.

Unos segundos de silencio e incredulidad. Los hombres se fueron levantando con lentitud tentándose las ropas para ver si estaban heridos. ¡Todos se levantaron menos uno!

El chófer se llevó las manos a la cabeza, cruzó una mirada con Román y a continuación se puso al volante; Tagüeña, su mujer y Modesto subieron también al coche en marcha que derrapaba sobre sus ruedas traseras levantando una nube de polvo. Fueron unos segundos vertiginosos, en una maniobra increíble saltó la cuneta y una zanja para esquivar el camión volcado y a la gente y salió campo a través para cruzar la frontera sin que nadie los detuviese.

Pepe, arrodillado junto al cadáver de su hermano, gritaba a la noche:

—No, no, él no. —Se tiró a su pecho sollozando—. Él no había hecho nada, era un niño, solo un niño.

La sangre inocente de Carlitos a la luz de la luna era un río de tinta negra. Fue la muerte más absurda de todas las muertes.

Cuando años después le preguntaban a Román qué era lo que más le había impresionado en su azarosa vida, siempre contestaba tapándose los ojos como si aún estuviera viéndolo:

—Fue esa muerte..., esa muerte.

3

BEATRIZ

Francisco Fernández de la Hoz, en mangas de camisa, cosa rara para un abogado aun en la intimidad de su hogar, hablaba como siempre, escuchándose a sí mismo. Beatriz atendía con el ceño fruncido tratando de entender por qué le resultaba tan rara la voz de su padre, hasta que se dio cuenta de que, durante los casi cuatro años que había permanecido en Francia, había perdido todo rastro de acento catalán:

—Beatriz, hija, ¿qué prefieres? ¿Vivir con nosotros o quedarte el ático para ti y para el niño? No es muy grande y el ascensor no sube hasta allí, ya sabes, pero de esta manera podríamos alquilar el resto de la finca. Que en estos años de... guerra y mangancia solo hemos gastado, gastado y gastado.

—Será para mí, para el niño y para Román, ¿no? —rectificó la chica, aunque luego admitió dócilmente—: Sí, gracias, papá, el ático está muy bien.

—Bueno, bueno, eso del tal Román ya lo veremos... —Despachado ya el enojoso asunto de la intendencia de su hija, el padre se agachó para mirar con ojo crítico los cuadros que le habían devuelto las nuevas autoridades franquistas y que estaban apoyados en la pared, junto a varios rollos de alfombras, tapices y unas cajas con bibelots y libros, aunque añadió con indiferencia—: Pero no te hagas ilusiones.

Hacía unas semanas que la familia había regresado a Barcelona. Habían estado viviendo en el Ritz mientras adecentaban su piso, aunque lo cierto es que no querían confesar que lo habían encontrado mejor de lo que pensaban. Mejor que el Ritz, en realidad, que durante la guerra había hecho las veces de comedor popular con el pintoresco nombre de Hotel Gastronòmic número 1. Las nuevas autoridades le habían hecho un lavado a fondo a base de DDT y salfumán, y habían habilitado unas habitaciones en la primera planta para que las ocuparan provisionalmente las familias pudientes que retornaban a Barcelona y no hallaban su casa en condiciones.

Beatriz llevaba desde el inicio de la guerra sin convivir con sus padres y no se acordaba de cómo se ejercía el papel de hija. Fingió que no había oído el comentario hiriente de su padre y prosiguió en tono ligero:

—Cuando vuelva Román, quizá querrá que nos vayamos a otro sitio.

El padre, que no tenía ninguna intención de que ese rojo entrara a formar parte de la familia, soltó una risotada:

—¡A otro sitio! ¡Al palacio de Pedralbes! —Sin transición se puso a gritar a la criada—: Filo, tráeme un trapo para limpiar esto.

—Sí, señor conde.

El señor conde se arremangó y se puso a frotar con delicadeza las telas, pero no dejó por eso de zaherir a su hija:

—Menuda estupidez hiciste quedándote embarazada. El matrimonio no era válido y se hubiera podido impugnar, ya sabes que se han anulado todas las uniones hechas durante la guerra, perdón, la «Cruzada de liberación».

Nunca se sabía si Francisco Fernández de la Hoz, conde de Túneles y uno de los abogados más reputados de Barcelona, hablaba en serio o en broma, pero a su hija Beatriz eso ahora no le importaba. La indignación puso dos rosetones en sus mejillas y se volvió casi hermosa cuando protestó:

—Papá, no me digas eso, Román y yo nos queríamos y nos casamos para siempre, como tú y mamá.

—A tu madre no la metas en esto.

Emilia Echevarría, de la familia de los Altos Hornos de Bilbao, una vasca rubia y elegante a la que los catalanes siempre habían parecido toscos y pueblerinos, estaba eligiendo con Rosa, la hija mayor, unas muestras de tejidos para las cortinas. Tenía claro que pondrían terciopelo en las habitaciones principales, y en los cuartos de dormir, visillos blancos. En Francia había visto que en las estanterías de las cocinas se ponían festones de papel de colores, pero ¿cómo encontrar en este país hecho polvo algún signo de civilización? ¡Lástima no poder contar con un decorador decente! Murmuró sin convicción:

—Déjalo, Francisco, no me importa. —Y añadió para desviar la conversación—: Acuérdate de que ha llamado Joaquín Sentmenat y ha dicho que el lunes tenéis la junta de accionistas del Liceo.

—Para liceos estoy yo ahora.

Bea hizo un puchero:

—Román se ha enfrentado más de una vez a los comunistas y faístas con grave riesgo para su vida, incluso dio la cara por Gema, la monja que me llevó en febrero a la maternidad del doctor Guerra para dar a luz...

Porque el hijo, un varón, había nacido dos semanas después de que Román se fuera a Francia.

La madre se vio obligada a intervenir:

—Bea, ese tono de reproche no te lo consiento, sabes que no podíamos volver a Barcelona.

A Bea su madre siempre le había dado un poco de miedo:

—Mamá, perdona, no lo digo por eso, lo contaba para

que vierais que Román es una persona honrada, porque fue él quien quiso que Gema viniera a casa, para protegerla y para que me cuidara. —Mintió para ganarle puntos, porque la idea en realidad había sido de ella—. Total, Román solo era miembro de...

El padre la cortó en seco porque nadie sabía qué oídos podían estar escuchando:

—... esa organización aldeana y paleta que no hace falta mencionar, ni ahora ni nunca.

Porque si los comunistas, socialistas y anarquistas eran el demonio, los separatistas, más. Franco decía: «No es que sean malvados, son antiespañoles y eso no se puede tolerar».

Pero la hija no lo atendía y repetía, presa de una congoja profundísima:

—Nunca ha hecho nada reprochable a pesar de que tenía motivos, porque vosotros, los fasc..., los nacionales...

—Hija mía, no me saques otra vez lo de sus padres, que en paz descansen. Sé que el padre era persona de mérito, pues había llegado con mucho esfuerzo a tener un puesto de responsabilidad en el banco de nuestro amigo Manolo Arnús.

Beatriz suspiró con impaciencia, pues sabía que bajo ese aparente elogio el padre quería dejar constancia de que la familia de Román no era nadie.

—Y sí, es verdad —siguió el conde—, los mató una bomba italiana en la Gran Vía, ya lo sabemos, es muy triste. Tan triste como lo que pasó en Bilbao, en el Cabo Quilates los gudaris asesinaron a dos primos de tu madre y a sus tíos; y en las Arenas, a su prima embarazada.

Rosa, que iba con la camisa azul de los falangistas, lo interrumpió engolando la voz:

—Papá, no vamos a estar echándonos en cara a los muertos, ellos no se lo merecen.

Pero el padre, impertérrito, proseguía con su particular letanía del horror señalando a su mujer:

—Emilia, cuéntale a tu hija lo del chico Bosch Labrús: al padre lo mataron en el treinta y seis y al hijo lo sacaron de la Modelo y lo asesinaron en el Collell, y lo de los cien sacerdotes maristas que se cargaron los milicianos de la checa de San Elías, ¿qué? ¡Al capitán Ibarra, amigo de tu madre desde pequeños, lo descuartizaron vivo en las clarisas, sí, el convento de tu amiga Gema, y luego echaron los trozos a los leones del zoo!

La madre se tapó los oídos con las manos sin querer escuchar, Rosa resopló ostentosamente, la criada corrió a la cocina y Beatriz se echó a llorar con mansedumbre:

—Román no ha hecho nada, es muy bueno.

El padre lanzó una risa sarcástica meneando la cabeza.

—Sí, muy bueno. —Iba a callar, pero no pudo contenerse y se estiró las mangas de la camisa, como cuando iba a intervenir en un juicio de campanillas—. Muy bueno, dice: pues él y los suyos se han llevado hasta las medallas de oro de la colección numismática de la Diputación, me lo ha contado Mariano Calviño... —afeminó la voz de forma grotesca—, pero son muy buenoooos, muy bueeenooooss...

Bea se sulfuró:

—Eso es mentira y lo sabes.

El padre se encogió de hombros mientras levantaba los cuadros y los acercaba a la luz de la ventana para ver si tenían algún desperfecto. Habían adornado las paredes de su casa desde que era niño, ya que su padre era un gran coleccionista, y él había adquirido también algunas obras en la galería Syra, sobre todo de pintores catalanes. Le pareció que un dibujo de Opisso tenía un rasguño, pero le dio con el dorso del dedo y vio que era un poco de barro enganchado. ¡A saber dónde habían estado sus criaturas, porque así las consideraba! «Bueno, a partir de ahora, tranquilas, ya estáis en casa.» Y le salió de muy adentro sin darse cuenta un gran suspiro de satisfacción; este era su ideal de vida, una casa donde todo estaba en su sitio. La comodidad burguesa y confortable de su hogar era lo que más había añorado en estos años que llevaba fuera. ¡Quería una existencia sin sobresaltos! ¡El colmo de la felicidad!

Miró a su hija con sorpresa, ¿qué le estaba diciendo? ¿Por qué lo miraba con esa expresión de cordero degollado?

Ah, sí, claro, Beatriz era terca como una mula, ¿a quién habría salido?

—Hombre, mentira no, hija, lo sé de buena tinta. Tarradellas, tu querido secretario general...

—No sé de dónde sacas eso de «querido» —protestó la hija.

El otro prosiguió, imperturbable:

—Tu querido Tarradellas ha arramblado con alhajas, objetos de oro de las cajas particulares de los bancos..., le ha regalado a su mujer las esmeraldas de los Andreu, ¿te acuerdas de esas esmeraldas, Emilia? Y salió una avioneta del Prat tan cargada de oro y platino que no podía levantar el vuelo, ¡y todo eso sin contar los fondos desaparecidos de la Generalidad! —Movió la cabeza con conmiseración—. ¿Y tú te preocupas por tu marido? Si están forrados, se están pegando la gran vida, jugando en los casinos y con sus fulanas francesas, los que estamos jodidos somos nosotros.

Bea se levantó torpemente con su hijo de tres meses en brazos y se encaró a su padre, porque, como todas las personas de poco carácter, a veces tenía arranques incontrolados que impresionaban:

—¿En el casino? Eso vosotros, que mamá ya me ha contado que ibais a jugar al golf todos los días mientras nosotros estábamos aquí soportando lo indecible... Yo..., yo...

43

—La ira le impedía expresarse, temblaba como una hoja—. ¿No os dais cuenta de que lo hemos pasado muy mal?

El hombre ahora dejó los cuadros y se enfrentó a Bea, no sin antes espetarle a su mujer: «¿Tú qué cuentas, qué cuentas, coño?».

—¿Pues de quién es la culpa? Tuya y solo tuya, ¿qué cojones hacías aquí, como si fueras la hija de un menestral, lavando culos y cuidando rojos? Que no eres una niña, ya eres mayorcita, ¿cuántos tienes?, ¿veintisiete años? —Y hundió ahora el clavo de la insidia en el corazón de la muchacha—. Por cierto, ya sé lo que está haciendo tu marido. ¡No se merece que lo defiendas tanto! A lo mejor no es tan bueno como te imaginas.

Fue un disparo al azar, porque lo cierto es que no tenía ni idea de dónde estaba o qué hacía aquel fulano con el que su hija había tenido la mala cabeza de casarse y del que apenas sabía el nombre. Pero Beatriz se revolvió, furiosa como una pantera:

—¿Qué dices?, ¿qué vas a inventar ahora?

El niño, al sentir los gritos, se puso a llorar con esos maullidos de gato de los recién nacidos. Emilia cerró los ojos y se llevó las manos a las sienes como si le doliera la cabeza, aunque lo cierto es que no había estado enferma ni un solo día de su vida porque era la típica vasca alta y fornida que rebosa salud por todos sus poros:

—Francisco, por Dios..., Bea..., no podéis estar todo el día así, ¡es insoportable!

Al oír el llanto del chiquillo el hombre se ablandó:

—Yo solo quería decir que este niño ha venido a complicarlo todo.

Bea se enfadó, pero con un enfado débil, derrotado:

—Papá, no digas que mi hijo es una complicación. —Lo estrechaba contra su pecho, y cuanto más lo apretaba, más lloraba la criatura—. Es tu nieto. Se llama como tú.

44

El hombre masculló algo así como que había demasiados Franciscos en la familia, pero Bea sabía que en el fondo le había hecho ilusión que le pusieran su nombre, una sugerencia de su madre para aplacarlo y atraérselo. Rosa le había propuesto que se llamara José Antonio, como el Ausente, el fundador de la Falange, pero cuando ella dijo que prefería Francisco, la hermana había sonreído con complicidad:

—Está bien, como el Caudillo, causará buen efecto.

Bea se horrorizó:

—Oye, que es Francisco como papá.

—Tonta, qué más da... Ahora te conviene despertar simpatías.

El padre había vuelto a los cuadros, los repasaba de nuevo: un Meifrén, dos Isidros Nonell, dos Sorollas, tres Angladas Camarasa, un Rusiñol, un Dalí que le había regalado el padre del pintor, notario de Figueras, por haber intervenido en un asunto, pero que no le gustaba mucho... Frunció el ceño:

—Emilia, aquí falta el Goya. Hombre, estos sinvergüenzas tontos no son, porque se han quedado con lo mejor de la colección.

—A mí esa cabeza de niño me daba miedo —replicó la mujer, y añadió cogiendo un cigarrillo y dando golpecitos en la esfera de su relojito de oro distraídamente—: Lo que me sabe mal es que hayan desaparecido las joyas que heredé de mi madre.

—Ya te dije que era una imbecilidad enterrarlas en la finca, los masoveros eran unos rojazos.

—Mi collar de aguamarinas era más bonito que el de la reina Victoria Eugenia.

El marido suspiró y abrió los brazos con impotencia, porque esa mañana había ido a echar un vistazo al hotel Majestic, enfrente de su casa, donde los vencedores tenían expuesto el botín que los rojos habían requisado durante la guerra para que fueran a reclamarlo sus legítimos dueños. Había una mescolanza de objetos sin ningún valor, algunas alhajas de calidad mediana, porcelanas rotas y varias docenas de cubiertos de pescado de plata Meneses. «Cuatro porquerías», resumió luego a su mujer.

Cuando le preguntó al encargado dónde estaban las piezas de categoría, el hombre le susurró: «A primera hora han venido las mujeres de unos falangistas y se han llevado lo mejor... No pregunte más, déjelo estar, ¡ahora son los amos!».

—Tus joyas ahora estarán en la casa de algún botarate con camisa azul.

Rosa se llevó la mano a su impecable camisa recién planchada con el yugo y las flechas bordadas en el bolsillo superior y dijo horrorizada:

—¡Papá! Pero ¿qué te pasa? ¡Estás intratable!

El hombre sacó su famoso tono lastimero que tantas victorias judiciales le había proporcionado en el estrado:

—Es que nos están dando por todas partes, nos joden unos y nos joden otros. Unos nos colectivizan las tierras y los otros nos roban en nuestras mismas narices.

Su mujer casi sonrió mientras lo observaba a través de una fina voluta de humo que subía hasta el techo y luego volvió a coger las muestras de tejidos:

—Qué exagerado eres. La finca de Esparraguera incluso está mejor, aunque no lo quieras reconocer: está cultivada y han comprado hasta una segadora nueva..., y te van a llover los casos en cuanto abras el despacho, ya lo sabes, han depurado a la mitad de los abogados de Barcelona. ¿Crees que no te van a agradecer la ayuda que les has prestado? Nuestro dinero nos ha costado.

Sin embargo, él no daba su brazo a torcer:

—Pero las joyas, esos sinvergüenzas, ¿las han robado sí o no?

—Hombre, papá, qué injusto eres. Te devuelven la finca, te devuelven la casa, los cuadros... —Rosa seguía dolida, a sus treinta años no tenía otro amor que la Falange—. No me gusta que hables así de mis camaradas, una manzana podrida no estropea todas las manzanas del mundo.

—Pues vete a reclamar las joyas al manzano.

La hija se achantó:

—Eso tampoco. No están los tiempos para... —No acabó la frase porque los chillidos de su sobrino cada vez eran más fuertes—. Oh, Paquito tiene hambre. ¿Y qué le ha traído su tía a Paquito?

Se fue a su bolso y extrajo una lata de leche en polvo de la casa Nestlé, muy difícil de encontrar, y un biberón de marca alemana de cristal con la tetina de goma. Cogió al niño en brazos, Emilia se puso a aplaudir con una voz más falsa que los pagarés emitidos por la Generalidad, «Ole, ole, Paquito», el padre miró a las mujeres con profundo desprecio y siguió haciendo inventario. Ciega e inconsolable, Bea corrió a su habitación de soltera, se tendió en la cama y se echó a llorar abrazada a una foto de Román.

Sus ojos color tabaco, la nariz fina, un rizo negro cayéndole sobre la frente pálida y los labios distendidos en una sonrisa misteriosa cuyo motivo solo él conocía... «Román, Román», susurró contra la almohada, «te amo, te amo, te amo», esos músculos fibrosos bajo su piel siempre levemente bronceada. Pataleó, rodó sobre su cuerpo enredada a las sábanas y pegó al colchón con los puños, «Te amo, te amo... Te amo tanto, amor mío».

Lo vio por primera vez en el Club Pompeya de la travesera de Gracia, donde se juntaban los jóvenes de buena familia de Barcelona. El rey Alfonso XIII había ennoblecido al abuelo de Beatriz, también abogado, por haberle llevado sus inversiones en el Metro de Madrid, de ahí lo de conde de Túneles. No le había gustado mucho el nombre al abuelo, pero, como decía con cierto humor, «peor hubiera sido conde del Metropolitano». Para que la gente se acostumbrara al nuevo título, hacía que lo llamaran al Círculo Ecuestre todos los días y así el botones deambulaba gritando por todas las salas «conde de Túneles» hasta que él levantaba el dedo y se identificaba. Claro que cuando cayó el rey y vino la República, el título puntuó en contra, pero al abuelo le dio igual porque ya se había muerto.

Su hijo heredó el condado, la finca, el despacho y la mala leche. Y una fortunita puesta a buen recaudo en la banca suiza y en la Lloyd inglesa.

Cuando Francisco vio por dónde iban los tiros de forma irremediable fue cuando el Frente Popular ganó las elecciones en el mes de febrero de 1936 y al día siguiente mataron a su primo, el algodonero Palou, en la puerta de su fábrica en Mataró. Lo había llamado el día antes y le había dicho «Temo por mi vida, Francesc, ve con cuidado». De un día para otro decidió llevarse a toda la familia al extranjero, pero Beatriz le dijo que ella no iba. Habló de su obligación cívica, de que tenía que estar al lado de los que sufrían e iba a trabajar cuidando a los huérfanos de la Casa de la Caridad. Desde que era pequeña, la madre la llevaba para que viera cómo eran los niños que no habían tenido la suerte de nacer en una familia con posibles. O sin posibles, porque lo que no tenían era familia. Iban con comida, ropa, libros, y esas visitas la habían marcado profundamente.

—En realidad me lo habéis enseñado vosotros, a preocuparme por los demás. No puedo abandonarlos ahora.

Francisco intentó convencerla, aunque le acuciaban las prisas porque sabía que la CNT quería incautar la casa y en cada rostro con el que se cruzaba por la calle veía un enemigo, pero su mujer lo disuadió:

—Que se deje de cuentos de la pena por los niños, eso

es que ha conocido a un chico y nada la hará cambiar de opinión. Olvídala, es tan cabezota como tú.

Lo había adivinado con esa intuición que tienen las madres, porque Beatriz se había enamorado locamente de Román y no podía dejar de pensar en él, aunque nunca hubieran intercambiado ni una palabra.

El apellido López estaba en la parte baja de la categoría social del Club Pompeya, pero un año de excepcionales beneficios para la banca, Arnús había regalado a sus directivos la entrada en el club a uno de sus hijos. Así se habían hecho socios Pepe, Félix y Román. Las chicas del club, acostumbradas a los sosainas de sus amigos, pronto se fijaron en los tres muchachos, que les resultaban muy atractivos porque las relaciones con ellos tenían un toque pecaminoso, ya que a ninguno de los tres sus madres los considerarían buenos partidos. ¡Lo prohibido es el mejor afrodisiaco! Entre sets de tenis, cócteles y verbenas, los tupidos setos de boj habían escuchado muchos suspiros femeninos.

Con tanta oferta, era impensable que Román reparara en Beatriz, gris como un ratoncillo y casi cinco años mayor que él, pero como al empezar la guerra el club se fue vaciando de socios, un día se encontraron a solas en el bar. Y se fijó en aquella muchachita de aspecto modesto y limpio y le preguntó que cómo es que no se había ido, como todos sus amigos.

Ella le contestó que quería ayudar a los niños huérfanos y estudiar Derecho, lo cual era verdad, y que quería luchar contra los fascistas, lo cual era mentira, pero adivinaba que eso le daba un aire intrépido y rebelde que podía resultar atractivo a los ojos de ese muchacho tan distinto de los hijos de los amigos de sus padres.

Después, en los inicios de 1938, cuando empezaron a acostarse en la estrecha camita de Beatriz en la portería del paseo de Gracia y ella le decía con ojos soñadores:

—Lo nuestro ha sido cosa del destino.

Él bromeaba:

—No, del fascismo.

Y Beatriz asentía vigorosamente algo avergonzada por haberse olvidado de su mentirijilla.

Román vivía con sus padres en un piso en la calle Balmes esquina Gran vía. El día en que la aviación italiana bombardeó Barcelona, los dos jóvenes habían pasado la noche juntos y de buena mañana ella se había ido al Clínico y él al Palau de la Generalitat, donde trabajaba a las órdenes de un amigo de su padre en vagas tareas de propaganda.

Bea nunca pudo olvidar el relato de los hechos por boca de Román, esa misma noche. Muchas veces intentó que callara, le cruzó los labios con el dedo, le dijo mañana me lo cuentas, es igual, olvídalo... No pudo detener sus palabras, que le salían a borbotones, como el agua sale por la goma de las mangueras defectuosas, inexorable, gota a gota, primero mansa y después imparable.

—Cuando me avisaron para que fuera a casa, no me dijeron por qué. Aun así me quité los zapatos para ir más rápido y corrí tanto que llegué con los pies ensangrentados, pero sin sentir dolor.

¿Por qué este detalle tenía tanta importancia?

Porque el dolor se reservaba para salir de golpe en un grito.

¿Gritó?

—¿Gritaste?

—¡No lo sé! Tenía los pies ensangrentados, pero no me dolían, ¿tú lo entiendes?

La bomba había seccionado un trozo de edificio como si fuera un cuchillo cortando la mantequilla, limpiamente, y se veía el azul cándido de las paredes de su habitación de niño. Los cuartos que daban a la calle habían desaparecido. Donde estaban sus padres, donde su padre leía el periódico, donde su madre tejía calcetines a ganchillo.

—¿Dónde estaban? ¿En la salita? —preguntaba él.

Bea no sabía qué contestarle.

A Beatriz la avisó su jefe, el doctor Campos. Cuando llegó se oían sirenas de ambulancias, nubes de polvo rojizo, gritos, disparos, bombardeos lejanos... El olor a pólvora era sofocante. Pero Román parecía no sentir nada, luego le dijo que era como si estuviera sumergido en un lago oscuro de agua espesa al que no llegaran los sonidos. No la dejaban pasar y vio con desesperación cómo Román se caía de rodillas, la boca abierta en un grito que no llegó a salir nunca, rodeado de miembros humanos diseminados por todas partes, irreconocibles. Todos, menos un pie con una zapatilla de fieltro de cuadros, un pie cercenado a la altura del tobillo con las venas saliendo como cables eléctricos, pero que conservaba, impecable, su calcetín de perlé.

Piadosamente alguien cubrió los restos con una sábana. En ese momento Beatriz pudo llegar hasta él, apoyó la mano en su hombro y le susurró al oído:

—Vámonos.

Lo llevó a su casa, lo cuidó como a un hijo.

Lo escuchó toda la noche, ¡lloró con él!

Se ocupó de los trámites, le curó las heridas, le proporcionó morfina que robó en el botiquín de la Casa de la Caridad para que durmiera veinticuatro horas seguidas y después lo sacó de la cama, lo aseó, lo empujó al cementerio y los dos vieron cómo entraba en el nicho familiar una caja con restos de no sabían quién.

Los bombardeos sobre Barcelona por parte de la legión italiana, que tenía su sede en Mallorca y que habían sido ordenados directamente por Benito Mussolini, duraron tres días. El 16, 17 y 18 de marzo de 1938. Causaron casi mil muertes, dos mil heridos y destruyeron cuarenta y ocho edificios.

El viernes 25, una semana después, se dirigieron a la sede de Acció Catalana en la calle Provenza para que Román formalizase su afiliación, y luego fueron al juzgado y se casaron. Nadie les hizo una foto. No intercambiaron anillos. Ni siquiera se besaron.

Pero se casaron. «Mi marido», susurraba Beatriz. Tal vez, si no hubiera sido por la guerra, Román nunca se habría fijado en ella.

¡Pero la guerra también se lo había arrebatado!

Tenía a su hijo, claro, pero le sorprendía no quererlo tanto como había imaginado. Cuando lo llevaba dentro le parecía que sí, pero ahora... Quizá el amor maternal venía poco a poco, no era como en las novelas. ¿Se aprendía a amar a los hijos? ¿O es que sencillamente era un monstruo? ¿Su amor por Román lo cubría todo?

¡Román!

¡Claro que las palabras de su padre le habían hecho daño! ¿Y si fuera verdad y Román estaba con otra?

Segundo a segundo, los celos fueron desplazando a la añoranza.

No pensó en las penalidades que debía de estar pasando su marido, ni en su sufrimiento, ella conocía las fotos de las largas colas de refugiados, «Chusma y facinerosos, ¡buen viaje!, ¡no volváis!», decían los periódicos. Al verlas la primera vez se había echado a llorar pensando en Román y se le había retirado de golpe la leche para amamantar a su hijo del disgusto tremendo que había tenido. Pero ahora no. Ahora no pensaba en eso. La vergüenza le quemaba el rostro, sacudía la cabeza, gemía, porque su forma de ser, dócilmente apática, no sabía cómo reaccionar a la dentellada feroz de los celos, ni a la desazón angustiosa de su alma.

4

ROMÁN

Toulouse, desde el Pont Neuf donde se acodaba Román todas las noches, se reflejaba, temblorosa, en el ancho río. ¡Qué diferencia el Garona de los modestos ríos catalanes, el Llobregat, el Besós, el Ter, el Segre! Ríos que, en su insignificancia, parecían mendigar agua a los pantanos, a los cielos o a las fuentes, para rellenar su escaso cauce. Pero el Garona discurría con majestuoso caudal orgulloso de sí mismo, consciente de que abastecía las regiones más fértiles de la campiña francesa hasta desembocar con gran aparato en el océano.

Sí, el río era un símbolo de la Grandeur de Francia, salía en todas las postales..., pero había nacido en la castigada España. En el valle de Arán, un lugar que Román no había pisado nunca.

Cuando llegaba al hermoso puente de piedra, no podía evitar la puerilidad de saludarle:

—Hola, paisano río.

Y no es que echase en falta a los españoles, no. En realidad, si acudía al Pont Neuf por las noches, era para observar esa ondulación constante de las imágenes inversas, pero también porque quería estar solo.

La retirada de los vencidos de la guerra civil que había ensangrentado su patria durante tres años había vertido en una ciudad no muy grande cien mil españoles y cada uno tenía una historia que contar. Una historia en la que el narrador tenía el papel principal, de héroe, por supuesto. Román estaba harto de la insolencia con la que los combatientes trataban a los que habían permanecido en la retaguardia, lo había sentido en sus propias carnes. Le preguntaban: «¿Dónde has combatido?». Y cuando decía que se había quedado en Barcelona, lo miraban con desprecio y sospecha.

A él se lo llevaban los demonios porque sabía perfectamente que los milicianos, los soldados de reemplazo, los restos de las tropas que se habían jugado la vida en el frente, la carne de cañón, los pobres desgraciados que habían sobrevivido a aquella espantosa carnicería, estaban hacinados en campos de internamiento habilitados a regañadientes por los franceses para albergar a aquella inmensa marea humana. Y que a Toulouse habían ido a parar, sobre todo, los dirigentes, los burócratas, los cuadros del partido, los arribistas, los vividores, los enchufados, los mandamases. Como decía el padre de Román: «Desengáñate, hijo, los amos son amos en todas partes».

¿Y los arrogantes intelectuales, que parecía que te perdonaban la vida mirándote por encima del hombro? ¿Y la endogamia de los profesionales con nombre y apellidos, relacionados entre sí por la sangre, el colegio o el sitio de veraneo?

Román enrojecía de rabia cuando le preguntaban sin ningún pudor cómo se llamaba y a qué se dedicaba antes de tratarlo de tú a tú:

—Román López... Dejé Ingeniería para trabajar en el servicio de propaganda de la Generalitat.

—¿López qué más?

—Nada más. Solo López.

Los interlocutores buscaban en su memoria «López», pero no establecían ninguna relación con nadie que conociesen, y ante ese «dejé Ingeniería» levantaban una ceja y no hacían ningún comentario.

Después, quizá alguno se atrevía a constatar que nunca lo había visto en los locales de Esquerra, a lo que él contestaba a regañadientes que estaba afiliado a Acció Catalana y volvía a instalarse un significativo silencio, porque este partido, que había sido pionero en la lucha separatista en los años veinte, prácticamente se había diluido en los últimos tiempos. Y esto era lo que le daba más coraje a Román, ya que en realidad ya no se acordaba de por qué se había inscrito, ni de qué forma, al hacerlo, había pretendido vengar a sus padres. Solo podía achacarlo a la confusión mental en la que estaba sumido en esos días de luto enajenado.

Porque, a pesar de lo que pudiera esperarse y a pesar de la tan cacareada solidaridad entre los exiliados, todos ellos estaban enfrentados entre sí. No se trataba solo de las habituales peleas entre los catalanes y los republicanos de Madrid, sino también del odio enquistado y el desprecio que sentían los comunistas por los anarquistas y viceversa. Las hostilidades que habían marcado la guerra y que habían provocado su aciago desenlace se habían trasladado a este mundo pequeño que era el exilio tolosano. Los motivos de las discusiones eran múltiples: la estrategia que convenía seguir para echar a Franco, sobre todo, pero también el reparto de los misteriosos caudales, arañar una ayuda, conseguir un billete para el Nuevo Mundo... Por adjudicarse los escasos triunfos y por desmarcarse de la derrota. Por esa vanidad tan humana de seguir sintiéndose importantes, y ya se estaban repartiendo cargos fantasmales en gobiernos imaginarios de un futuro ignoto para todos.

Pero a los ojos de Román lo más patético era que todos trataban de inventarse un heroísmo personal que solo existía en su imaginación. Él mismo había visto a un compañero que había pedido al principio de la guerra que lo eximieran de ir al frente para cuidar de su madre, cuando todos sabían que era huérfano de padre y madre. Pues a este precisamente se lo encontraba todos los días en el café Le Florida presumiendo de sus hazañas en la batalla del Ebro:

—Crucé el río llevando a las espaldas a un camarada herido.

Otro, con el que había estudiado en el instituto Balmes, se había pegado un tiro en el pie para no ir a la guerra. Pues ahora enseñaba la herida como si se la hubiera hecho luchando contra los fascistas en el frente de Madrid.

Román no podía ni siquiera indignarse y meneaba la cabeza hablando solo:

—Qué cabrones.

Le inspiraban entre compasión y desprecio.

Por eso por las noches iba al Pont Neuf, abría la cajetilla de Gitanes y fumaba mientras miraba distraídamente el particular colorido del imponente hospital Saint Jacques y la torre del viejo castillo del Agua por el que llamaban a Toulouse «la ciudad rosa», y pensaba... No en su mujer, sin embargo; era curioso que se preocupara tan poco de ella, pero tranquilizaba su conciencia con la idea de que la sabía a salvo con su padre. Ya habría dado a luz, su hijo o hija ya estaría en el mundo... ¿Le importaba? En los tres meses que llevaba en tierras francesas no había sabido nada de ellos, era verdad que resultaba casi imposible recabar información o establecer contacto con los familiares que se habían quedado en España, pero ¿habría podido esforzarse más?, ¿había tocado todas las teclas? Y es que, en el fondo, aunque intentase engañarse diciendo que no quería comprometerla, lo cierto es que tan pronto como cruzó la frontera se sintió desligado de aquel compromiso que había firmado una tarde lejana en Barcelona.

Aquel Román ya no existía.

Él nunca había sido marido. Nunca había sido padre.

Además, ¿qué podía pasarles? ¿A ellos? ¡Pero si ellos eran los vencedores! Inglaterra reconoció el régimen de Franco a finales de febrero, semanas atrás ya lo habían hecho Francia, Italia y Alemania. Italia, de donde había venido su mayor desgracia, la bomba que había matado a sus padres. Gimió, ¡le dolía, sí, aún le dolía!

Se oyeron unos pasos en el puente y Félix el Gordo se detuvo a su lado, mirando la corriente impetuosa y fumando también.

Precisamente Félix, que había combatido de verdad con la División 26 hasta el último momento participando en la desesperada defensa del Montsec, donde perdieron la vida sesenta mil hombres, nunca hablaba de aquello, y cuando veía que alguno alardeaba en su presencia, se iba molesto y mascullando imprecaciones que nadie alcanzaba a escuchar.

Era la única persona con la que Román se sentía cómodo. Muchas veces, cuando ambos perdían la mirada en el río hombro con hombro y sin intercambiar palabra, sabía que los dos estaban pensando en lo mismo. En Carlitos, aunque no habían vuelto a pronunciar su nombre después de aquella noche fatal. ¿Cómo olvidar la visión desgarradora de Pepe abrazando a su hermano muerto, tratando de juntar su boca con la suya para insuflarle vida, meciéndolo en una nana imposible? Les preguntaba:

—¿Qué le diré a mi madre? ¿Qué voy a decirle?

Eran la *Pietà* de Miguel Ángel, pero la escena, que primero había provocado miradas enternecidas, después era contemplada con indiferencia por el río de gente, porque nadie sabía ya lo que había ocurrido y bastante tenían todos con su propia desgracia.

Un gendarme, compadecido, detuvo a una ambulancia que transportaba a una parturienta y a unos heridos graves a Perpiñán para que se llevaran el cadáver. Román se quitó la gabardina que Beatriz le había regalado y con ella tapó el cuerpo del muchacho. Pepe intentó subirse al coche también, pero el chófer dijo de forma tajante:

—Tú no.

¿Qué hacer? Una avalancha los empujaba, chiquillos sin adultos, mujeres solas a cargo de diez personas, ancianos, enfermos y heridos que se habían escapado de los hospitales con las cabezas envueltas en vendas sucias y se ayudaban de palos para caminar... Todos tenían la misma mirada mortecina, abatidos por la derrota. En medio de un silencio impresionante, se oía un grito:

—Muerte al fascismo.

Y el sonido de un disparo que apenas despertaba interés. Los más viejos cogían puñados de tierra y los guardaban en los pañuelos rojinegros que llevaban al cuello.

¡Tierra de la patria!

Nadie prestaba atención a los tres amigos, nadie sabía qué había pasado, y Félix y Román se llevaron en volandas a Pepe, que lloraba angustiosamente, e intentaron arrastrarlo a un lado para que la avalancha incontrolada no los aplastase. No sabían qué palabras de consuelo pronunciar, Román al final dijo con sequedad, enfadado, para que el amigo reaccionase:

—Ya está, Pepe. No hay nada que hacer.

Pepe dejó de llorar, alzó la cabeza y les sorprendió el brillo asesino de sus ojos. Levantó el puño y dijo escupiendo saliva:

—Mataré a ese hijo de puta, tengo que matarle.

Los amigos trataron de calmarle, los gendarmes gritaban *allez, allez,* la gente protestaba porque impedían el paso. Pepe se desasió con violencia y gritó con rabia:

—Iros vosotros, yo me quedo en España.

Lo miraron tan pasmados que tardaron unos segundos

en reaccionar, cuando lo hicieron, Pepe ya se había perdido corriendo en zigzag entre la multitud, que lo engulló rápidamente. Román trató de atisbar su cabeza entre los miles de cabezas que lo rodeaban, Félix quiso ir detrás, pero Román lo cogió del brazo:

—Déjalo.

Se miraron sin palabras. Hacía apenas veinticuatro horas habían salido de Barcelona hablando de las playas de Masnou y de las francesas, la huida parecía un juego, una excursión, ¡pero si hasta reían y hacían bromas!

¡Qué trágico destino los esperaba! ¡Salieron chicos y ahora eran hombres! ¡Salieron cuatro y ahora eran dos!

Se hacía imposible retroceder y volver a buscar el coche. Román cogió a su amigo por el hombro y así, enlazados, con la cabeza gacha y el pecho abrumado por la tristeza, sin pronunciar palabra, cruzaron la frontera.

Suspiraron al unísono sobre los arcos ojivales del Pont Neuf. Al unísono también lanzaron las colillas al río y encaminaron sus pasos a Le Florida, en la Place du Capitol, al lado del ayuntamiento.

El local era suntuoso, con asientos de terciopelo rojo, pinturas en las paredes con escenas galantes, tulipas de porcelana y un precioso techo acristalado, pero estaba tan lleno de humo y de gente que la exquisita decoración *art déco* pasaba desapercibida. Uno se creería en la patria, porque todos hablaban a gritos y en español. Los vasos golpeaban contra el mármol, se arrastraban sillas, los camareros se secaban el sudor con una punta del delantal y no daban abasto a atender todos los encargos. Aun así, Félix logró acercarse a la barra y pidió en el francés bastante bueno que había aprendido en el colegio:

—Dos *pastis.*

Los dos amigos se habían aficionado al Ricard con agua y hielo, que era la bebida nacional.

Paladearon la dulzura del brebaje y dejaron resbalar sus ojos por la vociferante multitud que los rodeaba. Después de meses en Toulouse, conocían a casi todos, con muchos de ellos incluso habían compartido vivienda. Aunque lo de vivienda era mucho decir: al llegar, el Ayuntamiento les había cedido los antiguos cuarteles de bomberos, donde habían puesto catres de campaña, lo que había generado protestas entre la población, azotada por la crisis económica y sin ninguna fe en los corruptos gobiernos de izquierdas. También había comedores gratuitos y la caja de resistencia de ayuda internacional les entregaba una pequeña cantidad de francos a la semana para sus gastos, con lo que confrontando su situación con la de sus compatriotas que estaban en los campos no podían quejarse. ¿Por qué entonces sentían ese hundimiento moral y esa tristeza cósmica?

Félix le advirtió con gesto de barbilla:

—Mira quién está ahí.

Una mujer, de una belleza vulgar suavizada por un vestido elegante y caro, les hacía señas desde una mesa para que se sentaran. Obedecieron.

—Eva —saludó Román con una inclinación de cabeza.

Estaba casada con el cónsul de Venezuela, aunque era húngara. Insertando un cigarrillo Abdulla en una larga boquilla les preguntó con acento gutural y dejes criollos:

—¿Ya os habéis puesto en la lista para salir de Francia? El presidente de México ha decidido daros refugio, ya sabéis que urge, esto se va a poner muy feo, y más para los republicanos españoles.

Román preguntó mientras apuraba su vaso:

—¿Te refieres a Hitler?

—Pues claro, no voy a hablar del papa de Roma, ¿en

qué vaina vivís? Solo pensáis en España, solo habláis de España... Hitler, con vuestro Franco y con Mussolini, se cree el amo del mundo y va a ir a por todos nosotros. ¿De qué si no iba a firmar con Italia el Pacto de Acero? Buscará cualquier excusa para invadir Europa, empezará por mi país y por Polonia, ya veréis. Creedme, mi marido tiene información privilegiada.

Félix se echó a reír:

—Ya será menos, qué exagerada, pareces española. Yo, de momento, me quedo, no se me ha perdido nada en América.

Román guardó silencio, aunque sabía que Félix estaba pensando en apuntarse a la Legión Extranjera, un cuerpo militar abierto a los no franceses con sede en Argelia. Quería combatir a los nazis, porque todos allí eran muy conscientes de la amenaza que representaban, aunque no quisieran confesárselo a la húngara. A él le habían ofrecido pasaje en el Sinaia, el primer buque que acababa de zarpar rumbo a México, pero lo había rechazado. Sentía una enorme lasitud... Si al menos hubiera tenido una familia para llevarse, para iniciar allí una nueva vida, pero ¿haciendo qué? Aquí la única propuesta que había tenido era un trabajo en las minas de Saint-Étienne, en el Loira. ¿Por qué no? A veces le apetecía y estaba tentado de aceptar, embrutecerse, vaciar la cabeza de pensamientos morbosos, cansar el cuerpo para descansar la mente... Quizá era lo que le convenía.

La consulesa había dejado de prestar atención a la charla y lo miraba intensamente. Su rodilla, debajo de la mesa, rozó la suya. Román la apartó, solo para volver a sentir la presión al segundo:

—Eva, por favor, nos están mirando —susurró molesto.

La mujer soltó una risa oscura y ronca y se aproximó más aún:

—Flojo, que eres un flojo.

Se habían acostado varias veces, Román no entendía cómo habían empezado. Se habían visto por primera vez en una de las fiestas de juventud que organizaba el Comité de Refugiados en el vecino hotel des Arcades para que los hijos de los expatriados se conocieran. Los padres eran de la opinión de que más valía que se relacionasen entre ellos, y si formaban familia, mejor. En esos primeros meses, solo en Toulouse, tuvieron lugar treinta bodas.

Y no solo entre los que tenían la suerte de vivir en la ciudad. De campo a campo de internamiento, de Argelès-sur-Mer a Septfonds, de Vernet d'Ariège a Saint-Cyprien, los jóvenes intercambiaban correspondencia y salían para casarse sin haberse visto nunca.

Mientras las parejas bailaban tímidamente al son de un gramófono, Eva fue a buscarlo al rincón donde se había escondido y le ofreció una copa de *vin rouge*. Román se sintió halagado, en ese panorama de muchachas con los humildes vestidos que habían podido sacar en la huida apresurada o que les habían cosido las madres, algunas con calcetines cortos y la expresión aturdida del que todavía no se ha hecho cargo de la situación, Eva resplandecía como una actriz de Hollywood. Segura de sí misma, riendo de forma escandalosa y muy escotada, coqueteaba, se arrimaba a él, le rozaba el brazo, se inclinaba arreglándose el tacón para que él pudiera ver sus pechos blandos moviéndose libremente. Su marido, grueso, con bigote y gafas, hablaba con otro agregado consular sin prestarle atención.

Luego le propuso en un susurro que le erizó el vello:

—¿Subimos? Tenemos un cuarto alquilado.

En el pasillo le quitó la corbata y se la puso ella, y así hizo el amor, desnuda y con la corbata anudada al cuello.

Le Florida alcanzó ese nivel de paroxismo que ocurre a veces en los lugares abarrotados, a un camarero se le cayó la bandeja con varios vasos, sonó el teléfono y una carcajada con ribetes histéricos. Pero Eva, de fogoso temperamento balcánico, se sentía en su ambiente en esa barahúnda desordenada y miraba a Román con ojos turbios de deseo. Por debajo de la mesa, se descalzó y subió el pie desnudo por su pierna hasta tocarle el muslo... Con un resoplido claramente audible, Félix apartó los ojos.

A Román el gesto de Eva, su actitud, le producía ahora más molestia que placer. El impulso inicial de su sangre joven y la necesidad de sexo se había agotado enseguida y las maneras directas de la mujer le causaban extrañeza, una curiosidad distante, apática. También era extranjero en sus emociones.

Aunque en ningún momento había pensado que le era infiel a Beatriz, buscaba en ella la excusa para poner fin a una situación que ya no le aportaba nada; «Esto se tiene que acabar, porque al fin y al cabo estoy casado, y ella también», aunque al final a él mismo le avergonzaba esa pobre justificación a su inconstancia y su frialdad.

Fumaba pensando qué iba a hacer mientras Eva lo contemplaba con expresión lujuriosa. Él la miró también exhalando una larga bocanada de humo y advirtió que le sudaba el labio superior; se dio cuenta de que el lunar que tenía junto a la boca era pintado porque empezaba a emborronarse. Félix, con ademán brusco, se levantó sin despedirse y se sentó con unos compañeros del cuartel de bomberos. Discutían con pasión, encorvados como conspiradores de melodrama, y de vez en cuando golpeaban la mesa con el dedo al grito de «¡Volveremos!», como si la mesa fuera España. Y todos asentían fervorosamente y repetían: «Volveremos».

Eva se rio y los señaló con el cigarrillo:

—Mira qué huevones. —Los remedó dando con el índice en el mármol como si quisiera agujerearlo—. Volveremos, dicen... ¿Cuántos años piensan estar así? Serán viejos, con el dedo roto y seguirán con lo mismo, volveremos, ja, ja, ja.

—Son mis amigos y han sufrido mucho —se molestó él—. Tú no crees en nada, ¿verdad?

—¿Y tú sí? —replicó al instante Eva.

¿Qué responder a eso? ¿Acaso no tenía razón?

La mujer le puso la mano en el muslo y le susurró:

—Creo en tomar yo misma lo que deseo. Creo en vivir sin miedo... Ya me han dicho que tú organizaste su salida. —Se arrimó más—. Me gusta que seas valiente.

¿Valiente? Sus amigos se habían puesto en sus manos y ¿él qué iba a hacer? Confiaban en él. Se acordó de cómo lo miraban allí de pie, antes de subirse al Fiat y partir hacia otra vida, y eso, en vez de enorgullecerle, le causó tristeza.

Apartó la pierna con brusquedad, pero la mujer no le hizo caso:

—¿Nos vamos? Mi marido está en París, podemos pasar la noche juntos.

De repente todo le causó fastidio y se levantó sin darse cuenta, qué más daba la guerra, la vida, él mismo. Todo era tristeza, vacío. La mujer, creyendo que accedía a su proposición, se levantó también al tiempo que dejaba unos billetes sobre la mesa y cogió sus pieles, que estaban sobre una silla. A grandes zancadas, Román ganó la puerta, y fuera, en la plaza, se sorprendió al advertirla a su lado.

Se colgó de su brazo y Román cerró los ojos, ¿qué más daba?, pensó de nuevo. Sumergirse en ese cuerpo tan blanco era como hundirse en una taza de nata, era blanca y blanda como una nube, con un poco de suerte se ahogaría. Y, también debía confesárselo, ansiaba dormir en un buen colchón, en una habitación confortable, sin que le despertasen a medianoche los gritos de los compañeros que soñaban que estaban combatiendo, las llamadas a la madre de los más jóvenes, las peleas... El viejo soldado borracho que se levantaba conminándolos a gritos a volver a España y matar a Franco, que no hay cojones, no hay cojones.

Caminaron del brazo hasta el hotel de ella, a pocos metros, un andar torpe cadera contra cadera bajo los soportales, si alguien los veía creería que eran unos novios, una pareja de enamorados. Ella le levantaba la chaqueta y le pasaba la mano por la espalda, le arañaba levemente con sus largas uñas provocándole un escalofrío. El conserje de noche de Les Arcades les abrió la puerta con un gesto de lasciva complicidad y Román tuvo ganas de darse la vuelta y perderse en la penumbra de las calles, pero a pesar de eso subió, enfiló el pasillo, se metió en la habitación y se quedó hasta la madrugada, envolviéndose en el sudario de otra piel desnuda, dormitando a ratos.

La luz comenzaba a colarse por las persianas, mientras la mujer yacía de espaldas a él, ahíta y satisfecha, cuando Román se levantó, recogió su ropa, se vistió apresuradamente y salió del cuarto.

La ciudad seguía dormida, la enorme plaza cuadrangular estaba desierta, brillaba tenuemente la Cruz de Lorena de bronce incrustada justo en el centro. Todo tenía el color rosa de las piedras y del alba. Era un rosa luminoso. En el cielo aún se veía algún lucero y un trozo de luna bañada en oro.

Su alojamiento estaba muy lejos, además no le apetecía acostarse porque se sentía preso de una vaga euforia que no sabía a qué atribuir. Dejó atrás la Place du Capitol y empezó a caminar por la Rue Léon Gambetta con la intención de ir al Pont Neuf, pero de pronto le llegó el aroma delicioso del pan recién horneado.

Vio una pequeña panadería, con la persiana medio echada, y la boca se le hizo agua al recordar los melindros, *brioches*, lionesas, bizcochos que su madre le ponía con una taza de chocolate los domingos. Hurgó en los bolsillos, llevaba unos pocos francos, suficientes. Tuvo que inclinarse para entrar. No había ningún cliente, una mujer con un gorro blanco se afanaba en el mostrador ordenando bandejas de pasteles y grandes cestas con *baguettes*. Él buscó y al final señaló un apetecible *croissant* dorado, aún humeante:

—¿Me lo pone, por favor?

Y una voz alegre y despierta le dijo:

—Salud, camarada fascista, ¿tú por aquí?

Él levantó la mirada, sorprendido. Era la miliciana de Portbou. La de la boina con la hoz y el martillo, la del fusil en bandolera.

Fue como si su corazón se desperezara y se pusiera en pie después de una larga noche, como si el viento de tramontana disipara la niebla, como si estallara el sol, mil soles, la luna y las estrellas.

Sonrieron ambos meneando la cabeza, una sonrisa que no se acababa nunca, pues vaya, sí que era fácil, de esta manera se enamora uno, sin darse cuenta.

5

ROMÁN

Estuvo unas semanas con esa espina de amor clavada en el pecho. No sabía cuántas, porque las horas transcurrían lentas, pero, si echaba la vista atrás, se sorprendía al ver la de tiempo que había desperdiciado. Caminaba mucho por la ribera del Garona, pero sus pasos siempre terminaban por llevarle a la Rue Léon Gambetta para observar de lejos a esa chica que, sin pedir permiso, había conquistado sus pensamientos, la chica de sus sueños. Ella salía de la tienda ajustándose la toquilla al pecho en un gesto ancestral y ahí veía él a la muchacha de pueblo, hasta que advertía que debajo de la casta falda de cuadros surgían los bajos de un pantalón de hombre, quizá de su hermano, y luego del bolsillo sacaba una boina que se calaba hasta las cejas y toda ilusión pastoril se desvanecía, como se iban desvaneciendo en el recuerdo de Román las mujeres que habían pasado por su vida.

«La chica de mis sueños», se fustigaba con esta frase que había leído en algún folletín, pero reía por dentro porque más bien era la chica de sus insomnios, ya que por las noches no hacía otra cosa que dar vueltas en la cama, hasta que Félix, que dormía en el catre de al lado, se quejaba porque trabajaba en una pequeña compañía de transportes y él sí madrugaba:

—¡Ya está bien, Román! ¡Que mañana me tengo que levantar a las cinco!

Hasta que un día se decidió y, como había visto hacer a los novios cuando iban a esperar a las chicas a la salida de las fábricas en Barcelona, se apoyó en la pared de la panadería fingiendo leer un diario, mientras la vida ciudadana se desarrollaba a su alrededor sin tocarlo ni mancharlo. En esa misma calle estaba la escuela municipal y las madres pasaban arrastrando a los hijos y hablando alto las unas con las otras, mientras sorteaban a los hombres que, sin prestarles atención, jugaban a la petanca en medio de la calzada. El sonido de *les boules* era la música de fondo de la vida francesa. De vez en cuando saltaban las palabras gruesas, porque uno de los niños tropezaba y deshacía el juego y el hombre levantaba el puño:

—Mujer, cuidado, ¿no ves por dónde andas?

Ella se disculpaba con el ceño fruncido, sujetando fuerte al niño con un brazo mientras en el otro llevaba una cesta por donde asomaban un apio, zanahorias, los nabos, la ternera y el hueso de caña, todos los componentes del *pot-au-feu* que esa noche, y todas las noches, sería el principal alimento de la familia.

Román se acordó de las mujeres en la retirada cargando con hijos suyos y ajenos, con ancianos, con enfermos, llevando jaulas con gallinas, dando de mamar mientras caminaban, las verdaderas heroínas de esta larga y maldita posguerra. Pero de pronto, ¡atención!, la propietaria entró en su panadería y a los dos minutos, con gesto desenvuelto, salió la muchacha a descansar unos minutos.

Cuando lo vio, se detuvo y su rostro se iluminó de pronto. El aire de la calle, embalsamado de primavera, movió sus faldas, y él tiró el cigarrillo a medio fumar contra la pared con una chulería impostada que les arrancó a ambos una sonrisa.

—¿Vamos?

—Vamos.

No hizo falta más. Caminaron unos metros hasta que pasaron delante de un bistró del que salía una musiquilla ligera. Román la condujo por el codo hasta una mesa de mármol. Ella no se opuso. Cuando se sentaron frente a frente, les vino bien que el camarero se demorara con el café *au lait* echando parsimoniosamente la leche en la taza, colocara sobre la mesa dos vasos con una jarra de agua, hablara un momento con un compañero por encima del hombro, anotara el importe en una hoja de su bloc, la arrancara y la dejara bajo el azucarero, y aún pasara la bayeta para retirar unas migas que había dejado el cliente anterior canturreando por lo bajo. Así pudieron recuperarse de ese sentimiento tan arrollador como un choque de trenes; qué trenes ni qué trenes, ¡países, planetas, constelaciones!

Román percibía la energía de la chica, que giraba su cabeza pequeña, con el pelo de punta, a un lado y a otro, con la gracia de un caballito de mar. Al fin lo miró directamente esperando, anhelante, el triple salto mortal, los trapecistas y el mago, hasta que él le comentó con esa leve sonrisa que tantos corazones había conquistado allá en Barcelona:

—No sé cómo te llamas.

Ella tuvo a bien enrojecer un poco:

—Teresa.

—Yo, Román.

—Ya lo sé.

Él se sorprendió y ella lo miró, retadora:

—Sí, lo sé, ¿y qué? Eso no significa que me gustes. —Aunque luego concedió a regañadientes—: Te he visto entrar en el café de la plaza con tu amigo el gordo y se lo pregunté al camarero, que es un camarada.

—¿Tú no vas?

Ella hizo un gesto exagerado con los brazos:

—¿Cómo voy a ir? Los comunistas no perdemos el tiempo en esos tugurios decadentes, no somos burgueses, tenemos mucho trabajo. ¡Hay que luchar contra el fascismo y por la revolución!

Todo lo decía alegremente, como si fuera una broma descomunal.

—Pero ¿eres militante del Partido Comunista? —preguntó Román—. ¿De verdad? ¿De los de la Unión Soviética y Stalin?

—Pues claro, ¡ya sé que parezco una gran duquesa rusa, pero soy una proletaria! Y para hablar del padrecito Stalin te has de lavar la boca. Mira. Así. —Cogió el agua e hizo gárgaras con tanto ruido que se volvieron los de la mesa de al lado—. Y de paso te lavas un poco todo el cuerpo, que hueles a coño.

Román lanzó una carcajada; las chicas del Club Pompeya no decían palabrotas, pero luego intentó protestar:

—Oye, un respeto, que yo soy tan refugiado como tú.

—Como yo no, chaval... Que pasé dos meses en el campo de Vernet d'Ariège llena de piojos, con sarna, aguantando a los senegaleses y comiendo mierda mientras tú te acostabas con tu querindonga húngara.

No pudo evitar reírse:

—¿Querindonga? Pero ¿qué dices?

—Atiende, marqués, yo lo sé todo.

Román quiso protestar, abrumado por el carácter impetuoso de la muchacha, aunque enseguida rectificó intentando buscar un tema menos incómodo, para él al menos:

—¿Estuviste en un campo de internamiento? Yo creía que os enviaban dinero de Moscú para que estuvierais de hotel.

—Eso dicen los fascistas y los enemigos de la clase obrera, pero ya ves que no es verdad.

Román estaba atrapado por esa mezcla de doctrina marxista aprendida con memoria de loro y descaro de niña de la calle y le hubiera gustado prolongar la conversación interminablemente. Se sentía vivo, como si la sangre que corriera por sus venas fuera burbujeante champán. Ella lo contemplaba de hito en hito, pasándose la lengua por los labios, esperando una nueva ocurrencia para contestar entre risas, pero él se puso serio:

—¿Estabas con tu padre? ¿Y con tu hermano?

Pasó un ángel. Varios ángeles. Un batallón entero. Por primera vez la muchacha bajó los ojos y revolvió la taza con una cucharilla, a pesar de que estaba vacía desde hacía rato. Cuando los levantó de nuevo, eran otros ojos, más adultos, velados por una sombra oscura:

—¿Mi padre, dices? Mi padre fue medalla de oro, el campeón, el ganador de la carrera. —Parecía bromear, pero ahora era un humor amargo, resentido, que la afeaba—. Tachán, atención, amigos, el primer muerto de Vernet, el 4 de marzo... Dijeron que había sido disentería, pero lo mató la guerra. A él también.

Él quiso cogerle la mano que tenía encima de la mesa, pero ella la apartó con brusquedad. Se quedaron en silencio unos minutos, eternos, y Román preguntó para romperlo:

—¿Y cómo os evadisteis?

—Gracias a los panaderos de Toulouse, que son del Partido Comunista Francés. Nos ayudaron a huir, nos dieron un trabajo y podemos quedarnos en su casa.

—Pues yo...

La chica lo cortó:

—Ya lo sé, vives en los cuarteles de bomberos y eres un vago.

Román se sorprendió:

—¿Vago? —Intentó justificarse—: Estoy deseando trabajar, pero las posibilidades de los refugiados...

—Coño, que aquí refugiados somos todos y la mayoría nos partimos el lomo, pero ¡ojo! —levantó la voz de golpe y Román se sobresaltó—, sin perder de vista nuestros ideales y la lucha revolucionaria.

Él se llevó la mano al pecho como si le hubiera herido:

—*Touché*.

Ella sonrió:

—Ah, mira, como los espadachines... —Trató de disculparlo y en eso él quiso notarle que también se estaba enamorando—. Bueno, tú sigues pendiente de irte a América, ¿no?

—Hombre, eso no lo sé aún... —dudó—. Salimos cuatro de Barcelona y llegamos dos a Francia, ya sabes que Modesto disparó a...

Le expresión de la muchacha se endureció:

—No sé de qué me hablas, yo eso no lo he visto.

Román abrió los ojos, asombrado, luego se indignó:

—Pero ¿cómo no vas a verlo si estabas allí? ¡Mató a mi amigo! Lo mató, ¿te enteras? ¡Tu hermano también lo vio!

A la chica se le ensombreció el semblante, sus ojos echaban chispas y levantó el dedo índice de forma admonitoria:

—Ni Manolo ni yo vimos nada, y te advierto que Modesto es ahora general por sus méritos de guerra, salió y volvió a entrar para combatir y estuvo hasta el final. ¡En Alicante lo tuvieron que meter a la fuerza en el avión porque quería presentar batalla todavía! ¡Es más hombre él que cien como tú!

Román clavó la mirada en el mármol, sí, sabía que Modesto se había reunido en Alicante con el Gobierno de la agonizante República y que se había enfrentado con Negrín para seguir combatiendo, pero eso, a sus ojos, era una suprema forma de soberbia y egoísmo: ¡seguir mandando reses al matadero, porque nadie ya tenía esperanzas de ganar esa guerra! Y, como ocurre a veces, tuvo una intuición, con tanta claridad que estuvo a punto de caerse de la silla. Estaba seguro de que Pepe había ido a buscar al asesino de su hermano a Alicante. No había vuelto a saber nada de su amigo, pero sabía con toda certeza que si algo le mantenía con vida era el afán de venganza.

Eso comenzaba a intuirlo: el corazón necesita fuego para seguir en marcha y hacía demasiado tiempo —quizá desde que la guerra llamó a su puerta, o más bien la arrancó de sus goznes— que en el de Román solo había ceniza, hollín, brasas apagadas. Su pensamiento voló a sus amigos: a Pepe lo movía la venganza, sí, en su corazón latía el de su hermano; a Félix, el afán de justicia, porque de los tres siempre fue el más idealista... Y a él ¿qué lo movía? ¡Estancado en esa tierra de nadie donde ni él se reconocía, convertido en un pecio más del naufragio de su vida! Aunque quizá esa pequeña chispa que la muchacha había prendido lo cambiase todo. Quizá su aliento lo despertara de nuevo, quizá el amor o lo que fuera eso que sentía lograse mantenerlo con vida. ¡Quizá era más poderoso que la venganza!

Como Román no contestaba a sus invectivas, la chica lo intentó de nuevo:

—Más cojones que Modesto no tiene nadie.

Román tenía tanto que decir que se calló, por impotencia, por rabia, por pena. Movió la botella de agua por la mesa, como si fuera un vehículo, ese camión que Carlitos había intentado enderezar. Al final meneó la cabeza y optó por contestar irónicamente:

—Sí, y ahora está en Moscú con la Pasionaria y os ha dejado tirados.

En el exilio había tanto tiempo libre y tan poco que hacer que cualquier reunión se convertía en un nido de intrigas y chismes, algunos auténticos, la mayoría inventados.

La chica se puso en pie, lo cual no era muy evidente

por su corta estatura, y colocó los puños sobre la mesa como si estuviera dando un mitin:

—¡No tienes ni idea! Los catalanes estabais tan preocupados defendiendo vuestro gobierno burgués que no teníais tiempo de luchar por la república de los trabajadores.

Él se indignó:

—Pero ¿qué dices?

Ella continuó como un coche sin frenos:

—El partido nos ampara, porque allá donde estemos seguimos siendo miembros del Partido Comunista, ¡a todos! Porque la misma importancia tienen Modesto o Dolores que el último de los milicianos que formamos parte del Quinto Regimiento. —Se golpeó el pecho—. Yo luché en el frente de Aragón y en la defensa de Madrid, ¡en el Ebro y en Lérida! Y estaba a nuestro lado, cuidándonos, dándonos un objetivo en la vida.

—¿Modesto? —se burló Román.

Ella gritó:

—El partido, ¿es que no lo entiendes? ¡El Partido Comunista!

La gente empezó a mirarlos, los de atrás se ponían en pie para ver de dónde surgían las voces. Los tolosanos estaban hartos de los refugiados y aprovechaban cualquier conflicto, por pequeño que fuera, para llamar a los gendarmes, que se presentaban profiriendo la palabra más temida del mundo: «Papeles». Si no tenían la documentación en regla se los llevaban a un campo de trabajo.

Román la cogió por la muñeca intentando que se sentara, pero ella se soltó con violencia y le dijo con desprecio:

—Pero qué vas a entender tú, eres un burgués... Ve a acostarte con tu rubia teñida, pero cuidado que no te pegue unas purgaciones, que esa se ha pasado por la piedra a todo lo que se menea, ¡no te hagas la ilusión de que eres alguien especial!

74

Román estalló en una carcajada y le dijo para fastidiarla:

—¡Estás celosa!

Ella lo miró con expresión asesina y salió del café a trompicones. En su loca carrera empujó a unos clientes que protestaron airados. Román iba a correr detrás de ella, pero luego se arrepintió y se volvió a sentar, mesándose el bigote.

Román se fue caminando hasta el cuartel de bomberos moviendo la cabeza y sonriendo. Era una mueca casi sin estrenar, porque hacía tanto tiempo que no sonreía... E hizo algo por primera vez en su vida: se quedó parado en medio de la calle, contemplando sobrecogido la espléndida agonía del sol en ese día de junio.

Se demoró semanas en ir a buscarla porque las latosas cominerías diarias le ocupaban todas las horas y tampoco tenía prisa. La situación de los huidos de España era muy complicada, ya que no existía la figura del refugiado y para poder quedarse en Francia necesitaban personas que los avalasen. A través del pequeño grupo de Acció Catalana exiliado en Perpiñán, Román consiguió que un médico prestigioso diera la cara por él y, para renovar su permiso de residencia, debió jurar en la gendarmería que no iba a tener actividades políticas en Francia. Así, cuando lo convocaron a una reunión de los partidos catalanes para organizarse en el exilio, se negó a ir para no faltar a su palabra. Aunque la realidad era que despreciaba a los políticos y su adscripción a Acció Catalana solo se debía a la rabia y el dolor que le había causado la muerte de sus padres.

Y ahora también tenía claro que se había casado con Beatriz por el mismo motivo: para encontrar un refugio a su desamparo. Se arrepentía tanto de su militancia como de su casamiento, pero le parecían episodios insignificantes de su vida, sin importancia. No pensaba en ellos, no existían.

¿Su hijo? ¿Pensar en él? Gema, la monja, le había contado que, en la Casa de la Caridad, cuando una mujer iba a entregar a su hijo en adopción, no le dejaban verlo ni un segundo porque, si lo hacía, ya no podía abandonarlo. Estas madres parían con los ojos vendados. Él tenía los ojos vendados, pero aun así, si dejaba que el recuerdo se colara en su ánimo, lo invadía un dolor silencioso. No podía permitírselo.

Pronto le comunicaron que, debido a su falta de disciplina, dejaría de recibir fondos de la caja de resistencia, pero se encogió de hombros y dijo que buscaría trabajo. Claro que Félix trató de convencerlo para que fuera con él a Orán, a enrolarse en la Legión Extranjera. Alemania, como había predicho la consulesa, ya había atacado la República Checa, Eslovaquia y Lituania y los rumores de que invadiría Francia cada vez eran más acuciantes:

—¡En la Legión no vamos a luchar por Francia, sino por la libertad! —Como veía que su amigo dudaba, lo sacudía con saña por los hombros—. Román, luego iremos a por España.

Estaban echados en los catres de campaña del cuartel de bomberos, al mediodía, la única hora en que podían estar tranquilos. Como habían hablado tantas veces en su cuarto en la casa de sus padres.

—Las armas no son lo mío, Gordo. Además, ¿tú crees que Franco se mantendrá mucho tiempo en el poder? Las democracias occidentales al final reaccionarán y tomarán medidas.

Félix se reía sin ganas:

—¡Vamos, hombre, no me jodas! Las democracias occidentales bastante tienen con salvarse el culo. La guerra se va a extender a toda Europa, Hitler está empeñado en construir un imperio, ¿no lo ves? ¿Qué papel haremos entonces los republicanos españoles? Los fascistas nos han echado de España y, si no lo remediamos, nos echarán de Europa, ¡del mundo entero!

Pero el amigo negaba con la cabeza y repetía tozudamente:

—No, no. Yo te voy a ayudar en todo lo que quieras, puedo hablar con el médico de Perpiñán para que te consiga el billete, y toma... —Sacó su bolsa de debajo del catre y cogió un sobre que le tendió—: Es el dinero que me dio Beatriz antes de irnos, está todo, llévatelo.

Félix se sentó con pesadez en la cama y meneó la cabeza:

—No lo voy a aceptar.

—Que sí, coño.

—Que no, joder.

El otro trató de metérselo en el bolsillo, forcejearon, cayeron al suelo, Félix se quitó a su amigo de encima y se puso en pie con agilidad a pesar de su gordura, los puños en posición de boxeo, dando saltitos:

—Venga, en guardia, Ardilla del Ring, que no se diga.

Román se levantó a su vez y le propinó por sorpresa un gancho de izquierdas, el otro retrocedía, amagando entre carcajadas:

—Va, que se vean esos puños, alfeñique.

Román le lanzó un directo a la mandíbula, pero Félix se agachó a tiempo, «Tira la toalla, sabandija, nocaut técnico...». Pero de pronto los dos se acordaron de Pepe, el boxeador del grupo, el que una tarde se había empeñado en enseñarles esos golpes entre burlas «solo para que las chicas del Pompeya os tomen por hombres, que sois unos panolis», y se apagaron sus risas.

Se miraron con el aliento agitado por el esfuerzo, Félix interrogativo, pero Román negó con la cabeza:

—No, Félix, no me insistas, no le veo sentido a la guerra. Matar a unos pobres inocentes que están ahí sin saber por qué, unos pardillos como tú o como yo.

El Gordo suspiró, se guardó el sobre con el dinero en el bolsillo y trató de peinarse con ambas manos. Miró a su amigo con impotencia:

—¿Qué te ha pasado? Joder, que tú organizaste nuestra huida, la de los cuatro. ¡Nos pusimos en tus manos porque sabíamos lo que vales!

Román se encogió de hombros; a veces le parecía que ese Román no era él, que su cuerpo estaba habitado por otra persona... El amigo seguía, sin darse por vencido:

—¿Ahora te has vuelto pacifista? ¿Qué quieres? ¿No te gustaría vengar a Carlitos? ¿A tus padres?

El golpe fue tan doloroso que Román retrocedió y se le acusó un nervio que le cruzaba el rostro en diagonal, como un herpes. Félix se dio cuenta:

—Perdóname, soy muy bruto, ya lo sabes, es que a veces no te entiendo.

Los dos amigos se dieron un abrazo:

—Perdóname tú, a veces no me entiendo ni yo.

A Félix no le habló de Teresa. Ni a él ni a nadie, porque a la colonia catalana esto del internacionalismo proletario le producía urticaria y a los comunistas se les tenía por gente de clase baja, además de monstruos fríos sedientos de sangre. Como los anarquistas, pero todavía peor, porque los libertarios tenían la brutalidad ciega de las bestias feroces, pero los comunistas eran asesinos refinados al servicio de la fuente de todo mal: la Unión Soviética.

Cuando al fin fue a buscarla, lo hizo sabiendo que entraba en otra etapa de su vida y que se iba a meter de forma irrevocable hasta el fondo. ¿Qué quieres?, le seguía como una onda expansiva la pregunta de Félix. Y no tenía ni idea, pero intuía que algo en esa respuesta estaba ligado a ella. Sentía una oleada de fuego en el pecho, tan fuerte era la impresión que le había inspirado, tenía el convencimiento de que su vida iba a dar un vuelco y que ya nada iba a ser lo mismo.

Esa mañana se apoyó de nuevo en la pared fumando un cigarrillo y pudo sorprender la expresión de la muchacha cuando lo vio: alegría primero, sustituida enseguida por una fingida indiferencia:

—Caray, ¿a quién tenemos por aquí? Salud, señorito parásito, ¿has dejado tus palacios imperiales para visitar a la chusma?

Él sonreía, no podía dejar de sonreír cuando la miraba. Por alguna razón que no se explicaba, leía en ella como en un libro abierto:

—Anda, calla, que pensabas que ya no vendría, ¡lo que debes haber llorado!

Ella se encabritó:

—¿Llorado yo, dices? La hija de mi madre no ha llorado ni cuando la parieron.

—¿Pues cómo nació la hija de tu madre?

—¡Cantando!

Y allí, en medio de la calle, se detuvo, echó la cabeza hacia atrás y juntando el índice con el pulgar haciendo una «O» perfecta como un cantaor flamenco, entonó la cancioncilla popular que homenajeaba al Quinto Regimiento, el cuerpo de milicianos voluntarios creado al principio de la guerra:

Con el Quinto, Quinto, Quinto
Con el Quinto Regimiento,
Madre, yo me voy al frente
Para las líneas de fuego.

Él le tapó la boca mirando a todos lados:

—¡Pero estás loca!

Teresa se burló de su miedo:

—¡Cobarde, gallina..., capitán de las sardinas!

Intentó correr apartándose de él, pero un perro callejero se lo impidió, chicoleando entre sus piernas. Se agachó de inmediato a acariciarlo y aflautó la voz:

—Bonito, bonito.

La muchacha llevaba el jersey en el brazo y un vestidito negro que le había regalado su jefa. Él le espió el escote y ella se irguió dándole un papirotazo en toda la cara como si fuera un mosquito:

—Oye, tú, rijoso, aquí vamos a dejar las cosas claras. Podemos ir a pasear si quieres...

Él se hizo el despistado:

—Yo no te he pedido nada.

—Cállate. Podemos ir a pasear por sitios oscuros y apartados, pero no te hagas ilusiones, Tenorio, que lo hago para que no nos vean juntos y no para que puedas aprovecharte de mí.

Román fingió asombro:

—Pero ¿cómo? Pensaba que lo vuestro era el amor libre.

—Que no te enteras, chaval, que esas son las libertarias. Nosotras estamos por el respeto revolucionario, cuidado, no solo a la dignidad de la mujer, sino a todos los seres humanos.

—Y a los no humanos también, por lo que veo.

Porque ella había vuelto a acuclillarse para acariciar al perro hasta que se fue moviendo el rabo de contento. Teresa se lo quedó mirando, luego se incorporó lentamente, pero tardó en contestar. Lo hizo con una sonrisa al bies:

—Mira tú lo que te voy a decir... Si algún día me asiento en algún sitio, que yo no digo que lo vaya a hacer, eh, pero

si algún día lo hago, lo primero de todo será tener un perrillo. —Ahora se transformaba, le brillaban los ojos con
ilusión, se notaba que era un tema sobre el que había re-
flexionado mucho—. Que yo no quiero un lulú o uno de
esos perros cursis, eh, yo quiero un perrazo con pelos.

—Todos tienen pelos.

Ella se detenía y señalaba su propia fisonomía, se pasaba la mano por el contorno:

—Quiero decir de esos que tienen pelo en toda la cara.
Con los ojos muy negros.

—¡Todos tienen los ojos negros!

—¡Qué sabrás tú! Los hay negros de pega y negros negros, y a mí no me vale con las medias tintas, como en la
política. —Él levantó una ceja, ya estaba otra vez a vueltas
con las luchas internas de la izquierda—. Mi perro va a ser
como..., como... los que salen en las películas de Charlot.

—Pero, criatura, ¿tú has ido al cine?

Ella le arreó un puñetazo en el hombro:

—Pues claro que he ido al cine, ¿te crees que soy una
zulú o qué?

Salieron ese día y todos los días, Teresa nunca estaba
cansada ni se quejaba, a pesar de que se levantaba a las
cinco de la mañana y hasta las siete de la tarde no podía
dejar la panadería. Paseaban hasta las afueras de la ciudad
por la ribera del Canal du Midi, más íntimo que el Garona.
El camino era de tierra y apenas había gente, sobre todo al
anochecer. Iban a cierta distancia el uno del otro hasta que
estaban seguros de que se habían alejado lo suficiente, ya
que ninguno de los dos quería que los «suyos» supieran de
esta relación, aunque en realidad solo en el caso de Teresa
estaba muy claro quiénes eran los suyos.

A veces iban en silencio, a Román se le contagiaba la
alegría de vivir de la muchacha y saboreaba esos momentos
de dicha perfecta.

Un silencio que siempre rompía Teresa, bromeando:

—Somos los Romeo y Julieta del exilio.

—¡Me sorprendes con tu amplia cultura! —se burlaba Román—. ¡Te tratas hasta con Shakespeare!

La chica parpadeaba muy rápido dándose aires y se pasaba la mano por una solapa imaginaria:

—Esa soy yo... Algo tengo leído, no te creas.

Aunque luego le confesó que nunca había ido al colegio, pero que su hermano, que había estudiado con los curas, le había enseñado a leer y a escribir. Cuando hablaba del hermano se le iluminaba también la cara, hermano y perrillo compartían sus devociones particulares. Le contaba que era muy listo, y porque había venido la guerra, porque si no... Y que cuando eran pequeños, él la llevaba a cuestas para vadear el río y que no se mojara y otras delicadezas que habían mejorado su infancia de niña pobre.

—Me pelaba almendras y me las dejaba por las noches debajo de la almohada.

Él trataba de bromear:

—Como el ratoncito Pérez.

Pero se arrepentía porque la chica lo miraba con extrañeza. Román se interesaba por el hermano entonces, tratando de ser amable, y ahí Teresa se entristecía:

—Está fuera.

—Pero ¿cómo? ¿Dónde? ¿No vivís los dos en la panadería?

Ella contestaba a regañadientes:

—No, eso no es para él. Está en Angulema, trabaja en la fábrica nacional de pólvora.

—Lo echarás en falta, debéis de estar muy unidos.

Ella tardaba en contestar y solo al cabo de mucho rato emitía un débil «sí» con una vocecita muy frágil.

Poco a poco, en los dilatados anocheceres, fue saliendo su historia, una historia triste, como todas las historias que acaban mal. Vivían en Foradat, un pueblo de Lérida, donde su padre era el agitador local. Primero en la CNT, después en el Bloque Campesino, después en el Partido Comunista. Teresa se acostumbró a llevarle comida a la prisión de Lérida, iba caminando desde el pueblo con su madre. Esa circunstancia marcó a la familia, que sufrió persecución y burlas.

—Mi hermano aprendió a defendernos, todos los niños del pueblo iban marcados por sus pedradas.

Cuando murió la madre de tuberculosis, al niño lo llevaron a rastras a un colegio de Tárrega y ella se quedó al cuidado de su padre y de su casa. Con diez años pastoreaba un pequeño rebaño de cabras y en otoño vareaba la aceituna.

Al estallar la guerra se enroló con su hermano en la brigada comunista de Caridad del Río, en el frente de Aragón. Y aquí el relato proseguía con desgana:

—Luego estuvimos en Codo, en la columna Durruti.

—¡Pero si eran anarquistas!

—No nos quedamos mucho tiempo... Fuimos a Somosierra con el Quinto Regimiento. —Fingía bostezar—. ¡Preguntas más que un cura!

Pero Román no cejaba, de Teresa le interesaba todo y adivinaba que había algo que no quería contarle:

—Pero ¿estuviste en los Altos del León? —Ella negaba con la cabeza—. ¿No? Pues ¿qué te pasó?

Teresa se alzaba de hombros, su voz perdía fuelle, miraba para otro lado. Cogía una ramita de romero y se la metía en la boca.

Él le pedía:

—Cuéntame cosas del frente.

A veces ella fingía que tenía prisa, tareas que hacer para no contestarle, y otras le contaba con voz monótona que iban los poetas a recitar y que los domingos proyectaban películas en una sábana. Le había gustado mucho *Pimpinela Escarlata*:

—Verás, trata de un noble que lleva una doble vida porque finge ser un imbécil, pero en realidad es un valiente que rescata a los otros nobles cuando están a punto de matarlos. —Lo miraba pensativamente—. Se parece un poco a ti.

—¿Ah, sí?

Román se sorprendía porque no creía haber llevado a cabo ninguna acción heroica, pero ella se lo aclaraba rápidamente con esa sinceridad tan descarnada que a veces resultaba ofensiva:

—Digo el actor, de cara.

Y luego se embarcaba en una embarullada explicación sobre los días en los que no pasaba nada y los combatientes estaban mano sobre mano.

—Bueno, jugaban a las cartas. Jugando a las cartas...

Pero se callaba de pronto y no quería continuar hablando. Otras veces se enfadaba ante su insistencia:

—Déjame, no me preguntes más, no me acuerdo.

—No te acuerdas de nada, ni de Modesto, ni de lo que hiciste en la guerra. —A ella se le encendían los ojos y se levantaba para irse, pero Román la cogía por la falda—. Va, no seas tonta. Dame un beso.

—Sí, hombre, un beso te voy a dar... Déjame, atontado.

—No quieres porque a lo mejor todavía tienes sarna.

Ella desorbitaba los ojos y se lanzaba hacia él pegándole con el bolso mientras él fingía quejarse, «Ay, ay, como me dijiste que te habías contagiado de sarna en Vernet...». De repente Román parecía cambiar de tema, ponía una expresión severa y le pedía:

—Para, Teresa, que se me ha ocurrido una cosa, ahora en serio. —Ella se detenía con el bolso en alto—. ¡Será que tienes piojos!

Ella volvía a pegarle, furibunda porque había caído en la trampa, y es que Román se daba cuenta de que la chica, con todo lo que había vivido, conservaba un corazón central inocente, no tocado ni por el rencor ni por la adversidad. Y era lo que más le gustaba de ella.

—Yo te lo cuento todo. Lo de mis padres, a nadie le hablo de eso.

Cuando le estaba describiendo cómo se encontró el 17 de marzo del 38 el lugar donde había estado su casa y cómo se veían las paredes de su cuarto de niño, Teresa golpeó una mano con el puño de la otra como hacen los hombres y le salió de dentro un rugido de fiera:

—¡Canallas! ¡Hijos de puta pobre!

Pero tampoco era verdad que Román se lo contara todo, porque no había nombrado a Beatriz ni a su hijo.

La muchacha intentaba justificar su propio silencio:

—Es que no quiero hablar de todo eso, Román, pasó... y ya está.

Una vez, ya en verano, se habían tumbado al pie de uno de los plátanos centenarios de la ribera del canal. Román había empezado a trabajar de traductor en una pequeña editorial, y como estaba encerrado todo el día en un cuarto, ansiaba respirar aire puro. Pero aun así lo primero que hizo fue encender un cigarrillo.

Observaron largo rato las estrellas. Él enredó sus dedos con los suyos y notó la palma endurecida y áspera de los trabajadores manuales; esto le causó una ternura inmensa. Escapaba a su comprensión cómo tanto dolor y tantas penalidades hubieran conseguido cristalizar en ese ser luminoso como un hada de los bosques.

Un hada con metralleta.

Se rio avergonzado de sus propios pensamientos y le acarició las callosidades como queriendo borrarlas.

Ella se dejó. Y confesó espontáneamente:

—Qué cielo tan limpio... No había visto otro así desde que estuve en el Guadarrama.

Él no quiso romper el hechizo de ese instante y no pronunció palabra. Pero ella apoyó la mejilla en la mano, le miró con aire pensativo y le dijo:

—Te contaré todo lo que pasó. Una vez, pero no volveré a hablar de eso.

Él se dispuso a escucharla, pero Teresa le indicó, arrodillándose:

—Hoy no.

Fue ella la que le cogió por la nuca, la que acercó sus labios a los suyos, y así se dieron su primer beso.

7

BEATRIZ

El despacho del abogado Marcos Quintero, en el centro de Barcelona, desprendía lujo ostentoso por los cuatro costados. El Aranzadi en su armario con puerta acristalada, *boiserie* en las paredes, una mesa enorme con patas en forma de garra de león, alfombras persas y, presidiéndolo todo, un retrato de Franco al lado de un crucifijo.

El sonido del tráfico incesante de la calle Consejo de Ciento llegaba amortiguado por los gruesos cortinajes de seda adamascada que cubrían los cuatro balcones.

—Bueno, bueno, bueno.

El abogado juntaba las yemas de los dedos en forma de tienda de campaña y observaba por encima de sus gafas a una Beatriz nerviosa y atemorizada, sentada en el borde de la silla, con las manos cruzadas en el regazo. Era un día de crudo invierno, la muchacha no se había quitado el abrigo y la punta de su nariz estaba roja. Tiritaba y no se sabía si de frío o de miedo. Francisco Fernández de la Hoz, su padre, más seguro de sí mismo, llevaba en ese momento la voz cantante:

—Marcos, ya te dije que era un asunto delicado.

—Françesc, sabes que...

El padre levantó las palmas de las manos para interrumpirlo:

—Llámame Francisco, por favor.

—Sí, perdona. Pues como abogado ya sabes que nuestro lema es la discreción y que todo lo que se habla en este despacho es secreto profesional.

Hubo un silencio, Beatriz se miraba los zapatos, aún no se podía creer lo que iban a hacer. ¡Repudiar a su marido, al ser que más amaba del mundo!

Se revolvía toda entera, la mujer, la hembra de la especie, la madre, contra esa monstruosidad. ¡Cuántas veces habían llegado a la puerta del edificio y ella se había negado a entrar! ¡Cuántas veces el padre había tenido que demostrarle, a gritos o razonando, que era el único camino! Sacar al rojo de sus vidas como se extirpa un tumor maligno que podría llevar a la familia entera a la ruina.

Francisco la observaba de soslayo, aún temía que soltara alguna insensatez. Al final, el único argumento para convencerla había sido que, en el futuro, cuando las cosas cambiaran y Franco hubiera aplacado su furia con las dosis de sangre suficientes, averiguarían el paradero de aquel desgraciado del que nada habían vuelto a saber. El hombre, como buen abogado, justificaba esta mentira piadosa que no pensaba cumplir, por supuesto, en pro de la tranquilidad familiar.

Quintero lo observaba con un punto de impaciencia y él se decidió por el tono desenfadado:

—En el fondo todo es una tontería: mi hija se enamoró como una idiota de ese muchacho porque es una novelera; quiero decir que él se aprovechó de ella porque estaba sola y sin apoyos.

El abogado lo interrumpió levantando el dedo:

—¿Y por qué se quedó en Barcelona durante el dominio rojo y no se fue con vosotros? Eso causa mala impresión, entiéndeme.

El padre, que esperaba la pregunta, aseguró con notable desparpajo:

—Aquí donde la ves, esta loca tiene un corazón de oro. Figúrate que se quedó para amparar a una amiga suya, monja clarisa.

—Bien, bonito detalle que dice mucho de su carácter. No tiene importancia, pero ¿esa monja podría corroborar el dato?

—Naturalmente. —Él ya había hablado con Gema, quien estaba dispuesta a todo por su amiga—. Luego te doy sus señas, si quieres.

El abogado cabeceó bondadosamente:

—Es igual, no es necesario, sigue, por favor.

—Pues nada, que ese individuo la engañó. —Beatriz emitió un sonido gutural de protesta que los dos hombres fingieron no oír—. Y mira, se casaron en una de esas ceremonias sin validez, ya sabes, una patochada delante de un monigote con uniforme de qué sé yo.

Marcos, con un gesto despectivo, envió todas esas bodas sin validez al cubo de la basura de la historia:

—Nada, papel mojado si no la convalidas en el arzobispado. Las hemos anulado todas.

—No, ya, pero claro... —Aquí venía el primer escollo y, aunque Marcos Quintero estaba al cabo de la calle de lo sucedido, fingía desconocimiento. Francisco se dio un tirón al nudo de la corbata y eligió el susurró confidencial—: Beatriz se quedó en estado y dio a luz a un niño.

—Tu nieto, papá —le reprochó la hija en tono lastimero.

—Sí, sí, mi nieto, y muy querido, porque ¿qué culpa tiene la pobre criatura de la mala cabeza de su madre? Pero ahora tenemos esa papeleta, que por una parte ella no está ni casada, ni soltera, ni viuda, y que...

—Y que yo quiero que vuelva Román.

Los dos hombres la miraron boquiabiertos y confusos, como si les hubiera pedido que le regalaran la torre

Eiffel o el Coliseo romano. Luego pusieron los ojos en blanco al unísono y el abogado meneó la cabeza con incredulidad:

—Pero ¿cómo? —Rápida mirada al amigo, que se encogió de hombros con impotencia—. Tu padre ya te habrá dicho que eso es imposible. Está acusado de crímenes horribles.

Ante estas palabras, Beatriz enterró la cara en las manos, pero Quintero prosiguió, impertérrito, con la saña del parricida:

—Entra de lleno en la ley de responsabilidades políticas.

Beatriz levantó la cabeza y, a pesar de que le había prometido a su padre que no iba a intervenir, no pudo quedarse callada y miró fieramente al abogado:

—Es que eso no es verdad, Román tenía un trabajo de oficinista, solo hacía papeleo. ¡Tuvo que aprender a escribir a máquina y taquigrafía, era un simple funcionario!

El hombre se puso de pie y rodeó la mesa, se sentó en una esquina con los brazos cruzados y observó a su clienta con dureza:

—Te voy a hablar como un padre, con permiso del tuyo —amplio ademán, cabezazo asertivo de Francisco—, y si lo hago, precisamente es por la amistad que tengo con él, porque sé que ha ayudado a nuestra causa y porque nosotros somos agradecidos. Por cierto, Fran... cisco, creo que conoces al presidente de la Diputación.

—¿José María Simarro? Es muy amigo mío.

—Necesito hablar con él de un asunto.

El padre respondió con entusiasmo:

—No te preocupes, mañana lo llamará mi secretaria y te concertará una cita.

—Agradecido. Pues mira lo que te digo, Beatriz, era Beatriz, ¿verdad?

91

Ella asintió dejando que grandes lagrimones le cayeran por las mejillas.

—Beatriz, yo no tendría que decirte esto, es más, no tendría que recibirte siquiera. Debería denunciarte, incluso.

La chica iba a protestar, pero el padre la detuvo con un gesto:

—Sí, claro, Marcos, lo entendemos. Mi mujer quiere llamar a la tuya para...

El otro lo cortó secamente y prosiguió.

—Tu... marido, vamos a llamarlo así, contribuyó a agravar la subversión de todo orden trabajando en un departamento clave... —Con las manos abiertas pareció extender un cartel en el aire—: ¡Propaganda! ¡Todos sabemos los bulos, las mentiras y falsedades que se crearon contra el glorioso ejército nacional para perpetuar el ominoso yugo marxista! ¡Usaban métodos copiados a los rusos bolcheviques, jugando con los instintos primarios y analfabetos de una banda de bestias fieras!

Francisco hizo amago de aplaudir obsequiosamente, pero el otro lo impidió agitando una mano mientras con la otra sacaba un pañuelo para secarse la frente, porque este agudo ataque de patriotismo lo había dejado exhausto.

Francisco barruntó cómo podía estar a la altura de este momento histórico y al final dijo, sintiéndose muy ridículo:

—Viva Franco.

A lo que el otro contestó sin ambages:

—Arriba España.

Se pusieron de pie los dos, firmes, con los brazos a lo largo del cuerpo y el mentón alto. Justo entonces entró el pasante, que llevaba la camisa azul de falangista, y al percibir la situación se vio obligado a lanzar los tres gritos rituales:

—¡José Antonio! ¡José Antonio! ¡José Antonio!

Y los dos hombres contestaron cada vez:

—¡Presente! ¡Presente! ¡Presente!

Fue Francisco el primero en recuperarse, carraspeó, se arregló de nuevo el nudo de la corbata y preguntó en tono ligero:

—¿Fuiste a Alicante?

Porque el cadáver de José Antonio Primo de Rivera, fundador de la Falange, un héroe que Franco exaltaba porque ya estaba muerto y no podía hacerle sombra, había sido trasladado desde Alicante, donde lo habían fusilado al comenzar la guerra, hasta El Escorial. Fue a hombros de sus camaradas, en jornadas ininterrumpidas, haciendo turnos de ocho horas.

Marcos Quintero manifestó con expresión compungida:

—No pude, no estoy bien de la rodilla —señaló un bastón apoyado en la pared—, ya sabes que me pegaron un tiro en el frente.

Francisco, que estaba al tanto de que el abogado nunca había pisado un campo de batalla porque había pasado toda la guerra refugiado, primero en San Sebastián, después en Salamanca y más tarde en Burgos, asintió fervorosamente:

—Sí, yo tampoco estoy bien..., hay que dejar paso a la juventud... —Se guardó para sí el cierre de la frase «a todos esos idiotas»—. Mi hija mayor, que ya sabes que es de la Sección Femenina, quería ir, pero había un cupo muy restringido para las mujeres, fueron órdenes de Pilar.

Pilar, tan famosa que no necesitaba apellido, era la hermana de José Antonio, que tampoco necesitaba apellido. Estaba al frente de la Sección Femenina de la Falange, que se ocupaba de educar a las mujeres en los mismos principios de la liga de las muchachas alemanas: *kinder, küche, kirche*, niños, cocina, iglesia. Había creado también el Auxilio Social para socorrer a los centenares de miles de niños que se habían quedado sin padre.

El pasante dejó unos documentos sobre la mesa para la firma y, cuando salió, los dos hombres fijaron su vista en Beatriz, que estaba con la cabeza gacha como María Antonieta frente a la guillotina. El abogado reanudó su filípica en el mismo punto en que la había dejado:

—Pues tu... maridito... entra de coz y hoz en la ley de responsabilidades políticas, además de que pertenecía a una organización adherida al Frente Popular.

Beatriz trató de protestar:

—Pero se afilió a última hora, cuando sus padres...

El hombre vociferó, descompuesto, otra vez convertido en una figura justiciera:

—Peor me lo pones... Cuando ya conocía todos los crímenes de ese régimen de facinerosos, ladrones y asesinos, cuando ya las cunetas estaban llenas de cadáveres pudriéndose al sol y en las checas se torturaba hasta que los presos se volvían locos, se afilió a un partido que toleraba esas aberraciones. ¡Mira lo que tengo aquí!

Abrió un cajón y sacó un puñado de papeles:

—En esta ordenanza el mismo Franco nos aconseja ser magnánimos con todos los que se afiliaron a organizaciones marxistas antes de 1937 porque iban engañados, no sabían lo que hacían, ¡pero mano dura para los que lo hicieron después! ¡Los que apoyaron el terror rojo, los que mataban, torturaban...! ¡Los que extendían el hambre, la cochambre, el dolor y la desesperación!

Beatriz intentó protestar:

—Pero él no era comunista, era cat...

El hombre aulló, tanto que tintinearon los cristales de las ventanas:

—¡Peor me lo pones! —dijo mientras Francisco asentía con la cabeza—. ¡Prefiero una España roja que rota!

Beatriz volvió a taparse el rostro con las manos, a duras penas se entendían sus quejas:

—Román es una buena persona.

El hombre regresó a su asiento detrás de la mesa y empezó a revolver plumas y papeles, cerró los cajones de golpe, cambió el tintero de sitio:

—Déjame a mí de esas buenas personas... Te las regalo a todas, esas buenas personas.

La chica seguía con su llanto inconsolable y el padre tomó la palabra:

—Sí, Marcos, ya lo sabemos, se lo he repetido mil veces para hacerla entrar en razón. Descartado queda que ese hombre vuelva.

El otro contestó irónicamente:

—No, que vuelva, que vuelva..., y ya se encontrará su merecido.

—No sabemos dónde está. Se fue a Francia, pero quizá se ha embarcado hacia América. —Aquí el conde cambió a un tono insinuante—: Podría haber muerto incluso, en la frontera se dieron varios incidentes esos días, ya sabes lo violenta que es la chusma, ¡se mataban entre ellos por un pedazo de pan!

La hija gritó:

—No, papá, muerto no, ¡yo lo notaría!

—Qué vas a notar, eso solo pasa en las películas.

El abogado miró con disimulo su reloj de pulsera y dijo:

—Mira, Francisco, abreviando, un consejo te voy a ofrecer: no le deis más vueltas y por vuestro bien os sugiero que hagáis como si ese hombre estuviera muerto, borradlo de vuestras vidas. Tu hija es joven... —la miró con detenimiento, tan poca cosa y con las huellas del sufrimiento marcadas en el rostro—, quiero decir, que no es mayor y puede salir adelante si se comporta bien, si no da motivos de escándalo. Si se averiguara que ha estado amancebada con un rojo, ¡la mancha sería imposible de borrar, ya lo sabes!

Francisco apretó los dientes por este puñetazo a la honra de su hija, pero tuvo que seguir con voz meliflua, porque ahora era cuando el otro tenía que dar la talla:

—Pero la situación del pequeño, ya me entiendes... No me gustaría que figurara como hijo de madre soltera.

Este era el meollo de la cuestión y lo que realmente importaba al padre de Beatriz, porque para lo anterior no necesitaba a Quintero, ya que él era mucho mejor abogado. Pero el otro, además de ser compañero de carrera, era el responsable provisional del Registro Civil de Barcelona. Las altas, las bajas, las muertes, los nacimientos, todo estaba supervisado por él, a la espera de que se nombrara al juez definitivo. Los tres sabían que este era el verdadero motivo de la entrevista.

—Ya... —Con la punta de un lápiz empezó a dar golpecitos en la mesa—. ¿Cómo se llamaba tu marido? Bueno, ese individuo.

—Mi marido, sí. Román López Costa.

El hombre miró pensativamente la pared, donde por cierto estaba colgada una mala copia de una Virgen de Murillo, como había advertido de inmediato el ojo bien educado de Francisco. Él y Beatriz esperaban en vilo.

—Se me ocurre que, por una parte, el obispo Díaz Gomara, que es persona de bien, podría validar el matrimonio con Román bla, bla, bla, fallecido con posterioridad, por supuesto, en acción de guerra.

El padre sugirió:

—Y si pudiera ser un caído por Dios y por España... —Sacó su acento más persuasivo—. No tenían trato con nadie y nadie tampoco tuvo nunca constancia de su afiliación.

El otro iba a protestar, pero al final se le pasaron por la cabeza los favores del pasado y los que esperaba cobrarse en el futuro de un abogado tan importante como el conde de Túneles, incluida la proximidad con una persona de tanta relevancia social como la condesa, y fingió vencer sus escrúpulos morales y rendirse:

—Veremos qué podemos hacer. —Se reclinó en el asiento ahora mirando el techo, padre e hija esperaban con tal ansia que casi se caían de la silla, parecía que hasta el tiempo se había detenido—. Veremos... Hubo un combate a la entrada de Sitges donde cayeron gloriosamente medio centenar de los nuestros; podríamos ponerlo en la lista, ya que hay varios cuerpos sin identificar.

Un suspiro surgió del pecho de Francisco y le dio la sensación de que el aire se hacía más ligero, se volvieron a oír las bocinas de los coches, voces de clientes en la sala de espera, y la película de la vida echó a rodar. Dio dos golpes resolutivos en los brazos del asiento, se levantó y se puso el sombrero, mientras una sonrisa levemente irónica entreabría sus labios. Este favor le costaría, claro que sí, y lo más difícil sería convencer a Emilia para que invitara a la mujer del abogado al palco del Liceo, pero se daba cuenta de que en esta nueva España todo era posible. Si tenías los contactos necesarios, todo era posible.

El hombre los acompañó a la puerta. El semblante de Beatriz era una amalgama de emociones. Por una parte, se sentía como si ella misma hubiera asesinado a Román y, por otra, sin querer confesárselo, se sentía tranquilizada. Seguiría amando al fugado, pero su vida sería más fácil. Al final, dejarse llevar no era tan malo.

El abogado aún le hizo dos últimas recomendaciones:

—Sería conveniente que hicieras un donativo a Auxilio Social y te vistieras de luto. —Agitó la mano hacia su vestido—. No negro, eh, sino eso que se llama alivio de luto.

El padre se dirigió a ella:

—¿Ves qué buenos consejos te da Marcos? —intervino Francisco, y le contó al amigo en tono ya extraprofesional con una punta de orgullo—: Me ayuda en el despacho y estudia Derecho también.

El abogado ya estaba cerrando la puerta, pero decidió la estocada final:

—Mi chico también estudia, ya me ha dicho que hay alguna mujer en las aulas... No creo que puedas casarte, o sea que está bien que tengas esa salida.

Ya en la calle, el padre resopló con fuerza, pues quería a su hija de verdad y se había sentido humillado con las palabras del abogado:

—Menudo fantoche, no veía la hora de acabar con esta pamema. Porque lo necesitamos, que si no, a buenas horas hubiera tenido trato con él.

La hija no respondió. Delante del viejo caserón de la plaza Universidad le dio a su padre un beso en la mejilla y cruzó corriendo la puerta que aguantaba el bedel, un mutilado por Dios y por la Patria.

El patio central estaba tranquilo, Beatriz se sentó un momento bajo las arcadas, unos nenúfares polvorientos flotaban en el pequeño estanque y la humedad le daba a la piedra un brillo acharolado. Las puertas de las aulas estaban abiertas porque a estas horas no había clase; Bea sabía que detrás del rectorado había un jardincillo que servía de esparcimiento a las parejas, hasta tal punto que un par de meses antes habían tenido que bendecir el lugar con agua de Fátima y un vigilante hacía guardia permanente.

Empezaba a anochecer, pero el cielo estaba tan nublado que se veía de un color gris sucio. El frío de la piedra le helaba los muslos a pesar del abrigo, las medias y la falda, y en ese preciso instante se dio cuenta de que, por una increíble pirueta del destino, había renunciado a su marido justo un año después de que Román se hubiera ido de su vida para siempre.

¡Para siempre! En el sótano de la vecina le había acariciado el bigotillo incipiente. Se quitó los guantes de lana para mirarse los dedos y se los llevó a los labios. Toma, te beso, dedo número uno, te beso, número dos, y el tres y el cuatro y el cinco. Lo tocasteis, ¿os acordáis? ¡Nos saboreábamos sin fin con los ojos cerrados!

Un alumno la miró con curiosidad y ella borró de sus labios la sonrisa extraviada. Tenía que asimilar su nueva condición, ahora sería viuda de un vivo, un estado anómalo y deprimente. Sin darse cuenta susurró «Román, Román...». Lo hacía mucho, y si alguien le preguntaba «Qué dices», ella contestaba «Estoy rezando».

Los pocos alumnos que se veían eran mayores de lo que cabía esperar de unos estudiantes y sus rostros estaban marcados por las penalidades del cruento drama que acababa de vivir España.

Como ella. Beatriz no podía evitar sentirse una impostora, porque sabía que estaba allí por influencia de su padre. ¡Las influencias, en un país en bancarrota, lo podían todo! Había estudiado en las Damas Negras, aunque ni siquiera había acabado el bachillerato, pero como los expedientes se perdieron cuando habían incendiado el colegio, nadie le pidió la documentación pertinente. A los excombatientes se les impartían unos estudios acelerados porque la reconstrucción de la patria necesitaba licenciados, y se les evaluaba con los llamados «exámenes patrióticos» o «convocatorias escoba» que todos pasaban. Cuando Beatriz le dijo a su padre que quería estudiar Derecho, cuando casi ninguna mujer seguía estudios universitarios, Francisco había transigido sin poner ninguna pega, algo que sorprendió a la hija, que esperaba una larga discusión. Más tarde se enteró de que su madre la había defendido con argumentos algo egoístas:

—Rosa y Beatriz son chicas modernas; cuanto más independientes sean, menos preocupación para nosotros.

El padre consiguió que la admitieran en la facultad como una más, y así, desde otoño, Bea estaba cursando primero y segundo de carrera y, si estudiaba en verano, tenía planeado acabar Derecho en dos o tres años.

A Paquito lo cuidaba una niñera que le había escogido su madre y que vivía con ellos en el pequeño ático del paseo de Gracia. Por las mañanas solo tenía que bajar dos pisos para acudir al despacho paterno, donde hacía tareas sin importancia, pero que la mantenían ocupada en todo momento porque cada vez eran más numerosos los casos que llevaban y el bufete se estaba convirtiendo en uno de los más prósperos de Barcelona.

Ella misma se asombraba de su capacidad de trabajo y de algo incluso mejor: le gustaba estudiar y sabía que le gustaría también la práctica del Derecho.

Un muchacho feo pero con cara simpática, con unos libros bajo el brazo, se dejó caer a su lado:

—¿Cómo te ha ido con el idiota de mi padre?

Sin querer, Bea se echó a reír. Julio, el hijo del abogado Quintero, no se parecía en nada a su padre. Se habían conocido el primer día de clase, él estaba descabezando un sueñecito echado de bruces sobre la mesa, y ella le despertó cuando el profesor entró en el aula. Desde entonces, ella le prestaba sus apuntes y él era el único que le hacía reír. Julio sabía que tenía un hijo, pero nunca le había preguntado nada más porque, aunque era muy chismoso, también era un gran egocéntrico, algo que convenía a Beatriz para no tener que darle explicaciones.

—Hombre, idiota no sé... Mi padre estaba encantado, lo ha arreglado todo. —No le había contado los detalles del favor que iban a solicitar; después, sin saber qué decir, optó por el elogio fácil—: Se nota que entiende mucho de lo suyo.

—Sí, lo suyo son los enchufes, el peloteo. No sabes lo que era en Burgos, todo el día en la puerta del palacio de la Isla donde estaba Franco con el Estado Mayor, parecía el portero. —Se levantó y empezó a remedar a su padre haciendo reverencias—: Sí, señor ministro; a sus órdenes, general; venga, excelencia, que le limpio los zapatos con la lengua... No sé cómo se metió en el bolsillo a Serrano Suñer, el cuñadísimo, y al final le dieron ese carguito yo creo que por pesado.

A Bea le parecía imposible, después de las escenas penosas que acababa de vivir, pero se le escapaba la risa:

—Ya será menos. Por cierto, no te preocupes, que no le he dicho que somos amigos. No creo que le gustara.

El otro le dio un golpecito cariñoso y adelantó el labio inferior:

—¿Sabes que es hijo de un cabrero? Sí, mi abuelo tenía un rebaño en el pueblo y mi padre estudió la carrera mientras hacía de dependiente en El Siglo. Y mi madre, no te lo pierdas, era...

Ella le devolvió el golpe en el brazo:

—Ay, Julio, no me cuentes eso, va. —Para cambiar de conversación miró a su alrededor—. ¿Qué pasa hoy? ¿No hay clase?

Su amigo, que era un inconstante y ya había olvidado lo que quería confesarle, respondió:

—No, que hoy es el Día del Estudiante Caído y hay un acto arriba, en el paraninfo, ¡vamos al bar!

Bajaron las escaleras que llevaban al sótano cargado de humo y ruido. Las mesas estaban llenas, había mayoría de chicos, encorbatados y vestidos como sus padres, aunque también se veían algunas chicas con gafas gruesas y faldas de mezclilla. Todos llevaban abrigos y bufandas y se echaban el aliento en las manos, porque aquí hacía todavía más frío que en la calle. En la mesa más grande se sentaban los miembros de la tuna con las bandurrias y guitarras apoyadas en las sillas. Dos camareros con chaqueta blanca se afanaban en servir a todos, cada vez que alguien dejaba una propina sonaba una campana.

Bea y Julio se sentaron en una mesa que acababan de dejar libre dos monjas, después de coger unos cafés en la barra, aunque en realidad era un sucedáneo llamado malta.

Los dos hicieron a la vez una mueca:

—Puaj, qué asco.

Julio tenía un rostro movible, de careta de goma, y todo lo que decía, aunque fuera en serio, hacía gracia. Era alto y desgarbado y siempre le colgaba un cigarrillo del labio inferior.

De pronto el guirigay se detuvo y Beatriz se puso alerta. Cuatro falangistas uniformados de la cabeza a los pies, pistola incluida, bajaron con gran ruido de botas e hicieron un aparatoso saludo a la romana.

Rezongando unos, entusiasmados otros, los estudiantes se pusieron de pie y los secundaron, los tunos con gran movimiento de capas. Los camareros también se irguieron detrás de la barra, brazo en alto. Uno de los falangistas, que parecía su caudillo, gritó con voz estertórea:

—¡Viva Franco! ¡Arriba España!

Todos contestaron después los tres gritos de rigor, ¡José Antonio! ¡Presente! Y a continuación tomó la palabra el cabecilla:

—¿Qué hacéis aquí, refocilándoos en el alcohol y la palabra hueca, mientras arriba se homenajea a nuestros heroicos compañeros que han caído en el campo de batalla luchando virilmente contra la horda roja? ¿No sois españoles acaso? ¿O es que lo que no sois es... hombres?

Todos recogieron sus carpetas y se apresuraron a salir

mascullando excusas. A los falangistas se les temía en la universidad; la semana anterior habían dejado herido a un estudiante que se había negado a saludar y habían pelado al cero a unas muchachas porque decían que habían sido novias de rojos. Instintivamente, Beatriz se llevó la mano a la cabeza, donde lucía una corta melenita rizada.

Si supieran...

Le pareció que el rostro del líder le sonaba. Esa fisonomía larga y algo caballuna, los labios finos, la frente arrugada a pesar de su juventud... Sí, sí, lo tenía en la punta de la lengua...

¡Pero si era Pepe! ¡Claro! ¡El amigo de Román! ¡Uno de los muchachos que se habían ido con él a Francia!

Lo había visto varias veces desde la ventana cuando venía a buscarlo durante los permisos que le daban en el frente. Pe... pero ¡si hace un año era un miliciano! ¿Y ahora falangista?

Sacudió la cabeza, se frotó los ojos, pero era él, seguro.

Vaya. Así que el abogado Quintero tenía razón y era posible cambiar el pasado como el que se cambia los calcetines. Lo mismo iba a hacer ella, pero con la diferencia de que la transformación la haría sobre un cadáver. Un presunto cadáver caído por Dios y por España.

Román le había dicho que Pepe también estudiaba para ingeniero. Había cambiado de carrera, pero ¿cómo había vuelto desde Francia? ¿Y cuándo? ¿Por qué él sí y Román no?

Ya iba a dirigirse a él, ya le asomaban las palabras a la boca, cuando el sentido común la hizo enmudecer. No podía delatarse, la prisión estaba llena de mujeres que no habían cometido otro delito que tener relaciones con un rojo.

¿No había negado al marido como negó Pedro tres veces a Cristo? ¡Y sin necesidad de que cantara el gallo!

Pepe, sí, ahora estaba segura de que era él, paseaba la

mirada por el local. Tenía los ojos enrojecidos por la falta de sueño y se movía con gestos espasmódicos. Ella intentó hacerse pequeña, insignificante, aunque era consciente de que se trataba de una precaución absurda, ya que Pepe no la conocía. Aunque ¿no había ido al cementerio de Montjuic, al entierro de los padres de Román?

Ahora no lo recordaba.

De pronto, el muchacho se adelantó y se dirigió hacia ellos con expresión reconcentrada. Bea contuvo el aliento, Julio le dio un leve codazo para que se mantuviera inmóvil, un puño de hierro le atenazó la garganta sin dejarla respirar siquiera.

Pero Pepe pasó por su lado, tan cerca que sintió su olor agrio de sudor rancio. Con gesto amenazante se dirigió a un alumno vestido de cura que llevaba un libro bajo el brazo. Lo cogió, lo abrió y luego leyó de forma insinuante:

—Jacques Maritain. —Lo miró fijamente, hipnóticamente—. ¿Qué haces leyendo propaganda antiespañola?

—No, por favor, si es un filósofo católico...

—Francés. Es francés. —Le cruzó la cara con un bofetón ligero, casi no le tocó, pero el cura enrojeció de humillación—. ¿No sabes que los franceses no nos gustan? Es un pueblo decadente y lleno de vicios, menos mal que pronto los meteremos en cintura.

El bar estaba ya casi vacío, Beatriz temblaba, Julio le dio otro codazo y le señaló disimuladamente la salida. Se deslizaron pegados a la pared sin hacer ruido, volaron por las escaleras y cuando estuvieron arriba, como la mujer de Lot, por un impulso incomprensible, Beatriz giró la cabeza y miró abajo.

Y lo vio, las piernas abiertas, la mano en la culata de la pistola, retándola con los ojos.

8

ROMÁN

¿Qué le pasaba al mundo? ¿No había tenido bastante con el millón de muertos que había costado la guerra española y ahora se encaminaba a un desastre mucho mayor, a una sucesión interminable de dolorosas tragedias en las que se borrarían fronteras, desaparecerían naciones y generaciones enteras perderían dramáticamente sus vidas?

Hitler invadió Polonia el 1 de septiembre de 1939 y después fijó la vista en el resto de los países europeos. Primero fueron cayendo los estados nórdicos, aunque se repartió Finlandia con la Unión Soviética en un pacto contra natura que nadie entendió. Después fueron a por Francia. Los alemanes jugaban con los franceses como el gato con el ratón en lo que la prensa llamaba la *drôle de guerre*. Pequeñas escaramuzas en la frontera, avances y retrocesos en un juego cínico y cruel mientras iba invadiendo el resto de los países europeos. Hitler se reía del presidente Daladier y sabía que, en cuanto se decidiera a dar el zarpazo definitivo, Francia no tendría salvación.

Un continente entero se rompía en pedazos, pero de momento nada de esto llegaba a las cuatro paredes donde se amaban Román y Teresa. Cuando la noche extendía su manto de silencio sobre la ciudad, la muchacha cerraba la tienda y se lanzaba a las callejuelas sumergidas en penumbra para arrojarse a los brazos de su amante. Por primera vez en su vida, Román atisbaba una felicidad tan completa y pura que no podía ni siquiera hablar y se limitaba a arrastrarla a la cama.

Ella lo azuzaba:

—Arre, caballo.

La luz de la vela dibujaba formas espectrales en el techo, el reflejo de sus cuerpos en una larga agonía de placer exquisito. Román se sumergía en esa apoteosis dorada con el entusiasmo del pionero, sintiendo un gozo desmesurado ante la carne venerada. No se acordaba ni de la consulesa, ni de Beatriz, ni de las otras mujeres que había conocido, como no recuerda el águila cuándo aprendió a volar.

El hastío y el sinsentido que lo habían acompañado como una segunda sombra desde la muerte de sus padres había dado paso a una sensación de incredulidad de sí mismo. Se extasiaba rozando con la palma de la mano la piel de Teresa. Tenía la nuca partida en dos, con un doble camino de rizos muy negros, y en la parte baja de la espalda una ligera capa de vello oscuro como si fuera un lobezno. Román reptaba hacia ella por las sábanas sucias y arrugadas y hundía la lengua en los dos hoyuelos que tenía sobre las nalgas. La chica hacía amago de voltearse y le gritaba por encima del hombro:

—Eh, tú, asqueroso, degenerado.

Pero permanecía inmóvil dejándose besar, chupar, acariciar, penetrar, y luego era ella la que le pedía:

—Ahora yo.

Empezaba riendo, con los caninos en pico como una fiera mitológica, y Román a veces temía que fuera a devorarlo a dentelladas. Pero después el salvajismo daba paso a una sabiduría sexual que solo podía ser fruto de la práctica. Él trataba entonces de entregarse al disfrute, pero no podía evitar que unos celos feroces le mordieran el alma.

—¿Quién te ha enseñado?

Ella callaba porque ese era su secreto, que le tenía que contar algún día, pero que aún no le había contado.

Aparte de esos momentos de intimidad, no se veían. Ella seguía en la panadería y dedicada a sus tareas de militante comunista de las que nunca hablaba, y él había comenzado a traducir para la editorial en la que trabajaba prospectos de medicinas del alemán y del inglés, idiomas que desconocía. Y es que su jefe, que era un anciano escéptico de vuelta de todo que había perdido un ojo en Ypres en 1914, aceptaba cualquier encargo que les hacían, aunque no estuvieran cualificados para ello. Román se ayudaba de un diccionario, pero, aun así, dudaba de que su traducción de las instrucciones médicas resultara fiable. Teresa se burlaba:

—Vas a causar más bajas que nuestra guerra.

Román había alquilado una habitación en casa de una viuda en la calle Lafon, en un barrio donde vivían muchos refugiados de la CNT. La mujer era alsaciana, su marido había sido un cabo del ejército que había muerto de gripe española en 1918. Cuando conoció a Román le dijo:

—No se le ocurra sentirse culpable, eh —levantó un dedito arrugado con coquetería—, que ya hace mucho tiempo.

Iba con los labios pintados de rojo, miró a Román apreciativamente de arriba abajo y le tendió una llave con un parpadeo insinuante. Félix, que lo acompañó, aunque él prefería seguir en el cuartel de bomberos porque le quedaba más cerca de su trabajo, le comentó entre risas mientras Román metía sus pertenencias en los cajones de una vieja cómoda:

—Estas francesas son la monda. Da igual que tengan mil años, nunca puedes verlas como a una madre.

Aunque la habitación era pequeña y muy sencilla, la viuda había intentado alegrarla con unas láminas en la pared con imágenes de la *Illustration Française* y una colcha cosida con retazos de telas de colores. Una silla de madera y una mesa sobre la que Román depositó sus escasos libros completaban el precario conjunto.

Al mediodía iba a un bistró al que acudían los anarquistas españoles. Le sorprendió que muchos de ellos comiesen leyendo un libro. Otros mantenían conversaciones acaloradas, pero acababan golpeándose la espalda y bromeando. Y, aunque sabía que su destierro era el más duro, pues carecían de fondos propios o cajas de resistencia, se peleaban por ver quién pagaba la última ronda. De agua o café, porque casi ninguno bebía alcohol y muchos eran vegetarianos. Una vez uno de ellos se había propasado con la camarera, una chica joven y guapa, y otro se lo había afeado con lo que él creía era una fineza dedicada a las mujeres presentes:

—Compañero, las féminas son flores delicadas que no entienden estas bromas groseras.

Y una mujer que comía con la cabeza hundida en el plato levantó la vista para recriminarle secamente:

—Compañero, las flores delicadas también hemos salido a luchar y a morir si ha sido preciso.

Román no hablaba con nadie y, aparte de la camarerita que le dirigía miradas incitadoras, nadie parecía tener interés en su persona, lo que suponía un alivio al lado del chismoso y endogámico mundo del exilio que hasta entonces había conocido. Aunque al principio los observaba con recelo, no tardó en sorprenderse de la diferencia que encontraba entre estos hombres, en apariencia pacíficos y respetuosos, y las fieras sanguinarias que habían perpetrado horribles carnicerías en los conventos y que durante los treinta y dos meses que había durado la guerra habían asesinado a miles de personas sin más pecado que tener posibles, pertenecer a la nobleza, cargar cuentas pendientes o, lo peor de todo, por simple capricho.

A las dos en punto el restaurante se vaciaba, pues todos trabajaban, ellos en la construcción y ellas en la limpieza o de costureras. La realidad era que les resultaba más fácil conseguir trabajo a las mujeres que a los hombres y muchas veces eran ellas las que mantenían a la familia, siempre con tareas duras que no querían hacer los franceses y para las que no se requería ni preparación ni conocer el idioma.

Algunas de esas mujeres habían tenido en España responsabilidades políticas o habían estado al frente de organizaciones numerosas, pero ahora debían dedicarse a las faenas domésticas, cuidar hijos ajenos o limpiar hospitales.

En el bistró solo se quedaba un hombre mayor, con una corta barba blanca, que fumaba picadura mientras pasaba las hojas de un gastado librito.

Como vio que Román hacía esfuerzos para leer el título, se lo enseñó. Era *La madre,* de Máximo Gorki.

—¿Lo conoce? —le preguntó, y al ver que Román negaba con la cabeza, se lo ofreció—. Léalo, ya me lo devolverá.

—¿No lo va a terminar?

—No se preocupe, lo he leído varias veces.

—Vaya, pues muchas gracias.

El hombre señaló la portada, en la que una mujer anciana tendía las manos pidiendo limosna:

—Ahí verá que a los pobres nunca nadie nos ha regalado nada, todo lo hemos tenido que coger a costa de esfuerzos, ¡hasta las armas para defender la República nos negaban! Así comprenderá usted que muchas veces la única salida que tenemos es la violencia.

Román protestó vehementemente:

—Eso no podré entenderlo nunca.

El otro tuvo un rictus de intenso sufrimiento.

—Porque usted nunca ha visto cómo tratan los patronos a los trabajadores y los caciques a los jornaleros, peor que a animales de carga... Yo estaba presente cuando un señorito mató de un tiro a un montero porque no había encontrado una pieza que había cazado.

Román se acordó enseguida de Carlitos y de Modesto, pero optó por no decir nada y limitarse a comentar:

—Pero hay odios y ensañamientos injustificables, como arrastrar con mulas a pobres sacerdotes por las calles.

El hombre alzó la mano:

—Pues se han vengado bien. ¿Sabe usted que los curas están ayudando a matar a mucha gente? Se han puesto al lado del régimen fascista, pero si hasta quieren canonizar a José Antonio... Se han convertido en los delatores oficiales de Franco: si un cura te señala, ya estás muerto. El otro día juzgaron al hermano pequeño de un chico que come en esa mesa del rincón y lo condenaron a muerte. Él dijo que no había hecho nada y el cura del barrio declaró en su contra diciendo: «Si no ha sido él, ha sido el hermano, o sea, que es lo mismo». ¡Y lo fusilaron! El clero no conoce ni la piedad, ni el perdón, ni antes, ni ahora. —Señaló el libro que Román tenía entre las manos y declamó enfáticamente—: «Nos han cambiado incluso a Dios: lo han vuelto contra nosotros. Hay que transformar ese Dios, madrecita, hay que purificarlo. Lo han vestido de mentira y de calumnias, han mutilado su rostro para matar nuestra alma».

El hombre hablaba educadamente, muy lejos de las expresiones groseras que utilizaba la clientela habitual del restaurante. Román le preguntó, aun sabiendo que cometía una impertinencia:

—¿Es usted también anarquista?

Y el otro contestó con orgullo:

—Sí, señor, soy maestro de la escuela libertaria de la calle Alcolea. De Barcelona, como usted, ¿acierto? —Y añadió con tristeza, sin esperar su respuesta—: Mejor dicho, lo he sido. Ahora ya no soy nada, porque el hombre que no trabaja ya no es nada.

Cuando se fue, Román abrió el libro y en la primera página había un poema escrito con lápiz:

No te des por vencido, ni aun vencido,
no te des por esclavo, ni aun esclavo,
trémulo de pavor, siéntete bravo,
y arremete feroz, ya malherido.

¡Que muera y vocifere, vengadora,
ya rodando en el polvo, tu cabeza!

Teresa lo reñía:

—¿Para qué hablas con ellos? Por culpa de los anarquistas perdimos la guerra.

Él respondía, irónico, contando con los dedos:

—Mira, te voy a decir todas las causas por las que perdimos la guerra. Uno, la traición de los países democráticos; dos, la superioridad del material suministrado a los fascistas por Italia y Alemania; tres, nuestra desunión ante la unión de las fuerzas enemigas; cuatro...

Ella se exasperaba:

—Sí, pues es verdad, todo es verdad, pero por su culpa también. ¡Prefiero a un fascista que a un anarquista!

Él se llevaba las manos a la cabeza:

—Pero qué barbaridades dices. Aunque, claro, ya veo que Hitler y Stalin son más que amigos, se han hecho cómplices y se van a repartir el mundo.

La muchacha murmuraba con fe ciega:

—Si lo ha decidido Stalin, bien decidido está.

—Pero, a ver, ¿por qué no admites que los anarquistas tienen sus ideales, como los tenéis vosotros?

—Pero ¿cuáles son sus ideales? Son cuentos chinos, irrealizables. ¿Ellos tienen una Unión Soviética? No, ¿verdad? No se puede construir un país ni un futuro con esas tonterías en las que creen. Son unos chalados inmaduros, infantiles, primitivos. Si hubieran sido una fuerza organizada como nosotros y con un objetivo común...

—Si hubieran accedido a luchar bajo vuestro mando, quieres decir.

Ella le tiraba la almohada encima:

—Ay, calla, no entiendes de política, eres un cacho de carne que solo sirves para la cama.

Él reía:

—Pues mira, tan jodidos os veo a vosotros como a ellos. En esta guerra no pintáis nada, ni anarquistas ni comunistas, ninguno de los dos.

Ella reía misteriosamente y tenía una de esas miradas por las que se le escapaba el alma. Román sabía que Teresa era una militante disciplinada y que seguramente el partido tenía algún plan para su futuro. No era su caso, que vivía desligado de todo y de todos. Cuando no estaba con Teresa caía en una melancolía morbosa; si no trabajaba, se quedaba acostado en su camita de la pensión mirando el techo y sometiéndose a la exquisita tortura del recuerdo. No, no, que el recuerdo era el verdugo del presente, pero ¿qué futuro le esperaba a él? Gorki decía en *La madre*: «Se vive cuando se espera algo bueno, y si no se espera nada, no es vida». Se repetía la frase obsesivamente: algo bueno, algo bueno... Él había tenido planes, quería ser ingeniero y llegar lejos, le gustaban las chicas. ¡Se echó a reír recordando las ramitas de boj que se encontraba luego su madre en los calzoncillos! ¡Román, pero dónde te metes! Había querido a sus amigos, ah, lo daría todo para ir de nuevo en ese cochecillo hablando de las francesas, para que ese viaje durara eternamente.

Félix el Gordo al final se había ido a Orán para enrolarse en la Legión Extranjera. Había embarcado en Marsella y hasta el último momento le había pedido que se fuera con él. Cuando fue a despedirse a la pensión, aún pensaba que lo acompañaría:

—Esta guerra va a ser tremenda, Román. Los agentes de reclutamiento están entrando en los campos donde malviven nuestros compatriotas y les hacen abrir la boca como si fueran bestias para ver su estado de salud.

Román desconfiaba de todas las noticias, sabía la facilidad con la que se expandían los bulos:

—¿Será verdad?

Félix se enfadó y lo cogió por las solapas:

—¿Cómo? Están vaciando Vernet, Argelès, Septfonds... Se los llevan a las compañías de trabajo militarizadas para construir fortificaciones que no van a servir de nada contra el ejército nazi y luego los movilizarán, ¡serán carne de cañón! ¡Y después de ellos iréis vosotros, porque todos estamos fichados! —Llevaba el petate al hombro, tenía un coche esperando abajo, anochecía y el barco salía de madrugada—. En la Legión quizá moriremos, pero moriremos matando, como hombres.

—Qué tristeza: sabemos matar y morir, pero no sabemos vivir y entendernos.

—Qué filósofo te has vuelto desde que alternas con los anarquistas —rezongó el amigo, y bromeó golpeándose la barriga—: Mira, con lo gordo que estoy, seré el blanco más fácil.

Román se encogió de hombros y al final Félix le dijo con aguda perspicacia, porque él nunca le había contado nada:

—Te tiene bien cogido por los huevos esa chica, ¿verdad? Feliz tú, que aún tienes esas ilusiones, yo desde aquello estoy muerto por dentro. —Como Román iba a protestar, levantó las manos—. Me parece bien, de verdad, en serio te lo digo, dame un abrazo.

Se abrazaron, dos hombres llorando mientras en el cielo iban apagándose las últimas estrellas. ¿Se volverían a ver algún día?

Salieron cuatro de España y ahora se había quedado solo.

Claro que la viuda hacía todo lo posible para colarse en su cuarto: le arreglaba la cama, se llevaba la ropa para remendarla, empezó a dejarle flores en un vaso, seguramente cogidas de un arcén, margaritas, prímulas, ramitas de olivo... Una vez se alzó de puntillas, le cogió la cara con las dos manos y le besó en las mejillas diciéndole con arrebato:

—Pero qué guapo es usted.

A Román, aunque no quería confesárselo, le enternecían sus cuidados y sentía gratitud por su compañía. En el cuartel de bomberos ansiaba estar solo y ahora echaba en falta la presencia humana, hasta añoraba las voces chillonas de sus compatriotas.

—¿Quiere que le traiga un té, Román?

Él detestaba este brebaje, que le parecía agua sucia, y negaba con la cabeza sonriendo, mientras disponía los útiles de su trabajo sobre la mesa: un lápiz, el original que tenía que traducir, un folio y un diccionario. Como ya no hacía vida con los otros refugiados españoles y nadie sabía dónde se alojaba, le sorprendió escuchar un taconeo por el pasillo en dirección a su cuarto. No podía ser Teresa, ya que, además de andar siempre en zapatillas, corría, saltaba y armaba un alboroto endemoniado, y ya le había dicho que hoy seguramente no iría porque llegaba su hermano desde Angulema. Román esperaba conocerlo al fin, ya que solo lo había entrevisto el día que habían cruzado la frontera, aunque le producía un ligero e inexplicable temor.

Pensó que podía ser la viuda de nuevo. ¿Qué inventaría ahora como pretexto? Le recordaba un poco a su madre, que a veces, mientras estudiaba, entraba en su cuarto y le ponía la mano en la frente, «Te he visto muy encendido de cara..., a ver si vas a tener fiebre». Él una vez le cogió la mano y se la besó y vio lágrimas en sus ojos. Ojalá se lo hubiera hecho más veces.

No había puesto el pestillo; en realidad estaba roto, algunos huéspedes se quejaban a la viuda porque no había seguridad en la casa, ya que cualquiera podía entrar y salir. Ella levantaba una mano desdeñosamente: «Si alguno tiene miedo, que se vaya». Los pocos cuartos que tenía estaban muy solicitados porque eran baratos y la situación muy buena.

La puerta se abrió despacio y, antes de que sus ojos reconocieran a la persona, ya había aspirado el aroma a cigarrillos árabes y el fuerte perfume de sándalo de Eva, la húngara, la consulesa. Cuando la vio, enmarcada en el cuadro de la puerta, con sus pieles de zorro al cuello, un sombrero con una redecilla que le tapaba la parte superior del rostro y pose teatral, una mano en la cadera y la otra aguantando la boquilla, le impresionó, porque le pareció que estaba ante la portada de una de esas revistas de moda que veían en los quioscos. Pero acto seguido la encontró falsa y artificiosa al lado de la aplastante naturalidad de Teresa, que incluso cuando iba al exiguo retrete que estaba en el pasillo, frente a la habitación, se empeñaba en dejar las dos puertas abiertas para poder hablar a gritos sin ningún recato. Cuando él se lo afeaba entre risas, ella reía más aún: «Uy, qué finolis nos ha salido el niño... Pues qué hay más natural que c...». Él le tapaba la boca, chist, y todo terminaba siempre igual, rodando por la cama abrazados en un verano infinito.

Ahora esas puerilidades le avergonzaban, y le avergonzaba que le avergonzasen. Eva se dirigió sinuosamente hacia él, con pasitos cortos, ya que llevaba falda tubo. Al no ver otro lugar para sentarse, lo hizo en la cama, con las piernas cruzadas. Llevaba delicados zapatos de ante gris a juego con los guantes, que se fue quitando con deliberada lentitud mientras le decía, sin mirarlo:

—Llevamos un año sin vernos, ¿y te quedas callado? ¿No se te ocurre decirme nada?

Román se sobresaltó y se puso en pie, entre balbuceos:

—Perdona, Eva, claro, ha sido la sorpresa, ¿cómo estás? ¿Qué ha sido de tu vida estos meses?

Ella se llevó las manos a la cabeza irguiendo el cuerpo y

sacando pecho, se despojó del sombrerito que depositó a un lado y, aún sin mirarlo, explicó con su dulce cadencia criolla, más acentuada de lo que recordaba él:

—Pues hemos viajado a Venezuela, Chile y Perú y ahora estamos a la espera de un nuevo destino. —Dirigió un vistazo alrededor—: Me han dicho que tú ya no pasas por Le Florida... Así que aquí es donde te has escondido.

Él dejó escapar una risa nerviosa. Había una sola ventana que daba a un descampado y las ilustraciones que la patrona había puesto en la pared con tanto cariño, y que hasta hacía un momento le parecían bonitas, no dejaban de ser unas páginas arrancadas de una revista clavadas con chinchetas. El lugar era feo e incómodo, ahora se daba cuenta, sobre todo al lado del lujo de la húngara, aun cuando advertía que en realidad se trataba de un lujo ordinario, un refinamiento postizo copiado de las actrices de cine. Eso le devolvió la seguridad en sí mismo:

—No me escondo... Tengo mucho trabajo y no salgo en todo el día.

Ella entrecerró los ojos y dijo lentamente:

—No es lo que me han dicho. Me han contado que has perdido la cabeza por una comunista piojosa.

Le sorprendió la malevolencia de la observación, intentó protestar, pero no sabía si defender su inocencia o defender a Teresa. Al final, incómodo, masculló:

—No creo que tenga que dar cuentas a nadie.

—¿Y yo qué?

La mujer lo dijo con arrogancia y exigencia, algo que sorprendió a Román, que había borrado de su mente su relación sexual, como tampoco se acordaba de las prostitutas con las que se había acostado en la Maison Chevalier. ¡La Maison Chevalier! Con un dolor acerbo y punzante su memoria le trajo a Carlitos, el milhombres que se había muerto sin estrenarse.

Movió de forma imperceptible la cabeza para regresar al presente y miró a la mujer con renovado asombro, ¿qué quería? Exigía algo de él, algo que no podía darle.

Tensó la mandíbula, no supo qué contestar y ella se dio cuenta:

—¿Te crees que puedes jugar conmigo, huevón?

El hombre se levantó despacio. La luz amarillenta del crepúsculo había invadido el cuarto, y no sabía qué hacer, iba descalzo y este detalle mínimo le daba desventaja:

—Verás, Eva... Lo hemos pasado muy bien, tú me has gustado mucho —mentía tratando de ser amable, pero la mujer no lo escuchaba, tiró el cigarrillo al suelo y se levantó a su vez, se sacó las pieles que llevaba al cuello y las tiró al suelo también—. Los dos estábamos solos y ahora...

Ella se aproximó, se quedaron frente a frente; la mirada de Eva era dura, altiva. Román advirtió que una fina retícula de arrugas rodeaba sus ojos, sus párpados fatigados y las cejas delineadas con lápiz. Y por primera vez se preguntó cuántos años tendría. Eva se acercó más aún, apretó los labios con determinación, su mano se metió entre los botones de la camisa para tocarle el torso, sus labios se entreabrieron con voluptuosidad... Román cerró los ojos, aturdido... Dejarse llevar, ¿por qué no? ¡Él nunca había rechazado a ninguna mujer! Se excitó.

Pero el jadeo de ella rompió el hechizo de ese instante, abrió los ojos de golpe y la vio, mejor dicho, no vio a Teresa. Una Teresa limpia, salvaje e inocente como un torrente de agua clara en el que quisiera sumergirse.

Se apartó, no quería rechazarla, prefirió fingir precaución:

—No, Eva, aquí es imposible, puede entrar la patrona en cualquier momento.

Ella abrió los ojos y él notó que se sentía ridícula, el peor de los sentimientos, el más bajo, el más humillante, el más difícil de perdonar. Recogió pieles, guantes y sombrero con un gesto enfurecido y le espetó en su idioma:

—*Gyava!* —Y luego tradujo—: ¡Cobarde!

Lo peor de todo fue que su marcha no pudo ser tan majestuosa como su entrada porque se le torció un tacón, y cuando Román quiso ayudarla le dio tal manotazo que casi lo tiró al suelo.

Él cerró la puerta lentamente. Se notaba espeso, como si tuviera fiebre. Por primera vez en su vida le había sido fiel a una mujer. Se sintió mejor persona por eso, pero también descontento con el papel que había jugado.

Se encogió de hombros y se tendió en la cama, le pareció que se adormecía y tuvo sueños y sensaciones descabellados. Cuando oyó la puerta, abrió los ojos. Teresa estaba a su lado olfateando como un perro perdiguero:

—Aquí huele a puta.

Él se incorporó. Recorría aún su cuerpo un resto de excitación por la húngara y notaba la cabeza llena de anhelos turbios. Lo peculiar era que el mismo hastío que le había producido Eva se lo provocaba de pronto Teresa. Como le había pasado con la otra, ahora le resultaba menos deseable, la veía con una luz más cruda que exageraba sus defectos.

Era como si una contaminara a la otra, pero ¿qué le pasaba?

De forma maquinal metió la mano debajo de la falda de la chica, tensó con un chasquido las ligas apretadas alrededor de los muslos, buscó con los dedos el algodón basto, pero ella le detuvo:

—No, hoy no, quiero hablar contigo.

Torciendo la cabeza como si estuviera contemplando un cuadro cuya interpretación requiriera todos sus sentidos, Teresa le preguntó:

—Tú no has estado nunca en el frente, ¿verdad, Román?

—Ya sabes que no.

—Pues no estás combatiendo todo el rato, ¿sabes?

Él se sorprendió:

—¿Qué tiene que ver eso con el gran secreto que me quieres contar?

Teresa bajó la cara y con el índice empezó a dibujar un círculo en la colcha:

—Tampoco tan gran secreto... No sé qué te imaginas. —Lo miró, ceñuda, y de repente, en uno de esos cambios de humor que desconcertaban a Román, preguntó—: ¿Tienes un cigarrillo?

—¡Si tú no fumas!

—Pero ahora sí.

Gracias al ascua momentánea del mechero, Román pudo ver su rostro moreno, con pecas, manchas y hasta un ligero bozo encima del labio que hasta entonces no había percibido. Despojada de la risa, era una carita de niño o de viejo famélico que incitaba a la caricia y el beso fraternal.

Teresa lo observó de reojo mientras aspiraba el humo profundamente y protestó:

—Si me miras así no puedo continuar. —Apoyó la espalda en la pared, encogió las piernas, puso los codos en las rodillas y habló con los ojos cerrados—. Lo que te quiero decir es que, si no estás pegando tiros, tienes muchas horas vacías. ¡Días enteros en los que no haces nada! Y como tampoco trabajas, te aburres, vamos. Dejamos el frente de Aragón porque nos enteramos...

—¿Dejasteis, quiénes?

—¿Pues quiénes vamos a ser? ¿Pompoff y Thedy? —Sonrieron ambos débilmente—. Mi hermano y yo... Ya te dije que éramos de las Juventudes Comunistas. Cuando el golpe de Estado fascista, salimos juntos del pueblo, sin mi padre, porque él se había ido derechito de la prisión de Lérida a combatir a Somosierra, al lado de Madrid, con el batallón de milicianos de Valentín González.

Román se estremeció. Había oído contar que el siniestro Valentín González era jefe de pistoleros de su pueblo, Peñarroya, y que su primera hazaña había sido dinamitar el pequeño negocio de construcción de su propio padre.

—Es ese al que llaman el Campesino, ¿verdad?

—Sí, lo llaman así porque los milicianos a sus órdenes eran campesinos que luchaban en el monte con tácticas de guerrillas... —Abrió un momento los ojos y le dijo con un resto de humor—: Pero tú de estrategia militar no entiendes, estabas ahí, en Barcelona, haciendo el niño bonito.

—No empieces —le suplicó sin acritud, acostumbrado ya a sus pullas.

Teresa le hizo una mamola y prosiguió:

—Pues cuando nos enteramos de que nuestro padre estaba en la sierra de Madrid fuimos a reunirnos con él y era uno de esos días en que no pasaba nada, ¿sabes? El enemigo se había vuelto invisible, el frente se había desplazado y se combatía a muchos kilómetros, el aire no olía a pólvora sino a retama, encendías la radio para saber ¡y no decía nada! Te aburrías porque no había qué hacer y ya estabas harta de verles la cara siempre a los mismos..., y te ponías a jugar a las cartas. Y así estaba mi padre, jugando a las cartas, y fíjate cómo era, que nos dijo: «Esperad ahí, que estoy ganando esta mano». Y después sí nos abrazó y les contó a sus camaradas que estaba muy contento de que hubiéramos ido.

—Tenía ganas de veros.

—Sí, pero sobre todo porque éramos cuatro brazos más para luchar contra el fascismo. Eso nos dijo.

Aquí llegaba la parte más difícil del relato, volvió a dibujar el círculo sobre la colcha hurtándole la mirada:

—Uno de los que jugaban era... —Cogió aire—. Se llamaba José, había sido guardaespaldas de la Pasionaria, pero se había tirado al monte a empuñar un fusil porque tenía ganas de combatir de verdad. Cuando me vio... —Tímidamente apareció una sonrisa como el sol que aparece por segundos entre las nubes después de una tormenta—. Bueno, cuando llegaba una mujer al frente no sabes el alboroto que era aquello; los camaradas creían que todas éramos trabajadoras del amor, o sea, putas, para que me entiendas, y yo tenía que explicarles siempre la misma cantinela: que era una miliciana más.

—¿Intentaban... propasarse?

Teresa le dio un golpe con una corta carcajada:

—Escucha al niño, lo cursi que es. Pues sí, todos los hombres tenéis dentro un animal, pero si se lo cuentas con paciencia, hasta los animales entienden. ¡Y cuando no llegaban las palabras, mi hermano se lo contaba con los puños! ¡O si no, un buen rodillazo en las partes también servía!

Instintivamente, Román se encogió sobre sí mismo y ella no pudo evitar decirle con cariño:

—Atontolinado.

—Va, sigue.

—Pues nada, nos pusimos a jugar también, luego cantamos y recitamos poemas bonitos.

—¿Cómo son los poemas bonitos?

—Pues aún me acuerdo del de José:

> *El mentir de las estrellas*
> *es un dichoso mentir,*
> *porque nadie puede ir*
> *a preguntárselo a ellas.*

Lo miró con ingenua timidez a la espera de su dictamen y Román hizo un esfuerzo para contestarle:

—Precioso.

A ella le debió de sonar rara la voz, porque le dirigió una rápida mirada, pero prosiguió:

—... y ya nos quedamos unos días, días sin guerra y sin trabajo, como vacaciones de ricos, días en los que no pasa nada, pero, mira, sí que pasó.

—¿Qué pasó?

—Pues eso, que nos quisimos.

—¿Os enamorasteis?

El rostro de la muchacha enrojeció como si fuera a estallar. Se llevó la mano a la nuca en un gesto muy femenino y con un parpadeo exagerado protestó:

—¿Enamorarse, como burgueses? —Aunque luego admitió—: Bueno, algo así.

A él le dolió, mucho. Sintió unos celos ilógicos y desatinados, pero fingió indiferencia sabiendo que, si demostraba que le importaba, ella callaría todo lo que había callado hasta ese momento.

—Pues vaya cosa, normal, ¿no? Todo el día juntos.

—Nos casó el Campesino.

—Pero ¿cómo? ¿Estás casada?

Ella lo miró con recelo, arrepentida ya de habérselo contado, y él se apresuró a disimular:

—Quiero decir, ¿él podía hacerlo?

—¿Casarnos? Pues claro, era como un capitán de barco, que puede casar a los pasajeros.

—O sea, que estás casada.

Ella se enfadó:

—Déjame acabar. No estoy casada, bueno, sí, vale, lo he estado.

Las palabras se quedaron flotando por la habitación y se oyeron puertas y ruido de cañerías. Teresa empezó a pasarse la mano una y otra vez por el pelo, tan corto que le quedaron los mechones tiesos como pinchos. Transcurrieron los minutos, y al final, Román, que se había refugiado en un enfurruñado silencio, se vio obligado a romperlo, aunque tuvo que carraspear para aclararse la voz:

—Y ahora ¿dónde está ese tal José?

—Ya llego a eso... —La muchacha volvía una y otra vez al gesto obsesivo de la frente a la nuca. De pronto sonrió, una sonrisa inesperada y extravagante—. ¿Sabes cuál fue mi regalo de bodas?

A Román no le importaba, pero aun así preguntó:

—No sé, ¿un anillo?

Teresa hizo oscilar el índice de un lado a otro.

—¿Eso? ¿Una anilla como se pone a las reses? —Soltó una risotada despectiva—. ¡Quia! Pero no te lo digo, que te reirás.

—No, va, dímelo.

—Pues me regaló un lápiz de labios, ya sabes lo que es, ¿no? —Hizo un gesto con los dedos sobre la boca—. Y antes de ir al combate, me pintaba. ¿Qué?, ¿te parece una tontería?

Él se enterneció:

—No, solo que me extraña, porque nunca te he visto con cosas en la cara.

—Nunca más me he pintado.

Estaba tan triste que Román querría abrazarla, besarla, arrullarla como a los niños. Pero sabía que ella lo hubiera rechazado y prefirió preguntarle:

—Cuéntame qué ha sido de... José.

—Verás, cuando la brigada del Campesino se integró en el Quinto Regimiento y después en el ejército, nuestro padre regresó al pueblo, a organizar allí un grupo de milicias. Pero nosotros preferimos convertirnos en soldados de la República, siempre los tres: José, mi hermano y yo, los tres, ¿sabes? —Dejó el pelo y se abrazó a sí misma—. Siempre juntos.

Román fingía un viril estoicismo mientras trataba de asimilar aquella nueva Teresa y esa vida que se desplegaba ante sus ojos. La muchacha ahora ya no le prestaba atención, hablaba con entusiasmo, sumida en el vértigo de volar por encima de la casa, las calles y la ciudad, no hacia otro lugar, sino hacia otro tiempo.

—Estábamos en todo. Allá donde había tomate, allá íbamos los tres, ¡nos llamaban el trío calaveras! Y no creas que yo me quedaba atrás. —Había orgullo en su voz. Cambió de postura y se sentó con las piernas cruzadas, y con los dedos recogidos en el puño y el pulgar y el índice formando una «L» imitó una pistola, como hacen los niños—. Una vez un requeté quiso abatirme en un cuerpo a cuerpo en la Cuesta de las Perdices, pero me resistí, me intentó acribillar a balazos, yo en el suelo seguí disparando hasta agotar el cargador de mi pistola, pam, pam, pam, y cuando ya me veía muerta, aparecieron José y Manolo y lo tumbaron allí mismo. ¡Y yo, oye, ni un rasguño!

—¿Y no tenías miedo?

—¡Qué voy a tener, hombre! Si te has de morir, te mueres y ya está, tampoco es para tanto, digo yo.

El fatalismo de ella le impresionó. Y le dio rabia y trató de buscar una grieta en tanta seguridad:

—Suerte tenías de que te cuidaran.

Esta observación enfureció a la muchacha:

—¡Nos cuidábamos los tres, serás imbécil! ¡Anda que yo no he cubierto veces a mis camaradas jugándome la vida! Llevaba un mosquetón de siete kilos y con una que llamaban Rosario la Dinamitera hacíamos bombas de mano caseras. ¡Y no sabes cómo manejaba la ametralladora! ¡Tataratatá! ¡Ni uno! ¡No quedaba ni uno!

Instintivamente, Román se echó atrás sin entender cómo la muchacha de los hoyuelos en las mejillas y los ojos rientes se había convertido en esta criatura desconocida. Pronunció su nombre y alargó una mano para tocarla:

—Teresa.

Pero la chica no lo oyó porque estaba sumida en sus recuerdos:

—No sabíamos estar separados, los tres compartíamos hasta las guardias. Las guardias de noche... Las noches en la sierra, con todas aquellas estrellas en el cielo. —Juntó los dedos en racimo y los acercó a la boca, como si oliera un perfume exquisito—. Bueh, esas noches..., es que no puedo describírtelas.

La tensión de su menudo cuerpo se relajó y la luz de su rostro se apagó de golpe. Se quedó largo rato en melancólico silencio.

—¿Y qué pasó? —le preguntó Román suavemente.

Teresa dio un suspiro largo y fuerte, tanto que le pareció que se movían las sucias cortinas que cubrían la ventana.

—Pues pasó que en Gredos nos dieron la orden de atacar y salimos los tres juntos como siempre, con nuestras armas. Nos pusimos detrás de un cerro en primera línea de fuego y del otro lado lanzaron una granada... Me cayó a los pies. —Los ojos se le vidriaron, empezó a temblar—. José se tiró a cogerla y le estalló en las manos, no le dio tiempo a arrojarla... Ya ves, ¡murió por salvarme a mí! ¡Él, que valía tanto, murió por salvarme a mí, que no valía nada!

Como no la había visto llorar nunca, al principio él no se dio cuenta de que lo estaba haciendo. Lloraba con un llanto avergonzado, hacia dentro. Lloraba sin querer llorar, sacando el labio inferior como hacen los chiquillos, lloraba sin belleza y se frotaba la cara con las palmas de las manos. A pesar de eso, seguía hablando con un rictus de intenso sufrimiento en el semblante:

—Lo dejamos allí tirado. Corrimos y corrimos bajo el fuego, no sé cómo no nos dieron, íbamos disparando y corriendo agachados para ofrecer el menor blanco posible, ¡tampoco sé por qué tenía tanta ansia de vivir cuando había perdido lo que más quería!

Lloraba ahora sin posibilidad de consuelo, su cara hundida en las manos. No dejaba de repetir:

—Lo que más quería... Lo que más quería.

Cada «lo que más quería» era una puñalada en el corazón de Román. Ya no se acordaba de cuántas veces le había reprochado mentalmente a Teresa la falta de profundidad en sus sentimientos, y ahora se daba cuenta de que ella era capaz de amar con pasión, claro que sí, ¡pero no a él! Sin saber muy bien qué hacer, le acarició la espalda y le tendió su pañuelo. Ella se lo pasó por la frente como si fuera hielo y necesitara refrescarse y lo miró con un rostro casi normal:

—¿Sabes que el partido nos envió a Barcelona?

Él intentó aligerar el ambiente:

—¡Figúrate si nos hubiéramos conocido!

Ella no lo escuchó y chasqueó la lengua con desaprobación:

—No me gustó nada lo que vi. No entendía a los catalanes porque no sabía si odiaban más al Gobierno de Madrid o a los fascistas, además de que había mucha desmoralización, nadie tenía fe en nuestra victoria. Todo estaba desorganizado: robaban unos, robaban otros y las patrullas de control lo dominaban todo.

—Los anarquistas.

—¡Tus queridos anarquistas! ¡Y luego me hablas bien de ellos! ¡Tú, nada menos!

Román le cogió la mano e insistió:

—Pero si nos hubiéramos encontrado entonces...

—Pues yo no te habría hecho caso porque mi corazón estaba seco, ¿sabes? —le respondió ella con amargura.

Advirtió el gesto herido de Román, pero no hizo nada por consolarlo, perdida en sus recuerdos, y en lo que duró un parpadeo le vino a él a la mente su propio corazón, que en esa época también estaba seco y había arrastrado a la tumba su matrimonio, que nació muerto. Pero ella había resucitado, eso podía verlo. ¿Y él? ¿Seguía perdido en algún limbo, encontraría al fin la salida de su mano?

—¿Sabes que no me acuerdo de nada de lo que pasó en esos meses en Barcelona? —continuó Teresa—. Solo quería irme, irnos, porque a mi hermano lo destinaron al servicio de inteligencia, pero también estaba asqueado.

Román conocía la fama terrible del servicio de inteligencia de los comunistas llamado SIM, responsable de las checas de Barcelona, la de Vallmajor, la de San Elías, donde había visto al hombre en andas con la cabeza vencida sobre el pecho. La checa de la calle Muntaner, frente a la farmacia donde compraban sus padres.

—No me extraña, ¿qué cometido tenía?

Ella vaciló:

—Es que estuvo muy poco tiempo, porque enseguida se le detectó una enfermedad en los pulmones, pasó unas semanas en el hospital de Montjuic, pero tuvo que dejar la cama libre para los heridos del frente y lo ingresé en el sanatorio de Camprodón porque yo no podía cuidarlo.

Aunque Román no dijo nada, ella sintió el impulso de justificarse:

—¿Cómo iba a cuidarlo, si yo era un desecho humano?

—Lo entiendo, Teresa.

Ella negó con la cabeza como si no lo creyera y siguió con una sonrisa triste en los labios.

—Quería cascarlos de buten, ¿sabes? ¡A todos! Y regresé sola al frente, fui al Ebro, estuve en Teruel, en Belchite, luego en Lérida, ¡todo fueron derrotas! ¡En primera línea, con las balas silbando a mi alrededor como avispas, bajo el fuego graneado, despertándome con el tableteo de las ametralladoras! —Se tapó los oídos—. ¡Y no había manera de que me mataran! Me ofrecía voluntaria en todas las misiones, cuando mis camaradas lo único que querían era que cocinara para ellos, y al final acabaron por tomarme por loca y me licenciaron. Hasta la Pasionaria dijo que era preferible que las mujeres nos alejáramos del frente, que hacíamos más falta en la retaguardia, ocupándonos de las fábricas y de nuestras casas.

Román intentó cogerle la mano, pero ella no quiso.

—¡Nuestras casas, decía! ¡Dónde estaban! ¡Mi casa era el corazón de él y ya no lo tenía!

Bajó otra vez la cabeza con profunda desolación. Pero rápidamente se recuperó y cogió la mano de Román y se la apretó:

—Cuando la caída de Balaguer, me reuní con mi padre y nos fuimos a Barcelona, porque ya comprendimos que estaba todo perdido. Nadie tenía espíritu de lucha, todos, hasta los nuestros, estaban deseando que entrara Franco y acabara todo.

—¿Y tú?

Ella le soltó la mano y puso una expresión fiera, con

las venas de la frente hinchadas como relámpagos de cólera:

—¿Yo? ¡Nunca! Cómo me preguntas eso, ¿no me conoces? ¡Nunca me entregaré! ¡El combate es definitivo, a muerte! Se lo debo a José y a mi padre y a todos los camaradas que han luchado contra el fascismo. ¡Que no hayan dado la vida en vano! ¡Solo quiero eso!

De pronto parecía exhausta y concluyó sencillamente:

—Recogimos a Manolo, llevábamos un año sin verlo, y después, ya sabes: ¡la retirada! —Saltó al suelo, levantó las puntas del vestido, hizo una pequeña reverencia y dijo forzando la voz—: Y colorín colorado, este cuento se ha acabado.

Se fue al cuarto de baño y Román oyó cómo hacía correr el agua.

Ahí podía haberlo dicho. Que él también había estado casado. No, no solo lo había estado: lo estaba, su mujer vivía. Y su hijo también. Podría haberlo dicho, pero calló, por cobardía o por indolencia, aunque él se engañaba a sí mismo pensando que en realidad lo que había tenido con Beatriz había sido un asunto sin importancia.

Cuando Teresa apareció de nuevo, con el cabello húmedo cuidadosamente peinado, era la de siempre, si acaso los ojos más brillantes:

—Me lo has prometido.

—El qué.

—Que nunca más lo hablaremos.

Y, dicho esto, caminó hacia él, apoyó las dos manos en su pecho, lo tumbó sobre el colchón y borró de su carne las palabras, los recuerdos, los secretos.

10

ROMÁN

Su jefe lo miraba en ocasiones de un modo que él no sabía descifrar. Aunque su contacto se limitaba a temas de trabajo, a veces, mientras Román le explicaba la dificultad de traducir el prospecto de una medicina nueva llamada Doulefe que aliviaba las migrañas femeninas, le ponía la mano en el hombro y asentía, aunque de una forma lejana, como si no lo escuchase.

Con aprensión le preguntaba:

—¿Va todo bien, patrón?

Pero el otro ya se había ido a ordenar unas carpetas o a la trastienda, donde tenía instalado un minúsculo despacho con su nombre perfilado en la puerta con letras doradas, quizá recuerdo de alguna época más próspera: Gastón Berger. Tenía un resfriado permanente, se sonaba como si barritase, tosía mucho, y a pesar de eso llevaba siempre un cigarrillo colgando del labio. A veces salía con un periódico abierto y señalaba a Román con su dedo amarillento de nicotina un titular o una noticia mascullando imprecaciones:

—«Los refugiados españoles, a los que tan generosamente hemos abierto nuestras puertas, nos devuelven el favor en forma de tifus, sarna y otras enfermedades contagiosas». Menudos hijos de puta de periodistas, todos ya hablan como los boches.

Otra vez era el ataque a una mujer, que se atribuía asimismo a los españoles, o un robo en plena calle. Román se indignaba:

—Es mentira y todos lo saben. Se está creando un clima de odio hacia nosotros para que nos expulsen, pero ¿dónde vamos a ir?

El hombre, que era de pocas palabras, añadía con tristeza:

—Así se sienten también los judíos desde hace siglos.

Román sabía, por la viuda, que *monsieur* Gastón había estado casado con una judía que había muerto hacía años. Tenía un hijo que vivía en Argentina, pero él jamás aludía a ningún hecho privado. Dormía en una habitación encima de la imprenta y nunca lo había visto relacionarse con nadie. A Román le inspiraba compasión y un profundo respeto, porque era un hombre ilustrado y al mismo tiempo muy modesto, por eso trataba de acercarse por allí de vez en cuando, aunque en realidad su verdadero trabajo lo llevaba a cabo en su cuarto de la pensión. Adivinaba que se sentía muy solo. Tan solo como él.

Al contrario de lo que cabía esperar, después de que Teresa le abriera su corazón, había empezado a verla menos. Si alguna vez intentaba aludir a los hechos que le había narrado, lo interrumpía:

—Ya te dije que no quería hablar más de eso.

La notaba desapegada, ausente, como si hablar de aquello la hubiera agotado. O como si se arrepintiese de haberle confesado aquel amor perdido y las otras muertes, como si incluso entre susurros la voz fuese la pala que excava la tierra y profana el camposanto de la memoria.

Si él se lo reprochaba, ella le abrazaba con brusquedad, y le decía palabras con la boca en la chaqueta que no siempre entendía. Si se lo hacía repetir, contestaba:

—Que te quiero, coño.

Él no se lo decía a ella. O se lo decía también, con los ojos, con la boca, con sus caricias. Con suspiros y gemidos que no podía reprimir. Cada uno guardaba sus secretos. Teresa también, porque parecía haberse embarcado en una espiral de actividades enigmáticas de las que él estaba proscrito, sobre todo desde que había regresado su hermano. Una vez la había visto de lejos en la plaza Capitol, frente a Le Florida. Estaba con un grupo de chicos, pero ella era el centro, se enfrentaba a un hombre larguirucho con amplios ademanes, pero debía de ser una conversación en tono de broma porque todos reían echando el cuerpo hacia atrás con carcajadas estentóreas, aplaudían, se gritaban unos a otros, sin advertir las miradas de reconvención de los morigerados franceses que cruzaban la plaza.

Al lado de Román un hombre, creyéndolo francés, escupió al suelo:

—Cerdos españoles.

Román levantó el puño de forma instintiva para golpearle y él fue el primer sorprendido, pero el otro, al darse cuenta, se apresuró a pedir disculpas e irse, acobardado. Cuando volvió a mirar, el grupo había desaparecido.

¿Le hubiera pegado? Félix, Félix, a veces no hace falta irse a la Legión Extranjera para darles de buten. Se miró el puño como si le fuera ajeno, como si tuviera vida propia, y después lo frotó con disimulo contra el pantalón, como si se hubiera manchado.

Cuando se lo contó a *monsieur* Gastón, este se encogió de hombros.

—Harían bien ustedes en fingir que no se enteran, es mejor la indiferencia. ¡Vivir con miedo no es vivir! ¡No hay nada peor que eso! —Y añadió con cierto resquemor—: Ustedes al menos tienen un país al que volver.

Román se revolvió al oírlo:

—¿Cómo? ¿España, dice? —Al pensar en su país se le

132

enredaba una culebra en el pecho—. ¿España? Hay medio millón de rojos en las cárceles, porque allí todos los que no son fascistas son rojos, y miles de ellos están condenados a muerte. ¿No leyó usted el pasado verano lo de las Trece Rosas?

El hombre afirmó con la cabeza, el fusilamiento en Madrid de trece muchachas socialistas, casi todas menores de edad, había sido ampliamente comentado en la prensa francesa hasta el punto de que Irène Curie, científica y premio Nobel como su madre, había elevado una protesta ante las autoridades españolas que no había servido de nada.

—¡Fueron cantando al lugar de ejecución! —insistió Román—. Las pusieron contra las tapias del cementerio del Este, en Madrid, y allí les dispararon. A la mitad de ellas les tuvieron que dar el tiro de gracia porque en el suelo seguían cantando.

El hombre suspiró:

—Lo recuerdo, sí. En esa misma saca fusilaron a cincuenta hombres también, entre ellos un muchacho de catorce años.

—Algún día serán mártires, ahora son criminales; mejor dicho, ahora son muertos, porque eso es mi país, ese país al que usted dice que podemos volver: ¡un inmenso cementerio!

Gastón meneó la cabeza como disculpándose y le cogió del brazo, se lo apretó con fuerza inusitada:

—Desengáñese, Román, la humanidad está enferma. —Intentaba bromear a pesar de todo y señaló con un gesto amplio a su alrededor—. Entre tantas medicinas inútiles, a ver si descubren una pastilla contra el fanatismo, que es la madre de todos los males.

Haciendo un esfuerzo sobrehumano Román intentó seguir en el mismo tono:

—Ahí sacaría yo lo mejor de mí mismo para traducir el prospecto... Iba a quedar... —miró el techo buscando inspiración—, mejor..., mejor...

—¿Que Flaubert?

—Que Proust.

—¿Que Zola?

—Que Balzac.

—¿Que Chateaubriand?

—Que Dumas.

Y ahí cortaba el impresor:

—Ah, no: nada supera a Dumas. ¿Sabe usted que los alemanes los consideraban a todos escritores decadentes, contrarios al espíritu ario, y quemaron todos sus libros? Encendían hogueras en los patios de las universidades y obligaban a los estudiantes y a los docentes a arrojar sus libros al fuego. No queda ninguno en sus bibliotecas, ni de Thomas Mann, ni de Stefan Zweig, ni Erich Maria Remarque. *Sin novedad en el frente* recibió un castigo especial: lo quemaron y después se mearon encima. ¿Conoce usted a Hemingway?

—Sí, claro, estuvo en España durante nuestra guerra.

—Tener un libro suyo en casa se castiga con pena de cárcel.

Malditos nazis. Maldita guerra. Maldito todo.

A veces Román llegaba a su habitación y se encontraba a la patrona sentada en la cama fumando un cigarrillo, esperándolo con una taza de leche y unas galletas. Se había creado entre ellos un vínculo que él no sabía nombrar: le enternecía la timidez que adivinaba en sus gestos, la herida de quien rebosa ternura y no sabe en quién volcarla. La viuda sonreía al verle y él le devolvía la sonrisa y se bebía la leche y comía las galletas a pesar de que no le gustaban, no entendía la manía de los franceses de echarle mantequilla a todo.

¡Cuántas almas solitarias hay en una ciudad!

Esa tarde precisamente lo estaba esperando y lo ayudó a quitarse la chaqueta que olía a tinta de impresora, palpándole el cuerpo como hacen las madres:

—Se alimenta usted mal, da asco de flaco que está. —Le tendió el vaso de leche, que él bebió hasta el fondo porque tenía mucha sed—. Ese Gastón le hace trabajar demasiado.

Él protestó, ajeno a que un bigote de leche adornaba su labio superior, y ella sacó de su manga un pañuelito para limpiarlo:

—Ven acá, criatura —le dijo pasando a un tuteo que jamás había usado y que nunca más usaría.

Y de repente, sin saber por qué, al ver esa mano arrugadita y algo temblorosa, se derrumbaron los diques que mantenían a raya sus emociones. Podría ser la de su madre si no se hubiera muerto, y se dio cuenta de que nunca vería a sus padres convertidos en ancianos. Le parecían viejos cuando vivían, pero en realidad estaban en el principio de la madurez, orgullosos de ese hijo, llenos de expectativas respecto a su futuro.

Su madre le decía:

—Con que seas buena persona nos contentamos.

Pero ¿qué padres se contentan con eso? ¡Era mentira, una mentira que se transmite de generación en generación y de la que ellos ni siquiera eran conscientes! ¿Por qué, si no, habían hecho el esfuerzo de enviarlo a la universidad, de prescindir de un sueldo más en la casa hasta que acabase la carrera? Los hijos de los compañeros de su padre entraban en el banco a los catorce años, de aprendices, y con mucha suerte, después de cuatro décadas, podían llegar a ser jefes de contabilidad. Al jubilarse, la empresa les regalaba un reloj y una fotografía del personal firmada por todos, incluido el amo, que podían colgar en su casa.

Pero él iba a ser ingeniero. Como Pepe, como Félix. Un señor ingeniero que haría puentes, vías de ferrocarril y la torre Eiffel.

Al menos eso creía la madre, que no sabía muy bien de qué iba la carrera. Cada vez que tenía una avería doméstica acudía a él:

—Hijo, que se ha embozado la tubería del fregadero.

Cuando le decía que llamaran al fontanero, que él no sabía arreglarla, ella protestaba:

—Pues ¿para qué sirve eso que estudias, que no puedes ni arreglar una simple cañería?

—Mujer, deja al chico con eso. Ya lo haré yo —la regañaba el padre, y se arremangaba su camisa de oficinista y se echaba en el suelo para ahorrarle a su hijo el esfuerzo.

«Papá, nunca te di las gracias.»

Los domingos, el único día que tenían de fiesta en el banco, se iban a comer a las Planas. Llevaban las fiambreras con tortillas de patatas, pan con tomate, vino blanco en porrón y una sandía. Tendían un mantel de cuadros sobre la hierba y, cuando acababan, los padres se acostaban debajo de un árbol a dormir la siesta, mientras las madres hablaban de su futuro. Nuestros hijos serán ingenieros, se decían, se ganarán muy bien la vida, y los chicos fingían no oírlas mientras se peleaban, se acababan a escondidas la botella de vino, fumaban y hablaban de chicas.

Mi hijo ahora está en la universidad, le gritaba su madre en el patio a sus vecinas mientras tendía la ropa.

Pues mirad, padres, aquí me tenéis: la guerra, además de haberos matado, me ha impedido ser ingeniero.

Bajó la cabeza para que la viuda no le viera el dolor en la mirada, pero la mujer no se sorprendió y le pasó la mano por el pelo:

—Román, Román.

Y le sacudió los hombros, le enderezó la corbata, y después alisó la colcha de retales, se llevó el vaso de flores y, ya en la puerta, le dijo:

—Ha venido esa chica... Dice que pasará a buscarlo a usted a las siete.

Él levantó la cabeza con viveza, brillaron sus ojos y sus labios se distendieron en una sonrisa. La viuda cerró muy despacio la puerta. Ah, el amor, que recorre el mundo como un río subterráneo.

Cuando llegó Teresa, zapateando y armando alboroto como siempre, Román la abrazó con fuerza, pero ella se desasió:

—Quita, hombre, no seas pegajoso. —Al advertir su expresión, se arrepintió enseguida—. Perdóname, es que mira, llevo unos días que no sé ni dónde tengo la cabeza.

—Es que tenía muchas ganas de verte —protestó él mientras tiraba de ella para llevarla a la cama—. Ea, vamos a acostarnos.

—No, vamos a cenar.

—Eso luego —asintió él—, ahora tengo ganas de abrazarte.

—Joder, Román, formalidad —le replicó entre divertida y seria—, ¿no me dices siempre que quieres conocer a mi hermano?

Él se quedó cortado porque en esos momentos era lo que menos le apetecía del mundo:

—Sí, claro, pero ¿ahora?

Teresa fingió que no advertía su desilusión y lo cogió cariñosamente del brazo:

—Sí, ahora, tiene muchas ganas de verte, hemos quedado cerca de la plaza Wilson.

Salieron a las calles de la ciudad rosada, el verano entraba sin armar escándalo, era una noche ventosa y delante de la luna, enorme, cruzaban grupos de nubes en alocada carrera. El aire les azotaba el rostro, iban lentamente porque lo cierto es que Román caminaba con más resignación que entusiasmo porque temía este encuentro. ¿Qué pensaría de él el hermano? ¿Le parecería un cursi, un chupatintas, un derrotista, un amargado? Manolo había conocido al marido de Teresa, ese jabato, y él, ahora, ¿qué papel tenía? ¿Qué le habría contado Teresa?

La miró de reojo. Ella iba profundamente ensimismada. Solo los acompañaba el ruido de sus pasos.

—¿Y cómo es tu hermano? —le preguntó Román para romper su mutismo.

La chica se sobresaltó:

—Muy de verdad. —Se golpeó el corazón—. Era auténtico.

—¿Era?

Teresa respondió mientras entraban en un pequeño restaurante del bulevar Jean Jaurès:

—Sí, era, por desgracia. Esta mierda de guerra lo ha transformado.

Un hombre en una mesa del fondo se incorporó al verlos. Esa mirada hosca que le había llamado la atención en la frontera se había acentuado, quizá porque estaba muy delgado y los ojos feroces le comían toda la cara. Ahora parecía mucho mayor que ellos dos y estaba mal afeitado, lo que contribuía a su aspecto sombrío. Román tuvo que recordar que había estado tuberculoso para explicarse su semblante demacrado, los ojos hundidos y las mejillas chupadas.

Manolo le estrechó la mano con fuerza mientras dirigía una mirada interrogativa a Teresa, que respondió encogiéndose de hombros.

—¿Qué pasa? —preguntó Román a la chica.

—Nada, que estamos esperando instrucciones.

—¿Para hacer qué?

Manolo partía el pan y tuvo una risa sardónica:

—¿A ti qué te parece? —Lo miró con incredulidad—. Hitler ha invadido Bélgica, Luxemburgo y Holanda, y la línea Maginot se ha ido a tomar por el culo, ¿y preguntas qué tenemos que hacer?

—¿Han rebasado la línea Maginot? —Román se sorprendió tanto del fracaso de la famosa fortificación construida en las fronteras entre Italia, Alemania y Francia para defenderla de una invasión que no se sintió ofendido por el tono despectivo de Manolo—. Pero es imposible, los alemanes llevan un año intentándolo y no lo han conseguido, es la muralla de defensa militar más inexpugnable del mundo.

Año de sorpresas, 1940. Y pocas buenas. La *drôle de guerre* que había tenido entretenidos a los franceses se había acabado. ¡Ellos, que creían que los alemanes se morían de miedo con sus fortificaciones, maniobras y un ejército obsoleto y falto de artillería!

Cuando Román le decía a la viuda: «Pero ¿no se dan cuenta de que ahora vendrán a por ustedes de verdad?», la mujer se daba golpecitos en la cabeza: «Román, que tontos no son los alemanes. Saben que aquí no tienen nada que hacer». Él trataba de razonar: «Pero hay tratados internacionales, ellos los han roto, hay que castigarlos», y la viuda se encogía de hombros en ese gesto universal de que cada uno se la componga como pueda.

Sin hablar con nadie en concreto, Román suspiró como réquiem por este país que le había ofrecido refugio cuando huía del suyo:

—Así que al final Francia ha entrado en guerra.

Manolo no se dignó contestarle. Trajeron la comida y hundió la cuchara en el plato de patatas con carne. Iba mal vestido, pero sus ademanes no estaban exentos de cierta elegancia. Mientras Teresa masticaba con la boca abierta y se ayudaba a veces con los dedos, él comía con hambre, aunque utilizando los cubiertos con corrección.

La chica sorprendió la mirada de Román y adivinó lo que pensaba, rio y guiñó los ojos mientras sujetaba el brazo de su hermano, que trató de desasirse:

—Es que aquí este mozo, aunque es de un antipático que te mueres, ha ido a los curas y ha tenido educación... Ha leído mucho, casi tanto como tú.

Román se avergonzó por leer tanto y se vio obligado a rebajarse:

—Bueno, tampoco leo tanto, es por el trabajo.

De repente Manolo mostró interés:

—Trabajas en una editorial, ¿verdad? —Se limpió los labios con el dorso de la manga, pero lo hizo de forma exagerada, como queriendo pasar por patán—. ¿Tienes acceso a la imprenta?

Teresa le golpeó el hombro entre enfadada y divertida.

—Calla, no empieces.

Manolo lo señaló con el cuchillo, burlón:

—Pero este novio tuyo está muy verde, ¿no le has contado nada? —Dejó de masticar, pronunciaba de esa manera torpe, a trompicones, de los que no hablan mucho—. Porque a ver, ¿tú de qué lado estás?

Teresa le dio una patada tan fuerte por debajo de la mesa que temblaron los platos, y ya iba a contestar por Román cuando, en ese preciso momento, la puerta se abrió violentamente y entró un tipógrafo que trabajaba en *La Dépêche*. Se dirigió hacia ellos mientras agitaba en alto un teletipo y gritaba:

—¡Camaradas, los alemanes han entrado en París!

Era el 14 de junio de 1940.

Manolo se levantó tan bruscamente que tiró la silla al suelo y le hizo un gesto a Teresa con la cabeza señalando la salida.

Ella se inclinó sobre Román y le dijo al oído:

—No te puedo contar nada, pero pase lo que pase te iré a buscar. Aunque tú no me veas, yo sí sabré de ti. Ahora eres lo que más quiero, te buscaré, no lo olvides.

Él intentó levantarse, pero ella le apretó el hombro para impedírselo. Los comensales se pusieron en pie con gesto de estupor, las servilletas todavía anudadas al cuello, y se apartaron temerosamente para dejar pasar a Manolo, que se iba poniendo el chaquetón mientras se dirigía a grandes zancadas hacia la puerta, la mirada fija al frente. Teresa lo seguía, de repente mayor, oscura, alta, guerrera.

11

BEATRIZ

Cuando más tarde recordaba los lúgubres años después de la guerra, a Beatriz le resultaba imposible comprender cómo había podido abarcar tanto llevando una carga tan pesada; al lado de lo suyo, la piedra de Sísifo se le antojaba cojín relleno de plumas. En el día a día no se daba cuenta, porque no tenía ni un momento para la reflexión y todo se le iba en llegar a tiempo a su próxima tarea. Cumplirla no le satisfacía porque no era más que el paso a la siguiente, y a esta seguía otra, y otra, hasta que se derrumbaba en la cama por las noches, rota de cansancio, pero sin poder dormir, porque las mil preocupaciones distintas perforaban su mente con la contundencia de las taladradoras que trataban de reparar una ciudad que surgía a duras penas de una guerra devastadora.

Por las mañanas se despertaba con el ra-ta-ta-ta-ta insoportable horadándole las sienes, que no sabía si estaba en su fantasía o en la calle, un territorio hostil que hubiera querido evitar metiendo la cabeza bajo las mantas, como hacen las criaturas.

¡Pero era imposible! Se bajaba del lecho con ojos somnolientos y otra vez vuelta a empezar la noria incesante y enloquecedora de las tareas diarias: casa, estudios, trabajo, hijo... Y al fondo de todo siempre Román, un Román que en su imaginación no había cambiado. Ese Román tan joven, con ojos aterciopelados y bigotillo incipiente, poniéndose la gabardina de su padre en el sótano con olor a vaca. ¿Dónde habría ido a parar esa gabardina?

¿Dónde había ido a parar su marido?

—Bea, son las ocho.

Se lo decía Gema asomándose a la puerta después de dar unos golpes ligeros.

—Ya estoy despierta desde hace rato, ahora me levanto, gracias. ¿Qué hace el rey de la casa?

Pero no había que preguntar por él, porque estaba gritando en plena rabieta. En la cocina, sentado en su trona, Paquito golpeaba con la cuchara el plato porque no le gustaba la papilla. Ya iba a intentar cogerlo en brazos, cuando Gema la empujó en dirección al cuarto de baño:

—Arréglate, ya lo hago yo.

Menos mal que la tenía a ella. Se lo dijo, como todos los días:

—Menos mal que te tengo a ti.

—Bah, qué bobada.

Al final, en la Casa de la Caridad habían prescindido de sus servicios, no acababan de fiarse de ella por muy monja que fuera y la pusieron de patitas en la calle porque había estado toda la guerra al pie del cañón cuidando niños sin mirar su procedencia. Era como si temiesen que se hubiera contaminado de alguna terrible enfermedad. Se había presentado en casa de Bea con una maleta atada con cuerdas y el hábito que las monjas llaman «de viaje»: velo negro sobre la cinta blanca que tapa el cabello y una sencilla túnica también negra con el cuello blanco.

—No me quieren en el convento tampoco.

Beatriz se emocionó y le dio un abrazo.

—Tonta, aquí tienes tu casa.

La verdad es que la había contratado por pena, pero también por interés. La última niñera se había despedido

143

porque Paquito era un niño nervioso que no quería comer ni dormir, lloraba día y noche, si alguna vez se le ocurría bajarlo a casa de sus padres, la llamaban enseguida para que fuera a buscarlo. La madre se lo quiso dejar muy claro:

—Beatriz, aquí estamos muy ocupados, que esto está lleno de gente y no puede ser que el niño nos haga ir de cabeza. Te hemos aportado todo lo que necesitabas, te hemos dado el piso; papá, un trabajo por el que te paga un sueldo decente; tienes más cupones de racionamiento de los que te corresponden y no te hemos vuelto a hablar de aquello, hemos intentado olvidarlo, pero más no podemos hacer. —Luego suavizó el tono—: Hija, estamos todos igual, tratando de organizar la vida... Ya ves que no paramos.

Y era cierto, su madre era una máquina en actividad constante, el piso siempre estaba en obras; Bea sospechaba que tapiceros, carpinteros, pintores y fontaneros vivían en la casa permanentemente. Pero no era solo eso: la madre acudía a los roperos parroquiales, iba al Cottolengo a cuidar a enfermos y ancianos, y muchos días ayudaba en el local de Auxilio Social de la calle Industria que coordinaba su hija mayor, Rosa, y que daba de comer a los niños sin hogar. Todas las señoras de la sociedad barcelonesa se sumergían en estas tareas de beneficencia con entusiasmo, sin dejar de lado las visitas diarias para probarse la ropa que les confeccionaba Crippa en la avenida Generalísimo Franco copiando los patrones de Balenciaga; o el sastre Pellicer, especializado en trajes de montar; por no nombrar el peluquero francés René, que iba a las casas a primera hora de la mañana; el aperitivo entre semana en el Arnaiz y los domingos en el Polo; los jueves, las sesiones de *bridge*, y los miércoles, de Liceo. Todos se habían acostumbrado a que el retrato de Franco colgado encima del escenario presidiera las funciones y no tenían empacho en cantar el

Cara al sol brazo en alto cuando algún preboste de Madrid con camisa azul o un militarote con la pechera llena de medallas visitaba lo que llamaban el templo de la burguesía catalana.

Claro que la condesa de Túneles, casualmente, cuando se cantaba el himno de la Falange, se veía obligada a retirarse al antepalco porque se sentía mareada.

Malhumorada, mientras esperaban que el chófer los fuera a buscar y bandadas de mendigos los rodeaban y les tendían la mano, Emilia le comentaba a su marido:

—Sí, hombre, me voy a poner a cantar esa estupidez.

Él se quejaba mientras espantaba con la mano a los pordioseros como quien se quita de encima unas moscas molestas:

—Emilia, me comprometes.

Pero ella no daba su brazo a torcer, se envolvía en el chaquetón de visón que acababa de comprar a un peletero judío y, mientras trataba de ocultar el fabuloso collar de brillantes (su última adquisición para compensar el joyero que le habían robado los rojos), insistía:

—Pues di que estaba afónica, yo qué sé.

Como la sociedad tampoco contaba en nómina con muchas condesas en esa posguerra miserable, la cosa se perdonaba porque Emilia era vasca, y, ya se sabe, los vascos... Y aquí seguía un silencio muy significativo.

Muchas veces se quejaba del trabajo que tenía, y Bea se veía obligada a compadecerla con la boca pequeña:

—Pobre mamá.

Y luego le comentaba a Gema con indignación:

—Me cuenta a mí lo ocupada que está, yo, que voy todo el día con la lengua fuera.

La otra le contestaba, inflexible:

—Pues lo mismo pensará de ti la mujer que tiene al marido en prisión y media docena de hijos por alimentar.

Bea se quejaba de su dureza:

—¡Habrase visto: al tiempo monja y abogado del diablo! No te casas con nadie, ¿verdad?

Era una vieja broma entre ellas, Gema soltaba una carcajada y señalaba al cielo:

—Con el de arriba, solo con el de arriba.

Beatriz se iba entonces a su hijo e intentaba abrazarlo, lo que provocaba la indignación de Paquito, que se lo estaba pasando muy bien jugando en el suelo con las pinzas de la ropa, que, como todo el mundo sabe, en realidad son un tren. Rechazaba a su madre con patadas y golpes y ella fingía llorar:

—Ay, ay, ay, ni mi hijo quiere abrazarme.

Y Gema se agachaba para volver a ensartar las pinzas diciendo «chucuchucu» para que el niño se callara y después mascullaba:

—Pues cómprate un muñeco, anda.

Por las noches se quedaba estudiando mientras Gema y Paquito dormían. Lo hacían en la misma habitación y a veces se oía gimotear al niño y cómo la monja lo arrullaba hasta que volvía al sueño. Beatriz no entraba nunca en el cuarto porque confiaba en su amiga más que en ella misma y además le daba apuro sorprenderla sin la toca.

Por la mañana se levantaba agotada, sin haber descansado, y bajaba al bufete de su padre. La secretaria, Matilde, le había dejado en su mesa las tareas del día: ir al registro, al juzgado, llevar un documento a otro despacho para una firma... Su visión del mundo del Derecho era lateral y fragmentaria, pero aun así se fijaba en los casos que llevaban porque todo le interesaba. Su padre allí no era su padre, sino su jefe, un jefe muy ocupado siempre en grandes asuntos. Bea solo entraba cuando la requerían para algún trámite, pero ella se hacía la remolona si había algún cliente y trataba de enterarse de qué lo había llevado allí. Después daba su opinión:

—Pues yo creo que...

El padre la cortaba con suficiencia:

—No te metas, Bea, que tú de esto no entiendes.

—Ese hombre te mentía: cuando le preguntaste, te contestó con una evasiva y tragaba saliva mientras mirabas esos documentos, tú no te dabas cuenta —le había dicho la semana anterior, al respecto de un cliente.

Al padre le sorprendía la sagacidad de su hija y lo observadora que era y tomaba nota, pero no quería que ella lo advirtiese:

—Beatriz, aquí estás para servir cafés y lo que te diga Matilde. Déjanos trabajar a los profesionales.

Aun así, esta vez ella se negó a dar su brazo a torcer:

—Papá, yo he conocido más gente que tú, he tratado personas de todas las clases sociales, conozco la psicología de los obreros, campesinos...

—¡Y no es para estar orgullosa de ello!

Ella no escondió un puchero.

—¿Cómo me voy a convertir en un buen abogado si no me das la oportunidad de aprender aquí?

—Para eso vas a clase.

—¿Clase? —bufó la hija con desprecio—. Pero si los profesores no han visto una sala de juzgado en la vida, solo quieren que memorices como un loro.

El padre al final transigió:

—Pero que no se te note que escuchas, que eso le quita categoría al bufete. —No quería que ella se creciera y la echó—: Va, lárgate, no vayas a tener faltas de asistencia, que eso se mira mucho.

—Sí —Bea puso los ojos en blanco—, los clientes, a la hora de buscar un abogado, dirán: quiero uno que no haya faltado ni un día a clase.

—¡Bea, basta!

Ella había levantado las palmas de las manos:

147

—Vale, papá, vale.

Pero no pudo evitar que una ligera sonrisilla se asomara a sus labios porque le había ganado el pulso a su padre y él también lo sabía.

El padre sabía también que lo que había dicho de la universidad era cierto. Los mejores profesores estaban en el exilio o se les había prohibido acudir a las aulas, y los nuevos catedráticos habían ganado su plaza por méritos de guerra o adhiriéndose al Alzamiento. Los tribunales estaban amañados, las capacitaciones se hacían a puerta cerrada y solo tenían que jurar los principios nacionales del movimiento, ser adicto al régimen y señalar al que no lo era. La clase, presidida por una bandera española y un retrato de Franco, comenzaba con todos los alumnos saludando brazo en alto. Al lado del profesor siempre se dejaba una silla vacía en memoria del estudiante caído.

Cuando empezó la guerra —la grande, la de Europa—, la universidad se llenó de carteles con banderas nazis que resaltaban el papel de los ejércitos de Hitler como baluarte de la civilización occidental. Aunque Franco se negó a intervenir, decidió enviar al frente un batallón de voluntarios que se llamó la División Azul, al mando del general Muñoz Grandes. El pacto entre Alemania y Rusia había saltado por los aires, como era de esperar, y Hitler se disponía a invadir la Unión Soviética.

Todo el mundo dudaba de que algún español se apuntara a otra guerra, pero las filas del nuevo batallón se nutrieron de exsoldados republicanos que querían lavar sus culpas, indecisos que no habían podido acreditar su limpieza de sangre, muchachos que no sabían qué hacer con sus vidas, ilusos que de verdad se habían creído que estaban defendiendo la civilización occidental y, sobre todo, falangistas. Como Pepe.

Beatriz le había visto pegar pasquines en los que se invitaba al reclutamiento, y él y sus compañeros montaron una mesa en la que atendían a todos los que quisieran apuntarse. Interrumpían las clases con gran violencia de taconazos y gritos, ante la mirada temerosa o cómplice del profesor, para conminar a los estudiantes a que se enrolaran en la División Azul, como habían hecho ellos. Bea estaba el día en que irrumpió en una clase con esa docena de falangistas que lo rodeaban siempre como si fuera su caudillo, dirigirse a la pizarra y escribir URSS en grandes caracteres.

—¡Es la fórmula satánica! —rugió Pepe.

Tenía el verbo inflamado de los fanáticos y repetía las palabras de Serrano Suñer, el ministro de Asuntos Exteriores, señalando a un punto indeterminado donde se suponía estaba la Unión Soviética.

—¡Tenemos que ir a atacar al monstruo a su madriguera! ¡Rusia es culpable! Culpable de la muerte de José Antonio...

—Presente —rugieron sus camaradas brazo en alto, y todos los estudiantes y el profesor los imitaron puestos en pie:

—¡Presente!

Pepe esperó a que se apagara el eco de los gritos para continuar:

—Y culpable de todas las muertes de camaradas y de caídos por Dios y por España. Tenemos que acabar con el comunismo, con el bolchevismo internacional, muerte a Rusia.

—¡Muerte a Rusia!

—Rusia es culpable.

—¡Rusia es culpable!

Pepe tenía la respiración agitada y movía los brazos en los que lucía unos musculosos bíceps ceñidos por la camisa de manga corta. Ponía las manos en forma de garra, fijaba

149

los ojos hipnóticamente en cada estudiante, hablaba con tanta violencia que se le atropellaban las palabras. Julio le había contado a Beatriz que el padre de un estudiante de Filosofía acudió un día al bufete paterno para llevar a Pepe a juicio. Había apaleado con tanta saña a su hijo que se había quedado ciego de un ojo.

—¿Y qué le dijo tu padre?

—Pues ¿qué le va a decir? Que mejor callarse, que suerte había tenido de que no lo mataran.

Ella se atrevió a preguntarle:

—Y ese chico, Pepe, ¿qué sabes de él? —Luego trató de justificar su curiosidad—: Es que no se relaciona con ninguno de nosotros.

Julio se animó porque no había nada que le gustara más que un chisme:

—Pues es algo raro, porque ese hombre le contó a mi padre que Pepe tiene un pasado oscuro, su padre trabajaba en la Banca Arnús...

Bea no pudo contenerse:

—Sí, como... —pero se interrumpió a tiempo— mucha gente en esa época.

Su amigo la miró con cierta extrañeza antes de seguir hablando:

—Y él estuvo en el frente, pero muérete, en el ejército de los otros. ¿Cómo te quedas? —La observaba de hito en hito y ella tuvo que fingir asombro—. Incluso le dijo que había pasado a Francia con su hermano pequeño y algo le había ocurrido al hermano que lo había hecho regresar.

Julio hablaba despacio porque sabía que Bea lo escuchaba con atención. Y es que, todavía más que un chisme, lo que le gustaba era ser el centro y tener a la gente pendiente de sus palabras. Bea sentía un ansia irrefrenable de coger a su amigo por los pies, ponerlo boca abajo y sacudirlo para que soltara todo lo que llevaba en el buche:

—Pero ¿qué le pasó?

Él se hizo el remolón:

—Ay, hija, qué exaltada, a ver si te va a gustar Pepe. —Como vio que Bea empezaba a enfurecerse, trató de apaciguarla—. Perdona, es que hasta ahí llegan mis pajaritos. Solo sé que, cuando volvió a Barcelona, lo primero que hizo fue apuntarse a la Falange y míralo ahora, Hitler a su lado parece un pacifista.

—¿Y los que se fueron con él? A Francia, digo.

Julio la miró con sorpresa:

—¿Los que se fueron con él? No sabía que hubiera ido con nadie. Al hermano no sé qué le pasó, pero, por lo que he oído, la madre desde entonces va de luto y no sale de casa. Aunque con un hijo empeñado en sentar cátedra a base de levantar el brazo, no me extraña que ande de penitencia todo el día.

Bea le dio un empujón, escandalizada por su humor.

Julio era su mejor amigo, hacían planes juntos para el futuro porque ni él ni ella querían trabajar con sus padres, sino montar su propio bufete.

A Julio, que era un frívolo, le divertía asociarse con la primera mujer que iba a estar al frente de un despacho en Barcelona, y ya veía su nombre escrito en letras luminosas, como si en vez de los tribunales fuesen a conquistar el Paralelo.

—Saldremos en los libros de historia.

—Sí, en los tebeos —contestaba cáustica Beatriz, que no veía que estudiar Derecho fuera un gran mérito.

A pesar de su amistad, nunca le había hablado de Román ni le había contado que ya sabía quién era Pepe. Estaba segura de que él no la había reconocido, nunca le dirigió la palabra, ni una mirada siquiera aparte de aquel primer día en el bar, a pesar de que el hecho de ser una de las pocas alumnas de sexo femenino solía llamar la atención.

Supo que estaba equivocada la mañana en que un compañero se sentó sin querer en la silla del estudiante caído. Una profanación, la situación ideal para los falangistas, que así podían ejercer esa violencia que tan útil les era para hacer valer su poder omnímodo.

El chico llevaba lentes muy gruesos y a buen seguro no había advertido la falta grave que estaba cometiendo. Toda la clase contuvo el aliento cuando los falangistas se acercaron a él, regodeándose, de un bofetón lo tiraron de la silla y, una vez en el suelo, uno le aplastó la cabeza con la bota mientras otro le pisoteaba las gafas, que sonaron horrorosamente en el silencio del aula. Pepe tenía los brazos en jarras y miraba con aire jactancioso a su alrededor. Sin darse cuenta, Beatriz se levantó, a pesar de que Julio tiraba de ella, y tendió la mano hacia el pobre muchacho, que lloraba incapaz de imaginar qué había hecho mal y pedía perdón.

—¿Quieres cobrar tú también? —voceó uno de los falangistas al verla—. Las mujeres sois las peores, qué cara de roja tienes.

Pero Pepe, con la mirada más fría que el hielo, lo detuvo de un golpe seco con el canto de la mano en el pecho y dijo, con la mandíbula apretada, silabeando:

—A esta, ni tocarla.

No la miraba, pero Bea adivinó que él sabía quién era y que por eso la había ayudado.

Por las noches llegaba a casa agotada, pero Gema, que había estado todo el día con el niño, la esperaba ansiosa porque necesitaba hablar con un adulto para distraerse. A través de una monja cruzada destinada en la prisión de mujeres había conseguido el mismo trabajo que llevaban a cabo las reclusas: hacer flores de papel, algo que podía realizar en casa y para el que no necesitaba conocimientos especiales, aunque le pagaban muy poco. Paquito dormía, flotaba en el aire un ligero aroma a guiso y la luz del techo iluminaba tan solo la mesa donde extendía el material e iba recortando y pegando mientras Bea picoteaba la cena y le iba refiriendo cómo había ido su jornada.

—¿Le vas a decir algo? —le preguntó Gema cuando le contó lo de Pepe.

Solo con ella Bea se atrevía a hablar de Román, porque Gema también lo había conocido y las dos fantaseaban qué habría sido de su vida. La monja creía que Román había muerto y la historia que le relató Julio corroboraba su versión:

—Pepe regresó porque algo les pasó a su hermano y sus compañeros y solo podía ser morirse, vamos, que el hermano ha muerto seguro, por eso la madre va de luto, pero yo diría que Román también.

Sin embargo, Bea se resistía a aceptar lo irremediable:

—Pero qué tontería, seguro que se ha ido a América. Sus jefes están todos en México o en Venezuela, ¿por qué iba a morirse?

—¿Por qué muere la gente en la guerra?

—Que no, Gema, que no. —Negaba con la cabeza—. Escapó y estaba sano, es joven... Además, a él no le gusta meterse en peleas, rehúye los enfrentamientos, acuérdate de lo que hizo después de lo de sus padres.

—Apuntarse a ese partido.

—Sí, otro hubiera jurado venganza y hecho una barbaridad, y él, hala, en esa organización donde no se le había perdido nada. Tenían más papeleo que balas.

—No sé qué pintaba ahí.

Bea sacó del bolso una cajetilla y después de un momento de duda se la tendió a su amiga, que puso los ojos en blanco y cogió un cigarrillo:

—No creo que a Dios le importe.

Las dos fumaron en silencio unos minutos mientras se

oía el tictac del reloj de pared que estaba en el pasillo. Bea tenía una expresión soñadora.

—Una vez fuimos a la Barceloneta y nos bañamos desnudos... Después no nos acordábamos de dónde habíamos puesto la ropa y tuvimos que esperar a que amaneciera.

—Qué frío debisteis de pasar, ¿no?

Bea miró la punta de su cigarrillo y tardó en contestar:

—¿Frío? No.

Gema recogió sus cosas mientras Bea traía sus libros de texto y los extendía sobre la mesa, encendía el flexo y se ponía a estudiar. Su amiga fue a darle un leve beso en la frente, antes de acostarse.

—No te quedes hasta muy tarde.

Bea no respondió, abstraída en sus pensamientos. Intuía oscuramente que la época de guerra, que tan dura le había parecido mientras transcurría, quedaría en su memoria como un tiempo de libertad que quizá nunca más iba a vivir. En esos tres años lejos de sus padres había llevado la vida de una persona capacitada, responsable de sus propias decisiones, sin miedo a la opinión ajena, autónoma y libre de tutelas.

¿No le iba a servir de nada todo lo que había vivido y aprendido?

¿Debía doblar la cerviz y aceptar el papel sumiso que se esperaba de ella, porque había pecado y merecía un castigo? ¡Mantenerse oculta en el despacho haciendo tareas de secretaria!

¿Era género de segunda mano cuya única esperanza de redención sería que un hombre con alguna tara, un viudo, un arruinado, un viejo, accediera a cargar con ella y con su hijo?

¡No y mil veces no!

Paquito estaba ahí, era cierto, pero ella se negaba a considerarlo un hijo del pecado, como decían en las malas novelas, e iba a luchar para que estuviera orgullosa de su madre. Por eso, cuando acabó la carrera, cuando le dieron el resultado del último examen y le comunicaron que ya estaba, que se podía inscribir en el Colegio de Abogados y hasta Pilar Primo de Rivera le envió un telegrama de felicitación, cuando su padre le dijo: «Te pondrán una mesa en el despacho de los pasantes; no verás a los clientes, porque eso causa mala impresión, pero como eres perspicaz y algo habrás aprendido en esa universidad tuya, seguro que puedes echarles una mano», se armó de valor para decirle con una voz más firme de lo que había pensado:

—No, papá, perdona, pero no quiero trabajar contigo.

El padre levantó una ceja:

—Vaya, entonces quizá prefieres hacer una oposición; a registrador, por ejemplo... Podrías seguir trabajando en el despacho mientras y...

Ella bromeó para quitarle hierro a su negativa:

—Pero, papá, ¿cómo voy a ser registrador de la propiedad, si no creo en la propiedad privada y menos en su registro?

—No digas disparates —se irritó el conde—, pero entonces, ¿qué coño quieres hacer?

—Quiero poner despacho propio. Me voy a asociar con Julio Quintero y nos vamos a dedicar a...

—¿Derecho de familia?

—No, al derecho penal.

El padre iba a protestar, pero la vio tan convencida y tan, no quería confesárselo, valiente, que tuvo un gesto de resignación. Aun así le lanzó la pulla final:

—Te crees que esto es fácil. Solo te caerá algún caso porque eres mi hija y por Quintero, que manda lo suyo, pero nadie querrá que lo representes tú. En fin, haz lo que te dé la gana... —Y añadió con sarcasmo—: Te ha ido muy bien en la vida haciendo lo que te da la gana, sigue así, sigue.

Ella no quiso que la viera llorar y no lo hizo hasta que subió a su casa.

Pero la tarde en que inauguraron el bufete, un local pequeño en la calle Mallorca que lucía orgullosamente una placa en la puerta con los nombres QUINTERO Y FERNÁNDEZ, llegó un recadero con una caja de champán de parte de su padre, y su madre le envió dos bandejas de canapés del Horno del Cisne. A la celebración acudieron Gema con Paquito, que se empeñaba en toquetearlo todo, su hermana Rosa y unos amigos de Julio de la facultad. Rosa iba con la camisa azul de los falangistas, que no se había quitado desde que acabó la guerra, y le decía a Gema:

—Pilar ha dicho que las falangistas debemos ser mitad monjas y mitad soldados.

Y Gema contestaba:

—Pues yo soy mitad monja y mitad monja, monja entera, y así no me lío.

Entre todos habían hecho una colecta para comprar una máquina de escribir Remington de segunda mano, Bea sospechaba que la mayor parte del dinero lo había puesto su padre. Las mesas y sillas las habían conseguido en el mercadillo callejero de los Encantes, así como la librería con los viejos tomos del Código Penal.

Era un día de diciembre blanco y luminoso, crudo y limpio, como se da pocas veces en Barcelona. Beatriz respiró hondo, su corazón latía lleno de esperanza mientras se despedía de sus amigos en la puerta.

Su hermana le preguntó:

—¿Tienes toga?

—Sí, Gema ha encontrado una en un ropavejero.

Despacho y toga tenían, sí, desde el primer momento. Aunque tardaron dos semanas en tener su primer cliente.

Bea creía que un despacho propio iba a cambiar su vida. Pero lo que la cambió en realidad fue ese primer cliente.

12

BEATRIZ

Las calles barcelonesas lucían una modesta decoración navideña a base de estrellas con la mitad de las bombillas fundidas. En los cruces, los ciudadanos depositaban botellas de vino y frascos de frutas escarchadas a los pies de los sufridos guardias urbanos que ordenaban la circulación, y en un rincón del flamante despacho Quintero-Fernández, sobre una mesa cubierta con un retal de terciopelo, Julio y Beatriz habían puesto un pequeño belén. Su colocación había sido fruto de grandes discusiones. Él se negaba, decía que mejor era dar una imagen neutra, ni católicos ni todo lo contrario, pero Beatriz opinaba que ese detalle entre religioso y folclórico inspiraría confianza a los clientes y serviría de contrapeso al hecho de que uno de los dos abogados titulares fuera mujer.

¡Esa entelequia! ¡Los clientes! He aquí el gran objetivo y problema al mismo tiempo, porque, de momento, brillaban por su ausencia. De ahí que sobrasen horas para discutir la cuestión del belén y también para plantearse si los dos debían estar de nueve a seis o si podían turnarse. Julio, perezoso por naturaleza, era de esta última opinión y la defendía con estrambóticos argumentos:

—Si estamos todo el día juntos mano sobre mano, acabaremos peleándonos o... —y ponía ojos picarones— nos liaremos.

Bea, que siempre lo había mirado como a un hermano pequeño a pesar de que tenía la misma edad de Román, daba un bufido. Sabía, además, que Julio era un picaflor y se enamoraba con la misma rapidez que se desenamoraba, hasta el punto de que confundía el nombre de sus «novias» y terminaba usando el socorrido «vida mía», que evitaba meteduras de pata y confusiones.

Todo era un motivo para estar en la luna: o se había enamorado hasta la locura o sufría como una bestia porque lo habían abandonado.

Tenían al fondo del bufete un cuartito de baño al que un día había entrado inesperadamente para toparse con Beatriz en sujetador, porque se estaba cosiendo un botón de la blusa. Julio pegó tal grito de horror que ella casi se había ofendido.

Trató de justificarse:

—Perdona, es que a veces te miro como madre y otras como sargento.

Beatriz, por su parte, opinaba que era mejor que estuviesen ambos en el despacho para que aquello no pareciera una aventura de aficionados; decía que tenían que dar sensación de solvencia, y por esa misma razón aporreaba sin cesar la máquina de escribir, que se oía desde fuera, como si estuvieran en constante actividad, aunque no ponía papel, ya que los folios eran caros y no estaban para dispendios. De momento tiraban con los préstamos que les habían hecho los padres, que se habían puesto de acuerdo para avisarlos de que debían sobrevivir por sus propios medios, porque no los iban a ayudar más.

Se habían hecho tarjetas que habían repartido en el Club de Polo, el golf del Prat y los hoteles de lujo. Ambos hicieron un listado de las empresas que contrataban a sus padres y les habían dejado tarjetas con la dirección y teléfono, una deslealtad que habían tratado de justificar con la

159

socorrida frase «de alguna manera hay que empezar». También habían insertado un anuncio por palabras en *La Vanguardia,* ofreciendo sus servicios «discretos, sobre todo tipo de asuntos», pero hasta la fecha no habían tenido resultado.

El hecho trascendental ocurrió un viernes por la tarde, a punto de cerrar hasta el lunes. Bea estaba sola, al final le había dicho a Julio que se fuera porque estaba harta de ver su mirada suplicante de huerfanito, una de sus mejores actuaciones. Sus amigos le esperaban para ir a esquiar a La Molina, porque acababan de inaugurar un remontador:

—Es que es la bomba, Bea: te pones una especie de percha aquí —y se tocaba la entrepierna— y te arrastra hasta la cumbre de la montaña.

Ella lo contemplaba con frialdad:

—¿Y las mujeres qué?

—¡Pues lo mismo! Podrías venir —observó dubitativamente su falda ajustada—, pero tendrás que ponerte pantalones. Te dejo unos si quieres.

Ella le tiró una goma de borrar:

—Vete, hombre, pantalones me voy a poner... Solo me faltaba eso para parecer más marimacho aún. Corre, desaparece.

Esquivó el beso en la mejilla que él quería darle y una ráfaga de viento entró en el local barriendo papeles cuando el socio salió con un portazo.

Dejó escapar un suspiro y se dispuso a recoger, aunque poco había que ordenar. Como cada día, se había puesto un estricto traje de chaqueta de franela gris, podría pasar por un traje de hombre si no fuera porque llevaba falda, y, en lugar de corbata, una blusa con un volante en el cuello con un pequeño lazo. Había conseguido llegar al final del día sin una carrera en las medias, lo cual era muy difícil, porque, como decía Gema, «parecen hechas de saliva de hada». Ella, debajo del hábito, llevaba unos gruesos calcetines de lana.

Beatriz se pasó la mano por su corta melena, se la había rizado en una peluquería que estaba en el piso de arriba, pero el resultado era muy mejorable. Llevaba unas gafas que no necesitaba, pero que creía que le daban un aspecto más profesional, y, por la misma razón, nunca se pintaba.

No era fea. Tampoco guapa. Se daba cuenta de que a la gente le extrañaba que, de la unión de dos personalidades tan deslumbrantes como sus padres, hubiera podido salir una personita tan vulgar. Dos personitas, aunque su hermana Rosa tenía la nariz demasiado larga y la dentadura demasiado prominente para ser considerada vulgar.

Cuando era más joven, a Bea le dolía, pero ahora había dejado de importarle. Casi siempre. Casi nunca, para ser sinceros, pero ¿qué podía hacer?

Debería marcharse, Paquito, que había empezado a ir al colegio, estaría intentando mantenerse despierto para contarle lo bien que lo había pasado, y Gema le habría preparado la merluza de los viernes, el día de la semana que no se podía comer carne. Esa noche iba a cenar Rosa precisamente, con una botella de coñac que habría cogido a escondidas de la casa de sus padres.

Terminarían jugando al parchís. Noche de mujeres solas. Como sus días. ¿Cuánto hacía que nadie la tocaba? Exceptuando la peluquera, claro está.

Quizá ya no ocurriría nunca más. Su padre le advertía: «No eres ni casada, ni soltera, ni viuda... No nos pongas en evidencia, que bastante nos ha costado que la gente no haga preguntas».

¡Cómo le pesaba su familia! Sentía una lasitud en los miembros que no se debía al cansancio, sino a la desesperanza. Había cifrado sus ansias de libertad en este despacho, pero la toga colgaba en un perchero como un ahorcado, aún no la había estrenado y la impaciencia la quemaba. La observaba con ojos melancólicos, ¿llegaría a ponérsela algún día?

Llamaron a la puerta y se sobresaltó, pero después pensó que sería el basurero o el farolero con su felicitación navideña solicitando un aguinaldo y cogió unas monedas que guardaban para estos casos en una caja de cartón.

Con el dinero en la mano abrió la puerta y cuando esperaba que dijeran: «El sereno le felicita a usted las fiestas», se encontró a un hombre fornido, no muy alto, vestido descuidadamente, pero con ropa de buen corte, que ya se retiraba creyendo que no había nadie:

—¿Qué desea? —preguntó un tanto brusca, aunque acto seguido concibió la sospecha de que tal vez se trataba de un cliente y suavizó el tono—: Pase, por favor.

Él hundió las manos en los bolsillos y entró despreocupadamente mirando a su alrededor, como si fuera el propietario del local, mientras preguntaba:

—¿Está su jefe?

Bea, que ya estaba acostumbrada a que la tomaran por la secretaria, se permitió la pequeña maldad que siempre decía:

—¿Mi jefe? Si se refiere al jefe supremo, está en el cielo y no suele descender con facilidad. Si se refiere al jefe de Estado, está en El Pardo, como sabe usted muy bien. Si se refiere en concreto a mi jefe, tengo que comunicarle que no existe.

El hombre levantó una ceja y una leve sonrisa irónica pasó por sus labios:

—Bueno, me refiero a los abogados Quintero y Fernández.

Ella se dejó de bromas, harta:

—Yo soy Fernández. Tome asiento, por favor.

162

Creyó que el hombre se iría con cualquier excusa, pero al contrario, se acomodó en la silla y al cabo de unos segundos dijo entrecerrando los ojos:

—Así que es usted abogado... Y déjeme adivinar: seguro que usted es el elemento trabajador y concienzudo del equipo y que su socio se ha largado para pasar por ahí el fin de semana.

Beatriz tosió para tratar de ocultar su sorpresa:

—Bueno, señor...

Tenía aspecto disoluto, pero unos hermosos ojos grises a los que seguramente había sacado mucho partido.

—Me llamo Álvaro Segura.

—Y ha venido por recomendación de...

El otro hizo un gesto en el aire:

—De nadie, tengo el coche en el mecánico ahí al lado y he visto la placa en la puerta.

—Bien, pues usted dirá.

Él saco una cajetilla de cigarrillos, se la tendió y, ante su negativa, encendió uno y lo aspiró profundamente. Después fijó los ojos en ella:

—Verá, en realidad esto es una consulta tan solo, un amigo mío... —cogió un cenicero y sacudió la ceniza sin dejar de mirarla—... tenía dinero de familia en una cuenta corriente muy saneada en el Banco Hispano, pero durante la guerra cambió su dinero por pesetas republicanas y, claro, después perdió todo su valor.

A Teresa le impacientó que utilizara el subterfugio del amigo, como en esos consultorios sentimentales que Gema escuchaba todas las tardes por la radio, pero se vio obligada a disimular:

—Eso le pasó a mucha gente, por desgracia. —Casualmente, hacía poco había salido el tema en casa de sus padres, porque a su tío de Bilbao le había ocurrido lo mismo—. Sin embargo, los que dejaron su dinero tranquilo en el banco, sin tocarlo, vieron que su valor seguía intacto cuando acabó la Cruzada.

Él asintió como rindiendo homenaje a sus conocimientos:

—Pues sí, eso fue justo lo que pasó: mi amigo estuvo mal aconsejado y se equivocó.

—Quizá era que simplemente tenía confianza en que los... —de pronto temió que el hombre fuera un franquista acérrimo—, quiero decir, que quizá su amigo no creía que fuese a triunfar el glorioso Alzamiento nacional y necesitaba el dinero.

Él la miró pensativo, como sopesando lo que le podía contar y lo que no, y al final optó por no confiarse:

—No sé por qué lo hizo. —Se encogió de hombros con resignación—. No se puede echar la culpa a nadie, hay gente con mala suerte.

Una sombra cruzó su rostro, pero pronto recuperó su sonrisa amable y jovial. Tenía labios delgados y firmes y Beatriz tuvo que reconocer que le inspiraba simpatía, aunque se vio obligada a hacer un esfuerzo para recobrar una actitud puramente profesional. El comentario le salió con más aspereza de lo que hubiera querido:

—Perdone, pero no sé qué tiene que ver eso con un despacho de abogados. Quizá sería mejor que acudiera a un gestor o un empleado de su banco.

Él levantó la mano pidiendo tiempo.

—Ahora verá... Este amigo, que está en la ruina, tiene facilidad para moverse y le han propuesto llevar a Tánger unas pesetas para que allí sean reconvertidas en divisas.

—No serán unas pesetas solamente.

—Digamos unos millones. No se roba a nadie, es dinero propiedad de ciertos empresarios textiles a los que les gustaría contar con un capital en bancos extranjeros.

Bea soltó una risa sin alegría:

—Hombre, el extranjero ahora no es que sea muy seguro. Le recuerdo que hay una guerra y que Europa está destruida.

Y era verdad, a pesar de la estricta censura de la prensa española que convertía las derrotas nazis en victorias, nadie, empezando por Franco, se hacía ilusiones acerca de quién ganaría la guerra. Tras el ataque japonés a Pearl Harbor, Estados Unidos, con un ejército inmenso, entrenado, y equipamiento de primera clase, había decidido luchar contra el Eje y, a pesar de que las cansadas tropas alemanas habían conseguido llegar a pocos kilómetros de Moscú, el General Invierno las había obligado a retirarse, dejando para siempre a 250.000 soldados en tierra rusa.

Los Aliados confiaban en que Hitler y el nazismo serían al fin derrotados, pero también adivinaban que iban a vender esta derrota muy cara. Como dijo Churchill, a Europa aún le quedaban muchas lágrimas que verter.

Se instaló un silencio entre los dos, Beatriz se acordó, no de Román, sino de Pepe, que se había ido a Rusia con la División Azul y quién sabe dónde estaría ahora, si es que seguía vivo. Y después sí que pensó en Román.

El hombre rio levemente:

—Para bien o para mal, el dinero no conoce de guerras, no tiene ideología. Mire, los mecanismos exactos no los entiendo porque no soy experto, pero el caso es que este amigo debería llevar este capital a Tánger, único lugar donde la peseta es convertible. Es algo muy sencillo, solo hay que cruzar el estrecho de Gibraltar.

Beatriz lo escuchaba ahora en silencio, con sus ojos impasibles y penetrantes clavados en su rostro. A pesar de eso, él tenía un aire indiferente, como si no se diera cuenta de su desaprobación.

—Y, claro, mi amigo había pensado que, mejor que él, un abogado podría transportar ese maletín sin levantar ninguna sospecha. Si fuera como apoderado de estos seño-res y llevara ese dinero para comprar maquinaria, algo que nadie va a comprobar, teniendo en cuenta que en la fron-tera española no le iban a poner pegas...

Ella preguntó con severidad:

—¿Me está hablando del soborno de un funcionario?

—No, por supuesto, ignoro los detalles, pero son gente seria. —Agitó una mano quitándole importancia—. Allí solo tendría que depositar el dinero en manos de una per-sona y en menos de veinticuatro horas estaría de vuelta.

Echó una mirada a su alrededor como si aquello, belén incluido, fuera el palacio de Versalles. Beatriz preguntó con más curiosidad que interés, pensando en la mala suer-te que había tenido de que su primer caso fuera una estafa pura y dura, porque estafa era lo que aquel hombre le pro-ponía:

—Esa persona que recogería el dinero en Tánger esta-rá fuera de toda sospecha, supongo.

—Pues mire, se sorprendería... Podrá hablar en catalán con él si le apetece.

—Yo nunca he hablado catalán —contestó ella brusca-mente.

—Ah, perdone. Pensaba que su padre...

—¿Mi padre? Pero ¿cómo sabe quién es mi padre?

El hombre se echó a reír con desenvoltura, en absoluto avergonzado:

—Cuando me ha dicho «Fernández», me he acordado de que el conde de Túneles tiene una hija que se ha hecho abogado y ha puesto despacho.

En ese momento Beatriz no lo creyó. Solo más tarde llegaría a conocer la extraordinaria agudeza y capacidad de deducción de Álvaro Segura. Entonces sospechó que trataba de engañarla, pero prefirió obviarlo y seguir con la conversación.

—O sea, que usted quiere que haga una transacción irregular para su amigo.

El otro debió darse cuenta, aplastó el cigarrillo en el cenicero y recogió velas:

—No, no, era un caso hipotético, nunca operaría al margen de la ley, está claro. Justo esa era mi intención: saber si se podía hacer o no, ¡son tan elásticas las normas, cambian cada día! Figúrese que este amigo tenía unos dólares y un día valen cien pesetas y al día siguiente, sesenta.

—Eso se llama inflación.

—Ya.

Ahora parecía que se desentendía del tema, como si ya no le importara, pero seguía sentado y mirándola, la seguridad de Beatriz iba resquebrajándose. ¿Y si en realidad fuera normal que los clientes plantearan todo tipo de cuestiones? ¿No era lo que ponían en el periódico? Al fin y al cabo, para eso estaban los abogados, ¿no? ¡Eran los que conocían las leyes! ¿Qué debía hacer ahora? Resultaba triste reconocerlo, pero quizá debería consultar con su padre. Meneó la cabeza con pesar:

—Bien, de momento no puedo decirle nada. Tengo que estudiar el tema, es un asunto de derecho comercial internacional y me gustaría examinar la legislación marroquí.

—¿Podría darme otra cita? Quizá podría venir con mi amigo y así se lo comentaríamos mejor.

¿Con el amigo imaginario? Beatriz hasta sentía curiosidad por ver cómo se las apañaba, aunque dudaba que fuera a volver a verlo. También dudaba que su nombre fuera el que le había dicho, un nombre, por cierto, que había olvidado. Sacó la agenda y fingió que buscaba con el dedo alguna fecha libre, pero se dio cuenta de que él miraba el libro también y advertía que todas las páginas estaban en blanco. Lo cerró de golpe y dijo a la ventura:

—El martes de la semana que viene.

Él esbozó una sonrisa tolerante y bondadosa, que le puso más años de los que seguramente tenía.

Se levantaron, él le pidió:

—Cóbreme la consulta, por favor.

Ella hizo un gesto de magnanimidad, como si el dinero le saliera por las orejas:

—No, ha sido una insignificancia. Si todo sigue adelante, ya le pasaré la minuta.

—Es igual, las consultas se pagan, faltaría más. —Lo dijo con brusquedad, sin admitir réplica, y sacó su cartera del bolsillo interior de la americana, contó los billetes—. ¿Cincuenta pesetas le parecen bien?

Ella asintió y él depositó dos billetes de veinticinco pesetas encima de la mesa.

Después se pasó la mano con los dedos abiertos por el pelo con gesto cansado y se dispuso a partir.

Si no se hubiera pasado esa mano por el pelo, cerrando los ojos unos instantes; si Bea no lo hubiera visto... Una mano ancha, varonil, que apartó hacia un lado el mechón que le caía sobre la frente. Los dedos abiertos y ahuecados, el pequeño rostro de Beatriz cabría en ella, casi notaba la palma oprimiendo su nariz, sus párpados, su boca, qué descanso, se sentiría en esa mano como el pájaro en su nido.

Era un gesto que solo podía hacer un hombre y Beatriz notó el cuerpo ardiente, como si tuviera fiebre, y que un viento huracanado aventaba la ceniza que cubría sus sentidos. Quizá gimió, porque él la miró con sorpresa, pareció que iba a hacer algo. Ella esperaba, demudada, con los brazos caídos a lo largo del cuerpo, anhelando el choque furioso, hambrienta de esa mano. Él se adelantó, hinchó apenas las fosas nasales, apretó la mandíbula... Se balanceó unos segundos y después se giró y salió sin decir más del despacho.

Beatriz se sentó porque le temblaban las piernas.

Se quitó las gafas. Respiraba agitadamente.

¿Qué le había pasado? Estaba mareada, debía ser que no había comido, un ataque de debilidad, o quizá se estaba volviendo loca. ¿Qué pensaría ese hombre de ella?

De pronto se volvió a abrir la puerta y él estaba allí, recortándose en la oscuridad de la calle, cruzada por los faros de los coches. Beatriz se levantó como un autómata, avanzaron el uno hacia el otro y se detuvieron mirándose a los ojos. Después se abrazaron con ansia y se besaron ferozmente, urgentemente, en la boca.

13

ROMÁN

A menudo Román pensaba que la gran guerra que asolaba
Europa había abierto una grieta en el tiempo. España se le
aparecía como un lugar remoto, como un paso de Semana
Santa detenido en un callejón oscuro con las cabezas de los
cofrades cubiertas con capirotes negros, mientras una lluvia de muertos caía sin cesar sobre los hombros de Occi-
dente y hundía los pies de hombres y mujeres en el barro
de la historia.

Teresa se había marchado hacía meses, pero no perdía
la esperanza de volver a verla porque confiaba en ella y en
su misterioso «pase lo que pase, te iré a buscar». Y, sobre
todo, en ese «ahora eres lo que más quiero» que le había
confesado al oído antes de irse con su hermano. Teresa la
valiente. Teresa y sus hoyuelos, su pelo de punta, sus carcajadas de niña. Teresa ingenua y sabia. ¿Qué estaría haciendo su guerrillera, su hada con metralleta? Pues lo de siempre, no era difícil imaginarlo: pam, pam, pam, cuando
tendía el índice y el dedo medio y engarfiaba el pulgar sobre la palma de la mano cerrada un ojo, y ese guiño infan-
tilizaba su rostro, lo que resultaba fascinante y monstruoso
a la vez.

Nadie le contaba nada, porque Román era el verso
suelto del destierro, además de que apenas quedaban en
Toulouse los que habían sido los suyos, ya que casi todos

los militantes de partidos catalanistas habían cruzado el charco para empezar una nueva vida en México, Venezuela, Argentina o Chile. Pero Román presentía que, bajo la tensa calma que se respiraba en las calles de la ciudad rosa, había una violencia latente que algún día emergería como la lava de un volcán en erupción.

Caminaba por los lugares por donde habían paseado, por la ribera del Canal du Midi, y se tumbaba bajo el mismo plátano centenario donde habían hablado interminablemente. Evocaba su voz, «Somos los Romeo y Julieta del exilio», y le daba vergüenza y al mismo tiempo se sentía hechizado por esas palabras.

No podía evitar decirse a sí mismo, porque no tenía a quién hablarle:

—Qué cursi te has vuelto, Román.

Pero como los meses pasaban y Teresa no se aparecía en carne mortal, solo en sueños, se sentía muy solo, desesperadamente solo, como nunca se había sentido en la vida.

Por las noches se acodaba en la barandilla del Pont Neuf, los edificios se difuminaban por la suave neblina que surgía del río y en ese ambiente algodonoso y mágico creía oír las pisadas de Félix el Gordo y recordaba a Pepe. Los tres amigos íntimos que habían crecido juntos y ahora estaban separados por centenares de kilómetros. Uno en África, el otro en España y él allí, en Toulouse.

Peor era lo de Carlitos, que estaba muerto.

¿Se acordarían de él como él se acordaba de ellos? Quizá Félix y Pepe también habían muerto. Como a Teresa, ahora no le parecía que la muerte tuviera tanta importancia.

No había vuelto a ver a Eva, aunque, para huir de la soledad, había retomado la costumbre de dejarse caer por el café Le Florida. Pero el ambiente bullicioso y apasionado de los primeros tiempos había cambiado radicalmente, porque el país también había cambiado. Los orgullosos franceses habían tenido que rendirse ante la superioridad numérica de los alemanes; su ejército anticuado y lento, sus soldados, con cascos en forma de olla pequeña, que se dirían un reclamo para la bala certera y fatal, habían sucumbido ante la monstruosa maquinaria nazi y una semana después de que los alemanes entraran en París firmaron su rendición, aunque prefirieron llamarlo «armisticio». Hitler, teóricamente, dividió Francia: dos terceras partes estaban bajo su mando directo y en una pequeña «zona libre» instauró el «Estado francés» que sustituyó a la Tercera República. Al frente de este estado títere puso a un hombre de confianza, un aliado de los ideales nacionalsocialistas: el mariscal Pétain, héroe de la Primera Guerra Mundial, que lo primero que hizo fue suprimir el lema de la República —*liberté, égalité, fraternité*—, después liquidó la democracia parlamentaria y a continuación prohibió los partidos políticos.

Al principio los franceses no entendían muy bien qué pasaba, Toulouse quedaba en la «zona libre», y todo lo que llevara la palabra «libre» les sonaba bien, además de que no se veían uniformes de la Wehrmacht por las calles, con lo que parecía que la ley y el orden que tanto ansiaban se iba a instaurar de forma pacífica. La patrona de Román estaba muy excitada porque el mariscal Pétain iba a visitar la ciudad desde Vichy, la estación balnearia donde se había establecido el Gobierno.

—Es un héroe de la batalla de Verdún. Daladier y todos esos pacifistas lo habían relegado al ostracismo y ahora los alemanes lo han reivindicado porque es un gran militar, y Hitler tendrá sus cosas, pero eso lo respeta. —Le enseñó los banderines con los colores de Francia que estaba confeccionando—. Tenemos que hacerle el recibimiento que se merece porque nos devolverá la Grandeur.

—¿Y en qué consiste la Grandeur?

—Primero, disciplina: el mariscal acabará con esas huelgas y manifestaciones que nos trajo el Frente Popular; y después Francia volverá a ser para los franceses. —La viuda tuvo que sacar un pañuelo del bolsillo del delantal para limpiarse los ojos que lagrimeaban—. Menos judíos, gitanos, masones y comunistas, menos refugiados...

Román bromeó:

—Hombre, pues muchas gracias.

—No lo digo por usted, que es un señor, sino por toda esa purria que han traído los radicales que están en el Gobierno.

Cuando estaba solo, Román se sentía invadido por el desaliento, pues recordaba muy bien que los mismos argumentos esgrimían los partidarios de Franco. Sí, el Generalísimo había derrotado al ejército republicano con la fuerza de las armas, pero Román sabía que, si no tuviera cómplices entre la sociedad civil, si no hubiera gente en España que pensara como su patrona, no habría ganado ni se habría mantenido en el poder tanto tiempo.

Lo primero que había hecho Pétain para dejar clara su postura frente a los refugiados españoles había sido entregar a las autoridades franquistas al último *president* de la Generalitat, Lluís Companys, que estaba exiliado en París.

Una tarde Román se encontró al maestro libertario que había conocido en el bistró de la calle Lafon y le había prestado el libro de Gorki. Iba con una chica pelirroja a la que presentó como Elisabeth, sin aclarar qué relación los unía. La muchacha era alta y desgarbada, con aspecto de monja seglar. Salían de un portal oscuro y humilde. Habían ido a visitar a Federica Montseny, que acababa de tener una hija. Federica había sido ministra de Sanidad en España con Largo Caballero, cuando los anarquistas decidieron entrar en el Gobierno, y ahora vivía pobremente con su familia de lo que obtenía de la venta de las novelitas rosas que escribía con seudónimo. Mientras daba de mamar a su hijita, les había contado que acababan de fusilar a Companys en los fosos del castillo de Montjuic. El maestro se mostraba agitado, preso de un temblor frenético que hacía que sus palabras fueran casi ininteligibles, y Román tenía que esforzarse por entenderlo:

—Los anarquistas no tenemos nada que agradecerle a Companys porque éramos sus bestias negras. ¡Nos persiguió, nos metió en la cárcel, se negaba a darnos armas! Pero he de reconocer que tuvo un bello final. ¿Sabe que se descalzó delante del pelotón de ejecución para morir pisando la tierra de su patria?

Román, sin quererlo, se emocionó. En su otra vida, hacía mil años, lo había conocido. Companys era un hombre atrabiliario, de carácter irregular, pero el 20 de julio del 36 le mostró una faceta que lo había conmovido. Fue en la plaza Cataluña, después de que los enfrentamientos entre los defensores de la República y los sublevados dejaran el suelo sembrado de cadáveres. Se habían llevado los restos humanos y solo quedaban los caballos, que ya empezaban a desprender olor a podredumbre porque hacía un calor asfixiante. Los estaban rociando con gasolina para prenderles fuego. Companys, cuando creyó que nadie le prestaba atención, acarició la cabeza de una de aquellas enormes bestias, con el espanto congelado en sus ojos, como si hubiera presentido su terrible final, y las crines desparramadas por el suelo. Cuando levantó la mirada se dio cuenta de que Román lo había visto y murmuró, algo cohibido: «Son animales nobles, su sacrificio también merece un homenaje».

Con voz ronca, Román le dijo al maestro de la calle Alcolea:

—¿Se descalzó? Es bonito eso.

La chica esbozó un vago asentimiento, pero el hombre, irreductible, dictaminó con severidad:

—Nosotros no somos catalanistas porque la patria de los libertarios es el mundo entero. —Aunque admitió a regañadientes—: Pero sí, eso lo engrandece. —Y después añadió con una risita breve—: Ha sido la señal de que ahora vendrán a por nosotros. Los refugiados españoles somos el enemigo, ya sabe: Francia para los franceses... Todos estamos en el mismo saco: anarquistas, comunistas, socialistas, catalanistas. Nos odian los gabachos y los boches, para ellos somos como los judíos, bultos, ni siquiera personas. Nos enviarán a España, o nos llevarán a campos de trabajo como esclavos.

—Pero los franceses decentes nos defenderán.

El hombre tuvo un gesto exagerado.

—Pero ¡qué gran iluso, luego dicen que los utópicos somos nosotros! Esos franceses decentes están deseando que se haga limpieza porque nos atribuyen todos sus problemas. Paro, crisis económica, robos, violaciones... Lo primero que dijo Pétain como jefe de Estado es que había que acabar con las podridas democracias occidentales y que nosotros somos detritus. ¡Y la gente le aplaude! —Se sacó un periódico que llevaba enrollado en el bolsillo—. Lea *La Dépêche*, mire aquí: «Vamos a recibir al mariscal Pétain con entusiasmo y el patriotismo más vibrante».

Román se encogió de hombros:

—¿Y qué podemos hacer?

Cogió por el brazo a la muchacha y la apartó para que no lo oyera, miró a un lado y otro y después dijo en voz baja:

—Podemos hacer mucho, antes de que vengan a patrullar por estas calles los soldados nazis. Los españoles estamos organizándonos para luchar contra el enemigo desde dentro de la bestia. —Dio una patada en el suelo—. Como las ratas por las alcantarillas, así estamos haciendo nuestro trabajo: corriendo en la oscuridad, montando cuadrillas y brigadas sin que nadie nos vea. ¡Nos encontrarán preparados! ¡Tenemos cuentas que saldar con ellos y ha llegado el momento!

A Román le hubiera gustado contarle con orgullo que una de esas ratas de alcantarilla era su Teresa. Sin embargo, como sabía que una indiscreción podía costarle la vida, fingió asombrarse:

—Pero ¿cómo? A mí nadie me ha dicho nada.

El otro tuvo un gesto de superioridad:

—Pero, oiga usted, ¿en qué mundo vive? —Bajó aún más la voz—. La lucha de guerrillas, ¿sabe lo que es?

—Sí, claro.

—Ya sé que trabaja en la editorial del Tuerto.

A Román no le sorprendió que supiera detalles de su vida, entre los refugiados no había secretos, aunque sí le llamó la atención el apodo de *monsieur* Berger, que para él era nuevo.

—Nos puede ser muy útil —seguía diciendo el maestro—. Si quiere contactar con nosotros, hágalo a través del restaurante donde nos conocimos.

—Pero...

En un gesto paternal, el libertario le puso la mano en el hombro.

—Tenemos armas, tenemos pólvora, estamos deseando luchar y no voy a decir eso de que estamos dispuestos a morir como hombres, porque sería una ofensa para las mujeres libres, las muchachas de las juventudes libertarias o las madres de la defensa federal que han caído en combate.

Román, inadvertidamente, miró a la pelirroja, que puso los ojos en blanco. El maestro la señaló:

—Elisabeth es una heroína también, pero no entiende ni una palabra de lo que hablamos, ¿verdad, chica? —Ella enseñó las palmas de las manos con resignación—. Es de la verde Erin.

Le pellizcó la mejilla con cariño y la irlandesa fingió enfadarse, luego la cogió del brazo y se alejaron mientras él canturreaba el himno confederal. Román meneó la cabeza entre la incredulidad y la envidia por la fe de aquel hombre:

Negras tormentas agitan los aires,
nubes oscuras nos impiden ver,
y aunque nos espere el dolor y la muerte,
contra el enemigo nos llama el deber.

Días después se los volvió a encontrar en la calle Alsacia Lorena, en medio de la multitud enfervorizada que aguardaba el paso del mariscal Pétain agitando banderitas y enarbolando pancartas. «Toulouse con el héroe de Verdún», «Francia para los franceses», «Trabajo, familia y patria». Pétain había querido que su primera visita oficial como jefe de Estado fuera para Toulouse, la cuarta ciudad más importante de Francia y la que había sufrido la mayor avalancha de refugiados. Los periódicos habían estado calentando el ambiente: «Nos devolverá nuestra identidad perdida», «Para que el jefe de Gobierno sepa que nos mantenemos a su lado en esta hora difícil, gritémosle, mariscal, aquí estamos». Todos los comercios se habían engalanado con banderas francesas y exhibían grandes fotos del militar en traje de campaña.

A pesar de que se había advertido a los españoles que era mejor que no se dejaran ver, Román se paseaba, con descaro o con inconsciencia, con las manos metidas en los bolsillos y un cigarrillo entre los labios, observando el asombroso comportamiento de los tolosanos. Muchos hombres llevaban viejas casacas militares de la Gran Guerra, con las medallas prendidas en el pecho, y había mujeres con el uniforme del Partido Popular, una organización parafascista que tenía cien mil afiliados. Román no podía entender —o sí, porque no se hacía muchas ilusiones en cuanto al género humano— que esos ciudadanos hubieran votado tan solo cuatro años antes al Frente Popular apoyado por toda la izquierda, incluido el Partido Comunista, y ahora mostraran su veneración por ese militar de ochenta y cuatro años, que había dicho de Hitler: «Fortalecerá el ejército, el orgullo de la patria, y solo por eso ya tiene mi respeto».

Apoyado en la pared del convento de los Agustinos y mientras liaba con parsimonia un cigarrillo, el maestro observaba el espectáculo de fervor popular con ribetes histéricos con socarronería. Elisabeth llevaba a dos niñas de la mano y mantenía una animada charla con ellas: eran casi adolescentes y lucían uniforme de colegio. Román se acercó con curiosidad. No sabía qué relación tenían ni cuál debía ser su trato hacia la chica, y encima ahora las niñas complicaban el panorama. ¿Serían camaradas o era su mujer? Por edad, podría ser su hija o incluso su nieta. El maestro pareció adivinar su curiosidad porque le informó:

—Elisabeth es una buena amiga cuáquera. Inspecciona las necesidades de las mujeres y niños refugiados para distribuir los fondos de los que disponen.

Román sabía que los cuáqueros eran una organización cristiana que había tomado como causa propia la suerte de los niños y las mujeres en la guerra de España. Recibían donativos de grandes mecenas, sobre todo de Estados Unidos, y hacían una labor complementaria a la de la Cruz Roja.

—¿Es una monja?

El hombre se echó a reír y le preguntó a Elisabeth:

—¿Has oído lo que dice? Que si eres monja.

Ella contestó en castellano con acento andaluz:

—Aunque hay cuáqueros de muchas corrientes religiosas, católicos, protestantes, evangelistas, todos pensamos que Dios está en nuestros corazones y por eso somos pacifistas y perseguimos, no la santidad, sino la honradez y la bondad. —Y reiteró con guasa andaluza—: Quillo, no soy monja.

Román se volvió hacia el maestro protestando:

—Pero ¿no me había dicho que no hablaba español?

El hombre se echó a reír:

—Es que no puede ser tan crédulo, muchacho. Ahí haciéndose el machote, paseándose entre la plebe con ese aire de ricachón, y es usted de un inocente que tira de espaldas.

La chica enrojeció violentamente y dijo disculpándose:

—He estado un año en Almería, en el hospital infantil. —Cuando se ruborizaba sus pecas de pelirroja se oscurecían y por contraste las cejas y las pestañas parecían blancas—. Aquí también hemos creado bibliotecas en los campos, para que las mujeres aprendan a hablar francés y les sea más fácil encontrar trabajo. Se lo digo porque como trabaja en una editorial, nos vendría bien todo el material que desechen. Antes de tirar los libros, piensen en nosotros. Los recogemos en nuestra sede del bulevar Bonrepos número dieciséis.

—Es un lugar que funciona como santuario para los que necesitan protección —intervino el maestro—. Mire, si existen los ángeles, le aseguro que Elisabeth y las demás cuáqueras lo son; sin ellas, muchos niños hubieran muerto de hambre. Han alquilado un almacén de grano y cada día ¿a cuántas personas dais de comer, Elisabeth?

La otra hizo un gesto quitándose mérito:

—Nunca las hemos contado, no sé.

—Cien, doscientas... —sugirió el maestro—, ¿mil?

Y ahora sí que afloró el orgullo a la voz de la irlandesa:

—¡Cuatro mil! Sin contar la comida que proporcionamos a los niños de los campos, escuelas y orfanatos en todo el sur de Francia.

—¡Ángeles, ya le digo! Y se preocupan de las mujeres, que son las que se han llevado la peor parte de la posguerra y de este maldito exilio. ¿Sabe que a las mujeres solas no las han querido en los barcos que van a América? Aunque vayan con los hijos, ¡sin marido no hay pasaje!

Román confesó con humildad:

—No lo sabía.

—Claro que ahora las cuáqueras ya están en el punto de mira de las nuevas autoridades y las van a expulsar, como las echaron de España los franquistas en cuanto tomaron el poder.

—Eso que somos apolíticas —murmuró ella—, pero hay muchas judías entre nosotras, como estas niñas que están a mi cuidado —las dos muchachas asintieron con gravedad—, y ya sabemos que Pétain es antisemita.

El maestro levantó el puño:

—Ese...

Estaba tan exaltado que una madre con sus hijos que se mantenía desde hacía horas en primera fila lo hizo callar:

—Un respeto, que pasa el mariscal.

Ella y sus hijos iban vestidos con camisas pardas, boinas y unos corbatines con una cruz celta, el símbolo fascista. Cuando se vio venir la comitiva, todos, hasta el pequeño, que debía de tener cuatro años, levantaron el brazo con el saludo romano. Sus vecinos los miraron de reojo y, por mimetismo, o por miedo, la primera fila también levantó el brazo.

Abría paso una pequeña orquesta tocando desafinadamente el himno nacional; la multitud rugía: «¡Mariscal, aquí estamos!». Pétain iba caminando sin ninguna ceremonia junto al prefecto de la ciudad, el aristócrata Cheneaux de Leyritz, en medio de un grupo de militares y sacerdotes. Daba las gracias con cabezazos y se acercaba a la multitud para estrechar manos, dar cachetes a los niños y recibir ramos de flores que después entregaba a uno de sus ayudantes. Cuando llegó a la altura de la madre fascista, su sonrisa se ensanchó aún más y se dirigió hacia ella al tiempo que se llevaba la punta de los dedos al quepis.

—¡Mariscal, aquí estamos! —gritó ella.

Y los hijos repitieron:

—¡Aquí estamos!

Entablaron una conversación con muchas sonrisas, conforme un fotógrafo que iba con la comitiva tomaba imágenes sin descanso y los periodistas apuntaban en su bloc de notas todos los detalles. El mariscal departía amistosamente mientras acariciaba la cabeza de un caniche que una anciana llevaba en brazos. Era como un abuelo bonachón que de vez en cuando se atusaba los bigotes y lanzaba una carcajada.

En ese momento todo pasó a la vez. Primero a Román le pareció advertir una sombra fugaz que salía de un edificio de la esquina de la calle Alsacia con la calle Duranti... Y no era solo una sombra, sino una muchacha, estaba casi seguro de que se trataba de Teresa, que se perdió entre la multitud. ¡Teresa! El grito murió en sus labios. Román iba a correr en pos de ella cuando lo atenazó una mano de hierro. Con una fuerza inusitada, el maestro lo había cogido del brazo, inmovilizándolo.

El mariscal Pétain le besó la mano caballerosamente a la dama, se reincorporó al desfile y en ese preciso instante, desde lo alto del edificio de donde había salido Teresa, decenas de octavillas revolotearon como copos de nieve hasta caer a los pies de los transeúntes, que, después de unos segundos de estupor, se lanzaron a por ellas. Román atrapó una en el aire. Era muy rudimentaria: con tinta y en letra pequeña pedían la libertad de los militantes comunistas, a los que Pétain había detenido y encarcelado tras prohibir el partido. Abajo ponía con grandes caracteres: «THOREZ AL PODER, ABAJO LOS TORTURADORES DE VICHY». Iba firmado por el Partido Comunista Francés, del que Maurice Thorez era secretario general.

Se formaron grupos de personas que discutían con calor el contenido de las octavillas, pero a Román le llamó la atención que ni el maestro, ni su acompañante, ni las niñas hicieran el gesto de coger alguna, ni mostraran curiosidad por leerla.

Un batallón de gendarmes entró precipitadamente y armas en ristre en el edificio donde se había realizado la acción, empezaron a sacar a los vecinos a la calle para cachearlos, la multitud retrocedió espantada, pero no podían dejar de mirar la fascinante escena con un estremecimiento de placer y de terror. Al final un policía asomó la cabeza por la azotea y gritó:

—¡Aquí!

Al cabo de unos instantes sacaron «el cuerpo del delito»: un artefacto de confección casera, provisto de un mecanismo de efecto retardado, con el que se habían lanzado los pasquines. Los subversivos habían tenido tiempo de perderse entre la multitud y ponerse a salvo antes de que las octavillas sobrevolasen la calle.

Román estaba seguro de que una de las personas implicadas había sido Teresa. ¿Lo sabía el maestro? Él era anarquista y Teresa comunista y, además, Román nunca le había hablado de su relación con ella, ni la había mencionado, pero en este mundo tan pequeño era difícil mantener un secreto. Y quizá ante el enemigo común, los anarquistas, comunistas, socialistas y liberales se habían unido. Los otros tampoco hacían distinciones, todos entraban en el mismo saco: carne de prisión y enemigos de la patria.

Los gendarmes recogieron las octavillas y, de malos modos, obligaron a la multitud a dispersarse; lo hicieron a regañadientes, ya que todavía les quedaba un rato hasta la hora de comer, y cómo llenarlo después de haber experimentado unas vivencias tan apasionantes. Los vecinos del inmueble regresaron a sus hogares con grandes protestas con las que nadie simpatizó y Román ya estaba a punto de irse cuando advirtió unos ojos que le miraban fijamente desde el otro lado de la calle. Una mujer bien vestida, con tacones altos y un traje de chaqueta negro. No sabía cuánto tiempo llevaba allí, estaba inmóvil en medio de la muchedumbre, tan solo abría y cerraba un puño en un gesto involuntario y espasmódico.

Sin querer, dijo sorprendido, porque hacía tiempo que no la veía:

—¡Eva!

Era su antigua amante, la húngara, la consulesa. Román sonrió en un gesto automático e iba a cruzar la calzada para saludarla, porque ya se había olvidado de la escena propia de un vodevil francés que había tenido lugar en su cuarto de pensión, donde, al contrario de lo habitual, él había tenido el papel de seducido y ella de seductora, cuando la mirada de Eva lo congeló en el sitio. Lo observaba con un odio atroz, la boca apretada, las fosas nasales dilatadas y unos ojos en los que había una terrible ansia de venganza. No decía nada, no se movía, pero Román se pasó la mano por la cara como si le hubiera escupido una serpiente y echó a caminar con la sensación de que iba a recibir un disparo en el centro de la espalda.

Trató de recapacitar, ¿qué podía hacerle Eva? ¡No estaban viviendo en un melodrama cinematográfico de los que le gustaban a su madre! Se sentía ridículo con estas aprensiones histéricas, tenía los nervios destrozados, eso era todo.

Pero, por desgracia, no había calibrado bien la furia de una mujer despechada. Lo supo dos semanas después.

Cuando llegó a las nueve de la mañana a su trabajo, se tropezó con un cordón policial custodiado por un coche y una pareja de gendarmes. Dos soldados alemanes estaban destrozando el pequeño local donde se imprimían los prospectos farmacéuticos, con las culatas de los fusiles rompieron los cristales, tiraron libros y folletos por las ventanas, la máquina de escribir y la impresora fueron a parar en medio de la calle y sacaron a empellones a su jefe, más tuerto que nunca, con los tirantes caídos sobre los pantalones y una sucia camiseta interior. Lloriqueaba, se llevaba las manos a la cabeza, y lo negaba todo.

Un grupo de vecinos observaba con curiosidad, sin intervenir. Uno de ellos le contó sin mirarlo, para no perderse ni un segundo de lo que pasaba en su calle, porque no hay nada más entretenido que observar las desgracias ajenas:

—Dicen que ellos han impreso los panfletos del día en que vino Pétain, un ciudadano anónimo los ha delatado.

Román ya se iba a abrir paso para entregarse, para acusarse aun cuando no era culpable de nada, pero una chiquilla sucia y harapienta le tiró de la chaqueta. Creyendo que pedía limosna, trató de desasirse y, como no lo consiguió, metió la mano en el bolsillo para sacar unas monedas, pero, para su sorpresa, tocó un papel que antes no estaba. La niña se fue corriendo.

Se apartó para leerlo y reconoció la letra de su jefe: «Vete, desaparece de Toulouse, pase lo que pase no hablaré de ti».

Dudó, y en unos segundos calibró la situación. Él no había hecho nada, pero *monsieur* Berger quizás sí. Mejor obedecerlo, una actitud heroica empeoraría la situación. Fue retrocediendo con disimulo y después caminó a paso normal, evitando volver la cabeza, aunque tenía muchas ganas. Murmuraba, no sabía por qué, perdón y gracias, perdón y gracias.

Solo se le ocurrió un sitio adonde ir.

Román no se atrevió ni siquiera a pasar por su casa a recoger sus escasas pertenencias y, como no osaba preguntar, tardó largas horas en encontrar el bulevar Bonrepos. La chica que estaba en la recepción de la sede de los cuáqueros, una antigua fábrica de cordones de zapatos con una modesta placa de bronce en la puerta —SOCIEDAD DE AMIGOS. SOCIEDAD CUÁQUERA—, observó a Román de arriba abajo. No conocía el apellido de Elisabeth y tampoco podía explicar el motivo de su visita, pero la joven no se inmutó y le pidió que esperara en el amplio patio de entrada.

—En algún momento llegará.

¡Triste destino el suyo! No tenía a quien recurrir excepto a esta irlandesa de carácter resuelto a la que acababa de conocer. Mejor dicho, ni siquiera la conocía, pero recordaba que el maestro anarquista le había dicho que este lugar era un santuario para la gente necesitada, y ¿quién había más necesitado que él? Ahora envidiaba la ingenua confianza de Teresa en la Unión Soviética, de la que tanto se había burlado. «Nunca me siento sola, porque siempre tengo al Partido Comunista», le había dicho, pero él, ¿qué tenía? Lo había tenido todo, era verdad, y por primera vez en mucho tiempo se acordó de Beatriz. Tenía país, un hogar, padres, tenía amigos, tenía un trabajo, tenía mujer y hasta un hijo, ¡tenía futuro! ¡Y ahora no tenía nada! Tienes a Teresa, se dijo. Pero no, jamás: a Teresa no podía tenerla: era un ser libre con el que nunca podría contar. Amarla, sí. Sujetarla, nunca.

Encendió un cigarrillo. Por el cielo azul pálido cruzaban finas franjas de nubes, desgarradas por el viento. Hacía frío.

Cuando apareció Elisabeth, lo miró sin sorpresa. Iba en bicicleta, que dejó apoyada en la pared, se quitó el zurrón que portaba en bandolera y, sin preguntarle nada, lo hizo entrar en el edificio. Era muy grande, pero no lo parecía porque estaba lleno de paquetes por todas partes, de todos los tamaños, que llevaban una etiqueta con su contenido: ropa, comida, juguetes, mantas, medicinas, y varios sellos de los países de donde provenían; Estados Unidos, Inglaterra, Dinamarca, Argentina... Se oía alboroto de niños, voces de mujeres y chicos subiendo y bajando por la escalera por la que en otros tiempos debían descender los obreros de la industria cordonera. Y, como contrapunto laborioso, el traqueteo incesante de una máquina de escribir. La irlandesa recorrió un pasillo oscuro y lo hizo pasar a una salita, abarrotada también de cajas. Dos chicas jóvenes estaban acuclilladas escuchando una radio, que se apresuraron a apagar cuando entraron en la habitación. Elisabeth las tranquilizó:

—Es de confianza.

Volvieron a girar el dial y, después de un chisporroteo, surgió una voz bronca y firme. «Franceses, aunque el Gobierno haya capitulado cediendo al pánico y olvidando su honor, nada se ha perdido porque esta es una guerra mundial y no estamos solos.»

Subyugado por ese tono profundo e inspirado, Román se olvidó por un momento de su problema y preguntó:

—¿Quién es?

Una de las chicas levantó la vista con extrañeza, la otra

186

se puso de pie, Román advirtió que eran las niñas judías que había visto con Elisabeth el día de la visita de Pétain. Tenía los ojos fulgurantes cuando respondió:

—Es el general De Gaulle. Estuvo a las órdenes de Pétain, pero se negó a aceptar el armisticio y se fue a Londres. Desde allí está organizando la resistencia a los nazis, porque está al mando de la Francia Libre, la única Francia que reconocemos.

La otra chica, con el mismo uniforme y unas trenzas hasta la cintura, añadió:

—Todos los días habla desde Radio Londres.

Subió algo el volumen, el acento vibrante se transmitía a través de las ondas con emoción, pero también con un gran efecto persuasivo:

«Invito a los oficiales y soldados, invito a los ingenieros y obreros de la industria armamentista a que se unan a nosotros, la llama de la Resistencia alumbra el corazón de todos los franceses en nuestra desdichada tierra. ¡Viva Francia Libre!».

Las dos adolescentes se pusieron de pie y gritaron: «Viva Francia libre». Aunque Elisabeth las miraba cariñosamente, les chistó para que se callaran y apagó la radio mientras fingía regañarlas:

—Sabéis que esto está prohibido y os pueden detener, ¿verdad? Nos están vigilando, buscan cualquier pretexto para expulsarnos del país y cosas peores. —Las dos chicas asintieron con las mejillas enrojecidas y los ojos brillantes y obstinados—. Ahora id a la sala de estudio, que este señor y yo tenemos que hablar.

Había unas butacas desfondadas y Elisabeth le ofreció una como si fuera el trono de Luis XIV. Ella se sentó alisándose la falda, y como veía que Román estaba nervioso y no sabía cómo empezar, le atajó:

—Una ciudadana anónima, que ya te digo yo que ha

sido la mujer del cónsul de Venezuela y que no sé por qué lo ha hecho pero puedo imaginármelo, ha ido a la gendarmería a denunciarte. —Román estuvo a punto de decir algo, pero ella lo interrumpió—: Contó que las octavillas que se lanzaron el día de la visita de Pétain las habían impreso donde trabajas.

—Te juro que yo no sé nada de eso.

Ella lo miraba fijamente:

—Han destrozado el negocio, detenido al propietario y te están buscando.

Él apretó los puños y casi sollozó de rabia:

—Iba a entregarme, pero me dieron una nota...

—Calla —lo cortó de nuevo—, deja eso ahora.

Román tenía la voz quebrada y la mirada perdida.

—Me siento como un miserable, ¿qué puedo hacer?

Pero ella ya no lo escuchaba, perdida en sus elucubraciones:

—Ahora lo más importante es sacarte de aquí... —Tabaleaba con los dedos en el brazo del sillón—. Mira, uno de nuestros mecenas ha comprado un viejo castillo a las afueras de Toulouse y lo vamos a reparar para abrir un orfanato, pero aún no han empezado las obras. Podrías instalarte allí.

Él no sabía qué decir. Si le hubiera obligado a refugiarse en una sepultura del cementerio, también lo habría visto como un regalo, tan desamparado se sentía.

—Muchas gracias. Me parece imposible que te la juegues por alguien a quien no conoces.

Ella mostró indiferencia, estaba acostumbrada a los agradecimientos y los consideraba una pérdida de tiempo. Lo observó pensativamente, con frialdad cortés:

—No esperes ninguna comodidad, está hecho una ruina y en pleno invierno..., no te veo muy hecho a pasar privaciones. —Él dibujó un gesto de protesta—. Voy a ver si podemos disponer de uno de nuestros dos coches.

En ese momento una señora mayor entró y sin reparar en él dijo en tono apresurado:

—Elisabeth, tenemos que llevar comida a veintidós refugiados españoles que pasan dentro de una hora por la estación rumbo a España. Llevan sin probar bocado desde el martes.

La irlandesa se puso en pie:

—Que pongan a hervir arroz y tenemos latas de carne. —Se giró hacia él y le dijo en tono conminatorio—: No te muevas hasta que vuelva.

El castillo de Larade, que habían comprado los cuáqueros gracias a una señora muy rica de Filadelfia, era una ruina, pero una ruina elegante, porque había un ostentoso torreón cuadrangular, frescos en las paredes, y el pavimento, muy deteriorado, era de majestuoso mármol blanco y negro como un damero de ajedrez. Claro que el tejado estaba caído en su mayor parte, a los pisos superiores no se podía subir porque el suelo cedía, y las contraventanas colgaban de sus goznes haciendo un ruido pavoroso en cuanto se levantaba algo de viento, que era casi siempre.

—Hemos encargado la remodelación, pero el arquitecto no vendrá hasta que haga buen tiempo. —Y añadió—: Por cierto, que el responsable de este proyecto y el profesor que se hará cargo del orfanato son catalanes, como tú. Porque tú eres catalán, ¿no?

A Román le sorprendió la pregunta:

—Sí, claro, de Barcelona. Pensaba que ya lo sabías.

El castillo no tenía cañerías ni luz, pero muy cerca había una fuente natural de la que manaba agua potable. En la parte de atrás del caserón, una habitación conservaba milagrosamente intactos los cristales de las ventanas y tenía una pequeña chimenea. Elisabeth le ayudó a limpiarla y llevó un viejo colchón y unas mantas tan gruesas como nunca había visto.

—Son canadienses —le aseguró.

Empezó a ir casi todas las tardes con su bicicleta y siempre aportaba algún objeto para mejorar su vida cotidiana, por lo que Román supuso que su estancia iba a ser larga. Al colchón y las mantas les siguió un infiernillo de alcohol para calentar la comida, que también llevaba ella, y después fueron platos, vaso y cubiertos de metal del ejército británico. Las velas y los útiles de afeitar vinieron luego, así como una palangana y una jofaina, una toalla, periódicos viejos para ponerse entre la camiseta y el pecho y, al final, el día de Navidad, le llevó libros.

—De parte del maestro, aunque él dice que la Navidad es una celebración burguesa..., y que a ver cuándo le devuelves el ejemplar de Gorki y que si lo has leído.

—¿Cómo que si lo he leído?

—Dice que quiere pruebas.

Román se puso en pie para darle más énfasis a las palabras:

—«El francés, el alemán, el italiano..., todos somos hijos de una misma madre, de la idea invencible de la fraternidad de los trabajadores de todos los países de la tierra».

La chica dudó:

—Bueno, no sé... No me gusta leer, yo soy más bien de hacer cosas.

—Así que eres una ignorante.

—¿Ignorante yo? —Ella protestaba en serio, porque no tenía sentido del humor—. ¡Pero si ni siquiera sabes encender la chimenea!

En todas las tareas prácticas le ganaba ella. También cortando leña, porque tenía una fuerza inaudita. Había llevado un hacha pequeña y al anochecer salían a recorrer los impresionantes bosques de pinos y encinas que rodeaban el castillo. Iban en silencio, Elisabeth cortaba las ramas bajas y Román recogía los troncos caídos en el suelo. La noche estaba llena de ruidos misteriosos, grandes pájaros que levantaban el vuelo con estremecedores aleteos, el silbido de las serpientes y culebras deslizándose entre la hojarasca, aullidos de lobos y el ulular de un búho que sonaba en la oscuridad como una advertencia.

Román le susurraba a Elisabeth:

—Está enfadado porque penetramos en sus dominios.

Pero la irlandesa, que no tenía imaginación, le cortaba:

—Está intentando aparearse.

Él fingía enfadarse:

—Pero, Elisabeth, tú, la poesía...

—Son paparruchas —sonreía bondadosamente—. A mí dame un buen informe estadístico y déjame de poesías.

—Pues no entiendo cómo con esa mentalidad crees en Dios.

Y ella contestaba de manera enigmática:

—¿Y quién te ha dicho que creo?

Román tampoco se atrevía a preguntar por los planes para él. La verdad es que intentaba disfrutar de este tiempo muerto en medio de la vorágine que había sido su vida desde que había estallado la guerra de España. Pero fue Elisabeth la que le habló de su situación:

—Durante el día, mejor que no salgas porque, aunque esto parece muy solitario, en esta época hay cazadores y granjas no muy lejos de aquí. Además de que cada vez hay más soldados de la Wehrmacht metiendo las narices en todas partes.

—Pero ¿me siguen buscando? —preguntó con timidez.

Ella tardó en contestar:

—Sí... Han ido a tu pensión y han registrado tu cuarto a ver qué encontraban. Por cierto, la patrona ha contado que subían tantas mujeres a tu habitación que era imposible que te quedaran fuerzas para meterte en política.

Román casi enrojeció.

—Qué tontería.

—Creo que lo dijo para ayudarte. —Ahora la que enrojeció fue ella, que cambió de tema rápidamente—: Y también han ido a los bistrós que frecuentabas.

—Pero *monsieur* Berger...

—Déjalo, está en libertad, no le ha pasado nada. —Dudó y dijo al fin—: Él no tenía nada que ver.

—Y yo tampoco, te lo juro.

—Lo sabemos. Los responsables han sido nueve miembros de las Juventudes Comunistas de Toulouse que ya han sido detenidos y están en la prisión de Saint Michel. —Lo observó con curiosidad para ver su reacción—. Hay una española entre ellos.

Román empalideció y la miró con temor y asombro:

—¿Cómo? ¿Quién?

Ella le respondió con condescendencia:

—No te preocupes, que no es la tuya... Es la hija de unos refugiados y tiene solo dieciocho años. Ahora están pendientes de juicio, pero les caerán penas fuertes para servir de escarmiento.

Román se sorprendió:

—Pero ¿vosotros ya lo sabíais?

Ella rio ante su desconcierto:

—No te podíamos decir nada, compréndelo. Por eso te trajimos aquí, con la esperanza de que los verdaderos autores de la acción pudieran escapar, pero no ha sido así. Solo los más veteranos consiguieron ponerse a salvo.

Él se llevó la mano al corazón:

—¿Teresa?

Por primera vez pronunció su nombre frente a Elisabeth, pero esta no se inmutó.

—Teresa y su hermano son perros viejos, no los van a pillar fácilmente, pero para estos pobres chicos era su primera acción y no tomaron precauciones.

—Pero, entonces, si ya han detenido a los culpables, ¡puedo marcharme! Me siento muy inútil.

Aunque, más que inútil, se sentía ridículo al lado de Teresa. Ella estaba jugándose la vida mientas él se refugiaba en las faldas de una monja que no era monja, pero como si lo fuera. ¿Cómo iba a tratarlo como a un igual después, cuando volvieran a estar juntos? ¿Y qué pensaría su hermano? Por mucho que Teresa lo negara, se notaba que Manolo tenía gran ascendiente sobre ella.

Sin embargo, Elisabeth meneó la cabeza y suspiró.

—Por desgracia, debes seguir ocultándote. Los detenidos son tan jóvenes que el prefecto necesita un cabecilla y creen que eres tú. Te ha denunciado un miembro del cuerpo diplomático, recuérdalo..., eso no es cualquier cosa.

Comían una lata de judías con unas galletas duras y saladas. El último día del año, Elisabeth había llevado una botella de *vin rouge* en deferencia a Román, porque ella era abstemia. Cuando él lo había rechazado, se sorprendió:

—Creía que los españoles no podíais comer sin vino.

—Vaya ordinariez, hermana, te creía más sutil. Apunta que tampoco me gustan las corridas de toros.

A pesar de que ella le había dicho que no era religiosa, Román había empezado a llamarla hermana, porque la sentía un poco monja, pero también le despertaba un sentimiento fraternal. Se encontraba tranquilo y cómodo con ella, algo que nunca le había ocurrido con una mujer; con las mujeres estaba en tensión, era el cazador o el cazado, estaba extasiado, contento, apenado, excitado, impaciente, harto..., pero tranquilo nunca. Al final habían vaciado el vino en el jardín entre risas diciendo «Tierra, yo te bautizo» y un «Feliz año nuevo» que había sonado espantosamente triste y habían convertido la botella en una palmatoria.

Mientras el viento golpeaba las contraventanas y las gotas de lluvia arañaban los cristales, se sentaban a lo moro delante de la chimenea y el chasquido alegre de la leña húmeda los acompañaba. Se miraban con afecto, eran dos almas en la noche, en un país que no era el suyo, entre ambos había nacido esa flor tan rara y preciosa llamada amistad.

Román le hacía preguntas sobre su trabajo y su vida y así se enteró de que Elisabeth era hija de cuáqueros y ayudar a los demás era lo primero que le habían enseñado sus padres. Pero poseía una mentalidad práctica, muy alejada de la beneficencia inútil que llevaban a cabo las señoras de Barcelona. La madre de Román, por ejemplo, tejía bufandas para los niños del hospicio; no había visto nunca a ninguno, se limitaba a dejar el paquete con las prendas y algo de comida en la entrada, y Román sospechaba que, más que por caridad, lo hacía para llenar su vacío de madre de un solo hijo.

—Mira, Román. —Elisabeth pronunciaba *Woman* y a él le hacía gracia—. La tarea principal de los cuáqueros es procurarnos dinero y distribuirlo entre los que más lo necesitan, que a lo mejor no son los que más pena me causan, porque en ese reparto no debe intervenir el elemento sentimental, que nos ciega y nos hace ineficaces. A ti, seguramente, te da más pena la niñita española que se ha quedado huérfana y está aquí en una de nuestras escuelitas que el niño de una aldea egipcia en la que han masacrado a todos sus familiares, ¿no? Pues nosotros tenemos que estudiar cuál nos necesita más y dónde debemos estar.

Román argüía, para crear controversia y así entretenerse:

—Pero no es malo dejarse llevar por eso..., por el elemento sentimental digo.

—¿Cómo te lo cuento? Mis padres, por ejemplo, son muy mayores y la gente me reprocha que no los cuide y sin embargo venga aquí a ayudar a unas personas a las que no conozco de nada, pero ellos no me necesitan: tengo hermanos, hay vecinos, viven en una comunidad unida, mientras que a estos niños de aquí les hago falta. Además, mis padres me han hecho lo que soy y no querrían que dejara este trabajo por nada del mundo. ¡Buenos son ellos! ¡Me echarían a patadas si me vieran entrar en Carlingford diciéndoles vengo a cuidaros, ancianitos míos!

Como ponía voces y hablaba un español tan imperfecto, acababan a carcajadas. La chica se levantaba para azuzar el fuego y Román podía contemplarla a sus anchas y se preguntaba, como hacía siempre con pesar, cómo podía ser tan poco atractiva como mujer, y tan grande como ser humano.

Cuando decía que se tenía que ir, Román le formulaba alguna pregunta más para que se quedara, porque sus días eran muy largos y le entretenía mucho su conversación:

—Pero ¿cómo conseguís que la gente done? ¿Rezando?

La chica se echaba a reír. Tenía una risa que era un poco como un relincho; en realidad, toda ella era caballuna, pero recordaba a un simpático caballo percherón y no uno de esos orgullosos ejemplares árabes que salían en las películas.

—Pero, muchacho —lo hacía imitando la voz del maestro—, tú estás tonto o qué. Recurrimos a métodos modernos, que estamos en el siglo XX. Hemos contratado a la mejor periodista americana, Margaret Frawley, una mujer capaz de contar historias de una manera que te rompe el corazón.

—¿Se las inventa?

—Por favor, claro que no, no me ofendas, mira a tu alrededor. ¿Tú crees que es necesario inventar? ¡Por desgracia, la realidad supera a la ficción! Pero habla de los niños con nombres y apellidos, cuenta anécdotas humanas en los periódicos y crea tramas para la radio. Como el mudito que llegó a la estación de Toulouse solo, con un cartel con nuestro nombre en el cuello. ¿Quién es? ¿De dónde ha venido? Cada uno de sus relatos nos genera una cantidad de dinero increíble, pequeños donativos o grandes sumas, o material, como esas mantas canadienses, por ejemplo. O medicinas, o leche en polvo, o las latas de salchichas que hemos comido hoy. Todo gracias a las historias de Margaret, porque saben que, además, todo lo que cuenta es verdad.

Román le decía para picarla:

—Las salchichas no estaban muy buenas.

Ella se ofendía:

—Pues no te traeré más.

Recogía sus cosas airadamente mascullando denuestos en inglés hasta que él le pedía perdón apelando al «elemento sentimental». Pero toda esa camaradería cambió de pronto una tarde.

Elisabeth había llegado como casi todos los días, con la caída del sol. Venía enfundada en un mantón de lana verde tan largo que amenazaba con enredarse en la cadena de la bicicleta y que contrastaba con su cabello del color del fuego. Pero nada más verla, Román ya notó algo distinto en ella. La muchacha lo miraba de una forma extraña y con esa intuición que se le había desarrollado al estar todo el día dejando volar la imaginación, le preguntó qué le ocurría.

—Que un día de estos van a venir los albañiles y empezarán las obras, ya puedes ir pensando en espabilarte —respondió ella de malos modos.

Iba sacando cosas de la bolsa y distribuyéndolas por la pequeña habitación, pero como no lo miraba a los ojos, Román adivinó que no era eso lo que pasaba por su cabeza y la agarró por la muñeca.

—Dime qué tienes.

Ella lo miró resuelta y le preguntó con voz temblorosa:

—¿Cómo te llamas de verdad?

Román se asustó:

—Ya lo sabes, Román López Costa. ¿Por qué?

—Román López Costa murió a finales de 1938 en un enfrentamiento en la localidad de Sitges.

Él se tuvo que sentar de la impresión y se llevó las manos a la cabeza:

—Pero qué dices, no es cierto. ¿Crees que te he mentido?

Ella se sentó también y dijo con voz llorosa:

—Mira, Román, o como te llames, nosotros somos una entidad seria y prestigiosa, aunque en el fondo nos odien, y no van a engañarnos. La gendarmería francesa no sabe nada de todo esto, hemos sido nosotros los que hemos indagado y hemos hablado directamente con las autoridades franquistas de Barcelona. Y nos han informado de que habías muerto. Hemos pedido más explicaciones y nos han enviado tu acta de defunción, donde figura que has «caído por Dios y por España».

Román estaba anonadado y no supo qué decir:

—Pero, Elisabeth, ¿cómo te voy a engañar con eso? ¿Yo, franquista? Pero ¿qué haría aquí? No te entiendo, ¿me tomas por un espía?

—Franquista no; muerto, Román. Solo puedo pensar que te has apropiado de ese nombre para ocultar quién sabe qué.

Él la hizo callar con una mano, hundido el rostro en la otra mientras trataba de pensar desesperadamente, su cerebro era una máquina a su máxima potencia. Eso solo podía ser que..., sí, ahora lo veía claro. Todo esto tenía que ser cosa del conde, un hombre poderoso capaz de falsificar certificados, identidades, fechas. Una superchería para que no señalaran a Beatriz, así habían conseguido borrarlo de la familia. Viuda de un franquista, quién da más. Dos mentiras por el precio de una.

Elisabeth estaba esperando a que dijera algo y no tuvo más remedio que contárselo todo. Lo de sus padres, su matrimonio, su hijo. Su suegro. La expresión de Elisabeth mientras hablaba era triste e inquieta y su mirada, grave.

Acabó, totalmente exhausto. Lo curioso era que no estaba enfadado, ni con su suegro, ni con Beatriz, que había decidido aceptar que se arreglaran las cosas de esta manera. Es más, experimentaba alivio, el peso de la culpa por haberla olvidado se hacía más ligero. No quería preguntarse si su mujer lo había hecho obligada, si se había resistido, prefería pensar que ella no era tan buena, porque así él ya no era tan malo.

—Ahora la pobrecilla podrá rehacer su vida.

—¿Qué quieres decir?

Él contestó vagamente:

—Pues casarse con un hombre como su padre y tener muchos hijos... Es una buena chica, pero sin muchas ambiciones. —Nada más decirlo se lo recriminó en silencio: incluso si Bea fue así en su día, que ni eso tenía claro, lo que sí sabía a ciencia cierta era que ahora no la conocía.

—¿Y tu hijo?

Se encogió de hombros, aunque decidió ser sincero.

—No me siento padre, la verdad, no siento como si tuviera un hijo, no siento que me lo hayan arrebatado. Quizá soy un desviado, pero no puedo lamentar que me hayan quitado algo que en realidad nunca he tenido. —Intentó una torpe justificación—: Así él también podrá crecer libremente, en la España de hoy es mucho mejor ser hijo de un héroe caído que de un rojo.

Miró a su amiga avergonzado:

—Ahora te voy a parecer un canalla, casi preferiría que me tomaras por espía.

Ella movió la cabeza y le dirigió una mirada compasiva, mientras le cogía las manos:

—Después de tantos años de convivir con la guerra y el dolor, solo he aprendido una cosa, Román, y es no juzgar a los seres humanos.

Pero ese día, cuando se fue, no hubo el abrazo que solían intercambiar ni los alegres «hasta mañana».

Cuando se quedó solo, entendió muchas cosas. Por qué no lo habían buscado, para empezar, pero también comprendió que ya no podría regresar a su país y, aunque hasta ese momento nunca se lo había planteado, de repente sintió una añoranza abrumadora y buscó en vano algo que le recordase a su patria. Se sentó en el suelo, cerró los ojos, cayeron sus lágrimas por las mejillas y fue como si lo acariciase la mano suave de un niño.

15

BEATRIZ

Beatriz subía por el paseo de Gracia ajustándose el abrigo al cuerpo para protegerse del viento húmedo que le venía de cara. Durante la guerra, iba con Román por esta misma acera colgada de su brazo sintiéndose protegida y amada. Él a veces le cogía la mano y se la metía en el bolsillo; de su breve matrimonio era de lo que más se acordaba.

Cuando llegó frente a su casa, recordó el retrato de Bakunin que durante dos años había cubierto la fachada. ¿Cómo podía haber cambiado tanto su vida? Aquella muchacha ahora era uno de los pocos abogados de sexo femenino que ejercían en España y figuraba en los documentos oficiales como viuda; viuda de un militar franquista muerto por Dios y por la Patria. La mentira se había instalado tan sólidamente en su existencia que tenía que hacer un esfuerzo para evocar a Román. El guapo Román era solo una lucecita encendida en un rincón de su memoria, como esas velas que ponen los judíos ante las fotografías de sus muertos. A veces ellos también deberían coger la foto y pensar quién sería ese pobre diablo, pero la luz seguiría encendida mientras ellos vivieran. Pues lo mismo le pasaba con el padre de su hijo. ¡Ese pobre Román, tan mal pertrechado para ir por la vida, porque para ella siempre sería el infeliz del sótano con olor a vaca con esa gabardina que le iba grande! ¿En quién había encontrado consuelo?, ¿quién lo habría amparado?

Se detuvo a valorar esos sentimientos porque, para su sorpresa, al imaginarle con otra no había sentido el mordisco de los celos. ¿Qué era entonces? ¿Compasión, incluso alivio por dejarle ir? Se pasó la mano por la frente para borrar a Román de sus recuerdos, ¿no había encontrado ella también consuelo? Sin querer afloró a sus labios una pequeña sonrisa, tan pequeña que no llegó a romper la expresión severa de su semblante, pero cuando empujó la pesada puerta de entrada del edificio, se dio cuenta de que le dolía el hombro. Y entonces sí que lanzó una carcajada burlona y se dijo venga, Bea, no seas hipócrita.

Porque cada día, desde hacía meses, llegaba a su casa con los miembros doloridos y oliendo a Álvaro. El misterioso Álvaro. El juego de sus bocas aquel día en el despacho se había convertido en una pasión desbordante. Eran amantes desde aquella tarde de diciembre, pero su olfato todavía no se había acostumbrado a él. Sabía que nunca usaba colonia y hasta le molestaba que ella se perfumase, pero aun así su piel desprendía un olor especial, a tabaco, cuero, sudor limpio, que la hacía estremecerse de deseo salvaje e incontrolado. En casa, cuando estaba a solas en su cuarto, se olía el hombro, las muñecas, los dedos, y cerraba los ojos, transportada al momento glorioso en el que se habían anudado sus cuerpos desnudos en esa orgía perpetua en la que se había convertido su vida.

Creía que nadie conocía su relación. Álvaro cuidaba de que nunca llegara tarde a casa, a veces era él mismo el que le tenía que recordar la hora, porque ella se habría quedado entre sus brazos toda la noche sin importarle nada más.

Se miraba en el espejo del ascensor y se zahería:

—Puta, mira que eres puta... —Se sacaba le lengua, se

relamía como el gato que se ha comido la mermelada—. Puta, reputa.

Los dos últimos pisos, que debía subir a pie, los recorría lentamente. Cuando entraba en el suyo, la domesticidad que antes la tranquilizaba y agradaba le parecía ahora cárcel y mordaza. Quería locuras, gemidos, promesas vagas, risas, romanticismo, aventura... La voz monótona de Gema hablando con su hijo le hastiaba, en la puerta tenía que tomar aire, cerrar los ojos como el nadador que se va a sumergir en la piscina, y acomodar el tono para forzar una jovialidad que no sentía:

—¿Qué hacen mis amores?

Se sentía como una adúltera, aunque a esas alturas ya llevaba muchos más años como falsa viuda que como casada, y gritaba mientras se dirigía directa al cuarto de baño:

—Me voy a dar una ducha.

Quería borrar las huellas de su pecado, que el agua arrastrara al sumidero la pasión y el desenfreno de tantos momentos locos. Con su bata vieja, zapatillas y el pelo recogido en una pinza, convertida en otra, mejor dicho, en la de siempre, se atrevía a aparecer al fin delante de Gema y su hijo, el público más exigente.

Pero ese día no pudo. Estaba aún en el recibidor, colgando su abrigo en el perchero, cuando oyó que alguien subía la escalera. Un taconeo y unos pasos amortiguados y antes de abrir la puerta ya sabía que eran sus padres.

Su madre entró haciendo mucho ruido, desplazando grandes cantidades de aire, era como si hubiesen entrado treinta mujeres en lugar de una: llevaba un vestido largo de raso tornasolado con mucho vuelo, una chaqueta de *renard argenté* e incluso lucía una diadema con tres plumas enhiestas que apenas pasaba por la puerta, porque Emilia era muy alta. Su marido, detrás, iba impecablemente vestido con esmoquin, rezongando, porque la ópera no le gustaba e iba al Liceo los miércoles por obligación social. Por suerte, la foto de Franco ya no presidía el escenario, pero aún se acababa con el himno nacional, que se tenía que escuchar de pie.

Emilia primero observó con curiosidad el piso, porque no subía desde hacía tiempo. Los muebles de madera clara, las cortinas estampadas que había cosido Gema, los jarrones con flores de papel, dos sillones desparejados. Se notaba que todo era barato, el conjunto no costaría ni la décima parte de lo que ella se había gastado en un simple candelabro, pero el resultado era conmovedor porque denotaba el esfuerzo por convertir ese espacio precario en un auténtico hogar.

—Qué mono os ha quedado esto —reconoció—, le habéis sacado mucho partido. —Se acercó a mirar una lámina de la pared, una marina recortada de un calendario—. Ya le diré a Rosa que cuando venga a cenar te suba unas acuarelas que no nos pegan en casa.

Luego se fue sin pedir permiso hasta la cocina, donde Paquito, con un babero sucio anudado al cuello, se quedó con la cuchara en alto al verla, como si fuera una aparición. Le dijo inocentemente:

—Abuela, pareces la madrastra de Blancanieves.

Gema lo había llevado a ver la película de dibujos al cine Publi y desde entonces no hablaba de otra cosa.

La monja se puso de pie e intentó borrar la mala impresión del comentario del niño que, sin embargo, a su abuela no pareció importarle:

—Hola, Emilia. Francisco, qué alegría.

El matrimonio estaba tan acostumbrado a las convenciones sociales que, aunque sin ganas, besaron a Gema de forma automática, si bien Emilia solo se inclinó y besó el aire, dejando caer la sarta habitual de banalidades con las que empezaban entonces todas las conversaciones:

—Parece que al final Hitler lo va a conseguir, Rosa está muy contenta. Se ha merendado a toda Europa.

Francisco puso una expresión grave:

—Nuestros pobres muchachos siguen en Rusia, aunque muy diezmados. —Bea pensó en Pepe, el amigo de Román, ¿qué habría sido de él? Quizás yacería en una fría tumba en Stalingrado, donde sabía que la División Azul había tenido numerosas bajas—. Dicen que don Alfonso, en su lecho de muerte, no hacía más que pensar en ellos.

El último rey de España ya hacía años que había muerto en Roma, abandonado hasta por los suyos, que habían decidido ponerse al sol que más calienta y se habían pasado en bloque a las filas de Franco. Pero el conde de Túneles, nuevo en el Gotha de la aristocracia, no podía dejar de sentir cierta devoción por ese hombre con el que su padre había mantenido una buena amistad, aunque él nunca lo hubiera conocido.

Gema, desconcertada, no supo qué decir porque no tenía ni idea de quién era ese tal don Alfonso, se colocó bien la toca y masculló un «lo siento» bastante insincero al que siguió un largo silencio.

Bea le hizo a su amiga un gesto de resignación. Hasta el momento no había pronunciado palabra, pero estaba temblando porque la visita no auguraba nada bueno. Trató de subirse el cuello de la camisa para ocultar las marcas de los besos apasionados de Álvaro y deseó haber tenido tiempo para lavarse al menos las manos y la cara.

Paquito cogió con cierto temor una punta del vestido de su abuela y empezó a frotarla para saber de qué estaba hecho aquello que parecía fuego, pero Emilia se apartó tan bruscamente que el niño trastabilló. Enseguida trató de paliar el mal efecto con una carantoña al nieto mientras le decía a Gema en tono de reproche:

—Pero ¿este niño no se acuesta?

—Claro que sí, es que hoy no sé qué ha pasado —balbuceo Gema, que había entendido la indirecta—. Paquito, dale un beso a la abuela.

Pero el niño protestó:

—Yo quiero jugar a las cartas.

Porque antes de acostarse jugaban un rato a la brisca. Emilia se horrorizó como si su nieto le hubiera confesado que iba a perder su patrimonio sobre el tapete de una mesa de póquer mientras fumaba un puro y se tomaba una copa de coñac:

—Pero cómo a las cartas. ¿Qué educación le estáis dando a esta pobre criatura?

Ahora sí intervino Beatriz, que con gesto nervioso cogió a su hijo por el hombro y lo empujó hacia su madre:

—Dale un beso a la abuela y a dormir.

Pero Emilia se retiró como si quemara:

—No hace falta, que voy pintada y me llenará de babas. —Al final y después de dudarlo mucho, tendió una mano flácida que Paquito besó como había visto hacer a su abuelo con las señoras—. Muy bien, y ahora, hala, niño, a dormir.

Bea intentó aprovechar la ocasión para zafarse:

—Lo voy a acostar —dijo en falso tono animado.

Y el padre pronunció las primeras palabras de la noche:

—Que vaya Gema, tú quédate.

Bea se sintió como cuando tenía diez años y la reñía porque había dado una mala contestación a su madre, y se dejó caer, desalentada, en una silla mientras pensaba en lo paradójico que llegaba a resultar que la infancia viajase congelada en la voz de los padres, como un insecto aún vivo en ámbar. Emilia se sentó en la otra recogiéndose la falda a un lado y se echó hacia atrás el chaquetón, aunque, al ver el frío que hacía, se arrebujó en él de nuevo e incluso sacó unos guantes largos del bolso y se los puso. El padre permaneció en pie, con las manos cruzadas en la espalda.

La hija rio nerviosamente:

—Bueno, papá, qué, ¿me he portado mal?

El padre se fue hacia ella y levantó un índice admonitorio:

—Menos risitas, eh, Bea, menos risitas.

La madre suspiró con hartazgo de buen tono:

—Pero, hija, no sé qué te pasa por la cabeza.

—Pues básicamente mi hijo y el despacho, que para poco más tengo tiempo. —A Álvaro lo calló, solo faltaba.

Lo había dicho por aliviar la tensión que se respiraba de pronto en la cocina, y funcionó, porque su padre pareció olvidar por un instante lo que fuera que estaba a punto de recriminarle.

—¿Y cómo va el despacho? —preguntó interesado.

El despacho. Su flamante despacho de la calle Mallorca que debía convertirla en una mujer emancipada y autosuficiente.

Y lo sorprendente y admirable era que lo estaba haciendo. Como tantas cosas en su vida actual, lo había conseguido a raíz de conocer a Álvaro. Había sido él quien le había dicho, viendo que los esfuerzos que hacían ella y Julio para conseguir clientes eran en vano:

—Es ridículo que intentes competir con tu padre o con el padre de Julio. Sus clientes nunca van a poner el pie en un bufete llevado por una mujer y un picapleitos inexperto y viva la vida como Julito.

—Inexperto, viva la vida y con la pierna rota.

Julito se había accidentado esquiando y con ese pretexto había dejado de ir a Quintero y Fernández. Enviaba de vez en cuando unos telegramas lacrimógenos, «No te olvides de mí», «Cojo y todo, te sigo queriendo». Su socia, aunque disgustada por lo que ella tomaba por una deserción, no podía evitar la carcajada al leerlos.

Bea y Álvaro se encontraban todos los días antes de la hora de la cena en el Arnaiz de la plaza Calvo Sotelo. Al mediodía el bar lo frecuentaba la gente bien de Barcelona, que tomaba el aperitivo en la terraza sin prestar atención a los grupos de pordioseros que se acercaban a pedir, hasta que los camareros los dispersaban a golpe de servilleta. Por la tarde, sin embargo, el público cambiaba de parte a parte y se nutría de señoritas elegantemente vestidas y perfumadas que se sentaban solas en una mesa cigarrillo en mano y fingiendo hojear una revista, mientras los hombres se acodaban en la barra con un *whisky*, hablando de negocios o de fútbol y haciendo su elección con ojos dominantes. Al fondo, unos discretos biombos ocultaban unos sofás donde se sentaban Bea y Álvaro, en la confianza de que no iban a encontrar a nadie conocido. Álvaro, que era muy misterioso en cuanto a su vida y su persona, ya había dejado claro que a él no le importaba y que si tomaba precauciones era por ella, dada su condición de viuda.

Bea le preguntó mientras él la ayudaba caballerosamente a quitarse el abrigo:

—Pero ¿qué voy a hacer, Álvaro? Al final nos veremos obligados a echar el cierre. —Le parecía mentira que todo lo que había luchado para poseer su propio despacho no hubiera servido de nada, le tembló la voz—. Tendré que entrar de secretaria con mi padre y de ahí ya no saldré nunca, ¡no sé para qué he estudiado!

Álvaro nunca perdía la calma. Era de pocas palabras, pero, a diferencia de la mayoría de los hombres, escuchaba muy bien y a todo le quitaba hierro. Le cogió las manos y le dijo, con una sonrisa:

—No digas tonterías, mira, ¿por qué no cambias de punto de vista?

Bea se revolvió sin entender:

—¿Qué quieres decir?

Él se recostó en el sofá y le dio un trago a su copa:

—Estás al lado del mercado, ¿no?

Ella asintió. El Ninot, también en la calle Mallorca, era uno de los mercados de abastos tradicionales más importantes de Barcelona a pesar del racionamiento, con decenas de puestos y con fama de tener el mejor pescado de la ciudad.

—Los propietarios de esas paradas quizá no vayan al Liceo, pero te aseguro que ahora manejan más dinero que la mayoría de nosotros. Y tienen problemas con los administradores, con los otros comerciantes, con los cupos, con los payeses y los pescadores, con el Ayuntamiento... Conseguir cualquier licencia representa un galimatías legal muy difícil de entender, además de que ellos no tienen tiempo para dedicarle a esos asuntos. Y también tienen pleitos personales, con sus socios, sus familiares, bodas no reconocidas, como...

No llegó a señalarla, pero ella se dio por aludida porque le había hablado de Román y de su situación y, al recordar al marido muerto por decreto, se entristeció, puesto que lo había querido mucho. Álvaro se dio cuenta porque tenía un sexto sentido para captar las emociones ajenas y le hizo una suave caricia en la mejilla.

—No hagas eso —protestó ella al tiempo que sacudía la cabeza para alejar el nubarrón que sobrevolaba sus pensamientos—. Sigue.

—A ellos, los abogados como tu padre los asustan, les imponen, les avergonzaría entrar en un despacho elegante del paseo de Gracia con toda esa parafernalia que se traen de conserjes y secretarias.

Bea adivinaba su razonamiento, pero a ella también le avergonzaba bajar el nivel para captar clientes «de segunda». Era como utilizar la puerta de servicio para entrar en el mundo de la abogacía. Con una punta de soberbia de niña malcriada que escondía su miedo a no saber hacerlo, lloriqueó:

—Es que desconozco cómo tratarlos, comprende que no estoy acostumbrada.

Álvaro le cogió la copa, la depositó en la mesa y se enfrentó a ella, cara a cara, la leve sonrisa quitaba mordiente a sus palabras:

—A mí no me la das, que ya me has contado tu vida. —Ella iba a protestar y él chasqueó los dedos varias veces—. ¡Piaste tarde, muchacha! ¿No me has dicho que eso precisamente era lo que esgrimías delante de tu padre para camelártelo? ¿Que tú sabías tratar a todo tipo de personas por lo que habías vivido en nuestra guerra?

Ella admitió con la mirada baja:

—Es verdad.

Él suspiró:

—A ver, Bea, métete en la cabeza que esto es el reino de la apariencia. —Hizo girar el dedo índice describiendo lo que tenían su alrededor: la suntuosa barra de caoba bruñida con su pasamanos de bronce, el limpia inclinado sobre los zapatos de un cliente, la señora de los lavabos llevando un recado telefónico en una bandeja, el camarero de chaqueta blanca agitando una coctelera, los hombres bien trajeados con sombrero y bigote fino intercambiando miradas con las muchachas de medias de cristal y labios pintados de rojo fruncidos en una mueca encantadora—. Es un decorado de teatro para engañar a los bobos y los paletos.

—¿Qué quieres decir?

Le indicó con disimulo a un hombre bajo que leía el periódico en la barra con una rubia despampanante al lado, y que se lamía el pulgar cada vez que pasaba una página:

—¿Ves a ese? Es Julio Muñoz, un estraperlista. La gente como tu familia no lo trataba, pero se ha casado con la hija de un banquero de Madrid. —Ella se sorprendió y él rio con sorna—. No, esa rubia es su fulana, y ahora de repente lo han admitido en el Ecuestre y en el Círculo y, sin embargo —con la barbilla le indicó a otro hombre nervioso y con ojeras—, ¿ves a ese que está tratando de llamar su atención sin que Muñoz le haga ni puñetero caso?

Bea alargó el cuello:

—Sí, me suena, creo que es amigo de mi padre.

—Es el marqués de Miralval, que seguro que intentará pegarle un sablazo porque no tiene un duro y necesita pagar, no comida, que de momento le fían en las tiendas del barrio, sino el palco en el Liceo para ver si paseando a las hijas al final les encuentra un buen partido.

Ella asintió.

—Vale, lo entiendo, pero no sé por dónde vas.

—Que tienes que evolucionar. El mundo ha cambiado y, aunque seas la hija del conde de Túneles, has de empezar de cero, te has de labrar tu propio camino y no ser la mala versión de tu padre. ¡Y deja de compadecerte de ti misma, coño!

Ella aún opuso resistencia:

—Pero ¿qué tengo que hacer?

Él la miró, ceñudo e inflexible, la cogió del brazo y lo fue apretando a medida que hablaba:

—Mira, Beatriz, para empezar, mañana te vas al mercado con un fajo de tarjetas y las repartes. Deja esos trajes de chaqueta de institutriz alemana y vístete como una chica normal. Sonríe. Haz que esas mujeres crean que eres una de las suyas. Al fin y al cabo, no hace demasiado tiempo lo fuiste, ¿no?

Aunque sin fe en los resultados, Bea le hizo caso por pura desesperación, para que no se dijera que no lo había intentado todo para salvarse. Se puso un vestido camisero que tenía de antes de la guerra con una chaqueta de punto y decidió ir al Ninot al final de la mañana, cuando las amas de casa y las chicas de servicio ya habían intercambiado sus cupones de racionamiento por alimentos, pero, aun así y pese a las restricciones imperantes, el lugar estaba muy animado. Dio una vuelta por los puestos de frutas y verduras, bastante desabastecidos, y por las carnicerías, que ya estaban recogiendo las pocas piezas que habían sobrado. Las paradas de pescado, sin embargo, lucían en todo su esplendor. Únicamente tenían el género más barato, pero debía venderse en el día y trataban de atraer con requiebros a los últimos clientes:

—Mira, reina, qué jureles, solo les falta hablar... ¿Y estas sardinas? Son guapas como tú. —Dirigía a su alrededor una mirada furtiva y bajaba la voz—: Y dentro tengo gambas de Palamós a nueve pesetas el kilo.

La mujer la provocaba a ella directamente y Bea se detuvo delante del puesto, que estaba muy cuidado a pesar de su modestia; en un jarrón, un ramillete de margaritas y una pizarra clavada en el hielo picado: Pescados Loli, de la Costa Brava a su mesa. Loli era rubia y gruesa, llevaba pendientes de oro y un delantal de volantes y las mangas arremangadas hasta el codo. Removió, incitante, unas pechinas para que viera que las valvas se abrían y cerraban como diminutas bocas, pero Bea avanzó el cuerpo por encima de las cajas con la audacia de los tímidos y le dijo de sopetón:

—Oiga, señora, es que yo soy abogado. —Metió la mano en el bolso, la mujer esperó tranquilamente, pues creía que buscaba la cartilla de racionamiento, pero alzó las cejas cuando Bea esgrimió una tarjeta de visita—. Tengo el despacho ahí al lado.

La pescadera arrugó la nariz y se encogió de hombros:

—¿Qué dice?

En el mercado, de techos muy altos, resonaban multiplicados los gritos de las vendedoras, las voces de los clientes, los golpes de las persianas al cerrarse, el rodar de las carretillas por los pasillos siempre mojados y llenos de corrientes, Bea intentó hablar más alto:

—Que soy abogado y...

La mujer hacía gestos de que no oía, su marido apareció de la nada y empezó a protestar porque se había formado una pequeña cola con las clientas rezagadas, las que iban a última hora para llevarse las sobras a mejor precio. En eso estaban cuando Bea gritó con toda la potencia de sus pulmones, para imponerse al bullicio:

—¡Soy abogado!

Entonces se la oyó muy claro y varias cabezas se giraron para mirarla. Bea enrojeció como la grana; a ciegas le tendió la tarjeta a la mujer, no supo si la cogía o había caído sobre los pescados y huyó como si la llevara el diablo maldiciendo a Álvaro, a su padre y hasta a san Raimundo de Peñafort, el patrón de los abogados.

Se fue al despacho con una intensa sensación de fracaso y, lo peor, de ridículo. Se dejó caer sobre la silla mirando a su alrededor: los tomos del Código Penal, la Remington, las butacas viejas, la mesa de cuarta mano, todo le hablaba de su derrota y de su futuro gris como secretaria. Más que gris, negro, porque ni siquiera sabía escribir muy bien a máquina.

Estaba lamentándose por ella misma y sus ilusiones perdidas cuando sonó el teléfono.

Creyó que era Julio y se dispuso a oír una sarta de insensateces y frivolidades, satisfecha en el fondo por tener a alguien a quien reñir, pero la sorprendió una voz desconocida que hablaba como persona poco acostumbrada a usar el teléfono.

—Oiga, ¿es la mujer abogado?

—Sí, dígame.

—¿Abogado abogado?

—Sí, soy yo. ¿Quién habla?

Silencio, después se oyó una conversación confusa en segundo plano y de nuevo la voz:

—Soy la Loli, la de la pescadería Loli. ¿Podría pasarme mañana por su despacho para hacerle una consulta?

Bea tuvo que retenerse para echar mano de su mejor tono profesional:

—A ver, sí, mañana por la tarde tengo un hueco a las cinco.

Colgó. Álvaro había entrado mientras hablaba y la miraba fumando un cigarrillo, entrecerró los ojos y le dijo:

—¿Qué?, ¿ha funcionado?

Ella se lanzó a sus brazos.

El problema era fácil: en el 36 Loli y su familia tenían dos puestos en el mercado, pero después de la guerra el más grande y mejor situado, debajo de la vidriera central, se lo habían adjudicado al cuñado de un falangista. Y ella quería recuperarlo:

—Son de nuestra propiedad, se los compramos al Ayuntamiento.

Bea averiguó que en realidad la titularidad era municipal, pero ellos tenían licencia de uso por diez años y todavía estaba vigente, aunque el cuñado del falangista pretendía que se lo revocaran. Álvaro tenía una amistad en el sindicato de la alimentación y consiguieron que se desestimara la petición del tramposo y que se renovara la licencia de uso de su cliente por otros veinticinco años.

Cuando Bea le comunicó a Loli y a su marido que ni siquiera debían ir a juicio y que a partir del día siguiente ya podían ampliar el negocio, no solo le pagaron la minuta que les pidió —una cifra fruto de largas elucubraciones entre Julio, Álvaro y Bea—, sino que por la tarde les llegó al despacho un kilo de gambas de Palamós que Paquito devoró sin dejar ni los bigotes.

Su segundo cliente tenía una parada de bacalao seco y aceitunas. Estaba acusado de dedicarse al estraperlo de tabaco, su abogado lo había dejado plantado el día antes del juicio. Bea enseguida se dio cuenta de que era un caso perdido y ni siquiera había podido prepararlo, porque se tuvo que pasar toda la noche cosiendo la blusa blanca obligatoria para los juicios. La corbata negra, también obligatoria, se la trajo Matilde, la secretaria de su padre:

—Se la he pedido y no me ha preguntado para qué era.

El asunto era sencillo pero enrevesado a la vez, el bacaladero tenía difícil defensa porque lo habían encontrado con las manos en la masa: unos sacos de tabaco americano que estaba a punto de tirar por la ventanilla del tren para que los recogiera un cómplice apostado al lado de las vías. Llevaba también encima un gran fajo de billetes. Bea lo hizo muy mal, estaba segura de que el hombre era culpable y se la notaba avergonzada por tener que defenderlo, tartamudeaba, se enredaba con la toga, se quedaba callada durante largo rato hasta que el juez la llamaba al orden... Su cliente se enfadó y dijo que no iba a pagarle, cosa que ella entendió, pero cuando se estaba cambiando en la sala de togas, el hijo trató de agredirla y la tuvieron que rescatar unos oficiales del juzgado. Mientras bajaba las escaleras del Palacio de Justicia la perseguían los gritos del hombre, rodeado de su numerosa familia:

—Mal rayo te parta, abogado de pacotilla.

Se lamentó delante de Julio, que ya había vuelto al despacho luciendo una ligera cojera más por coquetería que por causa real:

—Ha sido flor de un día, ¡qué poco dura la alegría en casa del pobre!

Porque pensaba que ese fracaso alejaría a sus posibles

clientes, los vendedores del mercado. ¡Y pensar que solo un mes atrás les hacía ascos! ¡Lo que daría por recuperarlos! Miraba la camisa y la acariciaba como el que se despide de un amigo muy querido que va a partir a un largo viaje.

Pero en realidad sucedió lo contrario de lo que imaginaba: el hombre se había ganado a pulso a base de engaños y trapicheos la aversión de los otros comerciantes y todos se alegraron de que lo hubieran expulsado del recinto. Y poco a poco empezaron a afluir clientes al modesto despacho de la calle Mallorca. El de la pequeña barra que ofrecía desayunos: le habían estado vendiendo achicoria a precio de café durante un año y, cuando fue a reclamar, lo denunciaron por amenazas. Y después fue la hermana de Loli, la pescadera, que tenía una lechería en Gracia y le habían vendido dos vacas enfermas. Y el charcutero, cuya mujer se había ido con otro y se había llevado a los críos y que a ver dónde estaban. Y la chica de la parada de ropa del exterior, que cada día se encontraba el puesto desmantelado y con pintadas amenazantes. Y la pollera, que tenía una niña en acogida y quería adoptarla...

Por las mañanas entraba Julio y gritaba poniendo el puño como si fuera una trompetilla, imitando a los vendedores ambulantes:

—¡Traaaapos viejos, colchones, periódicos, pieles de conejo! ¡Abogaaaados! ¡Todo lo compramos!

En pocos meses, Bea aprendió más que en toda la carrera, se estudiaba a fondo cada caso y procuraba no ir a juicio, porque sabía que allí no se desenvolvía bien, no era lo suyo. Julio, para sorpresa de todos, se convirtió en una ayuda valiosa, no porque fuese un prodigio del Derecho, que no le interesaba en exceso pese a haberse sacado el título, sino porque poseía un inagotable entusiasmo, don de gentes y era un gran comediante. La clientela lo adoraba. Piropeaba a las mujeres, las ayudaba a acomodarse con gestos versallescos como si fueran marquesas, pero además sabía explotar su instinto maternal poniendo ojos de perrito abandonado cuando se terciaba. Claro que también tenía mano izquierda con los hombres: un guiño por aquí, una palmada cómplice por allá, una cerveza en el bar del mercado, y todos sentían cariño por este abogado tan sencillo que no lo parecía. Incluso se apuntó a un club de boxeo del barrio, lo que le venía bien para ampliar su área de influencia.

Álvaro todo lo observaba con amable benevolencia y un día le dijo a Bea:

—¿Por qué no lo envías a él a los juicios? Seguro que lo hace bien.

Y acertó, porque el muchacho tenía una memoria prodigiosa, repetía al dedillo los argumentos que Bea había discurrido en sus largas horas de estudio y embobaba con su labia y desparpajo al juez, al fiscal y hasta a los testigos. Y si no ganaba era igual, porque el acusado se quedaba convencido de que no había podido tener una defensa mejor. Si el juez dictaba sentencia condenatoria, se sentía obligado a consolar a su compungido y desolado abogado:

—Mire, señor letrado, no se preocupe, usted ha estado muy bien, pero es que con ese juez no había nada que hacer... Yo se lo agradezco igual. Y uno tampoco era inocente, hablemos claro.

Hasta lo abrazaba, aunque lo esperaran multas o incluso algunos meses de prisión.

Eran casos pequeños, con ninguno de ellos se iban a hacer ricos. «Más que abogados, parecemos hermanitas de la caridad», decía Julito. Pero lo cierto es que los clientes pagaban religiosamente porque solo acudían al médico o al abogado cuando tenían dinero contante y sonante, si bien al principio alguno pretendió hacerlo en especie. El día en que una mujer se presentó con cuatro gallinas se pusieron serios: «No, mire, abone la minuta a plazos si quiere, pero en efectivo».

Así, cuando esa noche el padre le preguntó qué tal iba el despacho, Bea pudo decir con modesto orgullo:

—Pues vamos tirando. —Aunque al final no pudo evitar la amplia sonrisa de satisfacción y la mirada alegre—. Vamos muy bien, papá. Hemos tenido que coger una secretaria y un chico de recados. ¡Y hasta hemos comprado un coche para movernos por Barcelona!

El padre, que estaba al cabo de la calle de las actividades del bufete de su hija, cabeceó complacido:

—Ya me han dicho, ya, que llevas el pleito del carbonero que nos surte en casa.

La hija sonrió:

—Sí, es muy interesante, porque resulta que teóricamente el Estado le debe más dinero del que pretende cobrarle.

El padre cogió una silla y se sentó, ignorando un suspiro impaciente de Emilia. Los ojos le brillaban con interés, porque todo lo que fuera el derecho al menudeo le interesaba, estaba harto de los litigios importantes que solía llevar, que se resolvían lejos del juzgado y gracias a influencias y tratos oscuros en los que no podía lucirse.

—Este hombre es excautivo, pero no se lo reconocen.

—Tuve un caso parecido hace unos años, en el cuarenta.

—Sí, me lo imaginaba, por eso...

—Escucha, ¿tienes para apuntar ahí?

Ya se levantaba Bea buscando lápiz y papel cuando la madre dio una palmada sobre la mesa:

—Hombre, Francisco, eres tremendo. Hemos venido a aquí a hablar de ese hombre y no de vuestras cosas.

El padre carraspeó, irguió la cabeza, frunció el ceño y trató de recordar el discurso que había preparado para la hija díscola, sin embargo, se embarulló mientras Bea se volvía a sentar con aire resignado y se disponía a escuchar:

—Es verdad. Mira, Bea, en mi larga práctica del Derecho —comenzó con tono declamatorio—, casi cuarenta años ya, sin contar los que pasé al lado de mi padre siendo estudiante, en todos estos años me he tropezado solo con dos tipos de delincuentes.

La madre puso los ojos en blanco y Bea balbuceó:

—Papá, perdona, no sé qué tiene que ver esto conmigo.

Pero Francisco ahora había cogido carrerilla, estaba a gusto y no iba a dejar que nadie le estropeara este momento. Levantó la voz:

—Dos tipos de criminales. ¡Solo hay dos! ¡Los que se reinsertan en la sociedad y los que no!

Emilia golpeó con impaciencia la mesa:

—Francisco, ve al grano, que no tenemos toda la noche.

El marido le dirigió una mirada iracunda, Bea permanecía con los ojos bajos:

—Calla, Emilia, déjame llevar esto a mi manera. —Suavizó la voz para decirle a su hija—: Al contrario de lo que la gente cree, la inmensa mayoría de malhechores entran en la primera categoría y pueden reformarse: asesinos, ladrones, desertores, toxicómanos... Solo hay un tipo de delincuente que no se rehabilita jamás, ¡jamás, digo! ¿Y sabes cuál es, hija, sabes cuál es?

—No, papá, dímelo tú.

—¡El estafador! El que nace estafador, estafador muere, lo lleva en la masa de la sangre. Es igual que sea rico o pobre. Primero estafará en el colegio a sus amigos, luego a su familia, después a su novia, a sus compañeros de trabajo, si lo detienen estafará a su abogado, y si lo meten en la cárcel, estafará a los otros reclusos... No puede evitarlo, ¿sabes qué me pasó una vez? —La hija meneaba la cabeza, atrapada por el verbo fácil de su padre—. Logré salvar a un chico joven que había falsificado cartillas de racionamiento, un pleito endemoniado que gané a base de retórica porque estuvimos siete horas encerrados en la sala de juicios. Me juró de rodillas que había sido un mal paso y que no iba a recaer, y al cabo de poco me lo encontré ahí, al lado de casa, bien vestido, con una cartera como un señorito. Me dijo que trabajaba de viajante y que se ganaba muy bien la vida, y en ese momento salieron corriendo de la tienda Santa Eulalia unos dependientes y unos guardias para detenerlo porque había robado una camisa, ¡una camisa! Mientras se lo llevaban me decía: «No he podido evitarlo, es superior a mí».

A Francisco se le fue el santo al cielo con una sonrisa prendida en los labios y miró a su mujer, que no estaba para aplausos. Emilia le hizo un gesto adusto que él recibió con sorpresa, hasta que al final cayó en la cuenta de que habían ido allí para regañar a su hija. Las palabras le salieron abruptamente porque ya estaba cansado del tema:

—Ah, sí, todo esto viene a cuento, Bea, porque Álvaro Segura de Vacas es un estafador. Y no ha ido a la cárcel porque la familia ha pagado. —Golpeó con el dorso de la mano la palma de la otra—. Y ha pagado muchos millones, que si no...

La madre se levantó:

—Bueno, vámonos, Francisco, que llegamos justo al descanso del primer acto. —Miró a su hija con disgusto—. Ahora ya lo sabes, espero que dejes de verlo.

Salió como un barco a toda vela y el padre detrás, que aún se giró en el último instante y le susurró a Bea, que estaba más pálida que su camisa de un solo uso:

—Mira en la delegación nacional de la Vía Layetana, el estatuto del excautivo... Lo de tu carbonero.

16

BEATRIZ

Bea no se atrevió a hablar con Álvaro de lo que le había dicho su padre hasta que les trajeron la consabida botella de champán barato que estaba incluida en el precio de la habitación: un enorme cuarto que tenía algo de salón decimonónico, con una palmera desmochada en una esquina, pesados cortinajes y una persiana siempre echada que apenas dejaba pasar una línea de luz verdosa. La cama, lo único importante, era alta, con el colchón muy duro y un cabezal barroco que, según decía la leyenda, provenía de un dormitorio arzobispal. Enfrente había un inmenso espejo de pared a pared, un detalle lujoso y sofisticado que impresionaba tanto a Bea que no se atrevía a mirarlo.

La discreción era la principal cualidad del *meublé* Pedralbes. Antes de conocer a Álvaro, Beatriz ni siquiera sabía qué quería decir la palabra *meublé,* ni sabía por tanto que existían hoteles que alquilaban habitaciones por horas y no precisamente para dormir. Eran lugares de encuentros furtivos; unos más populares, como la Casita Blanca, y otros elegantes y selectos, como el Pedralbes, al que empezaron a acudir al menos dos veces por semana. Y todo porque en la casa de ella no podían verse, por supuesto, en el despacho tampoco, y cuando Bea le preguntó con cierta timidez dónde vivía, Álvaro le respondió que en un lugar muy céntrico donde era imposible mantener el anonimato.

Después le cogió la cara con la mano, la miró al fondo de los ojos con una chispa humorística y le dijo:

—Mañana te vendré a buscar a las cinco.

Uno de los defectos de Álvaro era su impuntualidad. A las cinco Bea se decía que no iba a ir con él, que qué se pensaba, que ella no era «una de esas», pero a las cinco y media su arrogancia se había transformado en congoja, y cuando apareció a las seis, con el mismo aire despreocupado de siempre, no le hizo ningún reproche y se limitó a suspirar de alivio, pues siempre pensaba que algún día desaparecería sin dar explicaciones y nunca más sabría de él.

Esa tarde, la primera de muchas, abrió la ventanilla del coche y dejó que el viento húmedo le enredara los cabellos, lo que la hizo sentirse tan valiente y libre como durante la guerra. Álvaro cogió la avenida Generalísimo Franco, a la que todo el mundo continuaba llamando Diagonal, y, antes de llegar al Palacio Real de Pedralbes, se desvió a la derecha y condujo con habilidad por intrincadas y empinadas callejuelas hasta llegar a una «torre» de aspecto burgués y respetable. A ella le sorprendió que la puerta se abriese sin que Álvaro hiciera ningún gesto, que bajaran por una rampa a un garaje, que un hombre surgiera de entre las sombras con un trapo en las manos que extendió sobre la matrícula, y que los acompañara por una corta escalera a un silencioso pasillo con puertas a ambos lados. Se detuvo frente a una y la abrió con una llave que les entregó, Álvaro depositó una propina en sus manos y cuando Bea entró en la habitación, en lugar de timidez o vergüenza, se sintió devorada por la sospecha. ¿Cuántas veces habría realizado él el mismo recorrido? ¿Con cuántas mujeres? ¿O solo había sido con una, siempre la misma?

Como de costumbre, él adivinó lo que estaba pensando, la acogió entre sus brazos y le susurró «Como tú nadie» al oído. Después se sentó en la cama, le fue quitando la ropa muy despacio, y cuando hundió su rostro en su vientre desnudo, cuando la tendió en la cama, cuando se quitó la corbata y la camisa por la cabeza sin deshacer el nudo ni desabrochar los botones, cuando empezó a acariciarla sin apartar los ojos de ella un solo segundo, a Bea la avergonzó el primer pensamiento que pasó por su mente: «Qué mal lo hacía Román». Y también: «Así que el placer era esto...». Porque, por primera vez en su vida, experimentó lo que era un orgasmo.

Álvaro era un amante silencioso y eficaz, sin esfuerzo aparente sabía pulsar todos los resortes del placer femenino. Perdida en ese vértigo del que parecía imposible regresar, a veces entreabría los ojos y lo veía mirándola, estudiándola, como el dramaturgo que, mezclado entre el público, espía la reacción de la gente ante su obra. Hasta que no lo pedía, hasta que Bea no le urgía con gemidos retorciéndose sobre las sábanas, no entraba en ella y la llenaba de una humedad espesa y cálida que después le resbalaba por los muslos y le acartonaba la piel.

Ella volvía en sí y, temerosa, preguntaba mirando la puerta:

—Pero ¿ya nos tenemos que ir? ¡Ya habrá pasado la hora! ¿Y si entran?

Él hacía un gesto para tranquilizarla como si tuvieran todo el tiempo del mundo y el lugar fuera suyo y solo existiera para su uso y disfrute, y la contemplaba a través de sus largas pestañas, con un codo apoyado en la almohada y un cigarrillo entre los dedos de la otra mano. Echaba el humo torciendo apenas la boca para no darle en la cara y a ella ese gesto, no sabía por qué, le parecía el colmo de la delicadeza, a pesar de que el aspecto tosco de Álvaro —cuadrado, no muy alto, siempre con trajes necesitados de plancha— era más propio de un estibador de muelle que de los hombres a los que solía frecuentar. Como su padre.

—Papá me ha dicho que eras un estafador.

Se lo soltó así, a bocajarro, porque en las relaciones sociales Bea continuaba siendo torpe y desmañada. Álvaro la miró con aire pensativo, sonrió y se tumbó en la cama, con el dorso de la mano sobre la frente y la mirada perdida en el techo:

—¿Y a ti qué te parece?

Ella intentó bromear:

—Soy yo la que pregunta, que por algo soy abogado. —Y acto seguido le sacó a colación el día en que se conocieron—: Hombre, aquel negocio que me propusiste...

Él se echó a reír con total naturalidad.

—¿Aquella tontería? Conste que al final lo llevó a cabo un señor muy respetable que se cruza todos los días con tu padre en el Ecuestre. —Pero terminó por admitir—: Aunque es verdad que soy un tío vago y bastante calavera.

Ella se apartó instintivamente, como si le hubiera mordido un bicho, pero Álvaro la agarró sin que opusiera resistencia y la atrajo con suavidad hacia sí:

—Podrías reformarme, ¿qué te parece?

Le recogió un mechón de pelo detrás de la oreja. El tono de voz era casual, como si hablara de temas triviales, pero la observó expectante. Ella se soltó de un tirón y protestó frunciendo el ceño:

—¿Nunca te tomas nada en serio?

Álvaro apagó el cigarrillo en un cenicero que estaba en la mesilla de noche y se encogió de hombros.

—Nunca he pretendido ser un ángel, ni muchísimo menos.

—Pero ¿por qué mi padre te ha llamado estafador?

Aquí él dejó de lado el tono irónico y sí que se le notó cierta amargura:

—Supongo que alguien se lo habrá dicho.

—Él no habla a tontas y a locas, tiene que haber algún motivo.

Una ligera sombra pareció oscurecer el rostro de Álvaro, aunque pronto se rehízo:

—¿Abro el champán? —Engoló la voz como un locutor de radio—. Te advierto que es de unas afamadas cavas de Badalona.

—Sí, ábrelo, pero explícame, por favor —le contestó ella con nerviosismo. Ahora se daba cuenta de que no sabía nada de ese hombre. Cuando él le tendió la copa, repitió—: Dime. Por malo que sea lo que has hecho, prefiero saberlo.

Él se echó a reír sin alegría.

—Bueno, qué dramática eres. —Dejó la botella en la cubitera y se tomó la copa de un trago, aunque era poco bebedor. Ella bufó con impaciencia—. A ver, Bea, sitúate en los años que hemos pasado, en nuestra guerra, que fue hace poco, aunque a algunos les parezca muy lejana.

Ella se indignó:

—¡No lo dirás por mí, que aún estoy pagando las consecuencias! Tengo un hijo que cree que su padre está muerto y le ha puesto un altar en su habitación, ¿cómo se vive con eso?

En los últimos tiempos, la curiosidad de Paquito por su padre había ido en aumento. Quería saberlo todo de ese «héroe de guerra», que en su mente de niño tenía la altura y la fuerza de un gigante y el coraje de mil ejércitos. Bea lo oía en silencio, le alborotaba el pelo, le hacía cosquillas, le cambiaba de tema... No quería que algún gesto la traicionara y el pequeño le leyese en los ojos lo que pensaba de verdad: que Román, si seguía vivo, era un cobarde por no haber vuelto para conocer a su hijo. Pero qué iba a saber Paquito de desamores, de traiciones o de cobardías, así que insistía: «¿Y cómo era mi padre?, ¿y cómo de fuerte?, ¿y a cuántos mató en la guerra?». Y sin darse cuenta lo preguntaba ladeando la cabeza igualito a como lo hacía ese padre a quien nunca había abrazado.

Le daba pena su hijo, pero también le daba pena Román, el de verdad, el muchacho de la gabardina de quien se había despedido en el sótano con olor a vaca. Si no lo había matado la guerra, lo mataría el olvido.

Un sollozo le subió a la garganta, se limpió con el dorso del pulgar una lágrima rabiosa que resbalaba por su mejilla, pero cuando él fue a consolarla, ella lo rechazó:

—No, déjame a mí ahora. Sigue, por favor.

Álvaro apoyó la almohada en el cabezal y se recostó.

—Perdóname, tienes razón, es que me cuesta mucho hablar de esto. Verás, somos cinco hermanos, Mario es el que me sigue, y los dos nos afiliamos a Falange en el año treinta y cinco.

A Bea no sabía si le sorprendía más que hubiera estado en la Falange o que tuviera hermanos, nunca le había hablado de su familia:

—¿De verdad lo dices?

—¿Te sorprende?

—No te pega.

—¿El qué?

—Ser falangista.

—Lo fui, ya no lo soy. Yo tuve mis ideales y me creí todo aquello de la unidad de destino en lo universal y el hombre como portador de valores eternos cuando oí al propio José Antonio en una conferencia. Aunque no entendía muy bien la letra, me gustaba la música, pero cuando el Alzamiento estaba en Montecarlo. Mi hermano sí se enfrentó al ejército en la plaza Cataluña y lo detuvieron en la azotea del hotel Colón, donde se había pertrechado. —Se encogió de hombros con pesar—. Era un inconsciente, un loco, un valiente con dos cojones. ¡El mejor de todos nosotros! Mis padres ya estaban en Biarritz y yo regresé para ver qué podía hacer para ayudarlo.

Ella abrió los ojos.

—Pero eso era muy peligroso.

Él se alzó de hombros, quitándole importancia.

—Nadie sabía quién era yo y ningún camarada me había delatado, porque la verdad es que la mayor parte ni siquiera me conocían, no me gustaban las reuniones ni todo eso de la mano alzada y la dialéctica de los puños y las pistolas. Me había hecho amigo del chófer que teníamos en casa, me enteré de que trabajaba al servicio del general Estrada y conseguí que me cogiera como ayudante para poder quedarme en Barcelona y que no me movilizaran. Llevaba recados, acompañaba a sus hijas al colegio...

—Que estarían enamoradas de ti —habló la mujer celosa, la insegura, esa que creía haber dejado atrás y que regresaba en ocasiones.

Él sonrió:

—Qué bobadas se te ocurren, eran unas crías románticas, ¡yo qué sé lo que pensaban! El caso es que podía ir a ver a mi hermano a la Modelo todas las semanas. Cada día de visita estaba más delgado y peor, era muy duro eso.

Por primera vez, Álvaro dejó el tono frívolo y asomó el hombre sensible que había tras su aparente ligereza. Cogió un cigarrillo del paquete y lo encendió con parsimonia, Bea lo apremió:

—Pero ¿qué pasó?

Álvaro la miró con gesto de duda, temiendo asustarla. Empezó de forma confusa, dando rodeos:

—Lo que te voy a contar no es algo de lo que me sienta orgulloso y otros como tu padre te darían otra versión, seguramente, pero esto es tal como lo viví yo... —Su voz se fue afianzando cuando vio que ella asentía y lo escuchaba con atención—: Mi hermano me contaba que no les daban de comer, que tenían que rebuscar en los cubos de basura de los funcionarios. Lo juzgaron a él y a quince más y los condenaron a muerte por rebelión. Se defendió él mismo, figúrate, un chico que no había acabado ni el bachillerato, pero si lo hubiera defendido un profesional también lo habrían condenado.

Ella puso los ojos en blanco.

—Sí, ya sé que entonces pasaban esas cosas.

Álvaro se encogió de hombros.

—No tengo que contarte cómo funciona la justicia. —Le dio una larga calada a su cigarrillo—. Condenados a muerte era malo, pero la estancia en prisión era un infierno. A él y a otros dos camaradas los pusieron en la misma celda y había días en que solo comían tomates podridos. Cada mañana daban la lista de los que iban a fusilar por orden alfabético y hasta que no llegaban a la letra T, porque ellos se llamaban Bosch Labrús, Fornas y Segura, no se sentían a salvo, ¡tenían veinticuatro horas más de vida y con eso se contentaban entonces! ¡Me cago en todo, qué poco necesitaban esos niños, estaban alegres porque vivirían un día más!

Bea no sabía qué decir, la luz se iba desvaneciendo, pero a ninguno de los dos se les ocurrió encender una bombilla; en realidad, no sabían ni dónde estaban los interruptores. Álvaro se levantó y sirvió dos copas. Se sentó, se echó el pelo hacia atrás con las manos tratando de tranquilizarse. Ella estuvo a punto de decir que lo dejara, pero la curiosidad pudo más:

—Sigue, por favor.

—A través del chófer entré en contacto con uno de los guardianes de la prisión y logré meter comida para él y sus dos compañeros. Y no solo comida, sino mantas, medicinas, cartas, todo, durante casi tres años. Y conseguí que se olvidaran de poner su nombre en la lista diaria de los fusilados. Dicho así parece sencillo, pero me costó mucho, montamos una verdadera red de tráfico a base de untar bien a los intermediarios. No me faltaba dinero porque las familias de los otros dos estaban...

—Sí, ya sé, los conozco. Forrados —completó Bea.

—Todo era muy caro, tenía que obtener los suministros, pagar a los contactos, al chófer... Para quitarlos de la maldita lista tuve que tocar a nueve personas por lo menos, y al final alguien nos delató, detuvieron a los funcionarios y los fusilaron por las bravas, en plan ejemplarizante. A mí me pusieron en búsqueda y captura y pude esconderme en casa de... una amiga. Una mujer muy valiente.

Esa vacilación no le pasó desapercibida a Bea, que lo observaba fijamente mientras él hablaba con la vista clavada en el suelo... ¿Le estaría contando la verdad? Le cogió la mano, pero él la apartó de forma inconsciente, estaba tan concentrado en el relato que no quería que nada lo distrajese:

—A Mario y a sus compañeros los llevaron a celdas de castigo, ya estaban condenados a muerte y no los podían matar dos veces. Fijaron la fecha de ejecución para una semana más tarde.

—¡Qué horror!

Otro silencio, largo, muy largo.

—¡Sí, eran tiempos horribles! Los nacionales ya estaban en Tarragona y era cuestión de días, de horas, que entraran aquí y que liberaran a todos los presos. Figúrate mi impaciencia y mi angustia. Hasta que por casualidad me enteré de que iban a sacar a los condenados que estaban en las celdas de castigo y se los iban a llevar, a Francia o a la muerte, quién sabe. Conseguí avisar a mi hermano, que a la desesperada se dio un navajazo en la pierna y lo trasladaron a la enfermería.

—¿Y los dos amigos? ¿Son los que...?

—Sí, los rojos se los llevaron y los mataron en el Collell con cuarenta y ocho compañeros más, los asesinaron a tiros en el bosque. Menos mal que el día en que Yagüe entró en Barcelona el director de la prisión actuó con nobleza, entregó la llave a los reclusos que quedaban dentro y huyó. Y mi hermano pudo irse tranquilamente a casa caminando porque vivíamos en la calle Muntaner. Cojeaba, pero llegó. En cuanto me enteré, fui corriendo a verle y menudo abrazo nos dimos.

Bajó la cabeza y no se le veían los ojos, no salía de ahí:

—Menudo abrazo.

Se cernió un pesado silencio y su coro de sombras sobre la habitación. A pesar de que Bea se sentía abrumada por el dolor de Álvaro, tenía el alma carcomida por una idea fija, mejor dicho, dos: seguía sin saber por qué su padre le había llamado estafador..., ¿y quién era la mujer con la que se había ido a vivir en el 39?, ¿su novia, su amante?, ¿seguirían juntos? En realidad, se daba cuenta de que nunca le había contado dónde acudía por las noches, cuando la dejaba en el portal. Las prisas que le acometían siempre para que llegara puntual a casa, ¿no serían por interés propio?

—Pero, Álvaro, tú no hiciste nada malo, ¿no? —preguntó en tono seco.

Él levantó la mirada:

—Pues la verdad es que ya no lo sé, Bea. Las familias de los dos muchachos me echaron la culpa a mí. Dijeron que estaban en celdas de castigo por mi torpeza al dejarme descubrir y aun insinuaban que los había vendido para quedarme con el dinero y que me había enriquecido gracias a ellos. Y también me reprocharon que no los avisara como hice con mi hermano, que ellos también habrían podido ir a la enfermería y salvarse. La Falange, por supuesto, renegó de mí, y entonces esas familias destrozadas amenazaron con denunciarme.

—¿Y era verdad? ¿Tenían razón?

Él rio amargamente:

—¿En que los entregué para quedarme con el dinero? ¡No y mil veces no, joder! ¡No! —Bea por primera vez vio a Álvaro alterado, cerraba los puños—. ¡No soy tan hijo de puta!

Ella le puso el brazo en el hombro, él fijaba los ojos al frente, parecía que se enfrentaba con un demonio interior, y después admitió con fatalismo:

—Pero no sé si me quedé dinero, Bea, te lo juro, ya no sé si lo hice. Tiré de ese dinero para vivir, quizá sí, pero comprar a funcionarios era muy caro, me costó un millón de pesetas, pero ¿cómo demostrarlo? ¡No te daban recibo! Lo que sí es cierto, y no sabes la tristeza que me causa, es que podría haber advertido a los chicos y no lo hice, solo pensé en salvar a mi hermano. Creí que si los tres se lesionaban despertarían sospechas y el aviso no valdría para nada. Está mal, muy mal, no tendré vida bastante, aunque dure mil años, para lamentar aquello, pero no pude actuar de otra manera.

—Esto que me cuentas es espantoso.

—Lo sé, entiendo a esos padres, les he pedido perdón mil veces, y también entiendo a mi padre, que prefirió pagarles una fortuna para que no me denunciaran. Figúrate, uno de sus hijos acusado de traidor y estafador, ¡cómo se vería eso en el primer año triunfal, cuando todos teníamos que demostrar nuestros inmaculados principios, nuestra pureza de sangre!

Bea estaba desconcertada, dudaba, no sabía qué pensar. Se acordó del pobre Román yéndose al exilio sin otra culpa que haber visto morir a sus padres, mientras otros se enriquecían a costa del dolor, del miedo, de la esperanza.

Personas privilegiadas que podían corromper y comprar voluntades mientras su marido, con el alma limpia de todos los desgraciados, tenía que huir como un delincuente. Recordaba vagamente que antes de la guerra había sido el donjuán del Club Pompeya, ¡las chicas tontas como ella le iban detrás! ¿Quién se acordaba ahora de él? Nadie, lo habían borrado, apartado a un lado como se barre la hojarasca del otoño. Y se dijo que no, que Román no era un héroe pero tampoco un cobarde, que era solo un hombre.

—Tu familia te amparó, claro —comentó con una punta de disgusto que Álvaro no advirtió.

—Mi padre me dijo que me alejara de ellos, que ya no tenía ni padres ni hermanos. —Su mirada se perdió en un punto fijo y, cuando ella creía que no iba a continuar, siguió—. Hizo algo que quizá te parezca una bobada, pero que a mí me afectó profundamente..., y él lo sabía.

Se le puso una arruga entre las cejas como si el recuerdo fuera insoportable.

—¿Qué?

—Verás, cuando mi madre iba a comprar algo para casa, un cuadro o un mueble, siempre quería que la acompañara porque decía que tenía buen ojo... Siempre me han gustado las cosas bellas —le dijo con un guiño lanzándole un piropo encubierto que ella aceptó con una caricia en la mano.

Bea sonrió. Era cierto que Álvaro solía fijarse en la ropa que llevaba, o le hablaba de exposiciones, de arquitectura, de cuadros...

—Cuando éramos pequeños —continuó él—, mis hermanos querían ir al cine o a jugar al parque, yo me empeñaba en ir a los Encantes, el mercado de cosas viejas que está a las afueras de Barcelona. ¿Lo conoces?

—De ahí sacamos nosotros la mitad de los muebles del despacho.

—Yo ahorraba para comprarme objetos, nada, tonterías: que si un frasco de vidrio, que si unas canicas de colores, que si un pisapapeles con una mariposa dentro... Pero llegué a entender bastante y a aquellos hombres, gitanos en su mayoría, les hacía gracia que me moviera entre ellos como pez en el agua y a veces conseguía alguna cosa de mérito.

Sonreía, y Bea se daba cuenta de que no estaba aquí, tendido a su lado en la cama; se había ido muy lejos, a su infancia. Pero, de pronto, su semblante se ensombreció.

—Pues mi padre lo primero que hizo fue tirar todo aquello a la basura. No lo hizo a mis espaldas, sino delante de mí, para hacerme daño.

Bajó la cabeza rememorando aquel momento. Bea le cogió la mano, pero él se apartó de nuevo y negó con un gesto:

—Bah, al lado de todo, eso fue una tontería, pero... También redactó un documento ante notario diciendo que no se haría cargo de mis deudas, ni de obligaciones respecto a mí, además de desheredarme.

—¡Pero salvaste a tu hermano!

Álvaro bajó la voz y su cuerpo se estremeció visiblemente.

—¿Lo salvé? ¿Eso crees? —Parecía preguntarlo en serio—. ¿Tú crees que alguien puede salir indemne de eso? ¿De años de cárcel, con la muerte colgando sobre la cabeza cada día, al capricho de una lista de futuros muertos? Dicen que ha perdido la razón, pero yo sé que lo que tiene enferma es el alma. Está en el sanatorio del doctor Belloso de Sant Feliu. A veces lo voy a ver, pero apenas me conoce. En cierto sentido, él se quedó allí dentro.

Bea lo miró desconcertada, lo veía con otros ojos, lo apreciaba menos, pero lo deseaba más. Y no entendía cómo había podido pasar tantos meses ignorando todo sobre él.

El sexo, la sensualidad de sus encuentros, su ardor de mujer joven la habían cegado y no se había hecho preguntas. Ahora advertía que, en todas las conversaciones que habían mantenido, era ella la que hablaba. Del despacho, de Román, de su hijo. Aunque tampoco demasiado, porque tenía una sed inagotable de contacto físico.

Él sonrió como poniendo punto final, se levantó, le lanzó la combinación para que se vistiera y recogió sus pantalones de la silla, aún con el cigarrillo colgando del labio. Se estaba anudando la corbata delante del espejo cuando ella le preguntó lo que nunca había preguntado:

—Pero ¿de qué vives? —Miró alrededor—. ¿Cómo pagas todo esto?

La observó a través del espejo y le dijo con una ligera sonrisa en los labios, ya el Álvaro de siempre:

—Vivo del juego.

—¿Fabricas juguetes? —Creyó que bromeaba, pero advirtió su expresión—. ¿Qué juego? ¿Qué significa eso?

Él se rio con desenfado y explicó con sencillez:

—Muy fácil. Soy lo que se conoce como jugador profesional.

Le parecía tan increíble lo que le estaba diciendo que le siguió la corriente como hacía con Paquito y rio fingiendo esgrimir un palo:

—Ah, ¿juegas al golf? —Soltó una carcajada que sonó muy falsa—. ¿O es que eres futbolista?

—No, Bea, soy jugador de cartas.

A la joven se le congeló la expresión, se llevó despacio la mano a la boca.

—¿Cómo? ¿Jugador de cartas? —Estaba tan asombrada que añadió tontamente—: ¡Pero si yo creía que eso solo existía en las películas!

Álvaro se dio la vuelta hacia ella con los brazos abiertos:

—Pues ya ves que no, heme aquí en carne y hueso.

Ella se dejó caer en la cama sin saber qué decir. Se resistía a creerlo.

—Te burlas, ¿no? ¡Pero si el juego está prohibido en España! ¿Cómo vas a vivir de eso?

Él soltó una carcajada, parecía que su desconfianza le divertía.

—Pero ¿qué te digo siempre, Bea? Que este es el país de las apariencias, Franco ha prohibido los casinos, pero se organizan timbas clandestinas cada noche, a las doce en punto, en los sótanos del Ecuestre, en el hotel Manila y en casas particulares. Vienen jugadores de toda España, militares, falangistas, gente del régimen, hasta algún obispo, y te aseguro que se maneja mucho dinero.

Ella no sabía qué preguntar, se retorcía las manos sin darse cuenta.

—Pero ¿ganas, haces trampas?

—¿Trampas? Claro que no, la duda ofende. El póquer, que es lo que manejo yo, es un juego de caballeros. Y sí, mira, gano porque tengo un don y además mucha práctica; aunque esté mal decirlo, he nacido para esto. Mientras mis amigos se pasaban el día en clase, yo me iba a casa del marqués de Fuenfría porque había instalado en su sótano una ruleta. Y ya te he dicho que al estallar la guerra estaba en Montecarlo, pero antes callé que estaba participando en un campeonato europeo.

Bea se mordía los labios, sin comprender por qué se sentía tan orgulloso de eso.

—¡Jugador! Pero ¿por qué no me lo habías dicho?

—Nunca me has preguntado.

—¿Y aún vives con esa mujer?

Él se asombró:

—¿Con quién?

—Con esa... amiga. La valiente, la de la guerra.

Álvaro abrió los ojos:

—¿Con Pura? Claro que no. Era la amiguita del director de la prisión y creo que están en México. Por ella supe que a mi hermano lo iban a trasladar, me ayudó a salvarlo y le estoy muy agradecido.

La miró, se echó a reír y la atrajo hacia él cogiéndola por la medallita de la Virgen de Lourdes que llevaba en el cuello. Le dio un beso en la punta de la nariz mientras ella enrojecía:

—Pero ¿eso creías, tonta más que tonta? ¿Que te engañaba con otra?

—Bueno, estafar es mentir. Y al póquer se juega engañando...

—Por eso aquí, entre tú y yo —la señaló a ella y luego a sí mismo—, no cabe ni una mentira.

Bea sacudió la cabeza como si se resistiera a rendirse y aún preguntó, enfurruñada y quejosa:

—Pues ¿dónde vives? ¡Nunca me lo has contado!

—En el Ritz. —La miró de arriba abajo—. Pero ¿no te has vestido aún?

Ella estaba tan anonadada que movía la cabeza mientras repetía «en el Ritz, en el Ritz». Él la tomó por la barbilla con chulería arrabalera:

—Ya lo sabes, ¿no?

Beatriz lo interrogó con la mirada y él cerró los ojos a lo gánster.

—Que acabarás amándome.

Cuando al fin comenzaron las obras en el castillo de Larade para convertirlo en orfelinato, la existencia apacible
de Román se acabó para siempre, y también sus largas
conversaciones con la cuáquera Elisabeth. Ah, esas noches ociosas que solo terminaban cuando la recelosa claridad de la madrugada invadía la habitación y los obliga-
ba a apagar la vela de un soplo, en las que Elisabeth le
contaba el ingenuo pensamiento que le habían inculca-
do sus padres y que regía su vida:

—Llegará un momento en que aceptaremos que la
base de un mundo mejor es tratar al prójimo como a uno
mismo, y entonces se acabarán las guerras. Lo dijo Jesús
de Nazaret hace muchos años, pero todavía no lo hemos
aprendido.

La irlandesa llegaba al anochecer en su bicicleta, a
veces empapada y jadeando de cansancio, otras entusias-
mada, silbando y haciendo sonar el timbre, y sacaba de
su zurrón, como un mago, latas de comida, leche con-
densada, periódicos y, lo que más apetecía a Román: libros.

—Mira, este es de un ruso, Turguéniev, me parece
que está en el Politburó.

—¡Pero si murió el siglo pasado! —reía Román intentando atraparlo—. Dámelo.

Ella lo escondía a la espalda y bromeaba de esa forma patosa de los que son serios por naturaleza:

—No, que los rusos son muy tristes, y aún te vas a hundir más.

Él le contestaba, sin mentirle:

—¿Triste? Pero ¿tú me ves triste, hermana?

Y, en realidad, debía admitir que no lo estaba. El castillo se hallaba cerca de Toulouse, pero en plena naturaleza, y el aislamiento había dejado de ser forzoso hacía meses. Al principio había pensado en salir de allí, huir a escondidas, igual que había llegado. Pero luego se paraba en seco. ¿Adónde iba a ir? No tenía un sitio al que llamar casa. Su casa era Teresa y no sabía dónde estaba. Su casa eran sus padres, y se habían muerto. Su casa era su infancia, Carlitos, las playas de la Costa Brava, la Ardilla del Ring, los besos de las chicas en la oscuridad cómplice de los parques, ¡y todo se había muerto! Así que se encogía de hombros y seguía alojado en la zona más entera del castillo, y poco a poco, sin darse cuenta, había ido fundiéndose con sus muros. Y llegó un momento en que agradeció la oportunidad que tenía de reconstruirse en soledad, porque necesitaba encontrarse a sí mismo para completar su travesía en el desierto.

La cuáquera le decía:

—Tu mejor amigo es este. —Le señalaba el corazón—. Escúchalo, nunca te va a mentir..., y siempre va a estar contigo.

Hasta que un día apareció allí el arquitecto Callebut con una cuadrilla y empezaron a pasearse con gran estrépito por el caserón. Algunos tomaban medidas, otros llevaban unos planos bajo el brazo que desplegaron en el suelo para hacer cálculos, porque ni siquiera había una mesa a mano, y ese tiempo tibio como una primavera se acabó bruscamente. En dos camiones transportaron escaleras e instrumentos de trabajo, sacos de cal, ladrillos, tejas e incluso una hormigonera. Comenzaron a montar andamios y todo adquirió el aire dinámico de los edificios en construcción.

Román dudaba si ocultarse de ellos, pero al final inspiró hondo y se dejó ver.

Un hombre con buena ropa, que parecía estar al mando porque se movía con cierta arrogancia, se dirigió a él en catalán, con una mano tendida:

—Buenos días. Román, ¿cierto? Elisabeth me ha hablado de usted. Soy José María Trías.

Como no sabía qué le había contado la cuáquera, improvisó:

—Sí, soy yo. Estoy al cuidado de todo esto.

—Sí, y se lo agradezco, porque lo compramos hace tiempo, pero no hemos tenido fondos hasta ahora para empezar las obras.

Parecía animado, hablador, confiado; una de esas personas que no habían emponzoñado de guerra el alma. Casi sin transición, le contó que vivía en París y que trabajaba con los cuáqueros desde hacía tiempo acondicionando lugares para los refugiados, sobre todo niños y mujeres. Dudó y al final se atrevió a confesar:

—Ya sé que usted era militante de un partido catalanista. Yo estaba en Unión Democrática, aunque ahora ya no sé dónde estoy, mejor dicho, sí lo sé..., estoy con los perdedores.

Román movió la cabeza y se atrevió a mascullar con cierta ironía:

—Pocos catalanistas quedan en Francia, creo.

El otro se encogió de hombros:

—Tarradellas vive en Saint-Martin-le-Beau, Franco pidió que lo extraditaran, como a Companys, pero contrató al mejor abogado francés y pudo salvarse. Menos mal, porque acaba de tener un hijo.

—Dichoso él, que tiene dinero —comentó Román con malevolencia.

Trías frunció el ceño.

—No haga caso a la calumnia de que se llevó los fondos de la Generalitat, tiene fortuna personal, ya sabe usted que fue viajante de comercio y fabricante de botones. Y la verdad es que ha tenido ocasión de irse a México o a Londres, como sus compañeros de Esquerra, y ha preferido quedarse aquí, viviendo modestamente. —Después de fingir que miraba con gran interés un rayo de sol matinal que atravesaba, juguetón, la ventana, admitió—: Pero quedan muy pocos de los nuestros, es verdad.

—Muy pocos.

—Ni vascos.

—Ni vascos.

Ninguno de los dos quiso verbalizar que los refugiados que estaban atrapados en Francia en esos momentos, sin posibilidad de irse, eran comunistas, anarquistas o milicianos del ejército republicano en su mayoría, es decir, los que disponían de menos posibles. Román resumió al final con amargura recordando a su manera el aforismo de su padre:

—Los pobres son pobres en todas partes.

Trías fingió que no lo había oído y sacó una cajetilla de Camel. Se la tendió con una sonrisa:

—Pruebe, es americano, comprado en París.

Román prendió un cigarrillo, inspiró hondo y preguntó cómo estaba aquello, porque hacía tiempo que no hablaba con nadie y ahora se daba cuenta de que estaba ansioso de noticias del mundo civilizado. Trías hizo un gesto expresivo con la mano dejando caer un arco de chispas, y otro hombre delgado, con corbata de lazo y gafas de pasta negra, se adelantó y dijo:

—Muy mal, con los nazis patrullando las calles y gozando de la noche parisina bebiendo champán. —Hablaba también en catalán y extendió la mano—. Soy Alexandre Galí y voy a hacerme cargo de este orfanato cuando se ponga en marcha.

A Román le llamó la atención que, a pesar de su sonrisa constante, se adivinara en su rostro y en sus hombros vencidos un gran sufrimiento. Como había perdido el hábito de conversar, preguntó con cierta torpeza:

—Pero ¿los parisinos no luchan?, ¿no se rebelan?

Trías rio con amargura.

—Pues no, hay pequeños grupos que trabajan en la clandestinidad, pero la mayoría se han acomodado porque creen que la ocupación alemana va a ser para siempre y tratan de sobrevivir, supongo que es humano. Como en todas partes, en Toulouse sin ir más lejos. ¿Sabe usted que los judíos han empezado a llevar una estrella amarilla cosida en la ropa, sobre el pecho, para que todo el mundo sepa identificarlos? ¡Y nadie los ha defendido!

Román pensó en las niñas protegidas de Elisabeth que escuchaban a De Gaulle por la radio y sintió una gran compasión:

—Pero esto va en contra de la dignidad del ser humano.

—Bueno, primero les quitan la dignidad y después ¡ya veremos lo que les quitan, ya veremos! Pétain todavía es más antisemita que Hitler, en este caso el alumno ha superado al maestro.

Román siguió preguntando, aun a riesgo de pasar por indiscreto; se le había despertado el ansia de saber más allá de las cuatro paredes en las que vivía:

—Pero ¿ustedes? ¿Por qué no se van, como han hecho sus compañeros?

Fue Galí el que contestó:

—Uno de mis hijos está en Cuba, el otro en México y mi mujer en Barcelona con el pequeño, muy enfermo. Ya había cruzado los Pirineos, pero Salvador estaba tan mal que tuvieron que regresar y no quiero alejarme de ellos, quizá algún día las autoridades franquistas reconocerán que solo he sido un profesor que nunca se ha metido en política y me dejarán regresar. —Tenía una expresión apesadumbrada, pero cuando miró a su amigo exhibió una sonrisita pícara—. Sin embargo, Trías sigue aquí porque está casado con una mujer preciosa..., una periodista francesa.

El interfecto iba a protestar, pero un hombre moreno y bajo, español también, que tenía pinta de ser el jefe de la cuadrilla de obreros, vino a reclamar su atención.

Román comenzó a recoger sus cosas; había decidido trasladarse a una habitación más pequeña, aunque no sabía muy bien qué hacer con su existencia, que tan inútil le parecía ahora. Lo de marcar a los judíos como si fueran ganado, con una estrella amarilla, lo había impresionado y sus vagas ideas pacifistas habían comenzado a agrietarse y le tentaba la idea de unirse o colaborar de alguna forma con los luchadores clandestinos, pero ¿cómo llevarlo a cabo? Si le preguntaba directamente a Elisabeth, se hacía la despistada y bromeaba:

—Debe haber alguna ventanilla para inscribirte en la que ponga «Resistencia», pero no sé cuál es.

Había pasado muchos meses viviendo aislado, su única compañía había sido ella, las únicas conversaciones que había mantenido eran con ella, su sustento dependía de ella, ella le informaba, lo hacía reír y compartía muchas de sus ideas, aunque también lo enfadaba porque Elisabeth veía el mundo con ojos de buena persona y para todos tenía una disculpa. El colmo fue cuando le dijo que tanto Franco como Hitler debían haber sido niños muy poco queridos. Él se limitó a tocarse la sien con el dedo índice:

—Estás loca.

Ya no recordaba que cuando él hablaba de forma parecida, el Gordo le reñía y Teresa se burlaba de su tibieza y le llamaba nihilista.

Una vez comenzadas las obras, Elisabeth fue espaciando sus visitas, Román la echaba de menos, igual que a esos tiempos de soledad y calma, porque ahora era como si todas las mañanas le pasara un tren por encima. Cuando los albañiles estaban trabajando no se atrevía a abandonar su cuarto, y el ruido de los martillazos, los golpes, los gritos, le resonaban en todo el cuerpo.

A veces, en medio de ese ruido enloquecedor, se abría paso una cancioncilla:

Rumba la rumba la rumba ba.
La otra noche el río pasó.
Ay, Carmela, ay, Carmela...

Y un amargor agudo atenazaba su corazón y lo envolvía en un frío mortal. Beatriz, sus padres, Carlitos eran sombras fantasmales que corrían ante sus ojos, raudas como nubecillas arrastradas por el viento. Cada día que pasaba le avergonzaba más su inactividad, hasta que al final decidió ir a hablar con el jefe de las obras y preguntar si podía ayudarlos. El otro se burló:

—No creo que usted haya puesto un ladrillo en su vida. —Pero después, al ver su expresión ofendida, rectificó—: No se enfade, yo tampoco lo había hecho antes de venir aquí porque soy camarero, y refugiado como usted, en mí tiene no un enemigo, sino un aliado.

Román se disculpó también.

—Perdone, es que llevo tanto tiempo solo que ya no sé comportarme como una persona civilizada.

—Entiendo que esté usted aburrido y se sienta impotente y quiera salir de aquí, pero le advierto que, si lo encuentran, será hombre muerto. —Hablaba de una forma algo rebuscada, como escuchándose a sí mismo—. La Gestapo, la policía alemana, tiene información de todos los españoles, incluido usted, que algo habrá hecho si está escondido. Pero es que, además, el Gobierno de Pétain ha creado las Milicias Francesas porque los gendarmes no eran lo bastante duros. Están formadas por vecinos normales, es decir, cabrones con pistola que espían y se pueden cargar a cualquiera por una simple sospecha o una venganza por temas personales. Llevan a sus víctimas a una cuneta y les pegan un tiro en la nuca, muchas veces después de torturarlas.

La expresión de Román se ensombreció y el otro se dio cuenta:

—Sí, por desgracia esto nos resulta familiar. Yo soy de Jaén y hay mil cadáveres sin identificar en la fosa común del cementerio de San Eufrasio. —Román iba a añadir algo y el otro le cortó con autoridad, se notaba que era un experto en dominar hombres—. Usted en Barcelona habrá tenido también su experiencia y a lo mejor los verdugos eran otros..., pero debemos recordar siempre, y así se lo tenemos que transmitir a nuestros hijos para que nadie falsee la historia, que los que se sublevaron fueron los fascistas.

Román protestó:

—Oiga, que yo no he dicho nada.

—Ya, pero está uno harto de que se hable solo de la violencia de nuestra parte. Pero bueno, lo que le quiero decir es que en estos momentos Toulouse se ha convertido en una ciudad peligrosa, el que no es un colaboracionista es un delator, y el que no, un indiferente que no se la va a jugar por nadie.

Román se sobresaltó, pero al mismo tiempo sintió cierto alivio porque había llegado a pensar que Elisabeth exageraba los horrores de la ocupación alemana para mantenerlo en la casona. Y no es porque creyera que ella se había enamorado de él, ni muchísimo menos, porque su trato siempre había sido de camaradería. Una vez le preguntó si había tenido novio y ella empalideció como lo hacen las pelirrojas, a manchas, y le contestó sin mirarlo, muy incómoda: «No, todo eso del amor y el romanticismo no se ha hecho para mí».

Pese a las palabras del capataz que había sido camarero, Román insistió:

—Pero a mí lo que me gustaría en realidad es colaborar en la Resistencia, no puedo estar mano sobre mano, y menos después de lo que me ha contado, aunque también le tengo que decir que yo no he sido otra cosa que un simple oficinista, nunca he estado en el frente ni sé siquiera cómo se coge un arma.

El hombre rompió a reír sin alegría ninguna:

—Mira, por desgracia, es algo que se aprende rápido —pero de pronto cambió el tono de voz y se puso en guardia—, aunque yo de eso de la Resistencia no sé nada.

Estuvo varios días trabajando sin prestarle atención, como si nunca hubieran conversado. Si Román intentaba dirigirse a él, el hombre lo miraba enfadado y se apartaba. Hasta que al final, un día, cuando todos se habían ido, entró muy sonriente en su habitación, Román estaba leyendo sentado en el colchón:

—Salud, camarada. Tú fuiste el de las octavillas del día en que vino Pétain, qué cojonazos tienes.

—No, no fui yo.

El otro hizo un gesto amplio de brazos:

—Es normal que no lo reconozcas, lo entiendo y perdona mi rudeza, pero esto está lleno de chivatos. —Le tendió la mano y se la estrechó con fuerza—. Yo soy Diego Ramos, pero todos me llaman el Moro, aún no sé por qué.

Román se rio, porque realmente era de piel oscura y pelo muy rizado, y notó que el otro se alegraba de verlo reírse:

—Te juro que soy de Jaén, tira para allá.

Se sentó a su lado y lo miró como si lo viera por primera vez. Después dirigió una ojeada al pequeño cuarto: a las estanterías hechas con cajas de frutas en las que había latas, un bote de leche en polvo, un saquito de arroz, restos de pan y embutido, y los libros. Sonrió. Tenía una dentadura fuerte y blanca y el rostro lleno de arrugas, aunque no debía de tener ni treinta años.

—Mira, Román, te voy a hablar con franqueza —dijo apeándole el trato de usted de aquel primer día—, pertenezco al maquis de Dordoña, un grupo de combate compuesto por militantes comunistas franceses y republicanos españoles que han pasado a la clandestinidad y viven en el bosque porque los de Vichy están reclutando gente para ir a Alemania a trabajar con falsas promesas que sabemos que no se van a cumplir.

Román levantó la cabeza bruscamente, sabía, sin que nadie se lo dijera, que a ese grupo de combate pertenecía Teresa. ¡Teresa en el bosque, tal vez muy cerca! A veces le parecía que lo observaban y quizá era ella..., pero en el mismo momento se dio cuenta de que estaba inventando ese recuerdo sobre la marcha y se avergonzó como si el Moro pudiera leer sus pueriles pensamientos, más propios de una novelita rosa. No se atrevió a preguntar dónde estaba exactamente el grupo, le imponía la actitud del hombre, al que supuso al mando, pero él lo desmintió:

—Los comunistas no tenemos jefes, aunque sí hay un responsable, en nuestro caso es el capitán Marcel, un camarada que ya tiene edad suficiente para ver los toros desde la barrera. Estuvo en las Brigadas Internacionales y fue uno de los primeros en organizar la Resistencia en el noroeste de Francia, es nuestro héroe.

Román recordó sus discusiones con Teresa e ironizó:

—Pero ¿vosotros no estabais en contra del culto a la personalidad?

El Moro se rio, le pegó un puñetazo amistoso y se puso serio:

—Déjate ahora de eso... A lo que iba, cada semana deportan a cincuenta mil desgraciados en trenes fantasma, se les indica que vayan con las familias si quieren y que allí conseguirán un buen sueldo en la industria de guerra, pero a las mujeres se las conduce a otros campos de los que ya no van a volver jamás y ellos son mano de obra esclava, y cuando están reventados, sospechamos que los matan. Es así.

Román preguntó con incredulidad:

—Pero ¿cómo no se denuncia eso?

El otro bufó despectivamente:

—Denunciarlo ¿a quién? Parece que vivas en la luna, camarada, aunque es verdad que aquí no recibes información.

Román trató de justificarse:

—Solo sé lo que me cuenta la cuáquera.

—Ya... Pétain y los suyos ahora no se recatan en admitir que están al servicio de Hitler, aunque ellos lo justifican diciendo que así controlan a los alemanes y que esa es la única manera de salvar a Francia. Pero los gendarmes han sido apartados, apenas los ves por las calles, y es la Gestapo y la Milicia Francesa, esos desgraciados —escupió en el suelo—, los que están al mando.

Lo miró de hito en hito:

—Ya sé que Teresa es tu compañera. En realidad, ha sido ella la que me ha dicho que viniera a hablar contigo.

¡Lo que él se imaginaba! ¡Teresa! Román no pudo ocultar la emoción, le temblaron los párpados, se le dulcificó el rostro y sonrió. Hacía más de un año que no la veía, que no tenía noticias de ella, y en su pecho anidó un alentador sentimiento de gozo que era a la vez ansiedad y añoranza. Con esas escasas palabras, el hombre le había comunicado lo que más deseaba saber: que seguía viva y que se acordaba de él.

Dio un ruidoso suspiro y se dijo a sí mismo con asombro: «Pues es cierto que la amo».

El otro lo observaba, detectó su agitación y tuvo la sensibilidad suficiente para guardar silencio unos segundos. Después le dijo con acento convincente:

—Camarada, te necesitamos. —Él asintió todavía ausente—. Necesitamos que esto sea un punto de apoyo para guardar armas, para que los compañeros heridos puedan reponerse y para ocultar a los más buscados hasta que podamos sacarlos del país.

Él volvió en sí, regresaba a la vida, era útil, lo requerían. Se sintió de pronto lleno de energía y entusiasmo y se puso en pie tan solo con el impulso vigoroso de sus piernas, dispuesto a enmendar en una tarde la distancia de varios años:

—¡Vamos allí!

El otro lo aplacó con un movimiento de manos.

—No, calma, ya te lo diremos, ahora sigue con tu vida normal. Teóricamente eres el vigilante de las obras, y cuando estas personas abran su orfelinato, serás el portero.

A Román se le escapó una leve sonrisa porque no pudo evitar decirle a su padre en el idioma de los muertos: «Qué gran carrera ha hecho tu hijo, de ingeniero a portero, eso que tenía que ser el primer miembro de la familia con carrera universitaria». Aunque lo cierto es que no le importaba, al contrario, por primera vez en mucho tiempo tenía un objetivo:

—Pero, Moro, ¿cómo haremos con los albañiles?

—A esos déjalos de mi cuenta, esta cuadrilla la he formado yo y todos son hombres de confianza.

Se levantó y se dispuso a irse, se notaba que era una persona ocupada y no tan solo por sus trabajos de construcción:

—Así, ¿todo ha quedado claro?

De pronto se acordó de la amiga fiel, la que no le había fallado ni un solo día, su hermana en el corazón:

—¿Lo sabe Elisabeth?

El otro se rio con suficiencia, como si le hubiera preguntado por alguien sin importancia:

—Sí y no. Pertenece a una organización neutral, pero ella no lo es. Siendo cuáquera no puede inmiscuirse, o sea, que mejor que no le cuentes nada, aunque está de nuestro lado. Esto es asunto de hombres. Venga esa mano, Román.

—Esa mano, Moro.

Al apretón de manos siguió un abrazo y después Román le preguntó, sin poder evitar la emoción del momento:

—¿Cuándo empezaré?

—Muy pronto.

Pronto fue al cabo de un mes y cuando Román ya creía que la conversación había caído en saco roto. Una vez admitido y confirmado que todo iba a cambiar, su anterior forma de vivir le impacientaba y se le hacía insoportable. El hecho de no poder contárselo a Elisabeth también resultaba muy difícil, aunque lo cierto es que la irlandesa iba tan solo para avituallarlo y ya no se quedaba a charlar. Cada día estaba más demacrada, más ojerosa, más delgada, empezó a descuidar su atuendo, no se cambiaba de ropa y había veces incluso en que olía mal. A Román le causaba extrañeza y conmoción verla tan desmejorada, en cuestión de semanas poco quedaba de aquella pelirroja fornida y enérgica que había conocido. Una vez intentó cogerle la mano y ella se apartó como si le hubiera pasado la corriente. Si le preguntaba qué le ocurría le contestaba con brusquedad o fingía asombrarse:

—Nada, ¿qué me va a pasar?

Román espiaba las conversaciones de los albañiles, porque no podía hablar con el Moro para no delatar que tenían tratos, y se enteró de que las tropas francesas en las colonias del norte de África se habían pasado a la Francia Libre de De Gaulle bajo el mando del general Leclerc. Román apretó los puños, cerró los ojos con fuerza y dijo bajito, aunque gritaba por dentro:

—¡Bravo, Gordo!

Sintió un desbordamiento de alegría porque estaba seguro de que Félix el Gordo había sido de los primeros en decidirse y que había arrastrado a los otros. Al final lo de alistarse en la Legión Extranjera había sido un acierto y recordaba sus palabras cuando se despidieron en su cuarto de la calle Lafont, siglos atrás: «No vamos a luchar por Francia, sino por la libertad, y luego iremos a por España».

Lo que hubiera dado por poder decirle a su amigo, «Félix, luego iremos a por España. ¡Yo también! ¡Yo también lucharé a vuestro lado, Gordo! ¡Confía en mí!».

Esa noche, el Moro se presentó sin previo aviso en la casona y entró con grandes precauciones. No iba solo:

—Camarada, te traigo un invitado.

Lo seguía un hombre muy joven y pálido, con un uniforme tan destrozado que era irreconocible, un brazo en cabestrillo y expresión de miedo.

—Es un piloto de la RAF, han derribado su avión y se ha tirado en paracaídas... Lo vamos a esconder hasta que pueda evadirse a Inglaterra. —En un aparte le confesó—: Ahora es muy peligroso, los alemanes están rabiosos por lo que ha pasado en África y han ocupado definitivamente toda Francia, ya se han acabado los subterfugios de Vichy,

Pétain y la pamema de la «zona libre», todo el país está bajo la bota nazi. ¿Te arriesgas a pesar de todo?

—Me arriesgo.

Durante la semana que estuvo escondido, el inglés no pronunció palabra. Mejor dicho, no hablaba mientras estaba despierto, pero cuando dormía gritaba agarrándose a la manta y tratando de cubrirse: «*No, no*», y también, lo que conmovía a Román: «*Mummy!*».

Cuando una mañana regresó de la fuente donde iba a lavarse y a coger agua, casi se le cayó la jarra de las manos al ver que el muchacho había desaparecido. El Moro y su cuadrilla estaban dando los últimos toques al castillo con total tranquilidad. De un andamio donde se afanaban pintando una pared surgía una voz en falsete:

> *No te mueras, cariñito,*
> *porque me vas a matar...*

Y desde el otro extremo del edificio se alzaba una segunda voz con un trémolo chillón:

> *Tú en el cielo, yo al infierno...,*
> *¡no nos vamos a encontrar!*

Seguían risas y comentarios obscenos y era como cualquier día, salvo que toda huella del aviador inglés había desaparecido. En el momento en que paraban para comer, el Moro apareció a su lado y le susurró:

—La semana que viene te vamos a traer a cinco personas. Discurre cómo puedes ocultarlas.

¡Cinco personas! ¡Como si la cosa fuera tan fácil!

¿En el cuarto, como había hecho con el inglés? Demasiado riesgo, quizá en un pabellón abandonado que había descubierto en el jardín, cerca de la fuente... También podría separarlos. Había peligro, sí, ahora él también trabajaba en la Resistencia, porque esto era la Resistencia, ¿no? Un pensamiento inocente le pasó por la cabeza: ¿se enteraría Teresa de todo esto? Teresa, ya ves que yo también me he puesto a ser héroe. Y acto seguido se avergonzó tanto de estos pensamientos infantiles que le ardieron las mejillas.

Estaba tendido en la cama sin poder dormir, al final decidió levantarse y salir al jardín, el sol asomaba apenas por detrás de los árboles comunicando su dulzura al vivificante frescor otoñal. Y advirtió con sorpresa que Elisabeth estaba apoyada en un enorme pino que crecía frente al portón, con los ojos cerrados. Se acercó, su rostro estaba exangüe, las mejillas chupadas, las sienes sudorosas. Sintió por ella un cariño lacerante, hondo y triste, con cuidado le tocó el brazo con la punta de los dedos:

—¡Hermana!

Ella pareció despertar de un sueño, aunque él estaba seguro de que no dormía, y respondió con la voz quebrada:

—Perdona, Román, estaba esperando que fuera algo más tarde para entrar, no quería despertarte.

En las comisuras de sus ojos brillaban las lágrimas y le temblaba la barbilla. Él se asustó al presentir la llegada de alguna desgracia:

—Pero ¿qué pasa? —La cogió por el codo y trató de empujarla hacia la casa—. Entra, por favor, estás helada.

Pero ella se resistió con firmeza:

—No, solo quería decirte que... —no le salían las palabras—, que...

—Qué, dime. Me das miedo, Elisabeth.

La mujer se pasaba la lengua por los labios resecos, y al cabo se dio por vencida porque no encontraba las frases para decir lo que quería decir, fuera eso lo que fuese. Meneó impotente la cabeza y se agachó para coger su bicicleta, que estaba tirada en el suelo. Cuando se puso en pie su pecho respiraba agitadamente, le ardían los ojos y parecía buscar algo con la mirada. Al final le preguntó con un hilo de voz y su pronunciado acento, que no había mejorado en estos meses de intimidad:

—*Woman,* ¿te alegras de haberme conocido?

Román se quedó tan desconcertado que tartamudeó:

—Claro que sí, ¿cómo podrías dudarlo? Te debo la vida, pero no es solo eso, eres una mujer ext...

Ella le interrumpió tapándole la boca con la mano. Un sollozo ahogado se escapó de su garganta, acercó su cara a la suya y él creyó que iba a besarlo, pero al fin hundió la cabeza en su pecho y lo rodeó con sus brazos. Román la apretó muy fuerte, tanto que pudo advertir lo delgada que estaba, sus costillas eran como las de un pajarillo. Le besó el pelo, áspero y sucio, y le cogió las manos, tan frías que estaban de color azul, le echó el aliento para calentarlas.

—Entra, por favor, Elisabeth —insistió—, y me cuentas qué ocurre.

Pero ella se apartó bruscamente dándole un empujón que lo hizo tambalearse, se subió a la bicicleta y se perdió entre los árboles.

Román sintió el corazón oprimido por la lástima. Tenía el presentimiento de que algo irreparable iba a ocurrir.

Y así fue, en efecto. Lo notó en la mirada de los obreros cuando llegaron y en el silencio tan infrecuente en el que trabajaban.

Al final el Moro se acercó a él y posó la mano en su hombro:

—Tengo una mala noticia, camarada. Elisabeth se ha ido esta mañana. Mejor dicho, se la han llevado los alemanes.

Román intentó no creerle, necesitaba que no fuera verdad.

—¿Cómo? Pero ¿cómo se la van a llevar? Es imposible —Le dio un amago de empujón—. No sabéis nada, ¡inventáis, mentís!

El hombre lo miró con conmiseración.

—Por desgracia es verdad. Deportaban a las dos niñas que estaban a su cuidado a un campo de concentración de Alemania donde encierran a los judíos. Se creen que no lo sabemos, pero lo sabemos. ¡Se iban en los trenes de la muerte y Elisabeth se ha subido con ellas!

Román se aferró a una última esperanza y dijo, triunfante:

—Pero ¿cómo? ¿Ves como mientes? ¡Eso es imposible! ¡Ella no es judía!

—Se ha hecho pasar por tal porque no quería abandonarlas. Se ha puesto la estrella amarilla en el pecho.

El hombre se echó la boina hacia atrás y carraspeó mientras liaba un cigarrillo. Pasó la lengua por el papel y levantó la vista hasta el anonadado Román, que lo observaba con espanto. Y le dijo:

—Me cago en Dios, eso sí que es muy grande.

Una apisonadora de dolor lo laminó centímetro a centímetro, el mazazo fue tremendo. Ahora ya podía contar que había conocido a una santa. El que salva a un solo ser salva a la humanidad entera, decía el Talmud, ¡y él sabía que tenía razón! Elisabeth lo había hecho, aunque la humanidad no mereciera su sacrificio.

¡Elisabeth, hermana! ¿Por qué se había enfadado con ella, por qué nunca le había dirigido ninguna palabra cariñosa?

Román cayó en una desmoralización tan atroz que nada le importaba, se evaporó la energía juvenil que lo había animado esos últimos meses y las ganas de luchar desaparecieron. La mirada bondadosa de ella lo perseguía, su sonrisa tímida, sus manos bastas de trabajadora. Sus costillas de pajarillo, el rojo apagado de su cabello.

Estaba todo el día echado en su colchón, casi no le quedaba comida, pero no la necesitaba porque no tenía hambre. Esperaba, ansioso, una catástrofe que acabara con todo. Y llegó, claro que llegó, porque lo que más secretamente tememos siempre ocurre. Un día los trabajadores no se presentaron y el silencio extraño y deprimente convirtió la casa sin acabar en una enorme sepultura. Tictac, tictac. Tenía un reloj en la cabeza que no paraba de correr y sabía que su tiempo se estaba acabando.

Cuando oyó las botas de los soldados alemanes sobre la grava, no sintió sorpresa, tampoco miedo, solo indiferencia. Se levantó para contemplarlos por la ventana. Después se echó un capote sobre los hombros, esperó con los ojos cerrados a que entraran y se entregó sin oponer resistencia.

18

ROMÁN

Después, cuando todo pasó, durante el resto de su vida, a Román le quedó una duda: si hubiera sabido algo, si hubiera conocido los hechos por los que los nazis le preguntaban día tras día, mes tras mes, estación tras estación, ¿habría aguantado la tortura sin hablar? Cuando le llovían los golpes con un palo hasta destrozarle las costillas, cuando le arrancaban las uñas de las manos y los pies con unas tenazas, cuando lo mandaban estar toda una noche agachado en una jaula, si hubiera sabido dónde estaban las personas por las que le interrogaban, ¿las habría delatado?

Por Teresa, por Manolo, hasta por el Gordo Félix le habían preguntado. Por el Moro:

—¿Dónde están?

Román contestaba:

—No lo sé.

Y con el «no» ya le estaban cruzando la cara, pero, si hubiera sabido dónde se escondían, ¿lo habría dicho? Él era un hombre corriente, no era un héroe, no era un guerrillero, no sabía cómo se disparaba un arma, pero ¿qué más daba? A pesar del tupido velo que se quiso echar por encima de los desdichados y oscuros años de la ocupación alemana sobre Francia, muchos «combatientes por la libertad» se habían desfondado y habían cantado. Luisito Pérez, alias el Nene, por ejemplo, al que no habían tenido ni siquiera que tocar porque en el primer minuto, cuando los gendarmes estaban ajustando los focos, antes incluso de preguntarle, había denunciado entre gritos y sollozos la red de evasión Ponzán haciendo caer a la mitad del grupo. Y si no cayó la otra mitad fue porque los veteranos no se fiaron de aquel muchacho de dieciocho años al que su madre, una endurecida miliciana de la columna Durruti, había mimado como a un príncipe. Admitiendo que los guerrilleros no eran dioses, sino simples seres humanos con una resistencia al dolor limitada, entre ellos se había establecido la norma de que los detenidos intentasen no hablar durante las primeras veinticuatro horas para dar tiempo a los compañeros a que se pusieran a salvo. ¡Pero el Nene habló en el primer minuto! Y cuando acabó de contar lo que sabía, empezó a contar lo que no sabía, es decir, a inventar. Perseguía a los miembros de la Gestapo por los pasillos ofreciendo más información:

—Oigan, en el hotel Paris se reúnen los españoles con los guías para atravesar los Pirineos. En el Brevin, los dueños son comunistas...

Hasta que al final los experimentados soldados de las SS se dieron cuenta de que lo que le pasaba al chaval era que no quería ser puesto en libertad, pues su comportamiento había traspasado los muros de la prisión de Saint-Michel donde estaba recluido y temía represalias. Hartos de él, una madrugada abrieron el portón y lo echaron a patadas, iba llorando, nadie fue a recogerlo, ni siquiera su madre. Y pronto se descubrió que su miedo estaba justificado porque su cadáver apareció al cabo de dos noches cerca del canal con una hoja de papel metida en la boca: «Por chivato».

Había otros que, sabiendo que no iban a aguantar, como Salvador Poste, en un descuido de los policías les había arrebatado un arma y se había pegado un tiro.

Pero para Román la muerte no era una opción. Por horribles que fueran sus sufrimientos, no quería morir. En una ocasión, entre interrogatorio e interrogatorio, lo habían dejado solo ante una ventana abierta. Sentía una angustia insoportable, le dolían tanto los riñones que no se podía poner en pie, lo habían echado en una silla como si fuera un trapo, no podía moverse porque le pesaban hasta los párpados y el mero hecho de abrir los ojos le causaba un tormento inimaginable. En un impulso ciego estuvo a punto de tirarse al suelo, arrastrarse hasta la ventana y arrojarse a la calle. Pero lo detuvo en el último momento no saber a qué altura se encontraba: si había solo un piso se rompería algún hueso, otro más, y no serviría de nada porque los interrogatorios proseguirían. ¡Pero no quería engañarse, la realidad era que no quería morirse!

A él le habría gustado tener el valor extraordinario de Enrique Sánchez, por ejemplo, que cuando le notificaron su sentencia a muerte le pidió al funcionario que le tomara el pulso «para que vea cómo mueren los comunistas, ¡sin temblar!». Teresa hablaría de él como hablaba de su marido, lloraría por él, diría «Ha sido hombre hasta el final», nadie, ni su propio hermano, lograría hacerle sombra, pero si estaba muerto, ¿de qué le serviría?

Otros se pasaban al enemigo y se convertían en agentes dobles, como se rumoreaba había hecho Jean Moulin, el héroe de Burdeos, aunque nadie se atrevía a acusarlo en voz alta porque las grandes tragedias necesitan ídolos para que vayan delante y lleven la antorcha. Pero ¿sería verdad? ¡O quizá era un invento más de una época siniestra en la que no se sabía si quien tenías al lado era amigo o enemigo!

La prisión de Saint-Michel era una especie de fortaleza medieval que en esos años servía para todo: internamiento, interrogatorios, salas de detención, juicios y hasta habían instalado una guillotina en el patio para cumplir las sentencias a muerte. Aunque la prisión estaba al mando de la policía y los gendarmes, una parte se había cedido a la tan temida policía secreta alemana. El encargado de interrogar a Román era un miembro de la Gestapo que hablaba español porque había vivido en Madrid casi un año. Debía pertenecer a la nobleza, porque era el típico militar prusiano con monóculo y mucho entrechocar de talones. De maneras educadas y atentas, incluso cuando aplicaba corrientes eléctricas en los genitales lo hacía con cuidado y mesura. No quería matar, pero sí causar dolor, y ese punto exacto lo conseguía con descargas intermitentes. Luego, con una cortesía grotesca, que daría risa si no diera miedo, preguntaba:

—¿Le ha dolido mucho? Avíseme cuando no pueda más.

Román repetía incansablemente, ya casi sin voz:

—Yo no sé nada, se lo juro. —Intentaba gritar, pero no podía—. No soy nadie.

El hombre movía la cabeza con pesar:

—No me diga eso, *Herr* López, no nos tome por tontos. Usted es el amante de Teresa Cortés y juntos han llevado a cabo diversas acciones destinadas a perturbar el orden público y atentar contra el Gobierno.

A Román solo le quedaban fuerzas para mascullar:

—No, no.

El otro proseguía, imperturbable:

—Tirada de octavillas en Toulouse, esconder a enemigos de Francia y planear nuevos crímenes desde el castillo de Larade, los hechos de Angulema...

De la tirada de octavillas, Román ya había dicho que no sabía nada y que Teresa nada tenía que ver con su estancia en Larade porque hacía años que no la veía, pero lo de Angulema era nuevo.

—¿Angulema? —preguntó, y el otro rio, bonachón.

—Le aconsejo que no nos haga perder el tiempo. ¿No ve que usted no vale nada y a nadie le importa? No lo quieren en España, no lo quieren en Francia, ni siquiera a esos a los que apoyan con su comportamiento insensato les gustan los comunistas como usted.

—Yo no soy comunista —repitió agotado.

El otro prosiguió como si no lo hubiera oído:

—De Gaulle nunca va a ganar, por supuesto, pero en el caso remoto de que ocurriera una catástrofe y ocupara el poder, lo primero que haría sería deshacerse de los comunistas. Los odia, créame. —Con la fusta que siempre llevaba en la mano, lo señaló—. Y a los refugiados españoles como usted los desprecia. ¿Creen que les va a agradecer lo que están haciendo? Idiotas son de luchar a su lado.

Pero Román no estaba para discutir estrategias políticas porque le dolían terriblemente los testículos, no había centímetro en su cuerpo que no estuviera libre de sufrimiento. Y repitió con ciega tozudez:

—¿Qué es eso de Angulema?

El alemán se paseaba arriba y abajo con la fusta en la espalda por la estrecha estancia hasta que se detuvo frente a él. La luz se reflejaba en su monóculo e impedía ver su expresión. Pero su voz se armó de infinita paciencia, como si estuviera hablando con un hombre de pocas luces.

—No te hagas el despistado —pasó de pronto al tuteo—, me decepciona que un hombre culto como tú recurra a estas estratagemas tan baratas. Pero bueno, si quieres jugar a eso... Manuel Cortés, el hermano de tu amante, es un pájaro de cuidado. Mientras trabajaba en la fábrica de pólvora de Angulema levantó un plano del edificio y antes de irse robó una gran cantidad de dinamita. Al cabo de un tiempo voló la fábrica, pero aún le queda material para volar siete montañas por lo menos.

¡Manolo! ¡El hosco y antipático Manolo! Recordó que

le había extrañado que el hermano de Teresa dejara Toulouse y se fuera a trabajar a una fábrica hacía tanto tiempo, en otra vida. Ahora se lo explicaba todo. A pesar de que escuchaba atentamente, fingió que no le importaba:

—No sé nada de eso.

El otro se sentó a su lado, aproximó la cara a la suya y puso su tono más convincente para decirle:

—Ahorrarías muchas vidas, de franceses, pero también de españoles, si nos dijeras dónde se esconden.

Román sacó fuerzas no sabía de dónde para repetir por enésima vez:

—Es que no puedo decirle nada porque no sé nada de ellos, ni de Teresa, ni de Manolo, al que solo he visto una vez.

El otro se acercó a su oído con voz melosa:

—Te creo, Román, de verdad que te creo..., pero tienes noticias de ellos, ¿verdad? Eso sí que no lo puedes negar.

Su voz era tan convincente, su tono tan dulce y amigable, que Román, subyugado, llegó a pensar que sí, que tenía razón, que estaba al tanto de los planes de Teresa y Manolo, estuvo a punto de confesar que era verdad algo que era mentira. El otro, que lo notó, se mantenía a la expectativa con una sonrisa en los labios hasta que Román sacudió la cabeza para salir de ese sortilegio engañoso y negó de nuevo:

—No, no sé nada.

El oficial, endureciendo la expresión, se quitó los guantes y le dio rápidamente dos bofetones a un lado y otro de la cara, como sin querer. Parecían flojos, pero el rostro le estuvo ardiendo varios días.

—¿Y Miguel Encinas? ¿Me vas a decir que no lo veías tampoco?

Las primeras veces que le preguntaron por él, dijo que no lo conocía. Hasta que le enseñaron una foto tomada el día de la visita de Pétain a Toulouse. En ella se vio hablando con el maestro libertario y se dio cuenta de que, hasta ese momento, no había sabido su nombre. Pero dijo lo mismo:

—Ignoraba que se llamaba así porque apenas lo conozco y no lo veo desde hace años. —Sacó las que creyó sus últimas fuerzas para hilar una frase completa—: No sé nada de ellos, yo era el vigilante de la obra en Larade, no tenía otra actividad.

El oficial lo observaba pensativamente y al final salió al pasillo y dio una orden.

Se mantuvo en silencio mirando por la ventana, las manos unidas en la espalda, hasta que trajeron a un hombre a rastras. No estaba en mejor estado que Román, tenía el rostro tan hinchado que a duras penas pudo reconocer a uno de los integrantes de la cuadrilla de albañiles que llevaban a cabo la remodelación del castillo. No se atrevió a levantar la cabeza, lo señaló con las manos esposadas, dijo unas palabras ininteligibles y después de dirigirle una mirada de súplica que Román no llegó a percibir porque los párpados le cubrían totalmente los ojos, se lo volvieron a llevar:

—¿Lo ves, Román? Dice que la cuáquera te llevaba noticias de esos asesinos y que tú y ese tal Diego Ramos alias el Moro obedecíais órdenes.

Dentro del horror que estaba viviendo, Román tuvo un segundo de regocijo porque se dio cuenta de que no habían detenido al Moro. Con tono cansino, trató de argumentar:

—Eso es mentira, yo soy un oficinista, un chupatintas, no he estado en el frente, no sé ni cómo se carga un arma.

—Para dar órdenes no se necesita empuñar un arma.

—Yo no soy así. —Por primera vez habían mencionado a Elisabeth, un dolor nuevo se sumó a los que ya tenía, y era peor porque era un dolor del alma—. La cuáquera tampoco sabía nada, ellos son pacifistas, hacen una labor humanitaria como la Cruz Roja.

El oficial dejó de lado sus buenas maneras y respondió con violencia inusitada:

—Cállate, solo habla cuando te pregunten, de la mujer ya nos hemos ocupado, la hemos enviado a un lugar muy hermoso llamado Mauthausen... —Soltó una carcajada siniestra—. La pena es que no tiene muy buen clima, no a todo el mundo le sienta bien.

Román ya no podía hablar y trató de concentrar todo el odio que sentía en su mirada, pero el oficial no se enteró, aunque se acercó a pocos centímetros de su rostro. Por puro instinto Román se echó hacia atrás, y el alemán le dio con la fusta en el hombro:

—Todos sois pacifistas, pero la banda de los hermanitos pacifistas son unos criminales consumados que han sembrado el terror en toda la provincia. —Echaba fuego por los ojos y escupía gotas de saliva—. Y de aquí no saldrás sin decirme dónde están, ellos dos, Félix Coll, Miguel Encinas y Diego Ramos, por este orden.

Inesperadamente, le agarró los huevos y le apretó tanto que Román se desmayó, pero, antes de desvanecerse, una vocecita preguntó dentro de su cabeza, Félix el Gordo, ¿qué pinta aquí?

Aun teniendo sus facultades embotadas por la falta de sueño, otra forma de tortura, quizá la más terrible, Román no podía dejar de extrañarse de que le interrogaran por personas que él pensaba inconexas. ¿Teresa y la cuáquera? ¿Cómo había ido a parar el nombre de Félix a un grupo que actuaba en la Dordoña cuando su amigo estaba en África, luchando con la Legión Extranjera? Tampoco entendía la relación entre el maestro libertario y el Moro, el capataz. Los nombres daban vueltas en su cabeza como una noria enloquecedora, como piezas de un rompecabezas que para él no tenía ningún sentido.

Cuánto tiempo duraron esos interrogatorios es algo

que nunca supo, porque luego dejó de calcular y ni siquiera los golpes lograban alterarlo, ya que cuando el daño es inmenso hay un punto de no retorno y el dolor se apaga. Como los torturadores lo sabían, dejaron de golpearlo, aunque lo privaron casi por completo de dormir, de beber y de comer, lo que lo convirtió en un ser alelado capaz de mirar durante horas cómo resbalaba una gota de agua por la pared. Se le borraron los recuerdos y a duras penas se acordaba de su propio nombre.

Un día lo hicieron caminar a empellones por unos pasillos interminables. Quizá lo llevarían al patio y lo guillotinarían, pero ahora eso ya había dejado de importarle. Lo que le preocupaba era que tenía disentería y su ropa estaba sucia y olía espantosamente. Además, como había adelgazado mucho y le habían quitado el cinturón, los pantalones se le caían y, al ir esposado, se los tenía que sujetar manteniendo las manos en el vientre, lo que le hacía caminar como un pato.

Uno de los guardias le dijo al otro entre risotadas:

—Parece Charlot.

Lo condujeron a una sala abarrotada de hombres a los que nunca había visto, todos en condiciones tan lamentables como la suya.

Tartamudeando, consiguió preguntar dónde estaba y el de su lado, con un cerrado acento gallego, le susurró:

—Es el tribunal especial de Toulouse para crímenes de guerra.

Uno de los guardias le dio un culatazo para que se callase. Los iban haciendo levantar en grupos de diez y un funcionario con voz apresurada leía los cargos, siempre los mismos, «alta traición», y preguntaba:

—¿Cómo se declara el acusado?

Cuando dijeron su nombre, Román se puso de pie, desorientado y confuso, y dijo «inocente», como vio que habían hecho todos. Hubo una larga exposición de hechos que no se oía porque la sala era muy grande y no había micrófonos y al final leyeron las sentencias. Primero, varias a muerte, que los señalados escucharon con resignación y entereza, y después las penas de cárcel que a todos parecieron leves en comparación. A Román lo condenaron a cinco años, que debía cumplir en el penal de Eysses, en Villeneuve-sur-Lot, unos ciento cincuenta kilómetros al norte de Toulouse. Como la tortura había nublado su claridad mental y alterado su cerebro, apenas se dio cuenta de que había salvado la vida.

Eysses se levantaba encima de un antiguo convento benedictino y acogía a mil doscientos reclusos. El penal estaba tan abarrotado que cada poco tiempo hacían una «saca» y se llevaban a cientos de reclusos en los «trenes fantasma». Como nadie había vuelto de estos viajes, no se podía saber si eran ciertos los rumores: unos decían que los llevaban a trabajar en la industria armamentista alemana, otros más que los internaban en enormes campos-cárceles, donde morían sin remedio.

Un tren fantasma, un tren de la muerte, se había llevado a Elisabeth con su estrella falsa pegada en el pecho. Román, aunque muy debilitado y con un recuerdo confuso de la muchacha, lloraba y no entendía por qué.

Cuando le tocó a él marcharse también, lo hizo sin esperanza de sobrevivir, pero la verdad es que todo le daba ya lo mismo. Paradójicamente, su traslado se decidió el primer día en que hubo motivo para la esperanza. Los presos comunistas habían logrado montar una radio y por ella podían seguir el curso de la guerra. Y el 6 de junio de 1944 se dieron cuenta de que estaban a un paso de la liberación porque las tropas americanas e inglesas habían desembarcado en Normandía y se dirigían a reconquistar París.

Hubo un conato de rebelión, que fue castigado con contundencia porque la bestia, cuando va a morir, es cuando da los zarpazos más brutales: doce reclusos, dos de ellos españoles, fueron fusilados contra la tapia del patio. Y a Román y al resto de los prisioneros decidieron deportarlos a Alemania en uno de los trenes fantasma, el último que iba a salir.

Una mañana de claridad cegadora y sombras azules, Román se subió a uno de los camiones, tapados con una lona, que los condujeron a la estación. El tren los aguardaba, formado por vagones de transportar ganado con una puerta muy pequeña que se cerraba por fuera, por la que tenían que entrar encogidos. Arriba había una trampilla para poder respirar y estaban tan apretujados que solo podían ir de pie. Cuando el tren arrancó, cayeron unos sobre otros, Román preguntó en voz alta sin dirigirse a nadie:

—¿Dónde nos llevan?

El hombre que iba a su derecha tenía una cicatriz que le deformaba toda la cara y la estrella amarilla de David en el pecho. Estaba tan abatido que no pudo responderle. El de su izquierda parecía más entero y le informó con un acento gallego que le resultó vagamente familiar:

—Nos llevan a Dachau, un campo de concentración en Alemania.

—Pero ¿con qué fin?

El otro lo miró fijamente:

—Pero ¿no sabes nada? —Aunque luego advirtió con gran esfuerzo, ya que la oscuridad era casi completa, su lamentable aspecto, las puntas de los dedos deformadas y su rostro cadavérico, y le dijo con cariño—: Hombre, si eres el que estaba a mi lado en el juicio, te han arreado bien, ¿verdad? Dachau es un matadero, llevan allí a los indeseables como nosotros, la escoria, los comunistas, los republicanos españoles, los gitanos, los judíos. ¡Somos lo peor de lo peor! —Hablaba con sorna—. Supongo que ya te habrás despedido de los tuyos, no los vas a volver a ver.

Román contestó con tristeza:

—No tengo a nadie.

El otro se encogió de hombros.

—Yo tampoco. —En un gesto repentino, le pasó el brazo por los hombros y apretó—. Vamos a intentar mantenernos unidos, que no nos falte al menos el calor humano, ojalá nos internen en el mismo campo. Mira, ahora somos ricos, ¿no dicen que el que tiene un amigo tiene un tesoro?

Román sintió una congoja enorme, los recuerdos regresaban como la gota de agua que va horadando la roca. Amigos él había tenido, sí. Amigos de la infancia. ¿Dónde estáis, amigos queridos? Había tenido una hermana que se llamaba Elisabeth. Sin darse cuenta se llevó la mano al pecho y abrió los dedos formando una estrella. Ahora él también era judío.

Apenas podía oírse el monótono traqueteo del convoy por los gemidos, insultos, llantos, gritos de rabia y desesperación:

—Joder, vamos a morir todos.

—No puedo respirar.

—Si tuviera una pistola me pegaba un tiro.

¿Cuántas horas podrían resistir así? Cuando llegaran a su destino, la mitad de ellos estarían muertos.

Román no sabía si habían pasado minutos u horas cuando se empezaron a escuchar disparos y una serie de explosiones rápidas, como las tracas pirotécnicas de las verbenas de pueblo. Con un gran chirrido de frenos, el tren se detuvo. Los hombres se miraron los unos a los otros y, después de un momento de dramático silencio, empezaron a golpear la puerta y a dar patadas a la madera, pero el vagón estaba herméticamente cerrado, como una caja fuerte. Se escuchó el ruido de varios disparos, que cesaron de pronto. Uno exclamó con fatalismo:

—¡Ojalá nos maten de una vez!

La desesperación hizo presa en el vagón, de pronto uno de los hombres se llevó el dedo a los labios y dijo:

—Escuchad.

Guardaron silencio. Miraron hacia arriba. Se oían pasos muy tenues en el techo. Iban y venían como si no pudieran decidirse. ¿Serían los soldados alemanes? ¿O camaradas que venían a liberarlos? No sabían qué hacer, oyeron gritos que no entendieron, más disparos, alguien estaba intentando manipular la trampilla del respiradero. Había miedo en todos los ojos, pesimismo también, resignación al fin. ¿Iban a matarlos, sería aquel su último día?

Después de varios intentos, los de fuera consiguieron abrir la tapa de un tirón y la luz inundó el vagón. Los de dentro, deslumbrados, estiraban el cuello intentando averiguar a merced de quiénes estaban, pero solo se veían unas piernas en precario equilibrio, una a cada lado de la abertura, un rostro cubierto con un pañuelo y una mano que sostenía una metralleta. Todo el vagón observaba conteniendo el aliento la silueta que se recortaba contra el azul del cielo, pero Román con más intensidad que nadie. ¡Esas manos, ese pelo, esa insolencia! Una sospecha, una duda, una esperanza imposible empezó a anidar en su pecho, cuando el encapuchado se acostó sobre el vagón e introdujo el rostro por el ventanuco, arrancándose el pañuelo. ¡Teresa! ¡Era Teresa!

A su amada le bailaba, irresistible, la risa en su carita fea. Llevaba los labios mal pintados de rojo y lo buscaba ansiosamente entre todos los rostros famélicos vueltos hacia ella.

Él no podía hablar mientras las lágrimas resbalaban por sus mejillas, pero soltó una carcajada que sonó como un graznido cuando su hada de los bosques gritó:

—Camarada, aquí estoy. ¡Soy tu Pimpinela Escarlata!

19

BEATRIZ

El tono del hombre era deferente y se sentaba en la punta de la butaca sin atreverse a ponerse cómodo, y eso que la sencillez del despacho Quintero-Fernández, sin ningún tipo de lujos, pretendía conseguir que los clientes se encontraran como en casa.

—Señora abogado, le agradezco mucho que me haya recibido, porque sé lo ocupada que está.

Beatriz hizo un gesto seco con la mano y miró de reojo su agenda de piel de Loewe, regalo de un cliente satisfecho, para confirmar el nombre de la persona que tenía delante:

—Encantada, doctor Gómez. Usted es amigo del doctor Bernabé y eso lo pone el primero de la fila.

El médico rio complacido y se repantigó, más relajado, en la butaca.

—Muchas gracias, ya me ha contado que ha ganado su pleito, que llevaba arrastrándose desde antes de nuestra guerra, figúrese lo agradecido que está. —Se abrió el abrigo y sacó una petaca de tabaco que le tendió después de un ligero gesto de vacilación, pero Beatriz negó con la cabeza y él la volvió a guardar sin atreverse a encender un cigarrillo—. Verá usted, se trata del testamento de mi padre, sin complicaciones, porque nos ha dejado a todos los hermanos lo mismo, pero...

A pesar de su aplomo aparente y de que fingía tomar notas emitiendo ruiditos de aquiescencia, a Beatriz se la llevaban los demonios. Movía con impaciencia el pie y sentía ese familiar dolor que le mordía el estómago cada vez que se ponía nerviosa. Sobre una mesita auxiliar estaba el diario de la tarde. De aspecto inofensivo, era, sin embargo, el causante de su profunda desazón. Los titulares iban entre signos exclamativos: «¡Los periodistas de toda España expresan su adhesión al jefe de Estado frente a la campaña de difamación antiespañola!». Pero no era eso lo que la había perturbado profundamente, sino una nota extraída del Boletín Oficial del Estado que iba a pie de página; una nota pequeña, pero que para ella era tan grande como ese despacho, cliente atribulado incluido. Y es que aquel día, 21 de febrero de 1947, Franco, que ya había concedido en 1945 un indulto total para los delitos de rebelión o contra la seguridad del Estado cometidos hasta el 1 de abril de 1939 excepto los autores de muertes, violaciones, crueldad y latrocinio, había extendido esta gracia a los españoles que vivían en el extranjero. «Estos individuos tienen tiempo de presentarse ante las autoridades españolas hasta el 1 de agosto.» Es decir, los exiliados ya podían volver a pisar el suelo de su patria; ya podían besar a los hijos, que no los reconocerían después de ocho años; ya podían abrazar a esas mujeres que no habían perdido nunca la esperanza y que, enlutadas y silenciosas, habían sufrido desprecios, marginación, soledad, cárcel en ocasiones, casi siempre hambre y necesidades. Podían besar la mano de sus ancianas madres o visitar sus tumbas en el cementerio. ¡Podían volver los desertores, los huidos, los que habían emprendido al finalizar la guerra el largo camino del destierro! ¡Todos ellos!

¿Román? Román también.

No, no, Román había muerto. Ella misma había llevado

luto durante dos años, había publicado una esquela en el periódico y había enterrado los restos de algún desgraciado en el nicho familiar de los López Costa, junto a unos restos que no se sabía tampoco si eran los de sus padres, porque los cadáveres de las víctimas del bombardeo de los italianos habían quedado tan destrozados que había sido imposible reconstruirlos.

La situación era tan grotesca que Gema incluso bromeaba: «Los tres se saludarán educadamente y dirán: oiga ¿y usted quién es?».

Aunque notaba la cabeza a punto de estallar y sentía una gran congoja en el corazón, nada trascendía en el rostro impávido de Beatriz, que se limitaba al tic nervioso en el pie, oculto a la mirada de su cliente. Monótono como la lluvia que caía desde la mañana, el doctor Gómez se lamentaba con un tono cercano al llanto:

—Esa mujer estaba casada con él, es cierto, desde hacía dos años, pero ¿es justo que tenga derecho al usufructo, señora abogado? Es más joven que nosotros, es desesperante pensar que nunca vamos a recibir la fortuna de nuestro padre, esos pisos que compró con tanto esfuerzo y sacrificio.

Beatriz contestó maquinalmente, aunque lo cierto es que apenas podía contener las ganas de echarlo a patadas del despacho:

—Bien, ella tendrá limitaciones porque la propiedad es de los hijos, no podrá vender...

—Pero nosotros tampoco podremos vender mientas viva —la interrumpió el otro alzando la voz—, y las rentas las cobrará ella.

—Sí, claro, es una disposición que se hizo para proteger a las viudas, pero en muchas ocasiones es injusta.

Las palabras fluían de su boca sin que tuvieran para ella ningún significado, aunque en realidad daba igual que escuchara o no sus comentarios, porque después el hombre le daría los detalles del caso a su pasante y ella se los estudiaría por la mañana a primera hora, el único rato en el que el despacho estaba tranquilo. Ahora mismo, aunque se encontraban dentro de la privacidad del despacho, podía oír el teléfono sonando, el timbre de la puerta y las voces mezcladas de Julio y de alguno de sus clientes ya convertido en amigo. Seguro que estaban quedando para ir luego a tomar una copa a Rigat, porque Julio seguía soltero «aunque no entero», aclaraba con picardía. Y el repiqueteo incesante de la máquina de escribir que su secretaria manejaba con velocidad de locomotora.

Una máquina que escribía de verdad, no en camelo como cuando empezaban, cuando no podían siquiera comprar papel. Ay, aquellos primeros tiempos, cuando ningún cliente llamaba a su puerta, qué lejanos quedaban. Ahora incluso habían tenido que ampliar el despacho, menos mal que el local de al lado se había quedado vacío y pudieron alquilarlo.

Porque la mayoría de su clientela seguía estando en el barrio. A los dueños de los puestos del mercado se había unido el personal del hospital Clínico que ocupaba la manzana entre las calles Casanova, Villarroel, Provenza y Mallorca, justo al lado del Ninot, rebautizado ahora como Mercado del Porvenir, un nombre que nadie utilizaba. Loli, la primera clienta, le había comentado a una enfermera que le compraba pescado que esa señora abogado era muy sencilla y no se daba importancia, aunque ella se había enterado de que era de una familia «muy bien», y la atendería perfectamente, por complicadas que fueran sus cuitas. Resuelto el pleito de la enfermera —una finca en el pueblo que habían expropiado de forma ilegal—, se presentó un médico que quería denunciar a su mujer por abandono de hogar, y unos celadores metidos en una pelea nocturna en el Barrio Chino, y un médico involucrado en el tráfico de estupefacientes para toxicómanos, y al cabo de dos años no daban abasto para atenderlos a todos y había incluso lista de espera para los casos menos urgentes.

Desde el principio, Julio y Beatriz, que seguían siendo los únicos socios del bufete, habían establecido dos excepciones: no cogerían ni grandes estafas ni casos políticos. Lo primero por humildad, ya que no se consideraban capaces, y lo segundo para no complicarse la vida, ya que Beatriz aún temía que una cosa llevase a la otra y que por venganza o por curiosidad se desvelase su gran secreto, su gran mentira: que su marido no había muerto.

La mujer sentía una satisfacción muy humana cuando desviaba estos clientes al despacho de su padre. Llamaba y le decía a su secretaria:

—Matilde, que irán unos clientes de mi parte..., es un caso gordo.

Y cuando veía a su padre, aunque al principio se había propuesto no comentarle nada, no tardaba en caer en la tentación:

—Papá, os he enviado a los Pons Malta, hay muchos millones en juego.

Francisco se alegraba, no porque llevara los casos más importantes de Barcelona y su nombre saliera continuamente en los periódicos —hasta el punto de que se le había ofrecido el cargo de gobernador civil, que había rechazado—, y tampoco porque fuera consciente de que nadie podía hacerle sombra porque era un abogado honrado, concienzudo y muy bien relacionado, sino porque se sentía orgulloso de esta hija que tan mal comienzo había tenido. Ahora se avergonzaba de su desconfianza inicial, aunque Bea nunca se lo había echado en cara.

No era dado al elogio, pero incluso lo comentó en casa,

donde comían todos los domingos después de ir a misa a la parroquia de los Ángeles de la calle Balmes:

—¿Te acuerdas, Emilia? Cuando tuvimos a las dos niñas, yo te decía que qué pena no tener un chico para que se hiciera abogado y estuviera en el despacho como yo hice con mi padre.

Bromeó Emilia mientras trinchaba el pollo:

—Va, que a ti lo que te hacía ilusión era que lo llamaran Francisco Fernández de la Hoz III como hacen los americanos.

—Y los reyes —saltó Paquito, que a sus ocho años era un niño listísimo que leía mucho—. A Carlos I le sucedió su hijo Carlos II.

Rosa se echó a reír:

—Uy, no, que a ese le llamaban el Hechizado. —Pero luego se puso seria porque, aunque quería mucho a su hermana, se sentía algo celosa de los piropos paternos—. Bueno, papá, debes saber que tengo bastantes posibilidades de convertirme en la delegada provincial de la Sección Femenina porque la camarada María Dolores se va a casar con el médico del valle de Arán y se va a retirar de la política.

El padre movió la cabeza cariñosamente, ya que no quería hacer diferencias entre sus hijas.

—Claro que sí, te lo mereces, tú has hecho también una gran carrera.

—Pilar me llamó hace un par de semanas para felicitarme por el éxito de la campaña «Ningún niño sin juguete». —Como lo había contado ya varias veces, nadie supo qué añadir—. Regalamos juguetes donados por personas caritativas.

—Como tu madre.

Emilia levantó los brazos haciendo un saludo imaginario a una imaginaria multitud y su hija prosiguió:

—Sí, como mamá, y no hicimos distinciones entre hijos de rojos o de los nuestros.

La madre miró a su hija con detenimiento porque advirtió algo distinto.

—Oye, Rosa, ya no llevas nunca la camisa azul, ¿no? —preguntó enseguida.

La hija respondió con tristeza:

—No, nos han dicho que prescindiéramos de estos signos externos de nuestro falangismo. Ya no podemos gritar arriba España, ni saludar con la mano abierta, ni dar vítores a José Antonio... Ya sabes, por la presión exterior.

—Hombre, a ver, es que era una barbaridad —opinó Francisco sin mucha diplomacia—, las potencias del Eje pierden la guerra, condenan a los altos mandos a muerte en los juicios de Núremberg y aquí pavoneándonos con el saludo fascista y el arriba Franco.

—Pues bien que nos utilizaron cuando les convino —dijo Rosa con tonillo—, y ahora, hala, al cubo de la basura de la historia. Si viviera José Antonio...

—Pues si viviera José Antonio estaría chupando del bote, como todos.

Al oír a su padre, Rosa se levantó con tanto ímpetu que tiró la silla al suelo, parecía que fuera a darle un ataque de histerismo, y Emilia y su marido cruzaron una mirada de alarma y se sintieron obligados a mascullar algunas palabras fingiendo compadecer a esta hija cuyo único amor era la Falange.

Emilia intentó retomar la conversación porque se sentía culpable de haber provocado una situación tan tensa:

—Yo compré en el Sepu unas muñecas muy graciosas, pero la mujer de Marcos Quintero, el padre de Julio, nos dejó a todas en ridículo porque llevó un Cinexin que les habían traído de Estados Unidos, una maravilla y como nuevo.

Rosa volvió a sentarse, aplacado el arrebato.

—Sí, maniobraron para que se lo quedara el hijo de un teniente de alcalde que, como comprenderéis, no es ni pobre ni huérfano.

La madre suspiró, estaba visto que con esta hija no había ningún tema neutral. Paquito tomó la palabra mientras intentaba cortar con cuchillo y tenedor el pollo, que estaba bastante duro:

—Yo ya no voy a pedir juguetes de regalo.

Emilia aprobó la decisión de su nieto mientras le cogía el plato y cortaba ella misma el filete:

—Es verdad, yo pensaba regalarte un poni para que empezaras a montar en el Polo.

—¿Un poni? —repuso Paquito con desprecio—. Abuela, que no soy un niño pequeño, tengo ocho años.

El abuelo fingió enfadarse con su mujer:

—Hombre, Emilia, cómo se te ocurre tratar a este señor como un crío. ¿Y qué quiere vuesa merced como regalo entonces?

El niño le miró con cierta desconfianza, pero como lo vio serio se animó a hablar:

—Verás, abuelo, tú me entenderás.

—De hombre a hombre.

—Eso..., quiero una pistola. De verdad, eh, no de juguete.

Beatriz, que mientras comía iba hojeando con disimulo una de las revistas francesas de moda que su madre siempre tenía en casa, se atragantó y levantó la vista horrorizada:

—Pero, hijo, ¿qué dices?

El conde pidió calma con la mano:

—Espera, Bea, a ver qué nos dice el niño. —Se volvió a su nieto, que ahora miraba obstinadamente al suelo—. Cuéntanos para qué quieres una pistola, Paquito.

—Porque quiero ser como mi padre.

Bea se levantó para acercarse, pálida, al pequeño.

—Pero, Paquito, tu padre no iba con pistola, cómo se te ocurre.

El niño gritó, rabioso, retándola con voz aguda:

—¡Iba con pistola, se enfrentó a los enemigos de la patria con pistola! —Señaló a Rosa con el dedo—. ¡Me lo ha dicho la tía! ¡Que lo asesinaron los rojos y que él luchó contra ellos hasta el último aliento, pero eran mayores en número!

Se quedaron todos estupefactos ante este arrebato en boca de un niño tan pequeño, que, al darse cuenta de la conmoción que había provocado, se puso a llorar. Bea lo abrazó contra su pecho y por encima de su cabeza le hizo un gesto amenazador a su hermana, que se encogía de hombros hasta que pudo susurrarle sin que el niño la oyera:

—Pero, Bea, ¿no era eso lo que había que decirle? Él me preguntaba. ¿Qué querías que le contestara?

Distraída, mientras rememoraba aquel momento, Beatriz olvidó que estaba en el despacho atendiendo a un cliente, y también ella se encogió de hombros. El doctor del Clínico la miró con asombro y se interrumpió en mitad de una frase, sin saber cómo interpretar el gesto. Al advertirlo, ella se rehízo enseguida, carraspeó y echó mano de su larga práctica en este tipo de asuntos:

—¿Así que las perspectivas son malas?

—Cómo malas, ¡malísimas! Los hermanos estamos peleados porque algunos se han puesto de su lado a ver si les caen las migajas. Encima ahora dice que el hijo que tenía de su primer matrimonio, porque ella era viuda también, es de mi padre, cuando el niño tiene quince años y tal cosa es imposible.

—Por eso no se preocupe, será fácil demostrarlo. —No podía más, con disimulo apretó un timbre que tenía debajo de la mesa—. Es un detalle sin importancia.

A la llamada entró Gema en el despacho con unos papeles en la mano simulando prisa:

—Señora abogado, tiene usted una visita y antes debe mirar estos atestados.

El hombre se apresuró a levantarse:

—Oh, vaya, lo siento. Me he extendido mucho, es que cuando me pongo a hablar...

Ella se puso en pie a su vez, rodeó la mesa y le tendió la mano:

—Por favor, ha sido muy interesante.

—¿Usted cree que ganaremos?

Como todos los abogados, Beatriz trató de no comprometerse, pero dándole esperanzas al mismo tiempo.

—Eso no se puede saber, doctor, aunque por supuesto hay posibilidades. Pase usted al despacho de al lado, que le atenderá el señor Moncada, un letrado excelente. Estudiaremos su caso y en unos días volveremos a hablar.

El hombre, al verla de pie, se sonrojó porque él se había limitado a echarse el abrigo sobre la bata de hospital, vieja y bastante sucia, mientras Bea iba muy bien vestida. Él no entendía nada de ropa y aun así se daba cuenta de que el conjunto que llevaba era muy sencillo pero debía de ser muy caro. Su pelo castaño brillaba tenuemente a la débil luz de la bombilla, que parpadeó durante unos segundos sin llegar a apagarse del todo.

—Ahora las restricciones de luz, como si no tuviéramos bastante —comentó Beatriz en tono ligero. Durante esa larga posguerra, con la pertinaz sequía que vaciaba los pantanos y el aislamiento internacional que les negaba suministros, se cortaba la electricidad durante las tardes—. Parece que nos quieren hacer la vida todavía más complicada.

El hombre tartamudeaba, se resistía a marcharse, subyugado por su presencia.

—Bueno, señor abogado, señora, quiero decir, me gustaría corresponderle y atenderla alguna vez. —Como el médico era cirujano, los dos coincidieron en una risa espontánea y él reconoció de forma simpática—: Perdone, digo muchas tonterías. Todo el día metido en el hospital me ha convertido en una persona poco sociable.

Sin olvidar sus modales, porque al fin y al cabo era hombre de carrera, le besó la mano antes de salir. Cuando se quedó sola, Bea se recostó contra la puerta, agotada. Gema la observaba en silencio:

—¿Estás cansada? ¿Quieres que te traiga una tila?

—Quédate conmigo cinco minutos —le suplicó ella.

Se sentaron las dos amigas en las butacas destinadas a casos delicados. Beatriz había cambiado mucho, aquella muchacha de aspecto vulgar, tímida y desmañada en el trato se había convertido en una mujer segura de sí misma, siempre vestida a la última pero sin alardes, simpática sin dar confianzas, inteligente sin resultar apabullante.

Se sentía fuerte porque era independiente, pero procuraba que no se notara demasiado. Julio le decía muchas veces mirándola con admiración: «El patito feo convertido en cisne». Ella fingía enfadarse: «¡Pero si decías que era tan mona!». Él no tenía empacho en admitir sin avergonzarse: «Te mentía».

Gema, sin embargo, seguía siendo la misma. Aunque no iba vestida de monja, seguía pareciéndolo. Paquito ya no necesitaba ninguna niñera y para llevar la casa Bea tenía una asistenta. Gema había entrado en el despacho como chica para todo y persona de confianza y, aunque ella no quería aceptarlo, Bea se había empeñado en pagarle un sueldo, que la otra se gastaba en regalos a Paquito, artilugios de cocina tan modernos como inútiles y los niños de la Casa de la Caridad.

Seguía viviendo en el piso de su amiga, y si esta la reñía

porque no ahorraba, le contestaba: «Cuando sea vieja, Paquito me cuidará, ¿no?», y Bea ponía los ojos en blanco y la dejaba por imposible.

Ahora le tendió en silencio el periódico. Gema iba a mirar el titular, pero Bea le señaló la parte inferior con impaciencia. Leyó en silencio y después levantó la vista:

—¿Y qué pasa con esto?

—Que Román puede volver, ¿no lo ves? —se impacientó.

La amiga dejó el diario a un lado y le cogió las manos, aunque Bea se resistía. Estaba tan alterada que temblaba.

—A ver, cálmate, por favor. —Al embrujo de su voz, Bea se fue tranquilizando—. No sabes nada de Román..., quizá haya muerto, ¿no crees?

La otra volvió a sulfurarse:

—¡Pero, Gema, que fue una pantomima de mi padre y del padre de Julio, una trampa, una mentira! ¿Ya no te acuerdas?

La otra la cortó como se hace con los caballos desbocados.

—So, so..., para el carro, claro que me acuerdo, que no estoy gagá. Lo que quiero decir es que quizá haya muerto de verdad. —La otra movía la cabeza tozudamente y Gema tiró de ironía—: Vale, no se ha muerto, la señora con poderes de clarividencia dice que no se ha muerto, pero quizá no lea esto y no se entere.

—Lo leerá. —Bea tiró de fatalismo—. O si no, ya se lo contará alguien.

—Se entera, te lo concedo, pero igual ha rehecho su vida, está en México, por ejemplo. —La miró fijamente, sin saber si le iba a hacer daño—: Tal vez se ha casado y tiene otra familia... A lo mejor no le interesa volver. Mira los Reventós y los Pi de la Branca: dan clases, han fundado editoriales, son empresarios importantes.

Su amiga la miró con escepticismo.

—¿Román? No era de esa clase de hombres.

—Oye, guapa, que si él te viera a ti tal como estás ahora, tampoco se lo creería.

Bea medio sonrió, pero después añadió dubitativamente:

—Pero ¿y si no es así como tú dices?

—¿Qué quieres decir?

—Que es un pobre desgraciado que no tiene donde caerse muerto. Es que Román parecía muy lanzado, pero en realidad era débil, mira cómo se hundió cuando se murieron sus padres. —Luego confesó con amargura—: ¡Hasta se casó conmigo!

—No digas eso, Bea. Se casó contigo porque te quería —le reprochó la otra con afecto.

La amiga bajó la vista y puso en palabras lo que había pensado siempre:

—Me tenía cariño, que es distinto. Se casó conmigo por pena y porque no sabía qué hacer con su vida.

Todo lo que había conseguido en esos años, la seguridad en sí misma apuntalada a base de tanto esfuerzo, se resquebrajaba y asomaba de nuevo la cabeza aquella chica apocada y gris que no podía creer que un hombre deslumbrante como Román se hubiera enamorado de ella. ¿El caballo percherón ganando una carrera a los alazanes árabes? Pobre ilusa. Si al menos se hubiera ido con él, si no hubiera estado a punto de dar a luz... Pero vivir es ir dejando atrás esa telaraña de caminos que nunca se tomaron, ¿no?

La amiga intentó bromear:

—Ah, sí, ella lo sabe todo del amor ya, ¡se ha convertido en una experta! Le vas a quitar el trabajo a la señora Francis. —La señora Francis era una popular consejera amorosa que contestaba las cartas de las chicas a través de la radio—. «Amiga, cuéntaselo todo a la señora Amor».

Bea torció la boca.

—Calla, no seas payasa. —Era solo que no estaba lista para plantar cara a ese fantasma: con su hijo recién nacido, Bea habría dado lo que fuese por tener a Román cerca. Y ahora que existía una pequeña posibilidad de volver a verle, solo sentía... ¿Era miedo? No, no era eso—: No sé, Gema —dijo tras unos segundos de silencio—. Es que, mira, me siento culpable, si quieres que te diga la verdad, y no sé por qué.

—A ver, tontaina, ¿por qué te sientes así?

Trató de expresarse, solo ante ella se atrevía a abrir su corazón.

—Mientras nosotras nos quedábamos aquí tan tranquilas, él se tuvo que ir como si fuera un criminal siendo tan buena persona. —La miró con el ceño fruncido.

—Bueno, «tan tranquilas»... «Tan tranquilas» no estábamos. —Y no dijo más.

Gema, hablando con franqueza, no veía que la fuga de Román fuera algo tan heroico; lo heroico habría sido quedarse. O por lo menos dar señales de vida. A ella Román le parecía un egoísta, pero no quiso quitarle la ilusión a su amiga, que siguió con honda tristeza en la voz:

—Ninguno de nosotros lo ha amparado, al contrario, lo hemos borrado, como si no hubiera existido nunca. Yo hasta me he quedado con su hijo. A Paquito lo he dejado sin padre.

—¿Y qué ibas a hacer? ¿Mandárselo a Francia en una saca?

—Podía haberme ido con él.

—¡Vamos, Beatriz! —Gema abrió los ojos, levantó la mirada al techo—. ¿Acaso él te lo pidió?

—Lo hizo por nosotros: era más seguro que me quedase.

—Vas a seguir defendiéndole, ¿no? —La monja suspiró y le preguntó con cariño—: ¿Aún lo añoras?

Beatriz encendió un cigarrillo y se recostó en la butaca. Parecía bucear en sus sentimientos por primera vez:

—No de esa manera..., creo.

—Cuando se entere tu padre, le dará un patatús. —De pronto se le ocurrió una idea—: Será por eso por lo que te ha llamado esta tarde, debe de temerse que hagas alguna barbaridad.

—No, es que hoy dan una cena en casa de mucho compromiso y no quiere que me olvide. —Y acto seguido le preguntó con una punta de acritud—: ¿Barbaridad?, ¿qué quieres decir?

—Chica, no sé, reclamarlo, que se presente aquí. ¿Qué le dirías a tu hijo? A tu... —Puso los ojos en blanco y carraspeó—. ¿Y a tus clientes? Eres una viuda de guerra. No lo olvides.

Bea movió la cabeza con desaliento. Después de dos o tres caladas apagó el cigarrillo con saña en el cenicero y se puso en pie con un suspiro al tiempo que se alisaba la falda y metía barriga. A estas alturas de la tarde la faja la mataba y no veía la hora de quitársela, aunque hoy no podría ponerse cómoda porque tenía la cena en casa de sus padres.

Justo entonces estalló una algarabía de gritos y portazos y asomó la secretaria muy apurada:

—Está aquí un hombre que necesita verla, señora Fernández, no tiene cita. —Dudó, angustiada, y bajó la voz—: Lleva coche oficial y lo acompañan dos policías.

En ese momento entró Julio haciéndole gestos desesperados, señalando a su espalda y articulando una palabra con la boca que Bea no supo entender, pero el recién llegado ya se abría paso hacia el interior del despacho.

Al principio no lo identificó, de lo envejecido que estaba. Alto, muy delgado, vestía una camisa blanca y una gabardina idéntica a la que ella le había dejado a Román cuando su huida de Barcelona. La miraba de frente y por eso lo reconoció. El hombre llevaba el periódico en la mano, que dejó con un golpe seco en la mesa. No dijo palabra, fue ella quien rompió el silencio con la voz ahogada:

—Sé a lo que vienes —y pronunció su nombre por primera vez—, Pepe.

—Pero ¿Modesto lo mató? ¿Así sin más?

Beatriz miró con estupor e incredulidad al hombre que tenía delante, hundido en la butaca con los ojos fijos en el suelo. El largo relato de lo que les había ocurrido a los cuatro amigos cuando se fueron de Barcelona el 9 de febrero de 1939, desde el garaje donde recogieron el coche hasta la frontera y la muerte de Carlitos, parecía haberlo dejado exhausto. Como no le contestaba, ella le tocó el brazo:

—Pepe.

Él se cubrió la cara con las manos, apenas se entendían sus palabras:

—Sí, fue un disparo instintivo, sin mirar ni apuntar, pero le dio. —Un sollozo estremeció su pecho, se limpió los ojos con el dorso de las manos, como los niños chicos—. Yo le había dejado la corbata, era la primera que llevaba en su vida. ¡Era mi hermano pequeño, joder, y lo mataron esos hijos de puta! ¡Lo mataron todos, aunque solo Modesto empuñara la pistola!

Beatriz fue a decir algo, pero él no la escuchaba, obsesivamente anclado en ese día fatal de hacía ya ocho años.

—Carlitos tenía los ojos así...

—¿Cómo?

Pepe movió la cabeza negándose a contestar, pero al

final, sin darse cuenta, engarfió los dedos frente a sus propios ojos.

—Asombrados. —Los abrió, desorbitándolos, imitando su recuerdo—. Así, como preguntando qué pasaba, ¿entiendes? —Ella asintió con la cabeza—. Yo creo que me miraba a mí, que me buscó con la mirada para que le diera explicaciones de por qué se estaba muriendo. —Sacó un pañuelo, se sonó, lo dobló cuidadosamente y se limpió los párpados—. Es que hacía mucho eso, ¿sabes?

—No, ¿el qué, Pepe?

—Preguntarme. —Se llevo el pañuelo a la frente, la frotó como queriendo borrarse la pena y apareció una extraña sonrisa en sus labios—. No sabes la turra que nos dio durante el viaje. Nos contó que se había hecho de las Juventudes Libertarias, ¡el niño al que mamá llevaba aún el desayuno a la cama y le ponía una botella de agua caliente todas las noches porque tenía los pies fríos!

Como Beatriz advirtió que le hacía bien hablar de eso, preguntó:

—Pero ¿cómo se había afiliado?

—¡No lo sé! —Movió de lado a lado la cabeza—. Es que ni nos pudimos reír, nos daba pena porque era un poco el hermanillo de todos.

De todos. De Román también. Román alejándose de ella y riendo con ese muchacho, ajeno y ya fuera de ella, de su mundo y de su hijo. Le hacía daño, pero un daño reconfortante porque los velos del misterio sobre Román se iban descorriendo. Acercó su butaca a la de Pepe y le cogió las manos. Él se disculpó con la mirada y se apartó, no estaba acostumbrado al contacto físico y le incomodaba.

Ella no se ofendió, trataba aún de asimilar lo que Pepe acababa de contarle.

—No me puedo imaginar por qué lo hizo Modesto.

—Desconfiaba, no podía dar crédito al testimonio—. Algo más pasaría.

Él se solivió:

—Te juro que no, fue así como te he contado... Lo hizo porque para esta gentuza la vida humana no vale nada, porque son una mierda de hombres. —Ahora estaba exaltado, apretaba los puños, era el falangista que en la universidad arengaba a las masas, el primer voluntario de Barcelona de la División Azul, el hombre violento que había dejado tuerto a un compañero y que, delante de ella, había abofeteado a un sacerdote indefenso—. Estaban acostumbrados a matar, a que corriera la sangre, eran de gatillo fácil... Enviaban a miles de hombres a la muerte, a misiones imposibles, ¿no nos llevaron a la 26 División a defender el Montsec, cuando ya se sabía que la guerra estaba perdida? Félix me dijo que no me pusiera la documentación en el bolsillo del pecho para que no la destrozaran cuando nos matasen, no fuese que luego no pudieran reconocer nuestro cadáver, así de resignados estábamos. ¡Pero si el Estado Mayor, que teóricamente todo lo sabía, nos colocó tan cerca del frente que de pronto nos encontramos delante del avance enemigo! ¡Sesenta mil de los nuestros, chiquillos de diecisiete años, la Quinta del Biberón la llamaban, quedaron aplastados contra los parapetos por ese error fatal!

Beatriz notaba que le faltaba vocabulario adecuado y, aunque el sentimiento era sincero, las palabras sonaron falsas:

—Nuestra guerra fue muy cruel.

Él se levantó y se puso a caminar por el despacho, Beatriz se dio cuenta de que cojeaba levemente porque arrastraba una pierna. Se habían quedado los dos solos. Ella había echado a todos en cuanto reconoció al recién llegado, pero sabía que estarían preocupados, sobre todo Julito y Gema. Ella misma había sentido miedo al verlo, pero ya no lo tenía: le parecía un niño grande, que trataba de espantar el horror a gritos.

—Fue cruel esa guerra y todas las guerras, me cago en Dios —retomó él la palabra—. ¡La División Azul! ¡Nuestra gloriosa División Azul! Hitler le pidió ayuda a Franco y nos echaron a los leones. ¿Te acuerdas de la fanfarria con la que nos despidieron en la estación de Francia? Mis camaradas se querían enganchar en lugar de la locomotora para llevar el tren a rastras y nos llamaban héroes, nos cantaron tantas veces el *Cara al sol* que lo aborrecí. ¡Y todos sabían que íbamos al matadero! Antes de salir ya me di cuenta de que, de los trescientos que íbamos, trescientos no tenían ni idea de lo que se iban a encontrar. Ahora, eso sí, de carne joven íbamos servidos.

Bea, que solo lo había leído en el periódico y lo recordaba vagamente porque habían pasado seis años, asintió a pesar de eso.

—Fue una locura, mi padre lo decía también.

—¡Fue un asesinato en masa, no una locura! No llevábamos ropa de abrigo, ni siquiera botas, los alemanes se reían de nosotros, no sabíamos ni desfilar. En el frente ruso, a cuarenta grados bajo cero, cada moco se convertía en carámbano. Al final era un chiste cuántos dedos se amputaban a diario. En lo único que éramos algo buenos era en el cuerpo a cuerpo, por desesperación, porque teníamos que matar rusos como fuera para hacernos con sus capotes. Nos los jugábamos a los dados y sabíamos que el que perdía moriría de congelación. Un soldado de mi batallón, en Krasni Bor, tuvo un ataque de locura: se quitó la ropa, se fue a la línea de fuego y se mantuvo de pie completamente desnudo hasta que los rusos reaccionaron, lo acribillaron y quedó como un colador. Nosotros le gritábamos, Mateo, Mateo... Era de la edad de Carlitos, un chaval de Hospitalet, ¿qué lo habría llevado a enrolarse en esa guerra? ¿Qué pasaría por su cabeza?

—Pues como tú.

Él se encogió de hombros.

—Yo fui por venganza. A veces creo que esa hija de puta es lo único que me mantiene con vida. Pensaba que yendo a Rusia tendría ocasión de joder a Modesto, pero él estaba en Moscú con la Pasionaria y daba clases en la academia de guerra, allí, bien calentito. Los que matábamos y moríamos éramos los desgraciados de siempre. Se me escapó otra vez, igual que escapó en Alicante.

Pepe le había contado que después de separarse de sus amigos en Portbou, había tratado de seguir la pista de Modesto. Sabía que tenía previsto regresar a España y estaba dispuesto a seguirlo donde hiciera falta; él y una bala. Lo hizo durante unos meses, una temporada, pero a la vuelta de uno de esos viajes, le bastó con ver a su madre para saber que no podía volver a marcharse. Se afilió a Falange y aguardó a que el destino, si tal cosa existía, volviera a cruzar al asesino de su hermano en su vida.

Se sentó, se dio una palmada en el muslo de su pierna rígida:

—A mí me pegaron un tiro en Stalingrado, me cogieron preso y me repatriaron hace cuatro meses. Aún quedan centenares de los nuestros en las cárceles rusas, y a nadie le importa, no hay ni siquiera una lista de los muertos. ¿Y los que están enterrados allí? ¿Alguien reclamará algún día sus cuerpos?

Bea no sabía qué hacer ni decir, pero aun así intentó consolarlo echando mano de la palabrería hueca que escupían todos los días los periódicos:

—Murieron por un ideal.

Él descartó lo del ideal con un gesto desdeñoso.

—¿Ideal? ¡A tomar por culo el ideal! Nada más llegar a

Barcelona fui a ver a los padres de Mateo y les dije que su hijo había muerto como un héroe, les enseñé la foto de una tumba cualquiera en el cementerio de Mestelevo y les dije que ahí estaba Mateo, y me di asco a mí mismo por mentir de esa manera. A la madre esto de ser héroe no le importaba, solo me preguntaba si su hijo había pasado frío y si había sufrido y yo le dije que no, que llevábamos abrigos de piel de foca y que había recibido un tiro limpio en la frente cuando había salido a buscar comida para sus compañeros. —Sollozó—. ¡Y que murió sonriendo!

—¿Y te creyó?

—Creo que sí, y a alguien se lo contaría, porque a la semana salió en el periódico que los voluntarios de la División Azul morían sonriendo. ¡Mentiras, todo mentiras!

Bea volvió a intentar cogerle las manos y esta vez Pepe se dejó, unas manos flácidas, secas y frías:

—Hiciste bien, lo hiciste lo mejor que podías.

Él se revolvió y susurró con una voz oscura que surgía de sus entrañas:

—¡Me cago en todas las guerras! ¡Que un ser humano tarda mucho en hacerse, coño, lo lleváis nueve meses en la barriga! El ser humano tiene que estar en el centro de todo; si no, nada vale nada.

Bea le daba la razón sin saber qué responder:

—Es verdad.

—Si la vida no vale nada, si los hombres no importan, entonces que no me vengan con paparruchas de ideologías para salvar la humanidad. No tienen autoridad moral para decir eso, ¿entiendes lo que quiero decir?

Bea asintió, aunque en realidad no lo comprendía muy bien. Su pensamiento ahora estaba lleno de Román, y, como si Pepe lo hubiera adivinado, le dijo:

—¿Sabes qué hizo Román cuando el hijo de puta de Modesto mató a mi hermano? ¿Cuando metieron su cuerpo en la ambulancia? —Bea negó con la cabeza y fue increíble ver cómo la expresión de Pepe se suavizó y volvió a ser ese joven a quien ella había visto por la ventana alguna tarde, antes de que su futuro reventase—. Le echó la gabardina que llevaba por encima, menudo cachondeo habíamos tenido a costa de su gabardina de marqués.

Una breve sonrisa brilló en el rostro de Beatriz, pero enseguida se puso triste. Así que para eso había servido la gabardina de su padre, de mortaja para el pobre Carlitos.

Se quedaron en silencio. No habría nadie en el despacho ya porque no se oían ruidos fuera, pero a Bea le extrañaba que Julio no estuviese agazapado detrás de la puerta, con la oreja pegada a la madera. Cuando Bea le echó del despacho, se le notaba a la legua que no quería irse: le podía la curiosidad por esta visita tan inesperada de su antiguo compañero de estudios. Con dos guardaespaldas y coche oficial nada menos, Pepe Velasco debía de ocupar un cargo importante, aunque ahora a los falangistas los iban relegando poco a poco a un segundo plano.

Cuando se acabó la guerra mundial, la segunda del siglo, todos pensaron que los días de Franco en el poder también se habían acabado. ¡Hitler muerto, Mussolini muerto, el nazismo derrotado, aplastado, pulverizado! Pero, asombrosamente, Truman, el nuevo presidente norteamericano, pronto había comprendido que Franco era el mejor muro de contención contra el comunismo, porque ahora el enemigo era la Unión Soviética. De la misma opinión era Churchill, quien popularizó la expresión «telón de acero» para denominar la frontera que separa a los países occidentales de los que estaban en la órbita soviética. El mundo se había dividido en dos bloques, una situación que iba a marcar toda una época.

Claro que aún quedaba un largo camino por recorrer para que se perdonaran públicamente los pecados del régimen franquista, y lo primero de todo era emprender una operación cosmética para eliminar manos abiertas, camisas azules, arriba España y saludos al Ausente. Y Franco se apresuró a declarar con mucho énfasis, sin que a nadie se le moviera ni una pestaña, que en realidad España nunca había sido fascista, sino una cosa muy rara que se llamaba «democracia orgánica».

Bea se dio cuenta de que Pepe la estaba mirando fijamente y le dio un tirón a la falda para taparse las rodillas. Pero la miraba a los ojos y de pronto rompió a hablar con una voz que parecía venir de muy lejos, de su juventud:

—Yo te conocía, ¿sabes, Bea?

—En el entierro de los padres de Román, creo.

—Ahí también, pero primero te había visto en el Pompeya antes de la guerra. Ibas siempre tan decidida —fingía caminar y hacía oscilar la cabeza a un lado y a otro—, con tus carpetas debajo del brazo, tan formalita. Las otras... —Hacía un gesto despectivo con la mano—. Pero tú no eras como las otras.

Ella soltó una risita breve:

—Ya me figuro a qué se dedicaban las otras. ¡Hubo mucho alboroto cuando os hicisteis socios!

—¡Los hijos del proletariado! Peor aún, porque el proletario era romántico, de novela de Zola, pero nosotros resultábamos ridículos. ¡Éramos los hijos de los menestrales, los del quiero y no puedo! —Había amargura en la voz ahora, no la tristeza de antes, sino una amargura enquistada, cimentada sobre miles de pequeños desaires—. Nos veían como héroes de película, pero no nos invitaban a sus fiestas, ¿sabes? ¡Se acostaban con nosotros, pero no podíamos ni siquiera telefonearlas! ¿Qué te parece?

Ella no supo qué contestar.

—No sé —dijo al fin—, creo que te equivocas. Román no me contó nada de eso.

Él puso un gesto de suficiencia.

—Claro, hombre, porque Román estaba por encima: era el guapo, todas se rendían a su paso, no se le resistía ni una. —Después confesó inesperadamente—: A mí me gustabas tú.

Ella rio, desconcertada:

—¿Yo? No lo sabía.

—Qué vas a saber, para ti éramos invisibles, pero claro, Román no, porque Dios le había dado *esto* —se pasó la mano por el rostro—, y *esto* era mejor que cualquier pedigrí o que tu padre fuera fabricante.

Ella, sin quererlo, se ruborizó y dijo:

—Mi padre es abogado.

—Lo sé muy bien, ¡el importante abogado Francisco Fernández de la Hoz, conde de Túneles por más señas! —La miró fijamente y al ver su expresión atemorizada se echó a reír—. No te preocupes, que cuando me fui al frente me curé de tanta tontería, y cuando Román me dijo que iba en serio contigo, me alegré de verdad.

Ella se sintió complacida y no pudo evitar parpadear varias veces con coquetería:

—¿Eso te dijo?

—Claro, chica. ¿Qué te pensabas?

—No sé, siempre he creído que en realidad no me quería.

Él se rio.

—Es que era así, poco expresivo. Los galanes no se ríen nunca.

Ella le pegó un golpe en el brazo.

—Ay, qué bobada, él no era creído.

Pepe le cogió el brazo.

—¿Que no se lo tenía creído? Anda que no eres inocentona en el fondo.

Suspiraron los dos por diferentes motivos, Bea no pudo evitar preguntar:

—¿Dónde estará ahora?

Él se puso serio y se incorporó en la butaca.

—Pues en realidad venía para esto. Mira, cuando te vi en la facultad me llevé una sorpresa, pero entonces estaba en un pozo de odio muy negro y no quería saber nada de nadie.

—No estaba segura de que fueras tú —mintió ella—. Pensaba que Román me había dicho que estudiabas para ingeniero, como él.

—Sí, pero me pasé a Derecho porque era tan imbécil que creía que algún día podría ajustar cuentas con... —Hizo un gesto vago—. Ya sabes. —Cambió de tema rápidamente—: Pero he seguido toda tu trayectoria, desde que acabaste la carrera y pusiste despacho propio.

Ella lo escuchaba con curiosidad.

—Ah, ¿sí? No me lo imaginaba.

Una leve sonrisa bailaba por los labios de él. Hubo una pausa rara. Entonces la sorprendió con una pregunta inesperada:

—¿Sabes Loli, la pescadera?

Beatriz se puso alerta, si hubiera sido un perro de caza, se le habrían enderezado las orejas.

—Loli, sí. Qué.

Una pausa que Pepe prolongaba, jugando con el interés de Beatriz, que no se atrevía a moverse:

—Pues Loli es amiga de mi madre, por eso te llamó para su pleito. —Ante la expresión de ella, se apresuró a añadir—: Oye, que lo hiciste muy bien y ella estaba muy contenta, y los otros que vinieron ya lo hicieron *motu proprio*.

Madre mía. Después del trallazo inicial, Bea ya no escuchaba. Loli, esa llamada. No la había sorprendido, cuando en realidad era muy sorprendente. Cerró la boca, que había abierto sin advertirlo, y dijo, entre el pasmo y la decepción:

293

—O sea, que fue por ti.

—Escucha, joder, si lo sé no te digo nada, si todos están encantados contigo, mira la clientela que tienes.

Ella levantó la vista, rápido, sin atender, con el pulgar señaló afuera:

—Los del Clínico ¿también vienen por ti?

—Pero ¿qué dices? —Él se llevó las manos a la cabeza—. No, claro que no, tampoco soy Dios, y tú eres muy buena abogado, coño, te lo estoy diciendo todo el rato.

Pero ella ya no atendía:

—¿Qué más hiciste, Pepe?

El hombre se llevó la mano al pecho y se echó a reír, tenía una forma de reír ronca y anómala, de los que no se ríen nunca:

—Te juro de corazón que no hice nada más, solo eso, nada más.

—El carbonero. El del Sepu, la herencia de los padres de la modista Mayorga...

Él seguía negando con ademanes exagerados:

—Que no, que no, no sé de quiénes me hablas, te lo juro.

Beatriz no lo oía y trataba de recordar todos los sucesos venturosos que le habían sucedido y que ella atribuía a la buena suerte.

—Que el local de al lado quedara libre, que hayan admitido a Paquito en los jesuitas, que a Gema no la reclamara su orden... —Las risas de él, que negaba con el dedo porque no podía hablar, la animaban—. La chica de servicio, lo fácil que se arreglaron los papeles de Román...

Ahí él sí se detuvo en medio de una carcajada, se quedó pensativo unos instantes y terminó por admitir:

—Bueno, empujé un poco el caso. —Cuando ella hizo amago de tirarle el periódico, se intentó proteger con las manos—. Te juro que no me acordaba. ¡Fue nada, un empujoncito!

Ella decía, riendo ahora también:

—Y pensar que he tenido que estar toda la vida agradecida al imbécil del abogado Quintero. Mamá invitando a su mujer a todo tren, mi padre halagándolo, y total, fuiste tú el que lo consiguió todo.

—Que no, todo no, de verdad. —Juntaba el índice y el pulgar sin llegar a unirlos y seguía negando—. Un poquito así solo.

Las risas fueron apagándose, Bea se limpió los ojos aún con la sonrisa en los labios y sin dejar de sonreír preguntó:

—Y dime, Pepe, ¿de verdad no sabes nada de Román?

—No, ya te he dicho que no. Creo que no ha ido a América porque no figura como pasajero en ningún barco, aunque esto tampoco es seguro, ya que muchos viajaban con nombre supuesto. De todos modos no veo el motivo de que él lo hiciera. La mayoría de los que se quedaron en Francia se unieron a la Resistencia, pero tampoco lo veo pegando muchos tiros.

Ella recordó lo que le había dicho Gema esa misma tarde:

—Todos hemos cambiado.

—¿Sabrá el apaño que hiciste? —Y al ver que ella se avergonzaba añadió deprisa—: Oye, no te preocupes, ha sido más corriente de lo que te imaginas. Mira, sin ir más lejos, uno de los muchachos que regresó conmigo de Rusia se pegó un tiro por la noche en su casa. ¡Lo aguantó todo, menos volver! Y lo hemos enterrado con honores de héroe, como si hubiera muerto a consecuencia de las heridas en el frente de Stalingrado, cuando solo le tuvieron que amputar un dedo del pie. Cruz de Guerra pensionada y bandera sobre la caja —añadió con amargura—. ¡Otro que murió sonriendo!

Pero Beatriz no lo escuchaba, solo pensaba en Román:

—No sé si lo sabe, nunca ha intentado ponerse en contacto conmigo. Es difícil, lo sé, pero otros lo han hecho.

Luego reconoció:

—Yo tampoco lo busqué —lo justificó con lágrimas en los ojos—. Era muy peligroso, ya sabes que a una de las Trece Rosas, la pianista, la fusilaron solo porque había sido novia de un chico socialista.

Él la cortó con impaciencia:

—No te tortures más.

—No puedo dejar de hacerlo.

Pepe calló unos segundos y después preguntó concisamente:

—¿Y qué te gustaría que hiciera yo?

—¿Qué quieres decir? —fingió que no lo entendía, para que le diera tiempo a pensar, y él esgrimió el periódico.

—Va, Bea, no te hagas la tonta, que jamás lo has sido. Puedo buscarlo, tengo contactos e influencia... en estos momentos. Un poder que, tal como están las cosas, no sé cuánto durará.

Ella se retorcía las manos:

—Pero ¿cómo va a venir? Oficialmente está muerto.

—Deja eso ahora, se puede argüir que se equivocaron las identificaciones, que perdió la memoria, que fue un error del funcionario... En este país se puede conseguir todo con dinero, porque nadie tiene la conciencia muy limpia. Mira lo de tu... amante, a ver cómo te crees que se libró de la cárcel.

Ella levantó vivamente la mirada:

—¿Álvaro?

—Sí, claro, ¿o tienes varios? —contestó él sin rastro de ironía; solo al ver la expresión apenada de ella, rectificó—: Perdona, esta mala leche mía no la aguanto ni yo.

Beatriz intentó defenderlo:

—Ya lo sé todo sobre él, me lo ha contado.

Él la miró, entre burlón y entristecido.

—¿Todo, seguro? —Se puso en pie, se abrochó la chaqueta—. Bueno, deja eso, no es asunto mío. Mi pregunta es si quieres que venga Román. Buscarlo lo voy a buscar, no porque sea tu marido, sino porque es mi amigo. —Entrecerró los ojos—. Los buscaré a los dos, a Félix y Román, porque son mis hermanos también. A Carlitos no voy a poder devolverle la vida, pero a ellos quizá sí. Ahora mismo, es lo único que me importa en el mundo.

Ella respondió con otra pregunta mientras le tendía la gabardina:

—Pero ¿querrá él que lo busques?

Pepe la miró con aire tenebroso, se quedaron frente a frente. Bea no sabía cómo despedirse hasta que al final él retrocedió, se inclinó e hizo el saludo árabe llevándose la mano al corazón, a la frente, a la boca y por último al cielo:

—*Salam aleikum.* Adiós, Beatriz, piénsatelo y dime algo.

Salió del despacho, los dos escoltas se apresuraron a ponerse a su lado y a abrir servicialmente la puerta de la calle para que pasara. Caía una lluvia racheada, en diagonal sobre el asfalto acharolado, Pepe se subió el cuello de la gabardina y se zambulló en la noche.

Julio, que fingía leer unos documentos sentado en una esquina de la mesa de la secretaria, que ya se había ido, se levantó lleno de curiosidad para que ella le contara el motivo de esta misteriosa visita. Pero Bea le suplicó uniendo las manos:

—Ahora hablaremos, antes necesito estar sola unos minutos.

Su mundo cuidadosamente construido sobre pequeñas mentiras, pero también con mucho esfuerzo y trabajo, se tambaleaba. Beatriz cerró la puerta, encendió un cigarrillo, empezó a caminar con paso nervioso, de la mesa a las butacas, de las butacas a la puerta. Es el padre de mi hijo, se repetía, pero una vocecita interna que curiosamente se parecía mucho a la de Álvaro le decía: por favor, Bea, que esto no es un serial radiofónico ni tú eres una mujercita indefensa. Cursi.

A lo mejor él no quiere volver.

Y otra vez esa voz: pero no se trata de lo que quiere él, sino de lo que quieres tú.

Ese rizo que cae sobre los ojos, el vello oscuro en el pecho marfileño. La línea curva de sus cejas, sus sienes desnudas donde se veía palpitar la sangre. La mano dentro de su mano dentro de su bolsillo como un gorrión.

21

ROMÁN

—¿Quién es papá, Rubén?

El niño le señaló sin dudarlo. En ese momento una ráfaga de viento frío inundó la habitación, y es que entraba Teresa cargada con un cesto de ropa seguida de su inseparable Luna. Con el pie cerró la puerta detrás de sí dejando fuera la tormenta y Román repitió la pregunta con la risa bailándole en la voz.

—¿Y quién es tu mamá?

Rubén miró al techo con aire dubitativo y después a su alrededor mientras hacía oscilar como loco su chupete arriba y abajo como si eso le ayudara a contestar pregunta tan enjundiosa. Se levantó, se puso a caminar con paso torpe y el pañal a media pierna y se dirigió a la perra que lo contemplaba con sus bondadosos ojos color arena casi ocultos tras una maraña de pelo negrísimo. Y se colgó de su cuello mirando expresivamente a su padre.

Román soltó una carcajada:

—Se cree que su madre es la perra.

A Teresa se le escapaba la risa.

—Mira que te doy, venga, ayúdame con la ropa.

El hombre cogió el pesado cesto y lo puso sobre la mesa, Luna trató de sacudirse de encima al niño, que se cayó al suelo y se echó a llorar. La madre le preguntó con fingida severidad:

—¿Te cojo, Rubén, o no te cojo?

El niño se calló de golpe porque Lunita le estaba lamiendo las lágrimas y soltó una carcajada tan alegre dejando ver sus granitos de arroz y la punta de la lengua que los padres se miraron, identificados en el mismo y abrumador sentimiento de amor incondicional. Teresa lo agarró en volandas y lo estrechó contra su pecho. Con un mohín de enfado riñó a su compañero:

—Román, no le hagas preguntas capciosas al niño, que al final lo volverás tonto y solo tiene dos años.

Él rio de nuevo:

—Sí, claro, es mejor adoctrinarle en los principios del marxismo-leninismo y enseñarle a decir viva la Pasionaria.

Al oír el nombre de Pasionaria el niño volvió la cabeza con un torcimiento de cuello inverosímil para mirar la pared y señalar con el dedito una imagen de Dolores Ibárruri en un mitin. Era una foto de mediano tamaño en un marco de madera y, metida dentro del cristal, estaba la necrológica que el diario *L'Humanité* le había dedicado a su hijo Rubén, teniente del Ejército Rojo muerto en la batalla de Stalingrado.

Y dijo en su media lengua:

—La madrina de Rubén.

—Sí, por eso te llamas como su hijo. ¿Sabes qué le pasó?

—Sí..., se...

—Murió luchando por la..., ¿la?

El niño levantó los dos brazos al cielo y gritó:

—¡La libertad!

Y después se empeñó en bajarse de los brazos de su madre con grandes patadones hasta que Teresa lo depositó en el suelo y el niño corrió a jugar con Luna, que estaba en un rincón echa un ovillo, con el morro debajo de la cola. Se tumbó a su lado, apoyó la carita en su lomo y la acariciaba mientras le susurraba *maman, maman*.

Teresa miró a los dos cariñosamente:

—Pobre Luna, la paciencia que tiene.

Su compañero movía la cabeza con desaprobación:

—Estás criando un lorito, si eso te hace feliz, adelante.

—Cuando Rubén sea mayor y se entere del nombre que querías ponerle... —se burló Teresa, y él rio entre dientes.

—Oye, pesada, te dije que quería ponerle Elisabeth si era niña.

Con un gesto conminatorio de barbilla ella le señaló la cesta rebosante de ropa limpia.

—Venga, machote, a doblar.

¿Cómo podía quererla tanto, se preguntó Román como hacía a menudo? En estos tres años, desde aquel día mágico en el que lo rescató del tren de la muerte, Teresa había perdido su lozanía juvenil y unas arrugas finas como hechas con lápiz se marcaban al lado de su boca. Despojada de su uniforme de guerrillera, optaba por vestirse con bata, como las otras mujeres del pueblo, y arrastraba un par de viejas zapatillas. Pero seguía teniendo los ojos pícaros, la lengua rápida y el gesto impaciente de la muchacha que había conocido en la frontera española con su capote de miliciana y su naranjero al hombro.

—Teresa.

Ella rebuscaba calcetines en la cesta para tratar de emparejarlos, fruncía los ojos y arrugaba los labios:

—Qué quieres.

—¿Dónde está tu...? —No quería pronunciar la palabra delante del niño e hizo un gesto disimulado de disparar, pero ella lo miró sin entender—. Ya sabes...

Teresa se echó a reír:

—Ah, vale. Está bien guardadito, no te preocupes.

Con los ojos le señaló la salida.

Ese cuarto en el que estaban, cocina, salón y comedor

todo uno, y el dormitorio, con la cuna del niño en un rincón, constituía toda su casa. Afuera había un retrete de pie y una cuadra que les servía para secar la ropa y guardar trastos. Como el naranjero de Teresa, una caja de balas y su pistola, antes artilugios temibles, ahora solo un bulto envuelto en papel de periódicos encima de un armario.

¿En cuántos hogares de Francia, aparentemente apacibles y burgueses, en algún rincón fuera del alcance de manos infantiles, se guardaba un arma como eterno recordatorio de la muerte?

No era una casa ordenada como la de sus padres. Tampoco como el piso bohemio, pero de barrio bueno, en el que había vivido con Beatriz, sin embargo, por primera vez, Román sentía que tenía un hogar. Él mismo había colgado viejos aperos de labranza como adorno, macetas en las ventanas, había construido unos armarios con cajas de madera y, si hubiera tenido una foto de Elisabeth, la habría puesto al lado de la de la Pasionaria.

Pero daba lo mismo, porque la llevaba grabada en el corazón.

En dos tardes había blanqueado las paredes con cal. El capitán Marcel, a pesar de que había estado dos años en las Brigadas Internacionales, no andaba muy al tanto de las diferencias regionales españolas, y cada vez que los visitaba gritaba: «¡Flamenco y olé!», porque decía que era como una casa andaluza.

Claro que Andalucía estaba en el sur de España y ahora vivían en el norte de Francia. En el pueblo de Monés, concretamente, un lugar perdido de la Haute France, a cien kilómetros de Lille y a trescientos de París, con apenas un millar de habitantes. Un lugar del que ninguno de ellos había oído hablar jamás.

Cuando el capitán Marcel les dijo que se volvía a Monés, le preguntaron qué era eso:

—¿Pues qué va a ser? Donde está mi casa. —Y fue entonces cuando les dijo—: ¿Queréis venir a instalaros en mi pueblo? Ahora no sabéis dónde ir, ¿no?

Porque era verdad, la guerra se había acabado y con ese final tan ansiado empezaba para ellos el resto de su vida. ¿Qué hacer? Entre los refugiados había euforia por una parte, porque se decía que el régimen de Franco caería inmediatamente, pero también la depresión natural que se daba después de periodos de una actividad absorbente y peligrosa.

Por inercia, por bloqueo mental, seguían viviendo en el molino abandonado del bosque de la Dordoña que había servido de refugio al grupo durante su actividad guerrillera y donde habían llevado a Román después de liberarlo. Estaba demasiado debilitado para moverse.

¿Su casa? ¿Marcel había dicho su casa? ¡Dichoso Marcel, dichosos los franceses que tenían una casa a la que volver!

Claro que, como las potencias del Eje habían sido derrotadas, esperaban que a Franco lo echaran de una patada en el culo, pero mientras... La adrenalina que los había mantenido con vida durante tantos años abandonó sus cuerpos y una enorme languidez los invadió.

El mismo Marcel, el capitán infatigable que los había dirigido con serenidad y eficacia, parecía contagiado de esta postración y se resistía a dejarlos solos. La vida en comunidad es tan adictiva como la vida en soledad, los dos extremos marcan y dejan huella.

—¿Ir a tu casa? ¿Nosotros? —preguntó dubitativamente Teresa.

El otro explicó con naturalidad:

—Claro. Hasta que se resuelva la cuestión española. El partido quiere que me presente para alcalde y me gustaría dinamizar el pueblo. En el fondo me hacéis un favor, mi familia os ayudará. Tengo una hija muy guapa y ya casadera. —Observaba al Gordo con ojo crítico, como midiéndolo, aunque después tuvo un gesto de desaliento—. Hace tanto que me fui que ya no sé cómo son.

Y era cierto, porque no los veía desde el 36. Nueve años de guerra, que se dice pronto. Lo mismo que habían pasado ellos. Y ahora se planteaban la gran duda, ¿sabrían vivir en paz?

El maestro libertario Miguel Encinas fue el primero en abandonar el grupo y despedirse, había preferido quedarse en Toulouse.

—Ya me he hecho a este lugar, la sede de la CNT está allí, se preparan varias incursiones al interior para forzar la situación y que las democracias tomen cartas en el asunto. —Trataba de justificarse, pero Román adivinaba que no quería alejarse del lugar donde había vivido Elisabeth. Lo entendía. A él le pasaba lo mismo.

—¿Y de qué vas a trabajar?

—Será de maestro, es lo mío. Veremos cómo me espabilo, que mi francés tampoco es muy bueno.

El Gobierno provisional de la Cuarta República, recién constituido al mando de De Gaulle, le había prometido piso y un puesto en una nueva escuela que iban a crear, aunque el viejo no las tenía todas consigo; muchos colaboracionistas que habían trabajado mano a mano con los nazis iban a seguir en sus puestos, ya que De Gaulle había recomendado no ser demasiado severos con ellos porque la maquinaria del Estado debía seguir funcionando.

—Es un grave error que pagaremos caro.

Refunfuñaba. La energía juvenil que lo había animado en los años de lucha se había desvanecido y ahora se notaba que era un hombre mayor, con el pelo completamente blanco y los hombros vencidos. Por primera vez Román hizo el esfuerzo de levantarse para darle un fuerte abrazo con promesa de escribirse. Trató de consolarlo:

—No te preocupes, Miguel, la Francia libre nos debe mucho y sabrá ser agradecida.

—Román, Román —suspiró el maestro—, sigues siendo un idealista. Si alguien va a sacar tajada de la situación, serán los comunistas, aunque tampoco lo veo muy seguro. Pero ¿los anarquistas? Parias antes, parias ahora.

—Ahora los comunistas somos medio millón de militantes, alguna fuerza tendremos, digo yo —añadió Teresa con brusquedad mientras le entregaba unos bocadillos que le servirían para su viaje hasta Toulouse, que distaba un centenar de kilómetros.

Román, que no tenía ninguna intención de discutir con ella, pero tampoco quería que lo hiciera el maestro, trató de desviar la conversación levantando un dedo:

—Quinientos mil uno, que Félix acaba de afiliarse.

Teresa aplaudió y Miguel movió dubitativamente la cabeza.

Se volvieron a abrazar.

—Por Elisabeth —le dijo el maestro al oído.

—Por Elisabeth.

Otra baja importante en el grupo fue Manolo. Desapareció de la noche a la mañana, y cuando Román le preguntó a su hermana, esta le contestó desabridamente:

—Se ha ido a París para participar en el desfile de la Liberación. Ha quedado con los camaradas de la agrupación guerrillera de la zona centro.

Román se sorprendió, apenas había podido verlo, ni siquiera le había dado las gracias por haberlo liberado porque estaba tan débil que tenía que aprender a comer, a caminar, a hablar, casi a respirar, como si fuera un recién nacido.

—¿Y cómo es que no has ido tú? —Hubiera dado un

mundo por que ella le contestase: «No lo he hecho por ti»—. Merecías estar también, tú y todos, los comunistas habéis tenido un gran papel en la Liberación.

Ella admitió con generosidad, para sorpresa de Román:

—Bueno, no solo los comunistas, todos los refugiados españoles se han portado como hombres. —Aunque enseguida añadió, en tono cansado—: Pero ¿qué vamos a hacer allí? ¿El fantoche? Lo que teníamos que demostrar ya lo hemos hecho con esto. —Se tocó la pistola que en esos tiempos todavía llevaba en el cinto—. No voy a hacerle una reverencia a De Gaulle y compañía, que no han hecho más que dirigir la guerra desde Londres, bien cómodos en su oficina.

Román, aún muy debilitado por su largo cautiverio y las penalidades padecidas, se dejaba manejar por el carácter resolutivo de su compañera y se veía incapaz de tomar una decisión. Félix no se quería separar del lado de su amigo y entre él y Teresa trataban de conseguir comida y mantener unas mínimas normas de higiene, pero el lugar no las reunía, se cernía sobre ellos un duro invierno, el primer invierno sin guerra desde hacía muchos años. Era impensable alargar la estancia ni un día más, el molino se caía a trozos y además recibieron aviso de que sus legítimos propietarios iban a reclamarlo.

Así, cuando Marcel les propuso ir a su pueblo, aceptaron pensando que sería un buen lugar para planificar su futuro y, sobre todo, para que Román cogiera fuerzas y se recuperase.

Pero el futuro se hizo presente de inmediato. Después de un viaje de varios días cruzando Francia en tren, en coche, en autobús, porque Román no tenía musculatura y apenas podía mantenerse en pie, la misma noche en que llegaron, como una señal, Luna apareció en la puerta de casa. Félix la descubrió mientras Teresa estaba acomodando a Román en un camastro.

—Ahí hay un perro peludo.

Como propulsada por un resorte, Teresa salió volando, el animal y ella se miraron y fue un flechazo a primera vista. La perra dio varias vueltas sobre sí misma de contento y después se echó sobre la espalda moviendo la cola y ofreciendo sumisamente la barriga. Teresa rio:

—No, compañera, ¡en pie! —Se arrodilló, se golpeó el pecho y el animal se sentó y alzó las patas delanteras—. ¡Tú y yo iguales!

Román se cubrió con la manta y se arrastró para no perderse el espectáculo y sintió que, por primera vez en muchos años, se anegaba de ternura. Rio al ver cómo reía Teresa, que se acercó a él y lo abrazó. Él le dijo, tembloroso sobre sus piernas:

—Ahora ya tenemos la familia completa.

Había luna llena.

Teresa le rodeó la cara con las dos manos, se puso de puntillas para que se tocaran las dos frentes y hundió los ojos en sus ojos. Le cogió la mano, se la llevó al vientre y le dijo:

—Sí, ahora sí.

La mitad de la familia completa estaba ahora, dos años después, acostada en un rincón, cerca de la chimenea donde ardían unos troncos con un apaciguador chisporroteo. Román era capaz de pasarse horas mirando el vibrante baile del fuego. Después de todo lo que había pasado, la felicidad era simplemente esto: unos leños encendidos y la ausencia de dolor. Nada más... y nada menos.

El niño levantaba las manitas para que la sombra se reflejara en las paredes. Román sintió el impulso irrefrenable de acercarse, agacharse junto a él, unir los pulgares y hacer aletear los dedos, como su madre cuando era pequeño:

—Mira, Rubén, una mariposa.

El niño se sentó de golpe y trató de imitarlo con sus manos gordezuelas, gritando:

—Mariposa, mariposa. —Cogía las patas de la perra e intentaba que hiciera lo mismo—. Mariposa, Luna.

Teresa los contemplaba con los brazos en jarras y una sonrisa indescifrable en los labios. Cuando él la miró alzándose de hombros para pedirle disculpas, ella le señaló el cesto:

—Poeta, a trabajar.

Él cabeceó, sonriendo también. Se pusieron a sacar prendas del cesto, sin hablar, disfrutando de la compañía mutua. Calzoncillos remendados, camisas —«Esas ponlas aparte, para la plancha»—, un vestido ajado y lavado mil veces, los pañales de Rubén, pañuelos de bolsillo hechos de retales y cosidos sin maña. Estiraban las sábanas, las tensaban cogiéndolas cada uno por una punta e iban doblándolas, acercándose, y al tocarse él intentaba darle un beso y ella se zafaba entre risas.

—Atontado.

—Melindrosa.

—Melin... ¿qué?

Cuando acabaron, se quedaron frente a frente. El niño estaba dormido sobre el lomo de Luna, que movía las patas como si en sueños persiguiera conejos o cabalgara por grandes llanuras; los troncos se habían convertido en brasas que de pronto se encendían con fuerza desprendiendo chispas y un silbido, como si tuvieran vida propia, la tormenta golpeaba los cristales. Teresa lo observaba con una sonrisa de medio lado, él le preguntó, aunque seguía leyendo en ella como en un libro abierto:

—¿Qué pasa?

—Nada.

—¿En qué piensas?

—En el día en que te secuestramos del tren que te llevaba a Alemania. —Levantó las cejas y parpadeó cómicamente varias veces—. Fue una operación muy difícil, la preparamos durante meses, teníamos un contacto en la prisión que nos informó de ese viaje, ¡creo que aún no me lo has agradecido lo suficiente!

Él sonrió:

—Sí te lo he agradecido. —Luego movió la cabeza—. Me pareció un sueño que estuvieras ahí, en el techo del tren. ¡La Pimpinela Escarlata!

Ella enrojeció y le dio un leve empujón:

—Quita con eso —le avergonzaba esa frase—. Habrías pasado por un espectro. —Aunque habían hablado y bromeado muchas veces acerca de ese día, siempre les producía el mismo efecto, una sensación turbadora que los unía íntimamente—. No sé cómo pude sacarte por el ventanuco, además de que te empeñaste en traer también al compañero gallego..., contábamos con llevarte solo a ti.

—El pobre se lo merecía también. —Movió la cabeza—. Al final echó a correr para otro lado, no quiso irse con vosotros, le dabais miedo.

—Tampoco era tan fea, digo yo.

Él la cogió por los hombros, la estrechó con fuerza:

—Eres la mujer más guapa del mundo..., eres *miss* Francia.

Ella no lo escuchaba, prendida en los recuerdos de aquel día:

—Te caías, caminabas peor que Rubén. —Abrió los dedos en compás fingiendo andar sobre la mesa—. Tenías las patas como alambres.

—Hombre, patas... —Le acariciaba el cabello, el hombro, le repasaba la comisura de los labios, volvía al pelo—. Serán las piernas, que aún soy un ser humano.

—Es que parecían patas, palos, mejor dicho. Sin rodillas, ni muslos, todo era tobillo. Los pies parecían monstruosos.

Instintivamente, como si le hubiera picado una víbora, Román escondió las manos tras la espalda. Después de las torturas en la prisión de Saint-Michel, sus pulgares y sus meñiques habían quedado deformados de por vida, nunca habían recuperado su forma natural. Eran gruesos en la punta, carecían de sensibilidad y no le habían vuelto a crecer las uñas. Teresa se fue hacia él y le dijo:

—Dámelas.

Él negó con la cabeza y ella le cogió las manos dulcemente, se las llevó a los labios y le besó los dedos uno a uno sin dejar de mirarlo a los ojos. Eso era lo que le había salvado: ella y el niño. Porque lo peor de tanto tiempo de torturas y encierro lo llevaba grabado en la mente, no en el cuerpo, eran cicatrices que se encendían en pesadillas y en miedos irracionales, como a la oscuridad absoluta. Sin Teresa y Rubén, jamás habría recuperado la risa.

Estaban tan absortos el uno en el otro que no se dieron cuenta de que alguien había entrado en la habitación. Una voz estertórea los interrumpió:

—Salud, camaradas. —Félix el Gordo, más gordo que nunca, colgó la boina en un gancho de la pared y cogió al niño, pese a que estaba dormido, y se lo echó al hombro. Luna rodó sobre sí misma y siguió durmiendo—. No hagáis procacidades, que hay criaturas delante.

—Está bien que vea que sus padres se aman.

—¡Si no lo digo por el compañero Rubén, sino por mí!

Román levantó una botella de vino y el amigo asintió. Del armario sacó tres vasos que puso encima de la mesa.

Teresa fue a una alacena y cogió un plato con queso y un trozo de pan mientras comentaba:

—Estábamos hablando del día en que lo sacamos del tren, ¿te acuerdas, Gordo?

—Coño si me acuerdo, ¡me miraba y no me reconocía, parecía alelado!

—Joder, te hacía en África con el general Leclerc. Yo qué cojones sabía.

—Cuando ellos se fueron a Inglaterra, volví a Francia para buscarte, te lo he dicho mil veces.

Román recordó con tristeza:

—Pero ya me habían detenido.

—Y fue este angelito el que me encontró a mí y me reclutó para la Resistencia. Todo cosa de Teresa. Mejor dicho, de la Pimpinela Escarlata.

Porque la frase de marras al liberar a Román se había hecho famosa. Ella lo amenazó con el cuchillo con el que estaba cortando el pan.

—¿Queréis parar con eso? ¡Maldita sea mi estampa el día en que se me ocurrió piar! —Pero se le pasó pronto el enfado—. Yo te conocía de cuando ibais a Le Florida con la p... —Se llevó la mano a la boca y los miró traviesamente—. Oh, perdón, la señora consulesa.

El niño se había despertado y señalaba el queso con una sonrisa embaucadora. Félix le ofreció un trozo de pan y rio:

—Qué lenguaje más grosero.

—A ti lo único que te interesaba era liberar a Román. ¡Vaya planes insensatos se te ocurrían: que si poner una bomba en la prisión, que si disfrazarte de soldado de la Wehrmacht...!

Román le dio un sorbo al vino:

—Va, Gordo, tú lo que querías era ponerte el uniforme alemán, ahí, todo guapo.

El otro le daba grandes bocados al pan y apenas se le entendía:

—Ingrato.

—Todo el día con la manía de liberar a su amigo —evocaba Teresa, soñadora.

—Perdona, maja —Román fingió enfado—, supongo que tú también tenías interés, ¿no? Un poquito al menos.

La otra se hizo la despistada:

—Ya sabes que yo tengo otras prioridades.

—Para ti no cuenta el elemento sentimental, que decía...

—... la cuáquera.

Y aquí todos guardaron unos segundos de silencio en homenaje a Elisabeth, a la que Félix y Teresa solo habían conocido a través de los ojos de Román y del maestro.

Y, como cada vez que se acordaba de ella, lo invadió una tristeza descomunal. Había intentado averiguar qué suerte había corrido, pero aún no se habían conseguido las listas completas de los internos en los campos de concentración alemanes, por lo que no se hacía ilusiones al respecto. Aunque no se acordara de la mayor parte de lo que le había ocurrido en los largos meses en que había sido prisionero de los nazis, sí recordaba al oficial del monóculo diciéndole con saña: «Ya nos hemos ocupado de ella».

Teresa se acercó y lo abrazó por la espalda:

—No pensemos más.

No pensar, como si fuera tan fácil.

Félix dejó al niño en el suelo, que corrió a compartir el pan con Luna, y le pegó un puñetazo en el hombro al amigo del alma.

—Joder, Román. Todo lo que hemos pasado.

Se instaló un silencio de luto en la habitación.

Román se desasió dulcemente de su compañera, que intercambió una mirada con Félix. Este meneó la cabeza:

—Qué grandes éramos.

Teresa se frotó la nariz y sacó una carta del bolsillo del delantal:

—Me ha escrito Miguel... —El maestro libertario tenía una letra hermosa y muy clara—. Dice que no puede más, la última moda ahora es cortarles el pelo a las mujeres que han tenido relación con los nazis y pasearlas por la ciudad tirándoles piedras.

—Sí, en Lille pasa lo mismo —se enfureció Félix—. Y los que más apedrean son los colaboracionistas. El ser humano es una mierda.

—Se quiere ir a luchar al interior.

—¿A España? Pero ¿no ha tenido bastante? —protestó Román—. Además de que él no es un hombre de acción.

Teresa se indignó y agitó la carta delante de su cara:

—¡Hace muy bien! ¿Cómo vamos a derrocar a Franco, si no?

—Pues con la presión internacional y el apoyo de las democracias, no pegando cuatro tiros.

Se miraron, furiosos, a pesar de que habían tenido esta discusión mil veces, Teresa casi escupió:

—¿El apoyo de esos, dices? ¿Todavía tienes esa ilusión?

Porque en los ocho años que habían pasado desde el final de la guerra civil española, estaba muy claro ya que ni Dios iba a derrocar a Franco, muy cómodo en su papel de muro de contención del comunismo.

Félix intentó defender a su amigo:

—Los comunistas debemos tratar de apoyar a la Cuarta República francesa para fortalecerla, como hace el capitán Marcel desde la alcaldía. Desde que ganó las elecciones de noviembre del año pasado, no ha hecho otra cosa que arrimar el hombro.

Teresa se volvió hacia él, furiosa también, con el puño en alto.

—¿Y la revolución? ¿Tú te crees que he luchado durante nueve años, he perdido... —vaciló— a los que más quiero, por este régimen burgués? ¿Crees que he peleado por un... —puso el tono más despectivo del mundo— *general*?

Félix levantó las manos en señal de apaciguamiento:

—Cálmate, Teresa.

—No todos nos hemos aburguesado como tú, camarada —le clavó el cucharón en la barriga—, que desde que eres diputado y vives en Lille tienes pinta de señorito.

El otro suspiró:

—Pues me queda ya poco tiempo. Los comunistas hemos pasado de héroes a apestados. La gente solo desea olvidarse de todo lo que le recuerde la guerra y nadie nos quiere en el poder.

Teresa atizó el fuego de la cocina mientras mascullaba:

—Y más cosas que no sabéis... —Como la miraron con curiosidad, disimuló—: Lo que te decía... Nadie quiere la revolución, quieren lo de antes. ¿Para esto hemos hecho una guerra? ¿En España y aquí?

Félix, cuando estaba en Monés, se quedaba a vivir con ellos y siempre tenía un apetito descomunal. Teresa puso en el fogón una enorme cazuela con conejo que ya tenía preparada desde la mañana y, cuando empezó a humear, levantó la tapa y la habitación se llenó con el olor a romero y a tomillo.

—¿Has visto a mi hermano? —preguntó como quien no quiere la cosa.

Félix, que se estaba lavando las manos en una palangana, asintió con un gesto.

—Sí, me ha dicho que le pongas un plato en la mesa, que vendrá con su mujer, al crío lo dejan con los abuelos. —Se tocó la barriga—. Me parece que está preñada..., os van a ganar en la tarea de repoblar el país.

314

Fue Manolo el que acabó casándose con Paulette, la hija del capitán Marcel. Nadie se había dado cuenta de que mantenían relaciones, ella aún iba a la escuela. Pero un día les dijo a sus padres que estaba embarazada, que el padre de su hijo era Manolo, y con una determinación en el rostro que daba miedo, había recogido sus cosas y se había ido a vivir con él.

—¿Otro hijo? —comentó Román distraído.

Pero nadie lo oyó porque se cayó la pesada tapa de hierro de la olla al suelo con un ruido atronador. Lunita levantó la cabeza, Rubén se puso a llorar y Román acudió rápido a recogerla:

—Cuidado, se te podía haber caído en un pie.

Teresa se limpió la frente con la mano y él se dio cuenta de que sudaba.

—¿Estás bien? —le preguntó con preocupación.

Ella le contestó brusca, mientras removía el estofado:

—Sí, claro.

El niño seguía en brazos de Félix, que había conseguido apagar su llanto y lo acunaba como si fuera un bebé. Por encima de su cabeza, preguntó al amigo:

—¿Qué tal va el negocio?

—Hombre, negocio... —Le avergonzaba que llamara así al modesto taller de coches que había montado con su cuñado—. No hay mucha circulación por aquí, pero estamos teniendo clientela fija, viajantes de la zona, algún camión de reparto...

—No le hagas caso, les va muy bien —gritó Teresa con lealtad sin moverse del lado del fogón.

—Bien, va bien, Teresa, no exageres. —Con humildad añadió—: Manolo tiene mucha mano para los motores y, mira, yo hago lo que puedo.

Otra vez habló la compañera:

—Que te diga que es él el que saca el negocio adelante. Mi hermano es un viva la virgen que la mayoría de las veces ni aparece por allí.

Aunque Manolo no llegaba a caerle simpático, Román se vio obligado a justificarlo:

—Mujer, la mayoría de los encargos nos vienen por él, porque por algo está casado con la hija del alcalde, y además el dinero para ponerlo era suyo..., con el premio, ¿sabes?

—¿Premio? —Félix se asombró—. No sabía eso.

—¿No lo sabías? —Román sacó los humildes platos de loza de la alacena y empezó a poner la mesa—. Cuando desfiló en París con las tropas, ya sabes, en la Liberación...

—Sí, es verdad. Cuando vino al pueblo yo ya estaba en Lille.

—Bueno, pues había comprado un número de lotería y le tocó.

—¿Será posible? Creía que esas cosas solo pasaban en las novelas.

Teresa probó el guiso con la cuchara y movió la cabeza satisfecha, antes de hacer memoria.

—Lo guardó en el pantalón y lo echó a lavar... En esa época vivía con nosotros. Y menos mal que siempre reviso los bolsillos por si acaso, y lo vi, pero pensé que ya estaba caducado y lo iba a tirar.

Félix se había dejado caer en una silla y se tapaba la cara con las manos fingiendo terror:

—No me digas que lo ibas a tirar.

Rubén, aunque no entendía de qué hablaban los mayores, se tapaba la cara también, lo tomaba por un juego. Teresa y Román se quitaban la palabra el uno al otro como si fuera una función que ya hubieran ofrecido varias veces. Ahora fue Román el que continuó el relato:

—No, no, que yo lo vi ahí arrugado en el suelo y le dije: «Teresa, vamos a mirar el periódico por si acaso», y ella,

«Bah, no pierdas el tiempo» —imitó la voz de su compañera dándole un tono chillón—: «Román, arregla la cuadra y déjate de tonterías».

El amigo agitaba la mano como si le faltara el aire:

—No sigas, no sigas.

Teresa rio bonachonamente.

—Bobo, que la historia acaba bien... Al final fui yo a mirarlo y mira, había sacado el primer premio.

El niño ahora le acariciaba la cara al Gordo creyendo que estaba agobiado de verdad y trataba de tranquilizarlo:

—Guapo, guapo. —Para distraerle intentaba gestos con las manos—. Mariposa.

Félix movía la cabeza a uno y otro lado:

—Qué suerte increíble.

Teresa se encogió de hombros y agarró la pesada cazuela para ponerla en el centro de la mesa:

—Bueno, a alguien tiene que tocarle.

En ese momento entró Manolo y una sombra se cernió sobre la habitación. Ocupaba mucho espacio porque era alto, aunque iba algo encorvado, y además vestía una gruesa pelliza de cordero. Tenía el pelo largo y en el rostro una mueca de amargura que no se quitaba nunca. Normalmente miraba al suelo, pero si levantaba la vista impresionaban sus pupilas negrísimas y brillantes como pedazos de antracita. Todo en él era viejo menos sus ojos.

Una ligera incomodidad se instaló en el ambiente.

Paulette, su mujer, llevaba sombrero, guantes, un chaquetón imitando pelo y caminaba con paso inestable sobre unos tacones muy altos, como si fuera una niña disfrazada de adulta. Sostenía una bandeja cubierta con un trapo, que le tendió a Teresa. Esta ni la miró.

—Dásela a Román —le dijo desdeñosa.

Paulette protestó arrugando la naricilla:

—Es *quiche lorraine*, se ha de poner cerca del fuego.

—Que lo haga él —replicó la española—, ¿o es que piensas que los hombres tienen algún tipo de tara y no saben hacer estas cosas?

La muchacha la miró, dolida. Era miembro del Partido Comunista también, pero solo tenía diecisiete años cuando acabó la guerra y no había sufrido otro padecimiento que tener el padre ausente.

Cuando Manolo la conoció era una muchacha ingenua de mejillas sonrosadas y sonrisa infantil, pero ahora, dos años después, con un hijo y embarazada de nuevo, era una mujer agotada y pálida a pesar de los afeites con los que se cubría la cara. Tenía un carácter muy apocado, pero aun así, el tono hostil de Teresa la ofendió y se echó hacia atrás, como si le hubiera pegado. Román se vio obligado a reñir a su mujer:

—Teresa...

Ella se revolvió, furiosa.

—Como mi hermano es un siete machos que no sabe hacer nada aparte de pegar tiros, esta se cree que todos sois así. ¡Deberías ofenderte! —se enfrentó a Paulette, que la miraba llorosa—, ¡que las mujeres servimos para algo más que para parir y criar hijos, bonita!

Se instaló un largo silencio en la habitación. Nadie supo qué contestar, solo se oían los sollozos contenidos de Paulette.

Manolo se quitó el chaquetón con parsimonia, lo puso cuidadosamente en el respaldo de la silla y se ajustó bien el pañuelo rojo que siempre llevaba al cuello. Su mujer, aún con la cabeza baja, lo espiaba a través de los rizos de su flequillo. Félix se mostraba nervioso; Román, a la expectativa.

El recién llegado se acercó a Teresa, la agarró del brazo y le dijo con más suavidad de lo esperado:

—Hermana. Basta.

Rezongando, Teresa bajó la cabeza.

—Venga, a comer, que he estado cocinando todo el día. —Pero aún se revolvió, con resentimiento—: Para otra vez, mejor traed leña que pasteles.

Paulette suspiró con impotencia, cayó un tronco de la chimenea, que empezó a rodar por el suelo hasta que Manolo lo recogió con las pinzas y aprovechó para hacerle una caricia a Luna, ya que compartía la pasión de su hermana por los perros.

Se sentaron todos, el pequeño en brazos de Félix, y tendieron sus platos a Teresa para que les sirviera. Les hablaba en tono brusco y nadie se atrevía a contestarle:

—¿Quieres pechuga o pata? Ven, que te pongo salsa... Gordo, ya te he servido bastante. —Titubeó—: Paulette, toma otro trozo, que ahora te has de alimentar por dos.

Empezaron a comer en silencio. Un silencio que cortó Manolo dirigiéndose a su mujer:

—¿Tu padre no te había dado un recado para Román?

—Es verdad —contestó ella mansamente—. Que en cuanto puedas vayas a verlo.

Román se preocupó. Era la primera vez que ocurría y Marcel ahora no era el compañero de la guerrilla, sino el alcalde, un funcionario con deberes y con poderes.

—¿Qué quiere?

La chica negó con la cabeza, pero fue Manolo el que contestó:

—Algo de España. Un aviso.

Félix, que estaba mojando pan en la salsa para dársela a Rubén, alzó la voz:

—Ah, sí, en Lille me dijeron que en la Haute France vivía un individuo reclamado por latrocinio y asesinato y ya sabéis que estos delitos no prescriben.

Este tipo de avisos eran muy corrientes en la inmediata posguerra, pero ya habían caído en desuso. Teresa frunció el ceño.

—Pero ¿aún siguen con eso? —se sorprendió.

Román la tranquilizó sin medias tintas:

—No te preocupes, que no soy yo —bromeó—. A ver, alguna falta de ortografía habré hecho en aquellas máquinas de escribir endemoniadas, pero tanto como llamarlo latrocinio...

Manolo levantó la vista del plato:

—No era eso, es una cosa tuya. Particular.

—Pues iré yo —dijo Teresa—, que este tiene trabajo en el garaje.

Manolo levantó la voz:

—¿No te han dicho que es un asunto de Román? ¡Qué pesadas sois las mujeres!

Pero Román no lo escuchaba ya, un bicho muy feo empezó a roerle las entrañas y tuvo el atroz presentimiento de que esa vida tan dichosa estaba a punto de desmoronarse.

22

BEATRIZ

Cuando Beatriz y Álvaro entraron en Parellada, se hizo el silencio. Mientras esperaban en la puerta a que Tort, el *maître*, los condujera a la mesa que habían reservado, oían el runrún habitual de un restaurante de moda. Un rumor apagado y, de vez en cuando, una carcajada en sordina y el leve tintineo de la vajilla, porque, a pesar de estar en la avenida Generalísimo Franco, el tráfico era muy escaso y hasta se oían algunos grillos.

El *maître* los acompañó a su sitio. Todas las mesas estaban ocupadas, ellas iban vestidas con los trajes de estampados vistosos que se llevaban esa temporada, pamelas y collares de perlas alrededor del cuello, y ellos con traje y corbata o uniforme. Parejas, grupos de matrimonios, familias que celebraban el cumpleaños de una hija casadera, el *tout* Barcelona, como decía Álvaro con sorna, paladeaban la suavidad de esa tibia noche de primavera. La «gente bien», como los llamaban las crónicas de sociedad, que, al verlos, se dieron con el codo y bajaron la voz, aunque aún se podían oír algunas palabras sueltas:

—Jugador... Pobres padres, ella ¿quién es? Sí, la hija de... abogado...

Mientras, el *maître* retiraba la silla de Bea para que se sentara y Álvaro tomaba asiento frente a ella.

Los jazmines que trepaban por las celosías embalsamaban deliciosamente el aire y se mezclaban con el humo de tabaco y el perfume francés de las mujeres. Bea y Álvaro se miraron a los ojos y sonrieron:

—Bien.

—Bien.

Pasado el momento inicial, los otros volvieron a sus asuntos, pero sin dejar de mirar de reojo a la pareja, que, acostumbrada a despertar expectación allí donde iba, se comportaba con elegante naturalidad. Bea se fue quitando los guantes mientras su mirada vagaba de la lamparita con pantalla de pergamino al jarroncito de margaritas, de los platos de porcelana inglesa a las tiesas servilletas almidonadas.

—Qué bien que se acabe la semana, qué cansancio —suspiró.

Álvaro la miró atentamente:

—Pues no se te nota, estás muy guapa.

Ella le sonrió. Sobre sus cabellos castaños recién ondulados llevaba un casquete, blanco, igual que su traje. Se había pintado los labios de rojo y unas perlas no muy grandes brillaban en sus orejas. Él le señaló el cuello desnudo con el cigarrillo:

—No te has puesto el collar que te regalé.

Ella negó, iba a decir algo, pero al final optó por callarse.

Álvaro adivinó que no se atrevía a lucirlo por temor a que lo hubiera ganado en la mesa de juego y perteneciera a alguna señora presente, y un velo de reproche cubrió por un momento su rostro. Bea se apresuró a decir:

—Ya me lo pondré en casa.

En ese instante el camarero llegó con dos copas e iba a descorchar una botella de champán cuando él levantó la mano y lo detuvo.

—No, gracias, traiga la carta de vinos.

—Enseguida, señor.

—¿En qué casa?

Ella lo miró desconcertada, siempre le sorprendía la capacidad de concentración de Álvaro, nunca perdía el hilo, era muy difícil escapar a su escrutinio o hacer trampas.

—Ah, ya... Pues en la mía.

—Entonces no lo veré.

Llevaban cuatro años juntos, pero Álvaro aún no había pisado su casa en el paseo de Gracia. Él, por su parte, había dejado el Ritz y había alquilado un piso en un edificio de reciente construcción en Tres Torres, un barrio en la parte alta de Barcelona de casas con jardines grandes, huertos y colegios de curas. Lo primero que hizo fue adquirir un cuadro de Isidro Nonell en una subasta en la sala Parés.

—A mi padre le gustaría, ya sabes que es coleccionista —le dijo Bea mientras lo colgaban.

—A lo mejor tenemos más cosas en común de lo que crees —rio él, antes de abrazarla, desconcertada como estaba, y llevarla así por todas las estancias de la casa, como tomando posesión.

Hacían ver que el piso era de los dos, aunque ella nunca se había quedado a dormir ni había pasado más de un par de horas por las tardes.

Álvaro apagó el cigarrillo en el cenicero y habló sin mirarla:

—Por cierto, no te preocupes, porque el collar lo he comprado en Sainz. —No añadió «si quieres te dejo ver el recibo», porque era demasiado educado, pero ella lo sobreentendió y bajó la mirada.

Justo entonces pasaron entre las mesas el gobernador y su mujer, Bea los conocía de casa de sus padres, pero fingió que no los había visto y ellos también disimularon. Ella no se inmutó. Antes todo la avergonzaba, pero con los años y la experiencia se había endurecido y nada le daba miedo, ni siquiera ir a cenar a Parellada un viernes por la noche. Vivían en pecado, ya que, pese a que Álvaro era soltero y ella viuda, no dejaban de ser una pareja irregular en esa España tan puritana en la que el adulterio estaba penado por la ley y, si matabas a tu mujer, podías esgrimir los celos como atenuante. No es que las conductas inmorales no existieran, al contrario, pero debían practicarse con mucho disimulo.

Por ejemplo, todos sabían que el gobernador tenía una querida instalada en un piso de la calle Industria. Una *vedette* cuyas cualidades artísticas no justificaban que fuera la estrella más rutilante del Paralelo. Pero todos los domingos iba a misa y era caballero del Santo Sepulcro.

El camarero llegó con la carta de vinos, que le tendió sin dudar a Álvaro. Él la repasó de arriba abajo, la cerró y pidió:

—Tráiganos un Marqués de Riscal.

Nunca la consultaba, y ella se dijo que podía defender un pleito, salvar a un hombre de la cárcel, conducir, educar a un hijo..., pero no podía escoger un vino.

—La próxima vez eliges tú. —Le leyó él la mente y ella hizo volar la mano.

—No, vaya lata, prefiero hacerme la tonta.

Álvaro fumaba en silencio, con ese aire indolente que no le abandonaba nunca. Una vez estaban cenando en el Club de Tenis y unos matrimonios en la mesa de al lado no dejaban de mirarlo. Al final se levantaron y cuando pasaron por su lado dijeron en voz muy alta que no entendían cómo no estaba reservado el derecho de admisión. Él permaneció inmutable, Bea se tragó su disgusto, pero no volvieron más.

Porque el verdadero pecado original de la pareja, más

que el hecho de que tuvieran relaciones sin casarse, más que las faltas de su lejana juventud, era la profesión de Álvaro, si es que podía llamarse profesión a ganarse la vida con las cartas. Nunca hablaban de eso, pero cuando salían a cenar siempre se retiraban a las doce, como Cenicienta. Álvaro dejaba a Bea en su casa, y si ella le preguntaba dónde iba, contestaba vagamente: «Al Círculo de Cazadores, al Ecuestre, a la calle Rosellón, a casa del marqués de Fonfría...». El mundo intrincado y sinuoso de las timbas clandestinas.

Al principio sí que dejaba aflorar su curiosidad:

—Pero ¿qué hacéis? ¿Cómo va eso?

Él se encogía de hombros:

—Nada, lo normal, no sé qué te imaginas. Te sientas a una mesa cubierta con un tapete verde, reparten las cartas y juegas...

—Pero ¿el dinero está encima de la mesa?

—No, son fichas que luego intercambias por dinero.

—¿Y si pierdes y no quieres hacerlo?

Él se reía y abría los brazos:

—Eso es imposible.

Y ella se quedaba desconcertada, aterrada por tremendas visiones de asesinatos en el puerto con un bloque de cemento atado a los pies, como había visto en las películas.

Él no quería contar, pero Bea al menos trataba de imaginarse el escenario.

—¿Hay una mesa?

—Hay varias, de cuatro, tú te pones donde quieras.

—Pero ¿comes?, ¿bebes?

—Sí, claro, hay camareros que van sirviendo.

—¿Mujeres?

—Algunas.

—Pero ¿qué sientes?

A eso él ya no respondía y ella no sabía si era por pudor o porque no quería mezclarla en sus asuntos.

Solo un día, después de que ella le insistiera —«Pero, Álvaro, ¿en qué consiste lo que haces?»—, él le contestó tras pensarlo unos momentos con una leve ironía en los ojos: «Leo las almas».

Y ella a veces se sentía así frente a él, con el alma al desnudo. Con él no tenía que disimular ni fingir y era uno de los motivos por los que se había enamorado. Los otros motivos eran el sexo y que a Álvaro le interesaba todo lo que ella decía, era el mejor de los compañeros y siempre la escuchaba.

Una vez, en el piso de Tres Torres —un lugar muy cómodo para ellos, ya que eran los únicos inquilinos del edificio—, Beatriz le había dicho, sin mirarlo a los ojos, que es como se hacen estas confesiones:

—¡Si supieras cuánto me has ayudado!

Acababan de hacer el amor y ella enredaba los dedos en el vello de su pecho. Álvaro se había reído, la había apartado brevemente para coger un cigarrillo y la había vuelto a agarrar mientras daba una larga calada:

—¿En qué te he ayudado?

—Pues a convertirme en lo que soy ahora —respondió, soñadora.

Y él la separó de sí cogiéndola por los hombros y le dijo con seriedad:

—Yo no te veo cambiada, siempre has sido así: una mujer fuerte, valiente, con más cojones que muchos hombres, y mira que yo he visto hombres con muchos cojones.

Ella lo negó con gestos violentos:

—Oh, no, Álvaro, yo no era así.

—¿Cómo que no eras así? —Él se sentó en la cama para dar más énfasis a sus palabras y la señaló con la brasa del cigarrillo—: Te quedaste en Barcelona en nuestra guerra en vez de irte con tus padres a hacer la niña bonita en Francia; estuviste trabajando por los demás por encima de las ideologías; te casaste con un rojo en vez de con un petimetre del Pompeya; te preocupas de verdad por la gente; te has enfrentado a tu familia por mi culpa y a mí eso incluso me parece más importante que haber estudiado una carrera y ser una de las primeras mujeres abogado en Barcelona con despacho propio, que ya es decir.

Ella no acababa de creerle, pero se sentía halagada.

—Eres tú, que me ves así..., pero gracias.

Él la cogió por la barbilla.

—Eres así. —La abrazó—. Me estás cargando ya con tanta modestia.

Ella rio conmovida y lo amó más porque gracias a él se amaba más a sí misma.

Y era verdad que se había enfrentado a su familia por él. El ultimátum de su padre para que lo dejara no había tenido el menor efecto en ella, se reía cuando lo recordaba intentando enfadarse aquella noche en su casa antes de ir al Liceo, cuando en el fondo el asunto no le importaba en absoluto. Había sido un enfrentamiento sordo y mudo porque nunca más habían vuelto a hablar de Álvaro, pero tenían el acuerdo tácito de que ella no lo llevaría nunca con la familia. Tampoco le había presentado a su hijo, que daba por supuesto, como todos los hijos, que ella era solamente madre, sin ninguna necesidad de tener un hombre al lado. A veces la abrazaba por las noches cuando se sentaban con Gema alrededor de la mesa de la cocina y jugaban a la brisca y le decía:

—Mamá, qué bien estamos los tres, ¿verdad?

No le había vuelto a pedir una pistola «para ser como papá», pero ella sabía que todas las noches, antes de irse a dormir, rezaba una oración por el héroe que había muerto valientemente en un enfrentamiento con los malvados rojos.

Una vez le dijo a Rosa que iba a presentarle a Álvaro, pero su hermana le contestó: «No me han hablado bien de él mis camaradas». Cuando ella intentó darle una explicación, la hermana se negó a escucharla. «Tú estás enamorada y lo ves con otros ojos, no me importa, de verdad, pero prefiero no tratarlo.»

—Bea. ¡Bea!

Álvaro la miraba fijamente sabiendo que se le había ido el santo al cielo.

—Ay, perdona, dime.

—¿Qué te apetece comer?

Ella no tuvo que mirar la carta:

—Langostinos de primero y después riñones al jerez.

Álvaro le entregó las dos cartas al camarero:

—Pues yo lo mismo que la señora.

—Copión.

—Me tienes dominado.

Bebieron a la vez mirándose a los ojos, sintiéndose muy a gusto.

Estaban en la terraza cubierta, se levantó una ligera brisa que refrescó el ambiente e hizo que las mujeres recurrieran a sus chales para cubrirse los brazos. Bea, que no lo había cogido, se estremeció y se abrazó a sí misma con un escalofrío.

—Si quieres te dejo la americana —bromeó Álvaro.

Bea negó con rostro risueño.

—¿Has hablado ya con tu amigo?

Porque Álvaro de vez en cuando se embarcaba en proyectos fantasiosos que nunca llegaban a buen puerto, se entusiasmaba hasta que, de pronto, dejaba de hablar de ellos:

—¿Te refieres a lo de la inmobiliaria?

—Sí, ¿inmobiliaria? ¿Qué es eso? Nunca había oído esa palabra.

—Comprar y vender casas.

—Pero ¿casas de otros? El que gana es el dueño, ¿no?

—Pero se cobra una comisión por encontrar un comprador, un tanto por ciento del valor de la casa, ahí está el truco. —Hizo un gesto con la mano—. Lo he dejado, no hemos vuelto a vernos.

Ella lo miraba sin hablar porque no jugaba al póquer, pero también había aprendido a leer las almas. Y Álvaro no tuvo más remedio que confesar:

—Mi hermano habló con él y empezó a darme largas.

No dijo nada más. Instintivamente Bea tendió la mano a través de la mesa para cogerle la suya, algo que no hacían nunca en público, él le dio un apretón y siguió fumando, fingiendo indiferencia.

Bea sabía que él tenía voluntad de dejar el juego, pero no encontraba la manera porque solo le proponían negocios turbios. El año anterior un italiano le ofreció una partida de estreptomicina, un antibiótico muy buscado para enfermos de tuberculosis y muy difícil de encontrar en esa España con la posguerra más larga del mundo. Le había asegurado que era perfectamente legal, que incluso el hermano del Caudillo estaba en el asunto, que podían ganar mucho dinero, pero él le había confesado a Bea:

—Prefiero seguir con el juego.

¿Ganaba? ¿Perdía? Eso era un misterio. Siempre vestía bien, aunque no lo luciese demasiado, nunca le había dejado pagar ni siquiera un refresco, le hacía regalos...

Cuando iban por el segundo plato, se les acercó un hombre alto, con una leve cojera. Bea alzó los ojos y lo miró con sorpresa y luego con afecto:

—Hola, Pepe.

Él se inclinó para besarle las mejillas y ella olió a alcohol. Le señaló a su acompañante:

—Mira, te presento a Álvaro Segura, este es Pepe Velasco, un... amigo de juventud, compañero de facultad.

Los dos hombres se estrecharon la mano y Álvaro le señaló una silla:

—Tómate una copa con nosotros.

Pepe se sentó, aunque señalando a sus espaldas, donde una mujer de apariencia extranjera fumaba y estaba atenta al pianista que en esos momentos empezaba su concierto nocturno.

—Solo un minuto, que estoy con una amiga.

Fue el propio Álvaro el que le tendió una copa vacía y le sirvió vino.

Bea le preguntó:

—¿Cómo estás?

Él hizo oscilar la mano:

—Psé.

No tenía buen aspecto. Llevaba la corbata algo desbaratada y a Bea le pareció adivinar que, a pesar de que iba mal afeitado, se le veía un morado en la barbilla. Pepe advirtió que lo miraba y se frotó el mentón:

—Sí, mira, me tuve que pegar como cuando era un chiquillo.

—¿Con los tuyos?

Él le respondió con una sonrisa triste y los ojos en carne viva:

—¿Quiénes son los míos, Bea? ¿Me lo puedes decir? ¿Crees que son estos? —Señaló a su alrededor donde la gente bebía y reía, el pianista tocaba una rumba y unas parejas salían a bailar en la pequeña pista que había en el centro—. ¿Todos estos mangantes y aprovechados? ¿Tú crees que aquí hay alguno que se haya jugado la vida por los nuestros y por los suyos?

Levantaba la voz y la gente lo empezó a mirar con recelo.

Bea trató de hacerle callar:

—Déjalo, Pepe, no sigas.

Pero él alzó aún más la voz temblorosa de emoción:

—¡Mi única bandera son las mortajas de nuestros muertos! ¡Es la única que reconozco!

El murmullo hostil aumentó, un camarero permanecía atento, a punto de intervenir. Un hombre con uniforme habló en voz alta desde la mesa vecina:

—Ya están estos héroes de pacotilla con sus discursitos. —Su mujer le puso la mano en el brazo para calmarlo, el otro obedeció aún mascullando—: Dando lecciones a estas alturas, hombre ya.

Bea intercambió una mirada con la mujer de la mesa de al lado, que levantó las cejas imperceptiblemente, y también intentó calmar a Pepe:

—Por favor.

El otro hizo un esfuerzo sobrehumano:

—Ya me calmo... —Se le rompió la voz—. Lo hago por ti y por Román. Lo hago por Félix y por Carlitos. ¡Hasta que no me los traiga no pararé! Soy un resucitado que ha vuelto a la vida para eso, es lo único que le da sentido.

Ella afirmó dándole la razón como a los críos o a los locos, Álvaro la sostenía con la mirada, con los ojos le decía «Muy bien, sigue así». Apoyándola, como hacía siempre.

—Claro que sí, Pepe.

—Hasta que no los traiga no me detendré. Los llevaré a cuestas si es preciso. ¡A Carlitos no, ya no va a volver! —Tenía los ojos perdidos y desvariaba, Bea no sabía si era por la bebida o porque tal era su carácter—. Pero yo sí puedo reunirme con él.

Bea se asustó:

—Pero, Pepe, ¿qué dices? No hables así.

El hombre sacudió la cabeza y con gran esfuerzo se transformó en un segundo en una persona normal, como cualquiera de las que estaban en el restaurante. Se puso en pie, envarado, rígido:

—Mañana te llamaré por teléfono.

Ella comprendió que no quería hablar de Román delante de Álvaro por discreción y le preguntó a pesar de todo, porque no pudo aguantarse:

—¿Sabes algo de... Francia?

El otro asintió.

—Sí, está localizado y enviada la solicitud, espero respuesta.

Beatriz empalideció, el mundo se detuvo y observó con asombrosa perspicacia a una mujer a la que se le había roto un tacón y se reía, un hombre que se sacaba una flor que llevaba en el ojal y la ponía sobre la mesa, una pareja mayor que se iba al pianista a pedirle una canción:

> *Mujer,*
> *si puedes tú con Dios hablar,*
> *pregúntale si yo alguna vez*
> *te he dejado de adorar.*

Todo lo vio con enorme claridad mientras Román se levantaba de entre los muertos, se ponía en pie en algún lugar remoto del mundo y empezaba a avanzar hacia ella y hacia su hijo.

Pepe advirtió la conmoción que sus palabras habían causado, le apretó el hombro repentinamente sobrio y le dijo:

—Ya hablaremos.

Bea asintió sin palabras, Pepe se despidió con un gesto de cabeza de Álvaro y, arrastrando su pierna herida, se reunió con la extranjera que ya daba muestras de impaciencia mirando su relojito. Maquinalmente Bea pensó «No debe ser una señora bien, porque lleva las joyas por encima de los guantes», y después le dio vergüenza haber pensado esta tontería ese día tan importante para su futuro.

Álvaro le apuntó con el cigarrillo:

—¿Me lo vas a contar?

El camarero retiró los platos y les llevó la carta de postres, que ambos rechazaron. Él pidió un café y ella un agua de Vichy porque de pronto tenía una sed espantosa. Al final se decidió a hablar.

—Pepe vino el otro día al despacho.

—¿Cuándo?

Él siempre quería detalles, precisiones. Dudó:

—¿Te acuerdas del día en que mis padres dieron la cena a los hijos del último rey?

Cristina y Jaime, a quienes los monárquicos llamaban infantes, habían pasado unos días en Barcelona en casa de los condes de San Miguel. Sus padres les habían ofrecido una cena en la que los dos muchachos no abrieron la boca en toda la noche. Después Bea se enteró de que el chico era sordomudo.

—Pues esa tarde. Había salido una disposición en virtud de la cual...

Él la cortó:

—La leí.

—Y Román...

—Sí, podía volver a España.

Ella preguntó, dolida:

—Pues si lo sabías, ¿por qué no me dijiste nada?

—La abogado eres tú.

Ella se encogió de hombros:

—En fin, Pepe me dijo que iba a tratar de localizarlo, ya sabes que eran muy amigos.

—Sí, ya sé lo que les pasó en la frontera.

Bea se echó atrás en la silla, estupefacta, tan sorprendida que primero no podía hablar y enseguida se le atropellaron las preguntas en la boca:

—Pero ¿cómo puedes saberlo? —Se iba enfadando a medida que hablaba—. No me habías dicho nada. Es que no lo entiendo, ¿por qué no me habías dicho nada?

—Creí que no te interesaría. —Al ver que ella se reía con burlona incredulidad, una carcajada sin alegría, se apresuró a decirle—: No sabía nada, de verdad, me enteré por casualidad la otra noche.

—Ah, sí, qué raro, ¿no? —replicó ella con escepticismo.

Álvaro fingió que no se daba cuenta de su tono:

—Me lo dijo la mujer del cónsul de Venezuela, una mujer húngara. Lo conoció.

Ella volvió a sorprenderse:

—¿A Román?

—Sí, en Toulouse.

Ahora Bea tartamudeaba sin poder casi articular palabra:

—Pero, Álvaro, no me digas, pero ¿qué relación tuvieron?

—No sé, no me contó más.

Ella no sabía ni qué preguntar. Sentía la boca seca, se acabó el vaso entero de Vichy. Después trató de ordenar sus pensamientos:

—Pero, a ver, ¿cómo fue que hablasteis de él?

Álvaro sacudió la ceniza del cigarrillo cuidadosamente en el platillo del café y después la miró con los ojos entrecerrados:

—Pues mira, estábamos saliendo de... —hizo un gesto con la mano—, ya sabes, no importa, y alguien hablaba de las atrocidades marxistas y ella puso ese ejemplo: un oficial pegándole un tiro a un chiquillo, porque sí, en la frontera de Portbou. Y, claro, al decir Román, ya pensé que debía de ser tu marido, no creo que haya muchos Romanes en el exilio.

Dijo marido con naturalidad, pero a Bea le sonó como si le hubieran dado una pedrada en el centro del pecho. Su marido, sí. Lo era. Se habían casado delante de un funcionario del que ni recordaba nombre o rango, pero ella se había comprometido para toda la vida.

Román, hice aquello en el abogado porque no tuve más remedio, perdóname.

Álvaro la miraba con cierta aprensión y ella se vio obligada a repetir con cabezonería:

—Es que no sé por qué no me lo has contado.

—Tú tampoco me has dicho nada de la visita de Pepe, ¿no? —Intentaba hablar con tono ligero, como si no tuviera importancia—. Y, dime, ¿qué vas a hacer si viene?

Pero ella no podía contestarle, aún no. Sentía una bola de fuego en el pecho, un bosque entero ardiendo con gran crepitar de leña, cogió su bolso y medio se incorporó.

—Es que, mira, estoy por irme, Álvaro. Me parece mentira que no me hayas dicho nada, es una traición, es indigno de ti esto. ¿Por qué lo has hecho?

Él le contestó con lentitud:

—Quizá estoy celoso y no quería que te acordaras de él.

Ella lo miró con asombro:

—¿Celoso?, ¿tú? ¿Qué quieres decir?

—Te quiero solo para mí, Beatriz, ¿tan raro te parece? —Tendió el cuerpo sobre la mesa, agarró sus manos con fuerza y le dijo con un acento apasionado en la voz que nunca le había escuchado—: Te amo con locura.

23

ROMÁN

Después de la tormenta que había azotado el pueblo el día anterior, la mañana amaneció gélida y radiante. El breve camino desde su casa a la alcaldía, Román lo hizo paseando con las manos en los bolsillos, silbando una cancioncilla y dando patadas a las piedras mientras el aire frío le acuchillaba el cogote. Había dormido muy mal, pero al levantarse había decidido no dejarse ganar por la preocupación, seguramente el recado que tenía que darle el capitán Marcel sería algún pequeño problema con su certificado de refugiado. No podía ser otra cosa, se negaba a pensar en otra posibilidad. ¡Llevaba tan poco tiempo siendo feliz! ¿No se lo merecía, después de todo lo que había pasado?

Teresa había ido, como todas las semanas, a la asamblea de Mujeres Antifascistas que ella misma había montado en el pueblo. La finalidad de las reuniones era mantener alta la moral y que las mujeres siguieran militando en el partido, algo muy difícil porque tenían que cuidar no solo de sus propias familias, sino de los compañeros españoles que no tenían a nadie y vivían en sus casas. Ella se indignaba:

—Tienen que zurcirles los calcetines, hacer comida para un regimiento, los hombres no mueven ni un dedo... ¿A quién le quedan ganas de luchar por la revolución social?

Las asambleas las llevaban a cabo en la pequeña sede del Partido Comunista de Monés, cuya candidatura, encabezada por el capitán Marcel, era siempre la más votada en las elecciones.

Román le había dado un beso y ella había levantado el puño, siendo diligentemente imitada por su hijo. Si bien Lunita iba libre, olisqueando las hierbas a lo largo del camino, Teresa llevaba al niño amarrado de una cuerda a su cintura y él no había querido decirle que lo mismo hacían las mujeres en la Retirada, para no tener que hablar de aquellos tiempos espantosos. La frontera separaba con un tajo brutal su pasado de su presente. Allí, en el pasado, solo había monstruos, como se escribía en los planos antiguos sobre los lugares ignotos.

Al final le pareció que no caminaba solo y esta sensación no le sorprendió y hasta le hizo sonreír: Elisabeth, hermana, estás ahí, ¿verdad? Ya ves que me he hecho a la vida sencilla: mujer, hijo, un trabajo honrado, una vida en línea recta. Pero Elisabeth le recordó: «No tienes un hijo, sino dos».

Desde que Rubén había nacido, paradójicamente pensaba más en ese hijo. Su hijo no era uno de esos monstruos temidos de su pasado, no tenía ni rostro ni sexo ni nombre, pero sin darse cuenta le había surgido de su pecho un amor inexplicable, porque Rubén lo había hecho padre no solo de él mismo, sino del otro niño.

Pasó delante de la taberna y se miró sin querer en el cristal de la puerta. Le avergonzó su facha. A su padre nunca lo había visto sin corbata y él iba con pantalones remendados, una camisa abrochada hasta el cuello y un abrigo de cuadros que había pertenecido a alguien mucho más gordo que él y que Teresa había estrechado con más voluntad que maña. Desde «aquello» le habían quedado los pies delicados y calzaba zapatillas.

—Tampoco estoy en un desfile de modas.

Lo dijo en voz alta y rápidamente miró a su alrededor por si alguien lo estaba escuchando. Pero los pocos habitantes del pueblo que se veían a esa hora en las calles —hombres que jugaban a la petanca en la plaza, unas ancianas con cestos que iban al lavadero comunal— estaban acostumbrados a las peculiaridades de los españoles. La Haute France estaba llena de refugiados, a los que se acogía con cierto desdén, ya que se había intentado minimizar su comportamiento en la Resistencia para no ensombrecer el papel de los propios franceses. La historia, al fin y al cabo, la hacen los que escriben los libros de historia.

Félix se lo contaba con amargura:

—En el monolito que han levantado en Lille dedicado a los combatientes caídos se han negado a poner a los españoles. ¡Ni un solo apellido español, cuando todos saben que, sin nosotros, el maquis de la región centro no habría existido!

—¿Y el de la Alta Saboya? ¿Los setecientos cincuenta españoles al mando de Miguel Vera?

—¡Y el camarada Cristino García, que liberó la ciudad de Foix!

Como siempre que se hablaba de los muertos, los dos amigos callaron con los puños apretados. Al exminero asturiano Cristino García, que había llegado a tener el grado de teniente coronel, lo habían ejecutado hacía ya un año en España junto a nueve comunistas más, todos ellos antiguos combatientes del maquis francés.

Román al final terminaba por encogerse de hombros. Mejor, prefería pasar desapercibido, pero Félix rezongaba:

—No es por mí, sino por los que se han ido, me cago en todo. ¡Que de los ciento cincuenta españoles que desembarcaron en Normandía solo sobrevivieron dieciséis, qué coño!

Román trataba de entenderlo, pero su vivencia de la guerra había sido muy distinta de la de su amigo, sin disparos ni amartillar un arma, sin bombas estallando cerca, sin cuerpos desmembrados o compañeros caídos y abandonados en el fango. «Ese no ha pisado la guerra», escuchó una vez a un compañero español, y no quiso entrar en una pelea, pero se quedó pensando: ¡como si fuese posible no mancharse de rojo cuando todo un continente se desangra! Él podía permitirse cierta distancia que a Félix le estaba prohibida, igual que el Gordo no podía entender, aunque lo intentase, cómo se quiebra una mente en el aislamiento absoluto, cómo llegas a desear la muerte al oír los pasos del carcelero o hasta qué punto el solo hecho de respirar duele. La guerra seguía entre ellos, cosida a la piel, no se iría nunca. También estaba en esas callejuelas.

El edificio que merecía el nombre de alcaldía era bastante modesto, como era lógico en un villorrio como Monés. Pero el alcalde, el capitán Marcel para Román y sus amigos, había intentado dotar a su despacho de cierta dignidad: había una foto de De Gaulle en la pared, una bandera tricolor en un rincón y el busto de Marianne, el símbolo de la República, sobre la mesa.

Pasó directamente, sin anunciarse.

—Salud, capitán.

—Salud, Román.

El capitán Marcel, un hombre bajo, con un rebelde pelo negro entreverado de gris, gran mostacho y nariz aguileña, se levantó de la silla y le dio un abrazo apretado y cuatro besos, dos en cada mejilla, a la francesa. Después lo mantuvo alejado, cogido por los hombros, mientras lo observaba con afecto:

—Hay que ver, cómo has cambiado. —Se emocionó y ocultó los ojos para que no lo viera mientras volvía a tomar asiento detrás de la mesa—. Ya sé que han pasado años, pero es que no olvidaré aquel día en que vi salir un cadáver por el ventanuco del tren.

Román se encogió de hombros.

—Yo no me acuerdo de cómo estaba, pero he visto las imágenes de Bergen-Belsen, Auschwitz, Dachau... —Se refería a las fotos de los prisioneros de los campos de concentración alemanes que se publicaban en los periódicos y que a todos habían impresionado—. Los nazis eran demonios.

El otro asintió con la cabeza.

—Para desgracia nuestra, eran seres humanos, lo delezable no son las personas, sino el sistema. —Le miró las manos—. ¿Y cómo tienes...?

Román se limitó a levantarlas y enseñar los dedos rígidos y deformados:

—Nada, ya me he acostumbrado. Estoy bien.

Y era cierto, por asombroso que pareciera, la fuerza de su tenaz naturaleza se había impuesto a los padecimientos y, al menos por fuera, Román había vuelto a ser el de siempre: un hombre muy guapo.

—Podrías hacer películas —le dijo Marcel, que, a diferencia de los españoles, no tenía empacho en reconocer la belleza masculina—: Eres mejor que el tal Yves Montand.

Román se echó a reír. Aunque estaba acostumbrado a causar esa sensación, se sentía halagado.

—Estoy mayor para esas cosas.

—Teresa te cuida.

—Si te oyera, diría que no es mi madre, que cada uno se cuida solo, ¡ya sabes cómo es!

—Una mujer de una pieza, una real hembra de esas que te hacen volver la cara por la calle. —El francés aguzó la vista, como si contemplase un paisaje sublime—. Has tenido suerte.

—Los dos hermanos son de una pasta especial —se vio obligado a añadir Román, ya que Manolo, su cuñado, esta-

340

ba casado con la hija de Marcel. Se acordó entonces de que Paulette estaba embarazada—: Por cierto, felicidades.

Marcel aleteó la mano, se le oscureció el semblante y se puso a ordenar unas carpetas que tenía delante y que ya estaban más que ordenadas:

—Bueno, eso es otro tema.

Se estableció un largo silencio que Román aprovechó para mirar una fotografía pequeña que estaba sobre la mesa, en la que un grupo de soldados con vestimentas estrafalarias posaban con sus armas guiñando los ojos ante el sol que les venía de frente. Román, que sabía que el capitán había estado en la defensa de Madrid como brigadista internacional, hizo un gesto hacia la foto:

—Son tus camaradas, en el Guadarrama, ¿verdad? Teresa y Manolo también lucharon allí.

Marcel se sorprendió:

—¿Ah, sí? No sabía yo eso.

—Con el Campesino.

El otro sacó un paquete de cigarrillos, le tendió uno a Román, se hincó de codos en la mesa y se puso a fumar con una ligera sonrisa bailándole en los labios:

—Ya... Mi batallón primero se llamó Comuna de París y después se convirtió en La Marsellesa.

Román cogió el cuadrito, se lo acercó a los ojos y se fijó en una insignia detrás del cristal.

—¿Esto qué es?

—La medalla del valor, nos la dieron por la batalla del Ebro, aunque nuestra única hazaña fue morirnos, porque de mil hombres que cruzamos el río solo sobrevivimos un centenar. —Se volvió a oscurecer su semblante y con amargura dijo, señalando a su alrededor con el cigarrillo—: Nueve años de guerra combatiendo el fascismo ¡para esto!

—¿Qué quieres decir? —se sorprendió Román—. Los comunistas habéis conseguido mucho. —Y enumeró—:

341

Ciento cincuenta y nueve diputados, alcaldías, nacionalización de empresas, que las mujeres puedan votar, la legalización de los sindicatos... Os habéis extendido a las colonias, sois la fuerza política más importante. ¡Os respetan como a héroes!

El otro negó con desaliento:

—Nada, todo música... Hemos tenido que renunciar a nuestros objetivos revolucionarios para cooperar codo con codo primero con De Gaulle y ahora con Paul Ramadier, un socialista moderado. Nos hemos jugado nuestro prestigio de combatientes para ayudar a la reconstrucción del país, porque primero hay que comer y tener un lugar decente para vivir, y después la revolución. Pero...

—¿Pero?

El otro cogió el paquete de tabaco y lo miró fijamente, como si le estuviera consultando, y después se levantó, cerró la puerta y volvió a su silla:

—Esto que te voy a decir es confidencial, eh, pero los americanos van a ayudarnos con un proyecto muy ambicioso, van a invertir muchos millones en Europa para reactivar la industria, reconstruir las ciudades, levantar hospitales, escuelas, ferrocarriles, y han prometido que los principales beneficiarios serían Inglaterra y Francia.

—El Plan Marshall, sí, lo he leído en la prensa. Es una putada, pero nosotros solos no podemos salir adelante.

—Ya, pero han puesto una condición.

—¿Cuál?

—Que los comunistas salgamos del Gobierno. Lo han hecho en Italia también, todos los miembros del Partido Comunista Italiano han tenido que renunciar en bloque. Con comunistas gobernando no hay ayuda, tan sencillo como eso.

Román no acababa de creérselo.

—¿Cómo? Pero si España estará fuera del Plan Marshall

y allí sí que no hay partidos, ni comunistas ni nada que se le parezca.

El otro se levantó y se sentó en la mesa, frente a Román.

—Mira, amigo, no la van a socorrer públicamente porque no se puede justificar que se esté ayudando a un dictador cómplice de los nazis, pero bajo mano ya te digo yo que algo les darán. Churchill y Franco tienen contacto casi desde el final de la guerra y no tardaremos mucho en ver a los embajadores volviendo a Madrid.

—¡Pero si los retiraron el año pasado, cuando la ONU condenó a España!

El capitán Marcel dejó escapar una risa irónica.

—¡Y para lo que ha servido! Franco sigue en el poder más fuerte que nunca. ¿No entiendes que todo ha sido un paripé?

Román negó con la cabeza:

—No lo veo así.

El alcalde se puso en pie de nuevo y se fue a su asiento con un suspiro.

—Ahora el mundo se ha dividido en dos bloques, si no estás conmigo, estás contra mí, tan fácil como eso. Y les conviene a los americanos que Franco esté en el sur de Europa. A mí me han dicho que van a intentar revocar la recomendación de aislar a España.

—Pero no puede ser tan hediondo todo.

Se acordó de sus padres, de Carlitos, de Elisabeth.

El capitán lo miró bondadosamente:

—Dice mucho de tu buen fondo, Román, que a pesar de todo lo que has pasado conserves esa inocencia. La política es muy sucia, y te lo dice un hombre que está en la política porque cree que es el único camino que tenemos para llegar a la paz. Pero ahora el enemigo a batir es el comunismo y los americanos compran voluntades, países, adhesiones, complicidad. Se aprovechan de nuestra hambre, somos putas vendiéndonos al mejor postor, y si tuviéramos que sacrificar a nuestra madre, lo haríamos sin pestañear.

—Pero qué injusticia. Muchos franceses colaboraban con los alemanes, han sido los comunistas y los... —Se mordió la lengua al recordarse que su interlocutor era francés—. Perdón, capitán, pero aún me acuerdo de cómo los tolosanos de bien miraban para otro lado cuando se llevaban a los judíos en los trenes de la muerte.

—Tienes razón, Román, los únicos que no nos vendimos fuimos los comunistas... —lo señaló con el cigarrillo—, y vosotros, los valientes guerrilleros españoles, pero quieren ensuciar nuestro historial y nuestra memoria, y que nadie recuerde que la vida de tantos de nosotros se ha quedado en el campo de batalla... No en vano nos llaman el «partido de los setenta y cinco mil ejecutados».

—¿Y qué vais a hacer?

—¿A ti qué te parece? ¿Crees que alguien entendería que priváramos a los franceses, este pueblo devastado y hambriento, de esta ayuda?

—¿Y lo vais a dejar?

—Sí. Vamos a renunciar.

Román estaba estupefacto y solo se le ocurrió preguntar:

—Pero ¿lo sabe Teresa?

El capitán asintió.

—Sí, tu compañera es miembro de la ejecutiva y es una militante disciplinada, no podía decirte nada.

—Ya, entiendo, pero ¿qué órdenes hay de Moscú?

El capitán Marcel se levantó una vez más y se puso a caminar por la habitación con las manos en la espalda. Se detuvo ante la ventana, apartó la cortina y miró fuera. Habló sin darse la vuelta.

—Se han acabado las componendas, la colaboración...

344

Nos van a tener enfrente, si pasamos a la oposición, pasamos a la oposición y vamos a usar todas las armas que están a nuestro alcance para luchar contra este gobierno burgués que desde este momento es nuestro enemigo.

—¿La insurrección armada? —Román sintió un escalofrío en la columna.

—Por ahora, no. En septiembre el camarada Stalin ha convocado una reunión de todos los partidos comunistas europeos en Polonia para diseñar nuestra estrategia, pero ya te digo yo que de brazos cruzados no nos vamos a quedar. Podemos conseguir que tres millones de trabajadores vayan a la huelga y esa es un arma más poderosa que la bomba atómica de los americanos. —Se interrumpió y se giró bruscamente—: Pero dejémonos de charla, Román, te he pedido que vinieras por otro asunto.

Se dirigió a la mesa, abrió un cajón, sacó unos papeles, abrió otro, sacó más papeles mientras iba hablando:

—Es un tema delicado. —Revolvió los documentos sin encontrar el que buscaba—. Te reclaman de España.

Así que era esto. Al final había llegado el día. A Román se le congeló el corazón.

—Pero ¿cómo? ¿Las autoridades? —preguntó con un hilo de voz; recordó lo que le había dicho la cuáquera, que figuraba oficialmente como muerto, y se agarró a una última esperanza—. Pero ¿estás seguro de que es a mí a quien buscan?

El otro lo interrumpió:

—Perdona, me he expresado mal, porque tengo aquí tanto lío... —Abrió un tercer cajón y a puñados sacó más documentos—. Reclamado no, reclamados están los culpables de crímenes horribles como este, ¿ves?

Le tendió al azar un expediente que Román no cogió:

—El Ángel de la Muerte, ya sabes, esa mujer que se hacía pasar por monja en Barcelona para captar la confianza de los religiosos emboscados y luego los denunciaba. Es la responsable de centenares de asesinatos.

—Pero la localizasteis y la detuvisteis, ¿no? —Algo había oído.

—Sí, es verdad, trabajaba en un hotel de Bavinchove, la entregaron y la fusilaron. Y mira este. —Le tendió una foto—: Él solo mató a decenas de personas en Badajoz, entre ellas un periodista inglés, por eso está en búsqueda y captura también.

Román miró la foto.

—Me suena.

—Y aquí tengo desde hace años un aviso sobre un elemento muy peligroso responsable de la muerte de casi un centenar de curas maristas en una prisión del pueblo. De vez en cuando se renueva el aviso porque la comunidad francesa envió una cantidad de dinero como rescate y este hombre se lo quedó. O eso dicen al menos, a saber si es verdad eso de lo que le acusan.

Román se olvidó por un momento de lo suyo:

—Pues yo me lo creo, las checas eran un nido de cruel impunidad. —Aunque se vio obligado a añadir, ya que el partido de Marcel era el responsable—: Las guerras sacan lo peor de las personas y atraen a lo más abyecto de la sociedad.

El capitán volvía a guardar los documentos en un cajón, se encogió de hombros.

—Pues este era hijo de un alcalde alicantino.

—La crueldad en la guerra no distingue entre clases.

—Eso lo hemos aprendido a la fuerza. —Volvió a mirar los papeles que tenía sobre la mesa con algo de desaliento—. A ver si encuentro lo tuyo, tiene que estar por aquí.

Mientras buscaba, Román se atrevió a preguntarle:

—Perdona, capitán, por ahí supongo que tendrás el expediente de Elisabeth, ¿no?

—¿La cuáquera? Sí, por aquí estará. Aún no hemos obtenido respuesta. —Lo observó de frente—. ¿La familia no te ha dicho nada?

—Se puso en contacto con ellos Miguel, el maestro, y la dan por muerta, pero no figura en Mauthausen, donde me dijo el carcelero. Yo no pierdo la esperanza: si me mintieron en eso, quizá también...

El otro meneó la cabeza comprensivamente.

—Ah, la esperanza..., sin esperanza no hay ilusiones y sin ilusiones no hay vida. —Al final encontró un documento escrito en papel carbón y lo levantó—. Hombre, aquí lo tenemos.

Elevó la voz para que Román le prestara atención y leyó:

—«A día 21 de febrero de 1947, en virtud de este decreto y por la magnanimidad del jefe del Estado, se establece que el indulto total concedido en 1945 para los delitos de rebelión o contra la seguridad del Estado cometidos antes del 1 de abril de 1939 se extienda también a los españoles que vivan en el extranjero, excepto los autores de muertes, violaciones, crueldad y latrocinio.» —Marcel levantó la vista, lo miró durante algunos segundos, y siguió leyendo—. «Como Román López Costa no está acusado de ninguno de los delitos mencionados, puede volver libremente a España.»

Román estaba boquiabierto. ¿Volver a España?

No entendía, oía las palabras, pero no comprendía su significado, solo se daba cuenta de que su vida, tan trabajosamente construida, se venía abajo como un castillo de naipes ante una corriente de aire.

—Pero ¿cómo es que me escriben a mí de forma particular? —Aún intentó tímidamente lo imposible—. Quizá sea una orden antigua que se había traspapelado... No lo entiendo.

Marcel no se molestó en contestarle que la fecha era actual, le dio la vuelta a la hoja, leyó en silencio y después le dijo:

—Parece que un ciudadano español te avala. Él ha hecho las gestiones para localizarte.

Con voz estrangulada y levantándose unos centímetros de la silla por la misma ansiedad, Román preguntó, seguro de escuchar el nombre del conde de Túneles.

—¿Quién es?

Marcel leía atentamente. Iba repasando las líneas con el dedo para estar más seguro y al final levantó la vista:

—Un tal José Velasco Rodés.

Román tardó unos segundos, unas centésimas de segundo... ¡Pepe! ¡Era Pepe! Llegando a él con los puños desenfundados, ligero sobre sus pies, la Ardilla del Ring, venga, venga, en guardia. Román, Román, venga, venga, detén este gancho, defiéndete.

Sin saber cómo, sin querer, se llevó las manos a la cara y dejó caer la cabeza poco a poco hasta las rodillas. Y rompió a llorar desconsoladamente, todas las lágrimas que no había vertido hasta entonces, y es que a través de los años y de los sufrimientos su amigo del alma le tendía una mano.

Pero ¿no estaba tan bien? ¿No silbaba hacía apenas media hora? ¿No era feliz?

¡No lo era, no lo era! Negaba con la cabeza y el *no* retumbaba en su cráneo, no lo era, no lo era.

La guerra los había dejado con el alma al aire y bastaba un pequeño recordatorio para que se abriera la espita de las emociones. El alcalde se levantó y le concedió unos minutos antes de ponerle la mano en el hombro, sin decir nada.

Román trató de justificarse con voz entrecortada:

—Perdona, capitán, es que, más que un amigo, es mi hermano. Félix, él y yo íbamos juntos desde pequeños.

Incapaz de explicar todo lo que significaba para él, se calló, pero Marcel cogió una silla y se sentó a su lado. Parecía sinceramente interesado.

—Cuéntame, explícamelo.

Le escuchaba con todos los sentidos. Tanto que el español le contó lo de Carlitos. Y el capitán tuvo el buen criterio de no intentar negar la autoría de Modesto en los hechos como había hecho Teresa, y Román nunca supo si lo hizo por delicadeza o porque sabía que Modesto era capaz de eso y de mucho más.

Cuando acabó se limitó a apretarle el brazo y a decirle:

—Pues ahora tu amigo es un pez gordo de Falange.

Román negó con la cabeza:

—Ya no me extraña nada... Creería que era la mejor manera de vengar a su hermano.

Nada de lo que hubiera podido hacer Pepe le parecía mal. ¿No lo había buscado? ¡Eso quería decir que era el de siempre! El niño con el que jugaba a las canicas, el muchacho con el que iba a las Planas a comer con los padres, el que le disputaba las chicas en el Club Pompeya. Hablaba poco, pero cuando hablaba..., ah, cuando hablaba.

El que lo había acompañado al cementerio cuando enterró a sus padres. El que recordaba a las francesas y el que se había lanzado al pecho del hermano muerto jurando venganza.

Se secó los ojos, trató de rehacerse:

—Estuvo en el Montsec con Félix. —Dirigió una mirada al cuadrito que estaba sobre la mesa—. No les tocó la medalla al valor, pero la merecían más que nadie.

Marcel no se ofendió, porque veía el carrusel de emociones en que estaba inmerso Román. Esperó a que se recuperara dándole golpes en la espalda y cuando lo vio más entero, se volvió a sentar tras la mesa y le dijo con voz amable:

—A ver, Román, te toca decidir ahora, ¿qué prefieres que haga?

—¿Qué quieres decir?

—Muy fácil, esta comunicación ha venido de Lille. Tú estás registrado allí, ¿no?

—Sí.

—Supongo que lo habrán enviado a todos los municipios de la región. Puedo decir que aquí no estás... Todavía soy alcalde y mi palabra es la ley.

Román levantó la vista, aún la tenía perdida y Marcel se dio cuenta de que no era consciente de todas las posibilidades que se abrían ante él.

—O puedes volver a España. Se te concederá un visado especial, un salvoconducto, porque la frontera sigue cerrada. —Al ver su expresión, se apresuró a aclarar—: No hace falta que sea un adiós y hasta nunca.

¡España! ¡Volver a España! Todo él era nostalgia ahora, no había ni una pequeña partícula en su cuerpo que no fuera nostalgia. Decían los refugiados que el desarraigo es una enfermedad que nunca se cura. Vivirían enfermos hasta que murieran. Muchas veces llegaban camaradas que nunca habían visto a llamar a la puerta de su casa y les pedían entrar unos minutos: «Solo para hablar español».

Le habían dicho que en París los domingos por la tarde los refugiados se iban a la plaza de l'Etoile y se sentaban en las escaleras para oír hablar español. ¡Los domingos, el día maldito para los exiliados! Y se preguntaban: ¿quién cerrará mis ojos cuando muera?, ¿quién entenderá mis últimas palabras?

Marcel se mantenía a la expectativa. Él no sabía nada de su vida en España, pero aun así aventuraba:

—Todavía debes de tener familia allí, Román, eres joven... ¿Cuántos años tienes?, ¿treinta y tres, treinta y cuatro?

«Treinta —pensó Román—. Treinta años». Parecían sesenta.

—Piénsalo bien —seguía Marcel, con ojos indulgentes—, no tiene por qué ser una decisión definitiva.

Familia, sí. Tenía un hijo. Elisabeth había dado su vida por unas niñas que no eran suyas, y él ¿no iba ni siquiera a viajar unos kilómetros para conocer a su hijo?

El alcalde lo observaba con ojos serios y pensativos:

—Habla con Teresa, me parece que es una mujer muy práctica y comprensiva.

Además de un hijo, también había tenido una mujer en España: se llamaba Beatriz, se habían conocido en la barra del bar del Pompeya tomando un cóctel, ella llevaba una gorra con visera porque había estado jugando al tenis. Se cogían de la mano.

Se miró las manos y no le parecieron las suyas. De repente todo le resultó ajeno, extranjero, y deseó ver su ciudad, los plátanos de la calle Aribau que suenan como unas castañuelas con la brisa marina, la suave colina como un pecho de mujer del Tibidabo. Las chicas, con sus vestidos de manga corta, y los hombres con las chaquetas al hombro cuando llegaba el verano. A veces iban a Parellada a tomar helados, ¿seguiría existiendo?

Se sobresaltó cuando el alcalde lo trajo al presente con una sola palabra:

—Piénsalo.

Pero tanto él como Román sabían que ya había tomado una decisión.

24

ROMÁN

Solo cinco meses después, Román entraba en Cataluña. Le era imposible hablar, una inmensa emoción lo embargaba, únicamente podía beber con los ojos a través de la ventanilla del coche de Pepe el paisaje de la patria de la que estaba ausente desde hacía casi nueve años. Hubiera querido contarle a su amigo lo que agradecía sus desvelos, esos largos meses que llevaba luchando para conseguir que se le permitiera regresar a España, pero las palabras morían en sus labios antes de ser pronunciadas.

La disposición se había publicado en el Boletín Oficial el 21 de febrero de 1947, el alcalde le había dado aviso en mayo y ahora estaban en noviembre. Sabía que ese salvoconducto por un mes que al final había conseguido Pepe significaba tirar de decenas de hilos, tocar influencias, mover voluntades, corromper, suplicar, ordenar, engañar... Regresaba a España bajo su responsabilidad, para resolver oficialmente un asunto familiar, sin entrar en más detalles, y si a alguien se le hubiera ocurrido que este Román López Costa era el mismo que había caído luchando contra la horda marxista en Sitges, enseguida lo hubiera borrado de su mente porque la memoria era corta en un país en el que la mitad de los expedientes estaban falseados, la otra mitad se habían perdido y los caminos de la burocracia eran inescrutables y además estaban dispersos en archivos de distintos negociados.

Hubiera querido darle las gracias por todo esto con palabras inflamadas y también quisiera rendir un homenaje a su amistad..., pero no podía. Tenía la garganta abrasada y en el corazón el peso abrumador de los recuerdos. Pero Pepe comprendía el estado de ánimo de su amigo y tenía ganas de decirle: «No importa, lo he hecho por mí más que por ti. Se lo debía a nuestros muertos».

Desde Lille, el viaje en tren había durado veinticuatro horas. Un taxi fue a buscarlo a la estación de Perpiñán y lo condujo al paso de Le Perthus. Román cruzó la frontera francesa sin problemas, tan solo una mirada de ligera sorpresa de los gendarmes al estudiar sus papeles y ver que regresaba por voluntad propia a un país en bancarrota como era España.

Más por curiosidad que por obligación habían preguntado:

—Pero ¿va para quedarse?

—No, tan solo un mes. Tengo un negocio que atender en Monés.

Se miraron entre ellos con una sonrisa de disculpa.

—Perdone, hasta ahora los únicos españoles que hemos visto regresando a su país ha sido a través de la montaña y con un fusil en la mano.

Se refería a las incursiones del maquis y Román se vio obligado a reírse también por cortesía, aunque maldita la gracia que le hacía. Miguel, el maestro libertario, ya había viajado al interior con uno que llamaban Caraquemada y, aunque él había podido regresar, sus camaradas habían sido detenidos y estaban en prisión.

—Como comprenderán, que me hayan dado este salvoconducto significa que soy hombre de paz.

Lo miraron, no supo si con desprecio o con indiferencia, y le abrieron la barrera para que pasara.

En La Junquera, la parte española, se erguían dos garitas de aspecto siniestro con armas apuntando por las ventanillas y un destacamento de guardias civiles cada una. Con sus largos capotes verde oscuro y los tricornios de charol, su aspecto era, a los ojos de Román, perturbador y atemorizante.

Sin querer confesárselo, se sintió impresionado y recorrió los quinientos metros que separaban ambas fronteras con paso vacilante, con una angustia insoportable, temiendo que sus piernas no le sostuvieran. Hasta que vio en medio de los uniformados a un hombre alto con ropa de civil y sombrero que alzaba la mano y, en lugar de agitarla, la dejaba fija, y esa mano elocuente fue el faro que lo condujo sin vacilar hasta la raya española.

Pepe avanzó unos pasos a pesar de que los guardias trataron de retenerlo y Román se dio cuenta de que cojeaba. Se quedaron frente a frente.

Ahí Román hubiera querido decirle un sinfín de palabras cariñosas y agradecidas, en el largo viaje en tren había planeado cuáles tenían que ser, pero algo advirtió en los ojos del amigo: afecto primero, lástima después, y en un segundo se vio como lo veía él, con el aspecto derrotado de todos los refugiados, la marca del destierro en los ojos, y se abrazaron al principio con precaución, tanteándose, y después tan apretados como los mares cuando se unen.

El sol se puso tras la imponente mole de los Pirineos, demorándose en una punta rocosa, dorándola, como si se resistiera a despedirse. Tembló una estrella en el horizonte, la primera, la más brillante, y hasta los guardias civiles, endurecidos por esta larga posguerra en una frontera que no dejaba de escupir muertos desde hacía tantos años, tuvieron que mirar para otro lado mascullando un me cago en Dios que se repitió como un eco en cada garganta.

Pepe cumplimentó los trámites, le señaló el asiento de pasajero de su coche, un majestuoso y anticuado Duesenberg, echó su bolsa en el asiento de detrás y se sentó al volante mientras los guardias se apartaban con la mano en la visera.

Antes de meter la marcha le echó una larga mirada. Si le sorprendió el aspecto de Román, la falta de cuidados que denotaba el corte de pelo, demasiado largo, la ropa de mucho uso, su media barba mal afeitada, si advirtió diferencias con aquel muchacho siempre bien vestido que le robaba las chicas con una caída de ojos, no dijo nada. Se limitó a un escueto:

—Deber cumplido.

La mirada de gratitud de Román le llegó más adentro que todas las palabras y de pronto sintió la necesidad de vaciarse, de abrirle su corazón como no lo hacía con nadie desde que se habían separado, aquella atroz noche de febrero. Sabía que podía confiarse al pecho fraternal y el oído indulgente del amigo del alma. Empezó por el principio, cuando se afilió a la Falange para vengar al hermano muerto al que solo podía evocar lleno de vida:

—¿Te acuerdas, Román, de cuando Carlitos se hacía el importante hablando de las pilinguis de la Maison Chevalier? Yo le había prometido que cuando cumpliera los dieciocho años lo llevaría..., pero joder..., pero joder —golpeó el volante, el coche dio un bandazo—, no llegó a cumplirlos nunca.

Román escuchaba y asentía, sin poder pronunciar palabra. Desandaban el camino que habían recorrido cuando salieron de España, atravesaban campos ásperos y desnudos, pero ellos ya no eran los mismos. Los lánguidos colores otoñales difuminaban los contornos de las masías semiderruidas donde alguien había pintado a brochazos de alquitrán el perfil del Caudillo. De vez en cuando cruzaban pueblos sin apenas signos de vida, como decorados abandonados de teatro.

—Me fui a Rusia para vengarlo, figúrate si soy imbécil.

Román seguía asintiendo sin poder hablar, se llevaba con gesto nervioso, incesantemente, el cigarrillo a la boca. Pepe lo miró de reojo y vio sus manos deformadas.

—Ya sé que estuviste preso un año y que sufriste tortura.

Se lo había contado el alcalde de Monés en la única conversación telefónica que habían conseguido mantener, cuando todos los trámites se habían resuelto y solo faltaba que Román les facilitase la fecha en la que podía viajar. La comunicación era muy mala, pero el alcalde había podido decirle en tono apresurado, antes de que se cortase:

—Tenga usted en cuenta que su amigo está distinto, nadie sale indemne de las torturas de la Gestapo, y no me estoy refiriendo solo a las secuelas físicas, que también las tiene y las verá usted.

Otro resucitado, pensó con amargura Pepe, y lo dijo en voz alta, sin saber si Román iba a entenderlo:

—Somos resucitados. —El amigo no contestó—. Yo ya no creo en nada, ¿sabes?

Román quería hablar, pero temía que la voz se le quebrase, todo se le iba en mirar. Cuando aparecieron las montañas de Montserrat como dedos azules apuntando al cielo, se le escapó un sollozo que no pudo disimular.

—Son únicas, ¿verdad? —le dijo Pepe con cariño—. En Rusia pensaba mucho en ellas, no sé por qué. Cuando subíamos con nuestros padres con el funicular desde Monistrol, ¿te acuerdas? El día de la Virgen de Montserrat.

Román carraspeó porque iba a pronunciar las primeras palabras desde que había empezado el viaje:

—No era el día de la Virgen, era por San Nicolás.

El amigo trató de responder con naturalidad:

—Es verdad, el patrón de la Escolanía.

—*Rosa d'abril.*

—*Morena de la serra.*

Se echaron a reír los dos con tierna nostalgia y a la vez dijeron los versos que conocen todos los catalanes desde niños y que los escolanos de Montserrat cantan de una forma sublime:

De Montserrat estel
Il·lumineu la catalana terra
Guieu-nos cap al cel.

El ambiente se relajó. Se cruzaban con pocos coches, los árboles pintados de blanco a ambos lados de la carretera parecían huir a su paso, avistaron un bar perdido en medio de ninguna parte con una luz roja sobre el dintel y Pepe lo señaló con el dedo:

—Mira, eso no hay ni Franco ni obispos ni puñetas que lo prohíba, la jodienda no tiene enmienda. —De pronto se volvió al amigo—. ¿Sabes lo primero que pensé cuando supe que estabas en Francia?

—¿Qué?

—Carajo, qué suerte, Román, Francia debe ser como una Maison Chevalier a lo bestia.

Román rio a carcajadas, una risa sin estrenar apenas, que sonaba como un graznido:

—¡Tú sí que eres bestia!

—¡No me dirás que allí no ha triunfado esa cara bonita! —replicó mientras le guiñaba un ojo.

Román reía moviendo la cabeza sin querer contestar y Pepe se puso serio:

—¿O tienes a alguien fijo?

—Sí, tengo mujer y un hijo —contestó con sencillez, no quería más mentiras.

—¿Francesa?

357

—No, una española que luchó en la Resistencia... En realidad, fue la que me liberó cuando iba en uno de los trenes de la muerte; si no fuera por ella, no estaría aquí ahora.

—Pues qué cojones, ¿no? Le estarás muy agradecido.

Román se quedó pensando en Teresa y se vio obligado a puntualizar:

—Sí, pero también la quiero mucho. —Y añadió—: Ella no sabe nada de mi vida en España.

El amigo asintió comprensivo sin apartar la vista de la carretera.

—¿Y qué le has dicho?

—Que iba a hacerme cargo de la herencia de mis padres.

—¿No sabe entonces que estás casado? —le preguntó con suavidad.

Cuando Román le dijo a Teresa que le habían avisado de Barcelona para cobrar la herencia de sus padres, una excusa que pergeñó en el mismo instante de contárselo, ella se lo tomó asombrosamente bien. Incluso le animó a ir cuando él fingía dudar:

—Si es el piso o lo que sea, lo vendes, que nos vendrá bien el dinero.

No era solo que ese piso ya no existiera, sino que además sus padres estaban de alquiler. Y no poseían ahorros, todo se les iba en dar una educación por encima de sus posibilidades a su único hijo. Pero no le contó nada de esto y Teresa no preguntó. Estaba muy ocupada. En la reunión de los partidos comunistas de toda Europa en Polonia en el mes de septiembre se había acordado endurecer las posturas, infiltrarse en las fábricas y en la universidad y preparar una gran huelga para el año siguiente que mostrara la fuerza del proletariado.

Teresa acudía a asambleas en pueblos vecinos, trataba

de movilizar a las mujeres y se iba con Rubén y con Luna a repartir pasquines a la puerta de las iglesias. Hacía solo tres días, el niño llegó corriendo a casa y se lanzó a los brazos de su padre:

—Papá, unas señoras..., piedras a mamá.

Ella entró detrás, sudorosa, despeinada, y lo riñó para no tener que dar explicaciones:

—¿Aún no te has hecho la maleta? Va, hombre, que todavía te la tendré que hacer yo.

Él se desplomó en una silla devorado por la angustia.

—Es que no sé si ir, Teresa, ¿qué pasará con el niño? No lo lleves a tus cosas, por favor.

—Yo estoy en la lucha revolucionaria desde que supe ponerme de pie y quiero lo mismo para mi hijo —lo interrumpió ella.

—Pero tu hermano también, ¿no? Y no lleva al suyo a las manifestaciones.

—Eso es por Paulette —protestó con voz llena de rencor—. Ella tampoco me ayuda; aunque es del partido, ni siquiera asiste a nuestras asambleas. —Pero, como hacía siempre con los temas personales, enseguida se pasó la mano por la frente e intentó borrar los pensamientos negativos—. Estoy deseando que te vayas...

—Hombre, muchas gracias.

Y ella se colgó de su cuello como en las películas y gritó melodramáticamente:

—Porque así volverás antes. —El tono era forzado, pero los sentimientos auténticos, porque a Teresa se le humedecían los ojos, aunque se rehízo de inmediato—. Luna te echará en falta.

La perra, al oír su nombre, levantó las orejas y Rubén trepó a sus rodillas para decirle al oído:

—Yo también, papá.

Le conmovía la fe que Teresa tenía en él, la confianza

con la que decía vete y cuando vuelvas te estaremos esperando, y le avergonzaba en lo más hondo no haberle contado nunca que tenía mujer y un hijo en España. Dudó, incluso, si confesárselo antes de irse, pero se lo consultó a Félix, que le disuadió tajantemente:

—¿Cómo vas a contárselo a estas alturas? Anda, anda, que no estás en el confesionario.

—Pero es que me siento como una mierda —argüía él, quejoso.

Cuando tenían que hablar de algo confidencial, lo hacían en el taller de coches a última hora de la tarde. Ya habían bajado la persiana y Román guardaba una botella de vino y unos vasos en un armario. A pesar del intenso olor a gasolina, a los dos amigos les gustaba sentarse en un taburete y dejar pasar las horas fumando y bebiendo.

—¿No te das cuenta de que justo ahora no tiene ningún sentido? ¡Pensará que quieres abandonarla y volver con Beatriz!

Como el amigo callaba, le dio un puñetazo:

—A ver, Román, ¿tú qué quieres hacer? Primero aclárate.

Román se sobresaltó, Teresa era su compañera, su cómplice, su hada de los bosques, su Pimpinela Escarlata. Su hogar era ella, ¿no era feliz hasta hacía cuatro días? ¿No daba las gracias por todo lo que la vida le había dado?

—Lo tengo muy claro, Félix. ¿Me consideras tan mala persona como para abandonar a mi familia? Pero me reconcome vivir con esta mentira.

El amigo se bajó del asiento, se acercó a él y le rodeó los hombros con el brazo.

—Mira, Román, tú ve allí, analiza lo que sientes, cómo está la situación...

Román miraba tozudamente su vaso:

—Solo quiero ver a mi hijo.

—Bien, pero su madre algo tendrá que decir al respecto, ¿no? —Félix dejó a un lado el tono severo—. Ve allí, y después de este mes lo verás todo muy claro.

Román asintió.

—Hagas lo que hagas, estará bien, joder —lo respaldó el Gordo, luego abrió los brazos en un gesto cómico—. De otras más difíciles has salido, ¿no?

Pepe apartó la mirada de la carretera para repetirle su pregunta sin quitarle ojo, aun a riesgo de pegársela contra un árbol:

—Dime. Ella, esa mujer, ¿sabe que estabas casado en España o no lo sabe? ¿Sabe que tienes otro hijo?

Román se sobresaltó, por un momento había olvidado su situación presente y seguía oliendo la gasolina de su taller y saboreando el vino peleón:

—No. —Y con un hilo de voz preguntó después de una pausa muy larga—: Es un chico, ¿no?

Pepe contestó con voz cariñosa:

—Sí, se llama Paquito. Lo conozco y es muy simpático.

Román sabía que Pepe, como Félix, no lo juzgaba, porque esa era la primera regla de la amistad, ni absolver ni condenar, simplemente no juzgar. Por eso no tenían secretos los unos para los otros. Fumaban mientras el coche devoraba kilómetros, pero, después de una breve duda, Pepe rompió el silencio:

—No sabes lo cambiada que está Beatriz... No la conocerás.

Román tuvo, a pesar suyo, un gesto de incredulidad:

—¿Sí? Bueno, todos hemos cambiado, ¿no? Si vieras a Félix...

Félix se había negado a acompañarlo, «Volveré cuando caiga Franco». ¡Que caiga Franco! Un sueño que, a pesar de la euforia engañosa de los comunistas, cada vez parecía más lejano.

—Qué ganas tengo de verlo, coño, pero lo entiendo —se lamentó Pepe y luego bromeó—: ¿Cambiado? No me digas que ha adelgazado.

—No, pero ahora es muy disciplinado, se nota su paso por el ejército. —Le dirigió una mirada rápida—. Pero tú no has cambiado ni un poco.

El otro rio con amargura.

—Joder que no. He dado más bandazos que un marinero borracho.

—No, tú siempre has sido así. —Román lo miraba con intensidad.

—Así, ¿cómo?

—No sé decirte...

—¿Cojo?

Román movió la cabeza y le preguntó:

—¿En Rusia? —Pepe asintió, Román siguió—: Leal, fuerte, digno de confianza, pero insatisfecho y atormentado.

A Pepe se le rompió la voz:

—Calla, coño, tú qué sabes.

Román abrió un poco la ventanilla para que se fuera el humo:

—Desde que los alemanes me hicieron... aquello, me he vuelto clarividente. —Fingió que no notaba la mirada de su amigo y cambió de tema—: O sea, ¿que Bea no se ha casado? En los papeles es viuda, ¿no? Podría haberlo hecho.

Pepe tuvo un gesto evasivo, fue la única pregunta que no respondió directamente:

—Ya la verás..., que te cuente ella. Supongo que vendrá mañana. Sabe que llegábamos hoy.

—¿Y quiere verme?

El amigo lo miró con severidad:

—Román, ¿cómo no va a querer verte? Tú no has hecho nada malo, hostia. —Se le rompió la voz—. Nos sacaste de España, nos salvaste cuando hubieras podido irte solo. En realidad, tú no tendrías ni que haberte ido, ¿quién te iba a buscar a ti, un chupatintas de tres al cuarto?

Román fingió molestarse para disimular su emoción:

—Sin ofender, eh.

—Lo hiciste por ayudarnos.

Elisabeth no tenía que ir en un tren de la muerte porque no era judía. Pero lo hizo para ayudar a sus niñas.

No era lo mismo, pero... Bajó la voz y jugueteó con sus dedos.

—No pude salvaros a todos.

Pero las palabras de su amigo lo reconfortaron tanto como una caricia desconocida en el alma.

No quiso preguntar más por su hijo. Preguntar por él era ponerlo a la altura de lo demás y él era especial, estaba en una categoría aparte. El hijo era la causa por la que había cruzado esa frontera entre sus vidas.

Eso quería creer, pero la verdad es que añoraba esto y extendía metafóricamente los brazos todo lo posible, desde el Tibidabo hasta la Barceloneta, desde el Besós hasta el Llobregat. El mar sucio, los cafés, las gabardinas. Los quioscos de periódicos y las palomas. Las voces altas, la forma de caminar, los taxis. ¡Todo lo llevaba estampado a fuego sobre la carne!

Entraron por la Diagonal. Román apoyaba las palmas de las manos en los cristales tomando el pulso de su ciudad, era oscura y fría, los fantasmales edificios se elevaban en la noche sin luces en las ventanas como ojos ciegos, la humedad ponía un halo misterioso y multicolor en las escasas farolas de gas, los coches eran muy viejos y parecían a punto de descalabrarse en el abrupto empedrado, pero él solo pensaba: ahí iba con mi madre a comprar botones, aquí vivía Félix, ¿no era en ese pasaje donde estaba la bolera? Y esa ciudad gris se fue poblando poco a poco de todas las personas de su vida: sus padres, paseando los domingos por la mañana a la salida de misa; su padre, llevándolo de la mano hasta la parada de taxis de la calle Córcega para ir a ver un partido del Barça, ¿dónde?, sí, en el campo de las Corts, y por ahí se iba al Pompeya. Torcía el cuello para mirar la esquina donde se reunía con Pepe y Félix, sí, sí, para ir a buscar a Bea cogía ese tranvía, el 23. ¿No iban los niños de las escuelas municipales con sus batas de ralladillo, cogidos de la mano, por esa avenida?

Pepe vivía en la calle Muntaner, encima del bar Besaya. Cuando llegó frente a su casa, detuvo el coche y paró el motor. Se miraron los dos amigos, Pepe advirtió su emoción y le preguntó:

—Subimos a dejar todo esto y vamos a cenar, si te apetece. Hay un sitio gallego ahí en la Travesera.

¡La Travesera! ¡Donde estaba el colegio de Bea! Cuando pasaban por delante ella siempre se lo señalaba, las Damas Negras se llamaba.

No tenía hambre, aunque asintió distraídamente.

Pero todo se detuvo en la portería, cuando le llegó su perfume antes de verla. Y tuvo ganas de hacerse a un lado para dejar paso a aquel joven no tocado aún por el dolor ni la adversidad que le gritaba «Aparta, viejo», y corría a abrazar a su enamorada con sus bellas manos.

—Come, Paquito.

—Mamá, en el cole me han dicho que, en vez de cantar por las mañanas el *Cara al sol*, vamos a rezar un padrenuestro.

Bea levantó una ceja y miró a Gema, que servía la sopa y le devolvió el gesto:

—¿Y eso?

—Dicen que lo cantemos con el corazón, pero yo no sé cómo canta el corazón. ¿Tiene una boca pequeña o qué? —Se frotaba el pecho, intentando bajar la cabeza en una contorsión imposible—. Quizá está cantando ahora y no me entero porque, claro, ahí encerrado...

Paquito siguió parloteando sin dejar de masticar y tender de vez en cuando el plato a Gema para que se lo volviera a llenar, porque era un comilón insaciable. Aun así, tenía un temperamento tan nervioso que todo lo quemaba y estaba muy delgado.

Bea dejó la comida a un lado y encendió un cigarrillo mientras contemplaba a su hijo. Ahora no era guapo, porque en un niño se valoraban los mofletes sonrosados y la boca de querubín, y Paquito tenía la cara larga y los ojos demasiado grandes, pero lo sería de mayor, como su padre. De momento le faltaba esa expresión melancólica que tenían los ojos de Román, no solo ahora, cuando la vida lo había golpeado tan fuerte, sino cuando lo había conocido.

¡Román! El elemento perturbador que había venido a poner su mundo patas arriba. Cuando lo vio en la portería de Pepe no se fijó en su ropa, ni en sus manos. Solo recordaba el sentimiento que le había inspirado la primera vez que lo vio en el Pompeya y volvió a sentir la misma languidez en los miembros y volvió a desear amarlo como lo había amado.

Hacía una semana que Román había regresado, y ahora a veces pensaba que ojalá no hubiera aparecido nunca, pero también se daba cuenta de que algún día tenía que enfrentarse con su pasado. Y ese día había llegado.

—Mamá, mañana tenemos que llevar el mapa de España con los ríos.

—Ya te lo ha hecho Gema, ¿no?

—El padre Antonio me ha dicho que como eres abogado no puedes ocuparte de mí como las otras madres.

En el colegio se burlaban de su hijo por el hecho de que ella trabajara.

—¿Y tú qué le has contestado?

—Que papá murió para salvarle la vida a él y a los otros curas y los niños me aplaudieron y él se quedó con la boca así. —La abrió de forma desmesurada, lo que despertó la hilaridad de las dos mujeres. Después miró a Gema con ojos suplicantes—. ¿Me pones salsita, por favor?

Bea suspiró. No, aún no le había dicho nada a Paquito de su padre. Que ese padre venerado, el héroe de Sitges, el salvador de curas, en realidad vivía y era un hombre de ojos tristes y chaqueta apedazada con el que se encontraba todas las noches.

No sabía cómo hacerlo.

Gema la miró con cariño y le dijo, porque la conocía

366

muy bien y adivinaba los complicados pensamientos que nublaban su mente:

—Te duele la cabeza, ¿verdad? Ve a echarte en la cama, que ya recogemos nosotros.

—¿No te importa? —Le dio un beso en la frente a su hijo, que no le hizo caso, y una caricia en la mejilla de su amiga—. Gracias, buenas noches.

Su dormitorio era el único cuarto de la casa donde podía estar sola. El ático era muy pequeño y su padre la intentaba convencer para que se comprara un piso más grande; con lo que ganaba podía permitírselo y sabía que tarde o temprano debería hacerlo, porque era impensable que Gema continuara durmiendo en la misma habitación que Paquito. Pero no podía dejar de pensar que eso era admitir que ya iba a estar sola el resto de su vida, porque el ático era como un lugar provisional, propio de gente joven con todo el futuro por delante. Y si se asentaba y se ponía a vivir en un piso amplio y burgués, significaba apartar de su vida la aventura. Lo de Álvaro y ella acabaría diluyéndose: cada vez les costaría más verse, hacer el amor, esos encuentros furtivos cada día serían más tediosos, más esporádicos, y al final, sin peleas, sin enfrentamientos, cada uno seguiría su propio camino.

Eso, si es que volvían.

Cuando le había contado que Román iba a regresar a España, Álvaro no había dicho nada. Bea intentó disculparse:

—Ha sido cosa de Pepe. Y viene solo para un mes.

—Pero lo vas a ver —más que preguntar, afirmó.

—Sí, claro, no hay razón para no hacerlo, compréndelo.

Después habían ido al cine y ella se había sumergido en una película en la que Ingrid Bergman hacía el papel de una mujer casada que se enamora de otro hombre, a quien interpretaba Humphrey Bogart. Al acabar, Álvaro la acompañó hasta la esquina anterior a su casa, donde solía dejarla, y le dijo con una leve sonrisa:

—Bien, adiós... —Al ver que ella vacilaba y echaba en falta el casto beso que siempre le daba en la mejilla, añadió—: Creo que es mejor que dejemos de vernos.

Ella iba a protestar, pero él se llevó dos dedos al ala de su sombrero y se dio la vuelta. Bea no insistió.

¿Así se acaban las cosas? ¿Cuatro años tirados al cubo de la basura? Desvaneciéndose como rayas en el agua. Adiós a sus cenas, ¿para quién iba a comprarse ahora ropa elegante? Adiós a las llamadas de teléfono para consultar cualquier asunto nimio. Adiós al oído atento, a la risa con la que acogía sus bromas. ¿Esto era todo lo que recordaba? ¿Una rutina, un puñado de instantes? ¡Habían estado cuatro años juntos y solo le quedaba eso, y sin embargo había vivido un solo año con Román y se acordaba hasta de las marcas que dejaba el peine en su pelo!

Pero no quería reconocer que echaba de menos su intimidad con Álvaro, ¿qué estaría haciendo ahora? Miró su reloj: las once, estaría en la Parrilla del Ritz tomando una copa, quizá con una mujer. Trató de imaginársela, tal vez era la consulesa húngara de la que le había hablado, la que había estado liada con Román en Toulouse, ¡estaría bueno que esa extranjera se hubiera acostado con los dos únicos hombres de su vida! Le dolió y se sorprendió de que le doliera más imaginarla con Álvaro que con Román. ¿Se estaría volviendo loca?

Hablaron de esa mujer esa primera noche de sensaciones, expectativas, recuerdos y añoranza. El día en que Román había llegado de Francia.

Aunque se había prometido a sí misma esperar al día siguiente, esa tarde sintió una desazón tan insoportable que salió antes del despacho, se fue a la casa de Pepe, consiguió colarse en la portería y esperó entre las sombras con el corazón latiéndole como un tren a punto de descarrilar. En esos momentos toda su vida pasó ante sus ojos. El encuentro en la portería, iluminada a rachas por los faros de los escasos coches que circulaban por la calle Muntaner, los había dejado a los dos conmocionados, sin saber qué hacer. Menos mal que Pepe los había conducido al ascensor por el codo, como si fueran heridos de guerra, y habían subido, muy apretados, callados como muertos. De la ropa de Román se desprendía un olor fuerte, tenía los labios pálidos y a Bea le conmovió la tristeza de su mirada y que tratara de ocultar las manos metiéndolas en los bolsillos. No, no, quería decirle, no lo hagas. Levantó la vista y él la estaba mirando y sonrió. El trayecto se le hizo eterno.

El piso de Pepe era un lugar inhóspito, como un descampado. Había maletas abiertas, la ropa encima de las sillas, una toalla sucia colgando de una puerta. Le enseñó a Román su cuarto, una habitación muy grande con el colchón en el suelo:

—Perdona, chico, siempre pienso en arreglarlo y nunca tengo tiempo.

—Deja, qué más da —contestó Román.

Pepe, al advertir su expresión, lo detuvo por el brazo:

—¿Estás bien? ¿Quieres que le diga a Bea que venga mañana?

Román negó y Pepe le agarró con rabia las manos y le dijo:

—¡Y no las escondas, joder, son una medalla y no un baldón!

Bea los había seguido y escuchó sin querer la corta conversación. Se emocionó, pero se apresuró a volver a lo que suponía era el salón, se sentó en un sofá y cruzó las piernas.

Le ardían los ojos y sentía una inquietud extraña, dolorosa y alegre a la vez, y un cosquilleo en la punta de los dedos. Hubiera querido hundirlos en el pelo alborotado de Román, como hacía con su hijo.

Aparecieron los amigos con una botella de anís y dos vasos. El anfitrión se disculpó:

—Es lo único que tengo. —Señaló el otro cuarto—. Voy a leer unas cartas, dadme un momento.

Se miraron con timidez. Ella odiaba el anís, pero se tomó la copa entera de un trago. Román se sentó a su lado y apoyó un brazo en el respaldo del sofá, seguía teniendo ademanes elegantes que ni el traje raído podía ocultar. Le dio a su copa solo un sorbo y preguntó, para romper el hielo:

—¿Todavía vives en el paseo de Gracia?

Ella le habló del ático, del despacho, de Gema, de sus padres:

—Figúrate, mi madre está aprendiendo a bailar flamenco, una vasca bailando sevillanas, papá dice que parece un general prusiano.

La risa de Román fue un eco débil de las risas de antaño. Bea tuvo otro intento desesperado de llenar la conversación:

—Mi hermana Rosa empieza a estar desencantada de esta nueva España.

—No me dirás que se ha vuelto roja.

Bea le hizo bajar la voz con gestos, horrorizada:

—Claro que no, pero, Román, cuidado, que no se sabe quién puede estar escuchando. Supongo que Pepe te habrá advertido de que hay un policía secreto en cada esquina.

Román miró alrededor, el solitario piso, pero pidió disculpas de todas formas levantando las manos.

—Ya sabrás que hay bastante inestabilidad por culpa de esos bandoleros que vienen de Francia a dar guerra. ¿Sabes que han puesto una bomba hasta en Parellada?

Román negó con la cabeza, pero a pesar de eso dijo después de una vacilación:

—No son bandoleros, son luchadores por la libertad.

Bea iba a contestar, pero recordó de dónde venía Román y prefirió guardar silencio. Y entonces, al fin, fue Román el que preguntó con una voz rara que no parecía suya:

—¿Y Paquito? —No se atrevió a llamarlo «mi hijo».

Bea tardó unos segundos en contestar:

—Paquito. —Sonrió, ladeó la cabeza—. Es un niño muy listo, demasiado... Le gusta mucho leer y habla como una persona mayor.

—¿Cree que estoy muerto? —preguntó en un susurro.

Ahogadamente, Bea contestó:

—Pues sí. —Apuró el cáliz, mejor hacerlo todo a la vez—. Te hicimos pasar por un soldado franquista caído en una acción en Sitges. No podía hacer otra cosa.

Román levantó la mano para interrumpirla:

—No te reprocho nada.

—Ya lo sé, pero quiero explicártelo. Yo me resistía, pero mi padre me demostró, no que fuera lo mejor, sino que era lo único que podíamos hacer si queríamos vivir en paz... Había mujeres en la cárcel por haber hecho lo que yo hice, y niños en orfanatos, ¡hijos de rojos, les gritan por las calles! —Quería contárselo con frialdad, pero a pesar de todo le temblaba la voz—. ¡No pude hacer otra cosa!

Román repetía, con la vista clavada en el suelo:

—Lo entiendo, Bea, de verdad.

Sin detenerse a pensarlo, se acercó a él, le cogió la mano que él trató de hurtarle y se la apretó en un gesto fraternal más que amoroso. Somos de la misma generación, sé lo que has sufrido, yo también, pero no vamos a hablar de eso. Todo lo dijo sin palabras y después lo soltó y le puso la mano en el hombro:

—Román, lo siento mucho, ojalá las cosas hubieran sido distintas.

Él la miró a su vez con esos ojos abrasadores que nunca había olvidado.

—No ha sido culpa nuestra, sino del fascismo.

Pepe entró en ese momento en la habitación frotándose las manos.

—Tengo hambre, ¿vosotros no? Venía diciéndole a Román que podríamos ir al gallego de la Travesera, en casa no tengo nada.

De modo que salieron. Bea llevaba un abrigo de *mouton* con un cuello tan alto que solo se veía su carita triangular y parecía una princesa rusa. Pepe iba con gabardina forrada. Román, en mangas de camisa.

Pepe miró a su amigo de arriba abajo.

—Pero ¿no has traído abrigo? El frío de Barcelona es muy traidor, la humedad se te mete en los huesos, ¿es que ya no te acuerdas?, y ahora no hay calefacción en ningún sitio por culpa de las restricciones.

El otro se encogió de hombros:

—No me hace falta. Allá... hace más frío todavía, a veces nieva.

—Para frío, el ruso —recordó Pepe como en una competición de climas. Ahuecó las manos, respiró en ellas y las frotó entre sí para calentárselas—. Creo que la nieve se me ha quedado dentro de los huesos.

Bea temió que los dos cayesen en esa melancolía oscura que atrapaba con frecuencia a los hombres que volvían de la guerra, y buscó cambiar de tema:

—Vives al lado de Lille, ¿no? ¿Monés se llama?

Román asintió y Pepe, que iba en medio y acababa de coger a los dos amigos por los hombros, le preguntó señalando a Román:

—Tú serás un abogado importante, pero ¿sabes que aquí el menda es empresario?

Bea abrió cómicamente los ojos:

—¿Román empresario?

Entraron en el local pequeño y de aspecto modesto dispuesto como una fonda de pueblo con mesas a lo largo de la pared con manteles de cuadros. La cocina estaba a la vista y los recibió un hombre con mofletes rojos, pelo rizado y un lápiz detrás de la oreja:

—Señor Velasco, ahora mismo le visto su mesa. Hoy tengo unas almejitas muy buenas, ya sabe cómo las prepara mi mujer.

—Pues venga, y unos mejillones, un poco de todo como siempre. —Se sentaron y Pepe prosiguió la conversación—: Pues sí, empresario de coches.

Román se echó a reír.

—Qué exagerado. Tengo un taller mecánico, ya me dirás tú la gran empresa.

—Pero ¿qué sabes de eso? —se asombró Bea.

Román abrió los brazos y confesó con franqueza:

—Pues nada, hablando en plata. El primer coche que me trajeron no sabía ni dónde tenía el motor, abrí el portamaletas y venga a buscar, y al final le dije al propietario: «Mire, le han robado el motor, lo mejor será que vaya a comisaría a denunciar».

Los otros dos se echaron a reír a carcajadas, los escasos clientes los miraban con simpatía y el camarero llegó cargado de bandejas que fue depositando en la mesa, los amigos empezaron a picar sin dejar de hablar y beber un vinillo que entraba fácilmente.

Bea y Pepe intercambiaron una mirada de complicidad porque se colorearon un poco las pálidas mejillas de Román, que volvía muy despacio a ser el de antes.

Ella preguntó mientras sorbía una almeja:

—Pero ¿cómo te arreglas?

—Tengo un socio que es un hacha para estas cosas... Además, es el que puso el dinero.

—Pues vaya ganga, ¿no?

—Bueno, tiene un pequeño defecto, en realidad un gran defecto, y es que es un vago de siete suelas, no puede trabajar más de media hora al día porque dice que lo suyo es cosa delicada, como si fuera una operación a vida o muerte o algo así, y se queda exhausto. Ahora, cuando ve un motor, dice: «La avería está aquí o aquí», en diez minutos, eh, ni uno más, la repara y después se va para su casa.

Los amigos reían con incredulidad mientras daban buena cuenta de los aperitivos hasta dejar las bandejas vacías. Pepe se burlaba:

—Pero ¿tú qué haces? No te veo ningún papel en esta empresa, Román, creo que eres un fraude.

El otro lo admitía con resignación:

—Es que lo soy, ya os lo decía..., pero en realidad tengo el papel más difícil, porque cuando Manolo, es decir, mi socio, se va, yo tengo que rellenar el resto de la jornada de trabajo con literatura para poder cobrar una factura decente.

El camarero se llevaba las bandejas y sacaba bistecs con patatas fritas para todos. Aunque Román trató de rechazar el suyo, al final terminó comiéndolo. Al primer mordisco comentó con sorpresa:

—Joder, qué duro está.

El dueño, que lo oyó, se rascó la cabeza:

—Pues aún dé gracias, es carne congelada que nos han vendido los argentinos, los únicos que ahora mismo...

Sin embargo, Bea no tenía ganas de hablar de las miserias del aislacionismo y lo despidió con un gesto mientras preguntaba a Román:

—Pero eso de literatura qué es.

—Pues verás, yo les suelto frases a los clientes al buen tuntún... Yo qué sé, que el coche tiene problemas en el delco y en la culata, y yo no sé qué coño es el delco ni la culata.

—Pues yo sí —terció Pepe abriéndose un poco la chaqueta y enseñando el bulto inequívoco de una pistola.

Bea se horrorizó y empezó a mirar a todas partes.

—Pero, loco, ¿vas armado?

Pepe se llevó el dedo a los labios.

—Chist... Sí, claro, soy un pez gordo. —Señaló a Román, que reía—. Que te diga este.

Bea lo miró y abrió los brazos:

—¿Qué?

Román movió la cabeza y le dio otro trago al vino:

—Me lo dijo el alcalde de Monés. —Imitó el acento cerrado de Marcel—: «Tu amigo es un pez gordo».

Román rio, «Será más bien pececillo», y Bea preguntó, mientras se secaba los ojos de risa:

—Menudo alcalde debe ser.

—Pues sí, el capitán Marcel —le contestó él, aún con la sonrisa prendida en la comisura de los labios.

—¿Es militar? —preguntó Bea antes de secarse la boca con una servilleta, que dejó manchada de rojo.

—Era nuestro superior en la guerrilla, fue uno de los que organizaron mi rescate de un tren de la muerte y por él fuimos a Monés cuando acabó la guerra.

El rostro de ella se ensombreció de golpe y Pepe se apresuró a cortarlo:

—Yo esta parte ya me la sé, o sea que luego se lo cuentas a solas a Bea. —Y añadió, alarmado—: Y baja la voz, joder.

—Perdona.

Pero Bea solo se había quedado con una palabra:

—¿Fuimos? ¿Quiénes?

Fue Pepe el que contestó:

—Pues Félix y este. ¿No sabías que Félix también es un

pez gordo, pero... —bajó la voz hasta un susurro inaudible— del Partido Comunista?

—Es gordo en general —replicó Román, y luego dijo, soñador—: Carajo, ojalá algún día podamos estar de nuevo los tres juntos.

El restaurante se había ido vaciando, encendieron cigarrillos y apareció el dueño haciendo cuentas en una libretita, pero aun así ofreció:

—¿Quieren un aguardiente muy bueno que me envían de mi tierra?

Sacó una botella con un líquido transparente y tres vasitos, y los llenó hasta los bordes. Fue entonces cuando Bea preguntó con ojos pícaros:

—Bueno, y la consulesa, ¿qué?

Ahora sí que Román se sorprendió, tanto que casi se le cayó el vaso.

—¿Qué? ¿A qué te refieres?

—Todo se sabe. —Bea se hacía la interesante mientras repasaba el borde del vaso con el dedo.

Pepe lo señaló con el cigarrillo.

—Venga, sí, desembucha.

—Eva, se llamaba Eva, era la mujer del cónsul de Venezuela, nada, una amiga —contestó él con evasivas, y se volvió asombrado a Bea—. Pero ¿cómo...?

Pepe le interrumpió y extendió el meñique y el índice.

—¿Te la tiraste? —Le guiñó un ojo a Bea—. Todo sabemos lo que es este... Esa carita guapa triunfa aquí y en la Conchinchina.

Bea se reía también a grandes carcajadas, pero era una risa falsa, porque ella no era un amigote, no era una compañera de francachelas, era su mujer y le enfadaba que Pepe no lo recordara.

Pero ¿qué decía? Eso era antes, ahora ya no había nada entre ellos..., debía ser el vino. Pero Román también se mostraba cohibido, y a espaldas de Pepe, mientras este pagaba, ponía caras como diciendo a mí que me registren, yo de eso no sé nada.

Los tres volvieron a casa cogidos del brazo. Sin coches, sin tranvías, sin luces, se sentían como los únicos habitantes de una ciudad fantasma. Solo se oía el lejano sonido del chuzo del sereno.

El Besaya aún estaba abierto, se despedían los últimos clientes.

—Podríamos tomar algo, la última —sugirió Román.

—Por Dios, no —protestó Pepe—, que estoy hecho polvo. —Rebuscó en los bolsillos y le lanzó un juego de llaves—. No hagáis ruido al entrar, que tengo el sueño muy ligero.

Bea y Román se miraron porque Pepe había hablado con naturalidad de que iban a subir juntos.

Se sentaron en una mesa en un rincón, les sirvieron una copa de coñac que ninguno de los dos probó. Se miraron en silencio. Román tenía unas arrugas muy pronunciadas desde las aletas de la nariz a la comisura de los labios y sombras azules debajo de los ojos. Bea formuló la única pregunta que le quemaba los labios. Lo dijo con una voz tan débil que apenas se escuchaba:

—¿Por qué no nos escribiste ni una sola vez? ¿Es que no nos querías?

Román la miró fijamente. En su interior sonaron voces, los gritos de sus torturadores, y recordó que estuvo a punto de arrojarse por una ventana..., pero no lo hizo.

Los ojos de Bea estaban clavados en él, una mirada con mucho dolor acumulado, y le avergonzó no tener otra respuesta:

—No lo sé, Bea, te juro que no lo sé... La vida.

¿Quién levantó primero la mano? Bea le pasó el dedo por las cejas, Román le cogió la cara, no hablaron mucho, es cierto. Se pusieron de pie a la vez, él hurgó en los bolsillos y tiró unas monedas en la mesa, tuvieron que llamar al sereno para que abriera el portal. Los miró de arriba abajo con sospecha, Pepe ya le había contado que los vigilantes nocturnos eran confidentes de la policía, pero Bea depositó en sus manos un billete de diez pesetas que el hombre se apresuró a guardar en el bolsillo y se despidió con un servicial:

—Buenas noches nos dé Dios.

En el ascensor se miraron en el espejo sin palabras, se rieron porque la llave no entraba en la puerta y se dieron cuenta de que estaban algo borrachos, y se dejaron caer en el colchón, pero ¿no era en realidad la camita de Bea de su cuchitril de soltera? Se amaron con dulzura, precaución, torpeza y muchas caricias. Se amaron con cariño y camaradería y se durmieron el uno en brazos del otro.

—En sueños llamabas a una mujer.

Eso fue lo primero que Bea le dijo por la mañana. Él acababa de abrir los ojos, una luz como diluida se filtraba entre los visillos de un blanco roto y aterrizaba en la clavícula desnuda de ella. Román pensó: «Ya está, llamaba a Teresa». Pero no.

—Has nombrado a Elisabeth —aclaró Beatriz.

Así que él le habló de ella. Pepe ya se había ido y bajaron a desayunar al Besaya y seguía hablando de Elisabeth. Después Román quiso ir a visitar la tumba de sus padres al cementerio de Montjuic. Bea compró dos ramos de flores, uno para los padres y el otro para la cuáquera. Él se puso a llorar y ella lo consoló como si fuera su hijo.

No, su hijo no era, su hijo estaba en la habitación de al lado mientras ella daba vueltas en la cama. Y pensaba no en Román, sino en Álvaro. ¡Lo añoraba! ¿Cómo se entendía eso?

Román y ella habían pasado siete noches juntos. Por el día ella iba al despacho y él recorría Barcelona. Pepe le había pedido discreción de momento, más adelante ya verían. Pero ahora disponía de un mes por delante para resolver asuntos familiares. No tenía ni familia ni asuntos, por eso caminaba sin tregua de norte a sur, de este a oeste, como si buscara algo. Quizá la memoria de sus propias huellas.

Bea se preguntaba qué hacer. Con Román no había hablado del futuro. En realidad, apenas hablaban. ¿Qué intenciones tendría él? ¿Y ella? Se revolvió en la cama, le quedaban tres semanas para pensarlo, pero dudaba de que llegara a alguna conclusión.

Gema le había regalado un potente reloj despertador alemán y el tictac enloquecedor no la había dejado dormir en toda la noche.

Eso pensaba, al menos, pero no oyó el timbre del teléfono y en realidad no se despertó hasta que Gema llamó a la puerta:

—Bea, está Román al teléfono, parece urgente.

Salió dando tumbos de la habitación, anudándose el cinturón de la bata. Paquito ya se había ido al colegio y el sol entraba hasta el pasillo, lo que demostraba que ya debía ser bastante tarde. Cogió el auricular y oyó la voz de Román:

—Bea, ¿eres tú? —se oía mal, con interferencias—, ¡Bea!

—Sí, sí, te oigo, Román. ¿Dónde estás? ¿Qué pasa?

—Perdóname, he decidido marcharme a Francia, estoy en Figueras, a punto de cruzar la frontera.

—¿Cómo? —Trató de procesar la noticia, antes de que la asimilara su mente la entendió su corazón, porque sintió alivio y después tristeza—. Pero, Román, si aún te quedaban tres semanas... Paquito...

¿Paquito qué?, no seas hipócrita, Bea, no querías que conociera a Paquito, para qué mientes. No querías darle entrada a tu mundo. A nadie has hablado de él, aparte de Gema. Ni a tus padres, ni siquiera a Julio, tu socio en el despacho y tu amigo. No querías que te vieran con él y solo os encontrabais en casa de Pepe. ¿Y ahora lloriqueando?

Pero él le ahorró las justificaciones y los remordimientos:

—Ayer lo vi, Bea. No te preocupes, él no se dio cuenta. Fui a la salida de su colegio, no sabía si lo reconocería, pero me arriesgué.

—Y lo reconociste.

—Sí.

Le daba la impresión de que ahora estaban más cerca de lo que habían estado toda esa semana, que el hilo telefónico era un cordón umbilical que no se iba a romper nunca.

—Se parece mucho a ti.

La voz se animó:

—Es verdad, me acordé de cómo era yo, me pareció que era pequeño y me estaba mirando en el espejo. —Ahora habló rápido y animado—: Estaba jugando con otros niños y eso me gustó mucho, porque para los hijos únicos los amigos son los hermanos.

—Sí, es muy popular.

—Estoy muy orgulloso de...

—Sí, se lo merece.

—No, digo que estoy orgulloso de ti, Bea, lo has hecho muy bien y yo muy mal. Perdóname, tendrás noticias mías, no te preocupes.

Ella se aferraba al teléfono:

—Sí, por favor, Román, dime algo, cuídate. —Intentó bromear—: Un día te llevaré el coche para que lo arregles.

Él siguió la broma con la misma voz manchada de lágrimas:

—Pero si no tienes.

—Lo compraré solo para que le cambies la culata.

Un silencio, Román pareció hablar con alguien en segundo plano y volvió otra vez a ella, pero ya más distante:

—Sí, bien, Bea, tengo que irme, perdóname.

Ella se aferraba al teléfono, lo agarraba con fuerza sobrehumana.

—Por favor, Román, dime algo. Ha estado bien, ¿verdad?

—Muy bien, sí, seguiremos en contacto.

Dudó, ella creyó que iba a decir te quiero y tal vez eso lo habría cambiado todo.

Pero solo dijo: «Adiós, Bea».

26

ROMÁN

Tardó veinticuatro horas en llegar a casa. Estaba empapa-
do de la cabeza a los pies. Primero, bajando del autocar
que lo había llevado desde Lille, Román había tratado de
taparse echándose la chaqueta por la cabeza, pero al final
había optado por correr a cuerpo limpio hasta su puerta, a
los brazos de Teresa, a morder la barriguilla de su hijo,
dejar que la perra saltara a alturas inverosímiles para intentar lamerle la cara. Estuvo a punto de patinar y caer sobre
el lodo viscoso en el que se habían convertido las calles de
Monés con las últimas y torrenciales lluvias, pero en un
instante recobró el equilibrio y abrió la puerta de un empujón. Teresa estaba agachada frente al fuego arreglando
los troncos, el niño dormía en el sofá y la perra fue la primera que advirtió su presencia, su cola empezó a moverse
como un pequeño látigo y se levantó bruscamente provo-
cando que Teresa se volviera de forma malhumorada:

—Pero qué coj...

Se quedó con las tenazas al rojo en la mano, el pelo alborotado, la vieja toquilla resbalando al suelo mientras se
levantaba y de sus entrañas surgía un grito telúrico:

—Román.

Sin dejarla levantarse, él se echó encima de ella empa-
pándola también, rodaron por el suelo mientras la perra
los mordisqueaba dando ladridos cortos de alegría y el

niño se despertó y preguntó sin sorpresa mientras se frotaba los ojos:

—¿Papá?

Félix apareció en la puerta desde la otra habitación, con cara de sueño, movió la cabeza y volvió a cerrar.

El recién llegado hundió la cabeza en el hombro de Teresa y le dijo con la voz casi ininteligible:

—No hay nada de la herencia, no sé por qué me hicieron ir.

—¿Entonces no somos ricos?

Él negó vehementemente y ella se echó a reír mientras se levantaba y le tendía la mano:

—Es igual, de todas formas había pensado entregar ese dinero al partido.

Román gritó entre la incredulidad y el asombro:

—¿Qué?

—Sí, hijo, sí, tenemos suficiente para comer, ¿no? Ya sabes que los comunistas estamos contra la propiedad privada: de cada uno según su capacidad, a cada uno según sus necesidades. Carlos Marx lo dijo muy clarito.

Román se llevó cómicamente las manos a la cabeza y el niño lo imitó:

—¿Y para eso me he pegado yo un viaje de cincuenta horas?, ¿para que el padrecito Stalin tuviera una dacha más grande?

A Teresa empezaron a aparecerle unas peligrosas manchas rojas en las mejillas y se le erizaron los cabellos hasta parecer alambres:

—Román, es para las fianzas de nuestros compañeros que están en prisión y para sus defensas, además de subsidios para sus familias. ¿No sabes que ahora mismo tenemos solo en Madrid a cuatrocientos camaradas en la cárcel, y a cien por lo menos en Barcelona? Si te hubiera dado la gana, por cierto, habrías podido ver a sus abogados.

—No me dijiste nada —se quejó Román en voz baja.

Ella refunfuñó, ya calmada, mientras se ponía bien la toquilla:

—Tú no te ofreciste... Y Félix me pidió que no lo hiciese.

El amigo, que debía de estar escuchando detrás de la puerta, apareció sin disimular la indiscreción:

—Bastante tenías con lo tuyo. Y conste que eso de dar el dinero al partido intenté quitárselo de la cabeza, porque tampoco es que nadéis en la abundancia que digamos, pero a esta mula no le dio la gana de escucharme.

Román se encogió de hombros con fatalismo.

—Bah, es igual, de todas maneras no había nada.

Ella levantó la vista con suspicacia.

—Pero ¿cómo ha ido? —preguntó, y después, sin dejarle contestar, añadió, dándole un leve empujón—: ¿Cómo ha sido la experiencia de vivir en un país fascista?

Él se dejó hacer sin resistirse:

—Casi no he salido de casa de Pepe.

—Mientras estabas allí se condenó a muerte a los camaradas Zoroa y Lucas Nuño —informó ella con acritud—, están en capilla y los fusilarán antes de que acabe el año.

Román bajó la cabeza, avergonzado:

—No me enteré.

Ella lo miró airadamente:

—Pero bien hablarías con los abogados de tus padres, ¿no? Si no, ¿para qué te llamaron?

Él trató de evadirse del escrutinio quejándose medio en broma:

—Teresa, me parece que me estás riñendo.

—Tú verás. He tenido que dar muchas explicaciones al partido —rectificó ella mientras clavaba en él sus ojos perspicaces. Levantó la mano—. Ya sé que no eres comunista, pero eres mi compañero y todo lo que hagas me atañe. Nadie entiende que tú vayas a pasearte tan tranquilo mientras en estos momentos hay quinientos camaradas en el interior, la mayoría de ellos han muerto o morirán, o sufrirán cárcel y horribles torturas.

Pero miró sin querer las manos de Román y en un impulso que ni ella pudo controlar lo abrazó estrechamente y le susurró: «Perdóname». Como Román tampoco tenía la conciencia muy tranquila, prefirió dejarlo estar y responder a su abrazo sin hacer ningún comentario.

Félix no le preguntó nada y con una seña le comunicó que ya hablarían, pero hasta el día siguiente no pudieron estar a solas.

La primera noche, Román durmió con un sueño de niño, diez, doce horas, se despertó con la marca de la almohada y un hilo de baba resbalándole por la mejilla. Aún medio en sueños vio a Teresa atando un paquete de panfletos y a Rubén, envuelto en mantas como otro paquete, que la esperaba pacientemente sentado en una silla.

Desde la cama y encendiendo el primer cigarrillo del día, Román le dijo a su hijo con sorna:

—Qué dura es la vida del revolucionario.

El niño no lo entendió, pero la madre le dirigió una mirada furiosa:

—Yo iba también con mi padre y en esa época nos teníamos que esconder de los guardias y de los esbirros del patrón porque nos molían a palos.

—Algo vamos mejorando entonces. —Se subió la manta hasta el cuello, friolero—. Pensaba que hoy podríamos estar juntos.

Aunque el cielo seguía encapotado, la lluvia había amainado y un resplandor plateado se colaba por las ventanas. Teresa se anudó el pañuelo a la cabeza, se cruzó el chal sobre el pecho y Román pensó que se había convertido en la misma campesina que había sido su madre seguramente. Fugaz, apareció por un momento en su mente

Bea, con su ropa interior de seda y sus sombreritos de ala corta. Hasta la cuarta noche no se enteró de que ese olor delicioso que desprendía su piel era perfume. Joy, de Patou, le había contado ella entre risas, se lo llevaban desde Tánger, y fue cuando él sospechó que debería haber algún hombre en su vida, pero no se atrevió a preguntárselo. ¿Qué derecho tenía él? Tampoco le iba a hablar de Teresa y de Rubén.

No, no. Deja eso, Román, que te haces daño.

—Me voy a Bavinchove, tengo la reunión de mujeres antifascistas, en la alacena hay guiso de patatas, y pasa por el taller, que Manolo está que trina.

—¿Y qué le pasa a mi cuñado?

Teresa se echó a reír:

—Que ha tenido que trabajar, leche, y ya sabes que a él todo lo que no sea pegar tiros le aburre.

—Pues que monte una partida de acción —respondió malhumorado—, mira, hasta el maestro ha ido al interior, eso que tiene sesenta años.

Ella lo miró expresivamente, pero no le dijo nada, de lo que Román dedujo que Manolo no iba a tardar en organizar su propio grupo guerrillero para entrar en España con la pretensión de derrocar el régimen de Franco. Pues buen viento y barca nueva, se dijo, aunque enseguida se arrepintió de este pensamiento mezquino y no preguntó más porque sabía que Teresa era una tumba en todo lo que atañía a los planes de su partido.

Con Luna pisándole los talones, se dirigió al taller. Levantó la persiana y se encontró el desorden habitual, las herramientas por el suelo, piezas inservibles obstaculizando el paso, ruedas pinchadas, restos de chasis desguazados... El taller tenía el tamaño suficiente para albergar dos coches, pero como estaba tan lleno de trastos, los vehículos averiados siempre se dejaban fuera.

Suspiró. Habían hecho instalar un aparato telefónico para recoger los recados y el negro artefacto colgaba de la pared como un pajarraco de mal agüero y era el único lujo del local. Bueno, al menos su cuñado le había dejado una nota en la que le informaba de que había reparado dos camiones municipales y le pedía que extendiera los recibos. Manolo tenía una letra preciosa y redactaba muy bien, lo que siempre llenaba a Román de asombro al compararlo con su hermana. Era muy difícil descifrar los garabatos de Teresa, no solo porque tenía mala letra y no conocía las reglas más elementales de la gramática, sino porque no sabía poner una idea después de la otra. Con lo bien que hablaba y, a la hora de escribir, se convertía en una niña de cuatro años. Decían que a la Pasionaria le ocurría lo mismo.

Se sentó frente a la mesa de trabajo y se apresuró a extender los dos recibos, porque el Ayuntamiento era el único de sus clientes que pagaba religiosamente, ya que el alcalde procuraba que a su hija y nieto no les faltara lo más elemental para sobrevivir.

Había otro montón de facturas para cumplimentar, compra de material y algunas reparaciones menores.

Suspiró de nuevo. Le hizo una caricia distraída a Luna, que se había echado a sus pies. Había dejado la persiana subida, pero ninguna persona se aventuraba por las calles en ese día tan desapacible. La verdad es que en esos dos años que Román llevaba en Monés no había logrado estrechar lazos con nadie. La petanca, que era la principal diversión de los lugareños, le aburría, además de que había pocos hombres de su edad, porque habían muerto o estaban en Lille o, los más osados, en París. Como el Partido Comunista había conseguido, ya en el 39, las vacaciones pagadas, en verano el pueblo se llenaba de estos retornados, que se paseaban dándose pisto. En la ciudad estaban en la base de la pirámide social, pero aquí miraban a todos por encima del hombro. ¡El desprecio ancestral del hombre de ciudad hacia sus orígenes, más acentuado aún en los franceses!

Félix apareció cerrando el paraguas:

—Salud, camarada.

Se dieron ese abrazo que el día anterior no pudieron darse. Félix lo observó con atención:

—O sea que al final no fue bien.

Román negó con la cabeza.

—No, aquella ya no es mi tierra..., me sentía como un extraño.

—¿Está muy cambiada?

—Yo soy el que ha cambiado. No encajaba, me sentía deforme —levantó las manos—, y no solo por esto. Allá todo es gris. No pude aguantar más, los días se me hacían eternos.

No quiso hablar de sus noches con Bea, esas horas nocturnas en las que se agarraban mutuamente con la desesperación de los náufragos. Habían caído el uno en brazos del otro por un inevitable fatalismo, pero cuando empezaron a hablar de los padecimientos que habían jalonado sus existencias dejaron de desearse, aunque continuaron haciendo el amor porque no tenían otra forma de demostrar que se querían, aunque no se amaran.

El último día, que Bea no sabía que era el último, pero Román sí, le dijo: «Bea, somos huérfanos». Ella tenía padres, pero supo perfectamente a qué se refería. Le echó el brazo por los hombros, apoyó la cabeza en su pecho como hacen los hermanos y así pasaron el resto de la noche.

—Joder, la maldita guerra. —Félix llenó el vaso de vino—. ¿Y Bea?

Román contestó sonriendo:

—Es increíble, ahora es un abogado muy importante.

—Con la ayuda de papá... —dijo el otro con escepticismo, pero Román se apresuró a rebatirlo.

—No, todo lo ha hecho ella sola, tiene mucho mérito. Yo me sentía un mierdecilla a su lado. Además, no sabes lo cambiada que está, parece una artista de cine, pero sigue siendo...

—Qué.

—No sé, buena persona, ya sabes. Pepe dice que somos resucitados, pero que ella ha resucitado el doble.

El amigo rio dándose palmadas en los muslos:

—¡Pepe! ¡Joder, si algún día pudiéramos reunirnos los tres! ¡Sería la hostia! La íbamos a armar seguro.

Como un eco Román repitió:

—Sí, la íbamos a armar.

Bebieron los dos amigos en silencio. No hacía falta hablar más, porque todo lo adivinaban.

—¿Viste a tu hijo?

Román asintió, emocionado con el recuerdo del niño con pantalón corto y rasguños en las rodillas que corría junto a sus amigos.

—Sí, fui a la salida del colegio, pero no quise que él supiera que estaba allí. Que estaba vivo, en realidad. ¿Qué supondría para él?

—¿No crees que hubiera sido bueno recuperar a su padre?

Román rio amargamente.

—Su padre es un héroe de guerra que ha muerto luchando contra los malos. ¿Cambiar ese padre por lo que soy?

Hizo ademán de repasarse la figura con el dorso de la mano y Félix lo zarandeó:

—Deja de castigarte, joder. No podría desear otro padre mejor que tú.

El otro negó con los labios apretados y desvió la conversación.

—Pepe también intentó convencerme, pero al final me dio la razón.

—¿Y Bea?

—No me dijo nada. —Trató de justificar a los dos—. La vida es dura en España, yo era una molestia. ¿Qué pintaba allí?

El amigo trató de consolarlo:

—Puedes volver, ¿no?

—Sí, Pepe me dijo que cuando quisiera me lo arreglaría. Me obligó a hacerme unas fotos para tramitarme un pasaporte el día en que se pueda.

—¿Pero regresarás?

—No..., no sé..., pero no porque esté Franco, yo no tengo tus convicciones, Félix.

—Joder, deja de echarte porquería encima, eres el mejor de todos nosotros.

—Calla, ¡qué voy a ser! No soy nada. Como Pepe, he perdido la fe en todo. Aquellos cabrones me rompieron los huesos, pero el alma también.

—El alma no existe.

—No existe, pero me la han roto.

—Dichoso tú, que tienes a una mujer como Teresa a tu lado.

Román asintió sin palabras y sin convicción.

Una racha de viento fuerte rebotó contra la única ventana del local, Félix paseó la mirada por el garaje y se echó a reír cuando vio el desorden de la mesa.

—Pero ¿qué coño es todo esto?

—Mi cuñado, que no tiene ni idea de extender un recibo ni hacer una factura, tengo faena para rato.

—Pero, hombre, Román, un tío con tus capacidades no puede contentarse con ser un mozo de taller.

—Oye, que ya lo dice el *Manifiesto comunista*, de cada uno sus capacidades..., y yo no sé hacer nada.

—Únete a nosotros.

—¿Vais a ir al interior?

Sabía que Félix no tenía secretos para él.

—Yo no, van a ir Manolo y algunos camaradas del grupo de la Dordoña. Tienen que organizar una red clandestina en Madrid para montar una fuga carcelaria.

—¿En el penal del Dueso? —El amigo asintió, pero Román rechazó el ofrecimiento—. No, eso no es para mí.

Pero ¿qué cosa era para él? No hace falta que sean grandes hazañas, no quiero ser héroe ni luchar contra molinos de viento, me conformo con una tarea pequeñita, una obligación diaria que me empuje a levantarme cada mañana. Que me quite este ruido que tengo en la cabeza. Elisabeth, ayúdame, por favor.

A Bea le había dicho: «Yo no creo en Dios, creo en Elisabeth».

En ocasiones pensaba que hasta Rubén tenía más objetivos que él, aunque fueran las meras funciones biológicas. Cuando ahora lo miraba, no podía dejar de acordarse de Paquito y lo abrazaba con fuerza porque tenía que abrazarlo por dos: por él y por el Paquito del pasado que no había conocido. Rubén lloraba procurando desasirse y llamaba a su madre. Teresa lo regañaba:

—Lo asustas con esas maneras de hombre de las cavernas.

En casa también molestaba, no sabía qué hacer ni dónde situarse. Por Navidad, como un río, afluyeron decenas de españoles a Monés, a muchos de ellos ni siquiera los conocían, pero iban buscando un trocito de la patria. Esas vidas devastadas por dos guerras, mutiladas de futuro, lejos de la familia, necesitaban el calor humano como las bestias que se juntan en un establo lomo contra lomo. La enfermedad de desarraigo ¿cómo se cura?

Hasta fue Diego Ramos, el Moro, el capataz de las obras de Larade, que ahora vivía en París. Llevó unos chorizos y una botella auténtica de anís del Mono. Y, recordando su pasado de camarero, servía en los platos la comida que Teresa llevaba cocinando desde hacía una semana. Una semana que se había pasado protestando y jurando como un carretero, por supuesto:

—Que esto no es un cuartel, me cago en todo lo que se menea... ¿Y los hombres, que no ayudan? ¿Es que es de menos hombre preparar la comida? —Siempre, al final, la que recibía era su cuñada—: Y esa Paulette, comer vendrá a comer, pero ella no se ensucia las manitas, no vaya a ser que le dé un mareo.

Román trataba de recordarle que la materia prima, el conejo, y hasta los turrones, eran una aportación de Manolo y su mujer, que además estaba recién parida, pero ella no daba su brazo a torcer. Paulette era la culpable.

Cuando Román vio al Moro, comprendió que se iba a unir al grupo de Manolo para entrar en España. Por eso, cuando el antiguo capataz se puso a frotar la botella de anís con un tenedor para acompañar su canto, su voz alcanzó unas notas de intenso dramatismo.

> *Puente de los Franceses,*
> *Puente de los Franceses,*
> *Puente de los Franceses,*
> *Mamita mía, nadie te pasa, nadie te pasa.*

Y todos corearon impregnados de vino y añoranza:

> *Porque los milicianos,*
> *Porque los milicianos,*
> *Porque los milicianos,*
> *Qué bien te guardan, qué bien te guardan.*

Nadie dijo «Feliz Navidad», nadie habló del nacimiento de Jesús, pero por Nochebuena se aparcaron todas las diferencias, ¡estaban juntos, estaban vivos! Y se vieron lágrimas en muchos ojos, aunque un silencio sepulcral cayó sobre la reunión cuando alguien gritó: «El próximo año en España». ¿Dónde estarían el próximo año? Las mujeres, después de lavar los platos, se habían sentado delante de la chimenea con los hijos en brazos tratando de descifrar en el baile del fuego cuál iba a ser su futuro.

Félix lo resumía muy bien:

—Joder, sí, somos comunistas y no creemos en Dios, pero creemos en nosotros mismos.

Hasta el maestro les envió una postal con un fragmento de *La madre*. «Nos han cambiado a Dios, lo han vestido de mentiras y calumnias y han matado su rostro para matar nuestra alma. Pero no lo han conseguido.» Y acababa: «Un saludo fraternal para todos vosotros, queridos amigos, por un mundo sin clases».

—Y sin reuniones.

Rezongaba Teresa, que se quejaba de que el papel de las mujeres se limitara a la retaguardia cuando ella, por ejemplo, entendía de armas y táctica de guerrillas más que muchos hombres. ¿Y una mujer, Matilde Landa, no había sido la responsable del partido después de la guerra? ¿Y Caridad del Río, su superior en la brigada comunista del frente de Aragón? ¡Por no hablar de Dolores! Manolo siempre acababa cabreándose:

—Joder, esto no es un juego para divertirse.

A lo que Teresa respondía, furiosa:

—Y no lo era en el Ebro, ¿no? Ni en la defensa de Madrid, el Puente de los Franceses que ha cantado el camarada Diego ¿quién lo defendió? ¡También había milicianas! ¿Y cuando volamos la fábrica de pólvora de Angulema, qué? —Se golpeaba el pecho—. ¿O me vas a decir que no di la talla? ¿Me vas a decir que yo no luché como un hombre, pero no como un tío cualquiera, sino como un tío con dos cojones?

Manolo levantaba las palmas de las manos en señal de rendición y Román apartaba la vista porque esta Teresa le daba miedo.

El 10 de febrero de 1948 abrieron la frontera, ya se podía circular libremente entre España y Francia. Con pasaporte, por supuesto, un documento muy difícil de conseguir, pero, asombrosamente, el primer día cruzaron la raya cuatrocientos vehículos.

Una semana después, el capitán Marcel envió una notificación a Román pidiéndole que pasara por el despacho. ¿Quería decirle algo de Pepe? No había sabido nada de su amigo desde que había regresado de España, ¿le pasaría algo a su hijo?

El alcalde tenía una expresión tan grave que lo impresionó. Cuando entró en el despacho esa tarde, lo hizo sentar con gesto conminatorio y se levantó él mismo para asegurarse de que la puerta estuviera bien cerrada.

Se dejó caer en la silla como un peso muerto y se frotó la cara con las manos, como no sabiendo por dónde empezar. Román se asustó:

—¿Qué pasa, capitán?

No era el capitán ahora, era el alcalde y tenía que decirle algo muy serio. Pero retrasaba el momento. Román intentó entablar una conversación normal:

—Han abierto la frontera con España —dijo con timidez.

El otro liquidó el tema con un par de frases.

—Sí, para nosotros es una mala noticia, porque esto es la antesala de otros reconocimientos al régimen de Franco.
—De pronto pareció recordar algo—. Es verdad, tu amigo te ha enviado un pasaporte para que puedas regresar legalmente cuando quieras.

Abrió un cajón y sacó el documento. Román lo ojeó con curiosidad, le llamó la atención que pusiera que servía para todo el mundo «excepto Rusia y países satélites». También le sorprendió que fijara la casa de Bea como su domicilio. La sequedad de la voz del capitán Marcel le sobresaltó. Guardó el pasaporte en el bolsillo y prestó atención:

—Aunque no te he hecho venir por eso, compañero.

—¿Quieres hablarme del proceso de depuración del partido? Sé que están empezando a juzgar como traidores a miembros de la Resistencia y a guerrilleros españoles.

El capitán asintió gravemente:

—Sí, pronto me va a tocar a mí, lo asumo, y si tengo que hacer autocrítica la haré, porque por encima de todo está el partido. —Esbozó un gesto desdeñoso—. Pero tampoco es eso.

A Román empezó a latirle muy fuerte el corazón.

—Dime.

Se lo soltó a bocajarro:

—¿Tú sabes quién es Federico Peñote?

¿Cómo? Román rebuscó en los recovecos de su memoria y tuvo que admitir que no, no lo sabía.

—Es el asesino de los sacerdotes maristas de Barcelona, ya sabes, el que cobró un rescate de la comunidad francesa y pese a eso los mató.

Román se removió, incómodo, en el asiento.

—Pero no sé quién es. Me dijiste que era el hijo de un alcalde alicantino, ¿no?

—Sí, en efecto. Al padre lo fusilaron los sublevados en el 39, junto a su hermano y otro hijo.

Román no sabía dónde quería ir a parar, a ningún sitio bueno, porque Marcel sudaba a pesar del frío reinante y tenía las facciones ensombrecidas.

—Ya —se limitó a decir.

—Me han enviado la foto de su ficha policial.

—¿Su foto?

El capitán suspiró profundamente, como el hombre que va a arrojarse al agua y no sabe nadar. Al fin tomó una determinación y abrió una carpeta que tenía sobre la mesa, sacó un sobre y del sobre una pequeña cartulina dentada que estudió con esmero y gesto inescrutable antes de tendérsela a través de la mesa.

Román lo miró con expresión interrogadora, pero el rostro del capitán era un libro cerrado. Con un leve encogimiento de hombros, tomó la fotografía con dos dedos y tardó unos segundos en entender lo que tenía ante sus ojos. El mundo se detuvo. Levantó la vista:

—No puede ser.

27

BEATRIZ

A partir de las siete de la tarde en Quintero y Fernández no entraba ni una visita más y se marchaban la secretaria, el pasante y el chico de los recados. Gema hacía algunas llamadas de teléfono, preparaba la agenda para el día siguiente y apagaba las luces. Julio entraba en el despacho de Bea, que era la última en irse, para decirle adiós y exponerle algún problema aún pendiente.

—Bea, bonita, ya sabes que tenemos ese asunto en París, el de la herencia de la tía del doctor Salvat. Se rumorea que están a punto de abrir la frontera y me gustaría ir personalmente.

—Uy, sí, ya sé que lo haces por el despacho y que eso de visitar la ciudad del amor no te atrae en absoluto —se burló ella.

Él se rio con franqueza:

—Hija mía, ¿tú crees que algún soltero se puede llamar civilizado si no ha ido a París? —Con aspecto travieso le dijo—: Te juro que gastaré poquísimo.

Bea meneó la cabeza, a veces le parecía que Julio no crecía, que tenía siempre los mismos años, mientras ella maduraba y se consideraba ya, mentalmente, al borde de la ancianidad:

—Con la cantidad de chicas que te persiguen aquí en Barcelona, no entiendo qué vas a hacer allí.

Julio se abrió cómicamente de brazos.

—Bea, que está uno harto de sentirse obligado a prometer matrimonio para dar un beso en la clavícula y tener a miles de frustrados suegros y cuñados cabreados intentando matarme. ¡Que al final no voy a poder salir a la calle!

Ella ya no lo escuchaba:

—Eso de que van a abrir la frontera a ver si es verdad o un bulo, pero si es cierto, adelante, y coge el coche del despacho.

Él puso los ojos en blanco:

—Ese maravilloso Fiat último modelo... de 1920.

—Va, calla, que aún me arrepentiré.

Su socio le dio un beso en la mejilla y salió con las manos en el bolsillo haciendo sonar las monedas con un ruido alegre y cantarín, para él empezaba la noche y la aventura, por muchos padres y cuñados cabreados que le salieran al camino.

Bea suspiró. Aventura, vete a llamar a otra puerta.

Fue al colgador y cogió su sombrero nuevo, su última adquisición de Balenciaga. Se lo encajó en la cabeza y se miró en el espejito de la polvera. Se sacó unos mechones a ambos lados del rostro y en la nuca y trató de verse de perfil.

Primero fue un silbido y después una voz familiar:

—Te queda muy bien.

Era Álvaro, que entró tranquilamente mientras se quitaba el abrigo y lo echaba en el sofá con displicencia de potentado. Bea le preguntó con coquetería, tratando de ocultar su sorpresa y gozo, ya que hacía tres meses que no lo veía:

—¿Te gusta? —Se sacó el sombrero y lo contempló—. Se llama turbante y es el último grito de París.

—Pues yo se lo he visto a la guardia mora de Franco.

Ella emitió un rugido de exasperación y se lo tiró a través del despacho, pero él lo esquivó con habilidad entre risas, lo recogió del suelo y se lo entregó con una reverencia. Bea lo miró con ojo crítico de arriba abajo porque lo notaba distinto. No lo veía desde el día que habían ido al cine a ver *Casablanca*. Cuando estaba a punto de llegar Román. Román, a veces soñaba que dormían juntos y cuando se despertaba extendía la mano. Esa mano palpando las sábanas y retirándose luego, resignada y solitaria, era como un símbolo de su propia vida.

Pero ahora no había que pensar en Román.

¿Álvaro qué llevaba diferente, a ver? Al final chasqueó los dedos y señaló su extraña chaqueta:

—¿Y eso qué es? ¿Te has hecho aviador?

Álvaro se acarició la tela y se pavoneó en broma:

—Se llama cazadora. ¿No estabas tan puesta en moda? Me la han traído de Londres.

—Pues vaya pintas llevas.

Él no se ofendió, nunca lo hacía, todo le resbalaba. Le señaló la silla mientras él también tomaba asiento:

—Por favor, quiero hablar contigo.

Bea se sentó, aceptó un cigarrillo y le advirtió:

—En un rato va a venir Pepe.

—Bien, no me importa.

La contempló con intensidad, como si fuera a pintarla en un lienzo.

—¿Cómo estás, Bea? —le preguntó por fin.

A ella, tan segura de sí misma, sin querer le tembló la barbilla:

—Bien... —Alzó la mirada y le dijo sin pensarlo—: Te echo mucho de menos.

Él asintió como si ya lo supiera, y siguió preguntando con voz cariñosa:

—Y ¿cómo ha resultado lo de tu..., lo de Román?

—¿A ti qué te parece? —replicó con gesto de dolor.

Román, con su ropa pobre y sus caminatas intermina-

399

bles. Al final le salió un agujero en la suela del zapato y se ponía papel de periódico. Ella quiso comprarle calzado nuevo y él se negó tan violentamente que no se atrevió a decirle nada más.

Quizá fue por eso por lo que se fue. Por vergüenza.

Álvaro sacudió la ceniza de su cigarrillo y le respondió sin mirarla:

—Supongo que no muy bien. Si no, estaría aquí contigo y no se habría vuelto a Francia.

—¿Cómo lo sabes? —le preguntó ella con suspicacia—. Que se ha ido a Francia, digo.

—Me encontré a Pepe Velasco el otro día en el Círculo del Liceo y estuvimos comiendo juntos, ¿no te lo dijo? —se apresuró a añadir por si acaso ella se hacía preguntas—. No me contó más.

Bea movió la cabeza con incredulidad:

—¿Tú en el Círculo? —Sabía que era uno de los sitios que tenía vetados por su familia—. ¿Fuiste a...? —Nunca pronunciaba la palabra «juego», se sobreentendía sin necesidad de precisar.

Él la miró con una amplia sonrisa, guardó silencio unos segundos, como se hace cuando quieres dar una sorpresa, y dijo:

—Pues no, mira, lo he dejado.

—¿Qué me dices? —Bea levantó las cejas y bajó las comisuras de los labios en una mueca exagerada. Sin llegar a creérselo—: Pero ¿va en serio?

Álvaro levantó las manos y asintió mientras se reía de su sorpresa:

—Pues sí, tienes delante de ti a un hombre nuevo. —Y presumió con voz redicha—: Álvaro Segura. Importación y exportación de obras de arte, muebles antiguos y objetos valiosos.

—¿Cómo? —Su asombro no conocía límites, había esperado años este momento, pero ahora que había llegado le resultaba inverosímil—. Espera, que esto merece un brindis:

Abrió el cajón inferior de la mesa y sacó una botella de coñac y dos copas. Bebieron en silencio y ella lo señaló con el dedo en forma de pistola:

—Larga.

Álvaro se repantigó en el asiento, empezó a hablar mientras le daba vueltas al líquido ambarino en la copa panzuda:

—¿Te acuerdas de la consulesa?

—¡Como para no acordarse! —dijo ella con un punto de humor y un punto de enfado.

—Los han trasladado a la embajada de Londres y me llamó antes de irse, que tenía un cuadro antiguo en su casa herencia del marido y que a ver qué me parecía. Yo enseguida me di cuenta de que era un Mantegna.

—¡Álvaro! ¡No me digas que la tangaste! —Se llevó las manos al rostro.

Él rompió a reír a carcajadas:

—Pero, abogado, qué lenguaje es ese... El contacto con las capas más bajas de nuestra sociedad la ha vuelto muy ordinaria. —Luego se puso serio—: Claro que no, Bea, parece mentira que aún no me conozcas. —Ella tuvo un gesto de disculpa y él siguió—: El caso es que me acordé de un amigo mío de Madrid, un banquero, que estaba tratando de reconstruir su casa de la Castellana. Los rojos la habían vaciado, y me lo compró. Cuatro millones, dos para ella y dos para mí.

Bea estaba impresionada, pero también le escoció que él hubiera ido a casa de la consulesa. Sentía celos hacia la que se imaginaba como una vampiresa despampanante, aunque nunca la hubiera visto. Pero sabía que no tenía ningún derecho a protestar. Álvaro proseguía, se notaba que estaba disfrutando:

—¿Y sabes qué hice con ese dinero?

—Jugártelo —dijo ella como pequeña venganza.

—Me gusta la confianza que tienes en mí. Aunque en cierta manera sí que me lo jugué. Me fui al Banco de España y compré todas las joyas, cuadros, muebles incautados a los rojos, fruto de los robos y saqueos durante nuestra guerra y que nadie había reclamado. Porque los propietarios habían muerto, porque no había herederos, por desconocimiento, porque habían huido. Por desidia.

A Bea se le despertó el recuerdo lejano de las figuras de plata del despacho paterno que bajaban unos milicianos por la escalera.

—Pero mi padre fue a mirar al hotel Majestic y me dijo que todo eran porquerías, que las cosas buenas habían desaparecido.

—Ahora están divididas en lotes y el noventa por ciento no vale nada, es verdad —admitió él—. He alquilado una nave en Sans y lo he metido todo allí. Pero ya he localizado varias piezas de mérito: unas butacas Luis XIV, un reloj de pared Biedermeier y un jarrón chino de la dinastía Ming casi intacto, que he llevado a restaurar.

—Pero ¿tú entiendes de eso?

Él, como siempre, habló sin alardes, pero sin falsas modestias:

—Ya sabes que no tengo formación académica, pero sí he visto mucha obra buena porque mi padre desde pequeños nos llevaba a los museos... —La mención al padre le hizo detenerse algunos segundos y Bea se conmovió porque adivinaba que, a pesar de su buen humor constante, el distanciamiento con su familia le pesaba mucho—. Y ya te conté que nada me gustaba más de niño que ir con mi madre a los Encantes, el mercado callejero de la plaza de las Glorias. Tengo bastante ojo, tanto para discernir lo que es falso de lo auténtico como para conocer si una persona quiere estafarme o es honrada.

Ella asintió. Tantos años dedicándose al juego habían aguzado sus dotes naturales de observación y análisis, Bea ya se había dado cuenta. Álvaro proseguía con un dinamismo e ilusión que nunca le había visto hasta entonces:

—Aunque ha existido siempre, no lo he inventado yo, ahora es una edad de oro para este tipo de negocios. Muchas familias importantes vacían sus viviendas por necesidades económicas o venden los palacios para irse a vivir a pisos y los nuevos ricos quieren llenar sus casas enormes de cuadros de antepasados y muebles de solera. El otro día un algodonero me pidió una sala de conciertos para su finca de la Costa Brava, con piano, arpa, butacas, cortinas, cuadros, alfombras, quería comprar el lote completo «sin reparar en gastos», decía. Por no hablar de cuando se abran las fronteras y podamos comerciar con Suiza y Estados Unidos, por ejemplo. Como antes de la guerra. Una familia, los Ruiz, se hicieron ricos llevando solo objetos religiosos de las iglesias españolas a Nueva York.

Bea, abogado al fin, arrugó la nariz y preguntó con desconfianza:

—Pero será legal, ¿no?

—Precisamente lo que ha matado el negocio han sido las redes de tráfico ilegales, casi más que las falsificaciones. Por eso quiero que todo esté autentificado: ya me he puesto en contacto con un perito de prestigio, y siempre voy a ofrecer las piezas valiosas primero al Servicio de Defensa del Patrimonio Artístico Nacional, que, bajo este rimbombante título, son los que mandan en todo esto. Y para exportar quiero tramitar los permisos necesarios a través de un despacho serio como el tuyo.

Ella puso un tono de voz profesional:

—No sé si eso sería más bien cosa de un gestor.

Él negó con la cabeza.

—Bueno, ya investigaré, ya te diré algo.

Álvaro la miraba con ojos risueños y luego le confesó con media sonrisa:

—¿Y sabes lo mejor de todo? Me divierto.

Ella también sonrió, porque no hay nada más contagioso que la alegría, aunque reconocía que tardaría en asimilar a este nuevo Álvaro que también le gustaba. La enorme energía que antes permanecía oculta, como la dinamo de los coches, que estaba, pero no sabías dónde, había aflorado al fin. Quizá sí que había una nueva vida para los renacidos.

El hombre disfrutaba con su sorpresa y mantenía una sonrisa en los labios que hizo sospechar a Bea que, como todo buen jugador, se guardaba un as en la manga:

—¿Qué?

—Nada, una tontería. —Él miró el cigarrillo y avanzó el labio superior como si no tuviera importancia—: Que en el taller donde me reparan el jarrón he localizado las dos estatuas de plata de tu padre.

Ella se llevó las manos a la cara:

—¡¿Los Pretorianos?! ¡No puede ser!

—Es, es... Las habían adquirido hace tiempo y estaban arrinconadas. Tienen su nombre en la base. —La miró con picardía—. Y las he comprado para regalárselas.

—Pues le va a encantar el detalle.

—Quiero gustarle.

—Ah, ¿sí?

—Sí, porque me voy a casar con su hija.

Bea abrió la boca, enrojeció de placer, pero se vio obligada a fingir enfado:

—Algo tendrá que decir esa hija, ¿no? Quizá tendrías que preguntárselo a ella primero.

Él se levantó y se sentó en la mesa. Sus hermosos ojos castaños estaban serios ahora:

—Bea, te quiero de una forma que no puedo explicarme.

Ella se conmovió por la sinceridad de su acento y Álvaro se inclinó sobre ella, le rodeó el rostro con sus manos como alas amorosas y la besó.

Después se levantó y fue a sentarse de nuevo en el sofá. Lo que dijo se notó que no era espontáneo, sino el fruto de profundas reflexiones:

—Quiero hacerlo bien. Quiero conocer a tu hijo, me gustaría que nos compráramos una casa para los tres y... que nos casemos, coño, yo soy soltero y tú puedes hacerlo, ¿no?

—Ya sabes que sí.

—¿Y quieres hacerlo?

Bea lo contempló con detenimiento. Fornido, no muy alto, el cabello le empezaba a ralear, pero su sonrisa, que le nacía en la boca, se extendía lentamente por todo el rostro. No tenía nada de especial, pero su presencia le resultaba grata a todo el mundo sin que él pareciera esforzarse en lograrlo. Qué buen compañero de viaje era, pensó Bea. A su lado la vida sería una travesía tranquila, llena de humor y momentos agradables. Los dos tenían un pasado y esto los hacía cómplices y, aunque se casaran, sabía que ella siempre se sentiría su amante.

—Sí que quiero.

Se dio cuenta de cuánto le importaba a Álvaro su respuesta por el mínimo gesto de descanso, el pequeño suspiro, ese lento parpadeo. Sonrieron ambos. No había pasado nada, pero había pasado todo.

Aunque él no había acabado:

—En ese caso, me gustaría que se lo dijeras a Román formalmente, no solo por mí, sino por él. —Tenía la mirada gacha—. No quiero que vuelva a pasar lo... que pasó, que él piense que tiene algún derecho sobre ti y que el día menos pensado vuelva para reclamarlo.

Ella negó:

—No lo conoces, Román no es así. —Pero al darse cuenta de que era importante para Álvaro, levantó la mano en señal de rendición—. Vale, te entiendo, aunque no sé cómo voy a hacerlo.

—Tienes su dirección, ¿no?

—Sí, me la dio Pepe.

—Escríbele.

—Eso por ahora es imposible —se encogió de hombros—, el correo con el extranjero está controlado, nunca sabríamos si la carta ha llegado o no.

—Bea, tienes que hacerlo.

A ella se le ocurrió una idea:

—Espera. Julio va a ir a París en cuanto abran la frontera por un asunto del despacho. El pueblo de Román no está cerca, pero a Julio le encanta conducir y no le importará acercarse.

Julio no sabía nada de esta parte de su vida, pero no tendría que contárselo. Le diría que se trataba de un asunto privado de su familia y no preguntaría más. Lo conocía bien, y a pesar de su aspecto atolondrado y lo que le gustaban los cotilleos, sabía ser un hombre discreto.

Álvaro abrió los brazos y sonrió, Bea querría llevarse esa sonrisa en una cajita para mirarla en los días tristes. Querría colgársela en un relicario del cuello, para que siempre estuviera muy cerca de su corazón.

—Pues *et voilà*.

—*Et voilà*.

Se estaban mirando con los ojos chispeantes de risa y deseo, cuando se abrió la puerta y entró Pepe. Miró a una y a otro:

—Pero ¿qué pasa aquí?

Bea se echó a reír:

—Nada, que Álvaro me está poniendo al día de las novedades.

Pepe le dio una palmada en la espalda a Álvaro y se aflojó la corbata.

—Lo del negocio de antigüedades, ¿no te parece cojonudo?

Bea levantó la vista y fingió indignarse:

—Hombre, ya lo sabíais todos menos yo, muchas gracias por dejarme al margen.

—Va, no seas gruñona, me lo contó el otro día en el Círculo. Mestres, el constructor, que estaba en la mesa de al lado, tendió la oreja y no se perdía palabra.

—Sí —rio Álvaro—, luego vino y me preguntó si necesitaba un socio.

Pepe se había sentado, había cruzado las piernas y movía convulsivamente un pie:

—¿Y qué le dijiste?

—Que no, claro.

—¿Y lo necesitas?

Los dos se miraron, calculando, midiéndose... Álvaro, que por algo era jugador, se negaba a enseñar sus cartas y esperaba que el otro diera el paso. Pero Pepe había corrido mucho y tenía más conchas que un galápago. Bea asistía a este diálogo como si estuviera en un partido de tenis, moviendo la cabeza a un lado y otro.

—¿Por qué lo dices?

Pepe no respondió directamente:

—Es que estoy harto de todo.

—No acabaste Derecho, ¿verdad? —preguntó Bea con delicadeza.

—No, cuando volví de Rusia me querían regalar el título como quien dice, por algo soy un mutilado por Dios y por la Patria —se dio un golpe en la pierna rígida—, pero me pareció innoble..., además de que yo no sirvo para abogado. Ahora me han trasferido al Sindicato del Espectáculo en la sede del CNS en la Vía Layetana. No me preguntes qué hago porque es igual a nada. Voy por la mañana, firmo, leo el periódico y miro por la ventana. Pero eso sí, tengo entrada gratis en todos los cines y espectáculos de Barcelona.

Rieron los dos.

—¿Y vas? —quiso saber Bea.

—Al Price, al boxeo, sí —amagó unos puñetazos—, me sigue gustando mucho.

—¿Tienes mano en importación y exportación? —preguntó Álvaro de pronto.

El otro asintió, mientras valoraba la respuesta.

—Sí, podría..., conozco mucho a un divisionario que trabaja en la Dirección General de Aduanas, me debe el puesto, en realidad, ¿por qué?

—Verás, hay un enorme mercado para las antigüedades en Europa y América, del palacio de los Méndez de Barrio en el paseo de Rosales se han llevado una biblioteca entera en barco a Estados Unidos, cuadros, miles de libros, las butacas, la chimenea... Los millonarios americanos se vuelven locos por cualquier cosa que tenga más de cincuenta años, están dispuestos a comprar hasta iglesias románicas, piedra a piedra. Los ingleses ya están en ese comercio, pero ellos no disponen de mucho por vender aún, la nobleza defiende su patrimonio con uñas y dientes. Por ahora prefieren casarse con millonarias americanas para mantenerlo.

Pepe hizo la misma pregunta que Bea:

—Pero ¿es tráfico legal?

—Si tienes permisos, sí, hay un cupo restringido, muy difícil de conseguir. —Después de unos instantes de reflexión, confesó—: También está la vía del soborno, no nos hacemos ilusiones con la moralidad de algunos funcionarios, ¿no?

Pepe se quedó pensativo, se tocaba la barbilla, miraba al techo como haciendo cálculos. Bea y Álvaro guardaban silencio.

Al final su rostro anguloso se animó y chasqueó los dedos:

—Hombre, pues ¿sabes que me gusta la idea? —Aún puso algún reparo—. Pero todo debería ser transparente. Que todo se haya corrompido no quiere decir que nosotros también lo hagamos, fuimos a la guerra contra eso también.

—Por supuesto, yo tampoco haría nada ilegal, ¡he pagado un precio demasiado alto por mis equivocaciones y no quiero volver a caer en lo mismo!

Cada uno se quedó pensando en sus muertos particulares, todos los españoles tenían muertos a los que llorar, ¿y qué debía hacerse si se quería seguir viviendo? Olvidarlos no, nunca, caminarían con ellos mientras ellos vivieran. Pero caminarían.

Álvaro sacudió la cabeza como para deshacerse de ese sortilegio y se incorporó en el asiento.

—Mira, Pepe, hay una familia sevillana que está dispuesta a vender un Velázquez. Es una tragedia porque están completamente arruinados, pero estoy en tratos con ellos desde hace un mes y no acaban de decidirse.

—Si yo en Sevilla soy muy amigo de los Monelón, siempre que voy me alojo en su casa, seguro que se conocen. —Miró a Bea—. ¿Qué te parece? ¿Me asocio con este hombre?

—A mí no me líes, haz lo que quieras.

Pepe esbozó una sonrisa y tendió la mano hacia el otro:

—Dos ovejas negras trabajando juntas.

Álvaro sonrió también, se puso en pie y le estrechó la mano:

—Bienvenido, socio. Será un placer escandalizar a toda Barcelona contigo.

Bea miró su reloj de pulsera:

—Qué horas, Dios mío, si Paquito ya debe de estar en casa.

En ese momento, y como si hubiera estado escuchando, Gema asomó la cabeza por la puerta.

—Te lo he traído porque me suponía que llegarías tarde.

El niño iba a lanzarse a los brazos de su madre, pero cuando vio que estaba acompañada, se reprimió y se limitó a besar su mano, como hacía su abuelo con las señoras. Después se volvió a Pepe, que le estrechó la mano con seriedad, como habría hecho con un adulto.

—¿Ya no llevas la camisa azul? —preguntó el niño.

—No, Paquito, se ha desteñido y ya no me valía.

Luego el pequeño se volvió hacia el otro hombre.

—Mira, Paquito. Este es Álvaro, un amigo de mamá —le presentó Bea.

El niño también le tendió educadamente la mano.

—Hola, Álvaro. —Pero la vista se le iba a la cazadora—. ¡Qué bonita la chaqueta que llevas!

—¿Quieres que te encargue una igual?

—¡Sí! —gritó entusiasmado antes de preguntarle a su madre—: ¿Puedo?

—Claro que sí.

—Si quieres puedes venir a mi casa y te puedo regalar alguna cosa a cambio —ofreció mientras buscaba ya con los dedos de la memoria un obsequio que estuviera a la altura de la cazadora—. Tengo unos tebeos repetidos de *Roberto Alcázar y Pedrín.*

—Me gustaría mucho ir. Seguro que tu casa es muy bonita.

—Sí, pero es muy pequeña y tengo que dormir con Gema como si fuera un crío.

La monja protestó y el niño y ella cruzaron bromas llenas de afecto mientras Álvaro miraba a Bea y, con un guiño, dijo al fin:

—Eso podemos arreglarlo, Paquito.

—¡Teresa! ¡Teresa!

Los gritos de Román resonaban con eco en la casa vacía. Se tuvo que apoyar en la pared porque perdía fuerzas, había hecho corriendo el camino desde la alcaldía, tan aturdido que se había perdido y había tenido que volver sobre sus pasos como si de pronto ese lugar en el que vivía desde hacía casi tres años se hubiera convertido en territorio ajeno y enemigo. Fue de nuevo a la calle a dar voces:

—¡Teresa!

No calló hasta que la vio salir de la cuadra, con los ojos brillantes como si hubiera llorado. Con un gesto rápido se pasó la mano por la cara, se enderezó el delantal y protestó:

—¡Qué pasa, tú! ¿A qué vienen esos gritos?

Román tuvo que tomar varias bocanadas de aire; doblado sobre sí mismo, apoyaba las manos en las rodillas tratando de recuperar el aliento como el corredor de maratón que, exhausto, llega a la meta. Las palabras le salían entrecortadas:

—¿Que a qué vienen?

Detrás de Teresa, remoloneando, apareció la larga figura de Manolo. Llevaba su gruesa pelliza y un petate al hombro.

—Mi hermano ha venido a despedirse —dijo ella con voz cortante mientras se arrebujaba, friolera, en su chal—. Se va esta noche, dentro de dos días pasan la frontera.

El hombre lo observaba atentamente, oscuro de mirada, calibrando, sospechando como un animal al acecho o acorralado, no quedaba muy claro. Teresa, ajena a la tensión, continuó:

—Los camaradas lo están esperando, tiene que irse ya.

Román reaccionó con un rugido, dio un salto y la empujó violentamente para abrirse paso, algo tan insólito que dejó a Teresa sin palabras, ni siquiera pudo protestar. El hermano, más alto que él, lo miraba con altanería, pero a pesar de eso Román lo cogió por el cuello del abrigo y escupió:

—¡Conque Manolo!

Teresa respondió sin entender.

—Sí, Manolo. —Se alarmó ante la actitud agresiva de Román y lo agarró del brazo, una chispa de indignación empezó a encenderse en sus ojos—. Pero ¿qué te pasa, Román? ¿Has bebido? ¿Te has vuelto loco?

Él se zafó con violencia y le gritó señalándolo con un dedo tembloroso mientras Teresa trataba de apartarlo:

—¿Manolo o... Federico Peñote?

Silencio. Un silencio largo y tétrico.

La mirada que intercambiaron Manolo y Teresa le confirmó la verdad. Que era cierto lo que le había contado el alcalde, lo que le había mostrado la fotografía: Manolo y Federico eran la misma persona. Mejor dicho, Manolo no existía, el hombre que se hacía llamar así era en realidad Federico Peñote, hijo de un alcalde comunista alicantino, el asesino de los curas maristas. El forajido buscado por dos países, Francia y España, por un crimen horrible: había cobrado un rescate de la comunidad religiosa francesa de los maristas y luego había sacado a sesenta sacerdotes del convento de San Elías, donde estaban recluidos, los habían llevado a Montcada y los habían fusilado contra las tapias del cementerio. El dinero había desaparecido.

—¿Quién eres? ¡Dilo! —Teresa trataba de calmarlo y Román levantó el puño—. ¡Que me lo diga él! ¡Que me lo diga!

—Calla, por tu hijo —le suplicó Teresa, pero el otro la apartó a un lado para quedar frente a Román, lo miró fijamente y le dijo con voz sorda:

—Sí, soy Federico Peñote.

Román señaló a Teresa sin mirarla:

—Pero entonces ¿quién es ella? ¿Eres su hermano?

Manolo, *Federico*, negó con la cabeza lentamente, unos segundos pesados como gotas de plomo.

—No, no soy su hermano. Soy su marido.

Román lo miró con incredulidad. Sacudió la cabeza como si no pudiera entender estas palabras, estupefacto, miraba a uno y a otra.

—Cómo que su marido. —Se volvió hacia Teresa, que estaba muda, con la vista clavada en el suelo—. Pero ¿no se había muerto?, ¿no se murió por salvarte la vida? —Luego recordó un detalle insignificante—: ¿No me dijiste que se llamaba José?

Él le contestó con una leve sonrisa.

—Ese era mi nombre de guerra.

La sonrisa enfureció aún más a Román y se acercó de nuevo a él, frente contra frente, como cabestros.

—¡Claro! ¡El gran Josef Stalin! ¡Vuestro dios! —Se dirigió a Teresa—: Qué gran idiota he sido.

Ella callaba; él, ciego de rabia, la cogió por los hombros y la zarandeó, su cabeza iba a un lado y a otro como si fuera una muñeca, Manolo se acercó, le tocó el brazo y le dijo con voz bronca:

—Cuidado.

Román se encogió como si le hubiera tocado un bicho repugnante, trató de quitarse esa mano de encima con cara de asco:

—Pero ¿quiénes sois? —Se desfondó, se cubrió el rostro con las manos, se le rompió la voz—. Sois monstruos, ¿qué sois?

Las escasas personas que pasaban por la calle miraban con extrañeza, una mujer se detuvo para observar mejor la escena. Teresa le gritó, ceñuda: «¿Qué miras?», y la mujer se fue corriendo porque todos sabían que la comunista española tenía malas pulgas y en estos momentos, despeinada, con sus ropajes negros, era como una bruja de las que quemaban en tiempos de la Inquisición.

A empujones metió en la casa a Román, que ahora parecía una marioneta descoyuntada, le hizo sentar y con una mirada obligó al otro hombre a que le trajera un vaso de agua.

Román se lo bebió de un trago. Más calmado, se recostó en la silla, pero entonces le invadió un cansancio infinito.

—Me parece que estoy viviendo una pesadilla.

Teresa cogió un taburete de madera y lo colocó a su lado. Manolo se apoyó en la chimenea apagada. Luna entró tranquilamente por la puerta y se tendió a sus pies.

Román levantó la vista, un profundo abatimiento se reflejaba en su cara.

—¿Quiénes sois? —repitió.

Ella le estudiaba las facciones como si las leyera. Inspiró hondo, agachó la mirada, y habló al fin:

—Manolo era mi hermano, mi compañero desde niños... A nadie he querido como a él, y que me perdone mi hijo. —Bajó la voz—: Cuando lo conocimos, a... él, nos hicimos inseparables, los tres calaveras nos llamaban, en nada de esto te mentí.

El pálido atisbo de una sonrisa animó su rostro y se reflejó en el rostro de Federico. Román no se dio cuenta. Teresa prosiguió, después de un largo suspiro:

—Pero Manolo murió en Gredos por salvarme a mí. Lo

hizo pedazos una granada que me tenía que matar a mí. —Señaló al otro hombre—. Él...

—Federico —precisó Román levantando la vista.

—Sí, Federico y yo pudimos escapar, aún no sé cómo..., y nos fuimos a Barcelona.

Román se incorporó en la silla, indignado de nuevo:

—P-pero ¿por qué este engaño monstruoso? —Se volvió hacia el hombre—. Claro, tú asesinaste a los curas.

—Te juro que eso no es cierto —tomó la palabra Federico—, yo no sabía que los iban a matar. En realidad ya me había ido cuando sucedió, tenía los pulmones enfermos.

—¿Eso era verdad?

El otro asintió.

—Sí, estaba tísico —por primera vez se le rompió la voz— y quería a Manolo tanto como Teresa. Yo he perdido dos hermanos en la guerra: uno en el frente y otro fusilado por los fascistas.

Román negó con la cabeza, quería odiarlos, merecían que los odiase, aunque la pena iba ganando al rencor.

—Pero cobraste el rescate.

Federico se abrió de brazos y Teresa le ordenó:

—Dile la verdad.

Él la miró con enfado antes de empezar a hablar:

—Eso iba a hacer. Sí, cogí una parte del dinero y me lo llevé al sanatorio previendo que nos iba a hacer falta, porque que íbamos a perder la guerra lo sabía hasta el perro del coronel, que se quería venir conmigo y lo tuvieron que encerrar para que no se escapase. —Se limpió con rabia una sola lágrima que le resbalaba por la mejilla—. Pero te juro que no sabía nada. ¡Joder, soy comunista, no un asesino sanguinario! Deja esos calificativos para los fascistas, Román, ¡nosotros no somos así, tú lo sabes, convives con nosotros!

Teresa le puso la mano en el hombro:

—Federico fue el que preparó tu plan de fuga. Dijo que no iba a descansar hasta que no te viera libre.

Román sufría horriblemente, pero no podía llorar, estaba embotado y no sabía qué le causaba más dolor, si que ella lo defendiera, que lo llamara Federico, o que le recordara que gracias a ellos estaba libre.

Negó con la cabeza y la mujer se levantó y se agachó a su lado:

—No lo juzgues con los ojos de hoy, Román, acuérdate de la derrota... Llevábamos combatiendo treinta y siete meses, ¿tú sabes lo que es eso? Estábamos tan cansados que nos quedábamos dormidos mientras caminábamos. Fue un complot trotskista para achacarnos a nosotros las culpas, ellos urdieron esa patraña sobre Federico, intentaron asesinarlo en el sanatorio... Fue mi padre el que decidió darle los papeles de Manolo. Mi hermano lo hubiera querido, era su mejor amigo. —Como los niños, se limpió los mocos con el dorso de la manga—. Yo primero me resistí, los buenos comunistas no mentimos, pero al final dije que adelante.

Federico se había arrodillado para acariciar a la perra y guardaba silencio. Román no podía mirarlo.

—Pero cómo has podido vivir todos estos años... —le reprochó a Teresa, y ella movió de lado a lado la cabeza con impotencia:

—Es difícil de entender. Federico sabía que ya no iba a volver a ver a los suyos, nosotros tampoco teníamos a nadie más, los tres éramos la única familia que conocíamos. Si no nos protegíamos entre nosotros, nadie lo iba a hacer. ¿A quién le importábamos?

Román dijo con amargura:

—Y yo qué.

Ella asintió como si contemplase un milagro:

—Sí, nunca pensé que me ocurriría, pero tuve la debilidad de enamorarme de ti, no pude luchar contra eso.

Federico sonrió tristemente. Fue como si en ese breve lapso de tiempo hubiera cambiado, hubiera dejado de lado una personalidad que no era suya. Hasta su voz parecía más suave, había abandonado el deje populachero y vulgar:

—Ella te quería, compañero, tuve que apechugar con eso. ¿Y qué iba a hacer?

Pero Román descartó ese comentario, ya lo pensaría luego, porque se le ocurrió una idea nueva:

—¡El dinero de la lotería! Era el del rescate, claro. —Levantó, amenazante, el dedo—. La patraña que me contasteis: el boleto de lotería que acabó en el agua. ¡Ibas a tirarlo y fui yo quien te dijo que lo miraras antes por si acaso! —Dejó escapar una risa triste—. Valiente idiota. Yo solito os di la idea, ¿verdad? Y no me mientas, joder, no se te ocurra mentirme.

—Sí, ahí lo pensamos. Y sí, el dinero era del rescate, es cierto... Pero te juro que creía que los habían soltado. Yo no tenía jerarquía, eso tuvo que ser una orden directa del consejero militar Antónov Ovséyenko, un trotskista camuflado. ¡Nos revolcábamos en sangre y mierda, coño! No era un baile de señoritas.

Teresa apuntó:

—A Antónov lo juzgaron por traidor y espía en Moscú y lo fusilaron. Eso quiere decir algo, ¿no?

Román tuvo un nuevo arranque de furia:

—Déjate de triquiñuelas políticas y de vuestras guerras internas, hombre, todos sois unos desgraciados.

—Mitad héroes y mitad desgraciados, en todo caso —admitió Federico—. Que quince mil camaradas perdieron la vida luchando contra Franco, no lo olvides.

Román lanzó una risotada al aire:

—¿Y a mí qué me importa? —se enfrentó a él—. Te voy a delatar ahora mismo.

Teresa se arrodilló a su lado con las manos juntas:

—No lo hagas, Román, por favor, bastante hemos sufrido.

—Es igual —replicó él con una sonrisa de superioridad que nacía de un dolor profundo—, si no lo hago yo, lo hará el capitán Marcel, que te ha reconocido.

—¡El capitán! No le queda mucho.

Federico chistó a Teresa y se puso de pie, su rostro no denotaba miedo alguno:

—Hazlo, si quieres, delátame. Yo ahora me voy al interior, es una misión muy peligrosa pero necesaria, vamos muy bien pertrechados y tenemos unos objetivos muy claros, pero si me delatas caerá toda la red clandestina de la zona centro que tanto esfuerzo y vidas nos ha costado montar.

—Manolo, estás aquí, llevo horas buscándote.

Los tres se volvieron, hasta la perra levantó la cabeza. Paulette, en la puerta, llamaba a su marido. Acababa de llegar y no había escuchado nada. Llevaba de una mano a su hijo y en la otra acunaba al recién nacido. Rubén le pisaba los talones, y corrió a abrazar a su padre, que lo apartó delicadamente. Teresa lo acarició con ternura: «Ahora no, cariño».

Román y Federico se quedaron frente a frente, retándose con los ojos. Las dos mujeres se mantenían inmóviles, a la expectativa. Paulette, sin entender. Teresa, entendiendo demasiado.

Federico estaba sereno. Román se acercó a su oído y le dijo con voz tan baja que solo lo oyeron los dos:

—Júrame una cosa.

—Qué.

—Que no vas a volver vivo de España.

Federico se separó de él, asintió con la cabeza y dijo con sencillez:

—Te lo juro.

Levantó el puño en dirección a los dos y salió de la casa. Cogió a su hijo y su mujer lo abrazó por la cintura.

Román estaba como alelado, inmóvil, exhausto. Tan cansado como si hubiera escalado los Pirineos. El niño se había quedado dormido en el regazo de su madre, que lo depositó suavemente sobre su cama. Él lo señaló con la barbilla y preguntó con veneno en la voz:

—¿Es mío?

La expresión dolorida de Teresa le mostró que la flecha había logrado su objetivo: hacer daño.

—¿Cómo me preguntas eso? Claro que lo es, desde que te conocí no he vuelto a tener relaciones con Federico. En realidad, casi desde lo de Manolo, porque con él se murió también el amor que nos teníamos. Éramos o los tres o ninguno.

—Casi y nunca son dos cosas distintas —comentó él amargamente, pero Teresa solo se encogió de hombros.

—Alguna noche por desesperación, para luchar contra la soledad..., pero antes de conocerte a ti. —Se le acercó—: Román, sé que es difícil para ti entenderme, tú nunca has tenido que mentir, ni has pasado miserias.

Él contestó con ironía:

—Me parece a mí que este tal Federico tampoco pasó estrecheces, era de una familia pudiente, ¿no? —Otra vez volvía la rabia—. Y pensar que me tragué todo eso de que te ponía las almendras debajo de la almohada y apedreaba a los niños del pueblo.

Ella protestó, dolida en lo más hondo:

—Es que eso era verdad, ¡Manolo era así! —Aunque después pareció perder fuelle y una enorme lasitud se reflejó en su rostro—. Pero tienes razón, el padre de Federico era abogado, el abogado de los rojos, le llamaban. Lo fusilaron los fascistas en cuanto entraron en Alicante. A él y a su hermano de diecisiete años.

419

—Ya lo sé.

—Federico siempre fue un rebelde, incluso frente a su propio padre. Primero se hizo anarquista y siendo casi un crío se fue a la zona minera de Fígols en el treinta y tres a proclamar el comunismo libertario y sumarse a la insurrección. Hasta que empezó la guerra no se afilió al partido.

Román se revolvió, incómodo, fingió un enorme bostezo:

—Déjame, qué me importa a mí todo eso, me voy a dormir.

Se acostó en la cama de cara a la pared y fue escuchando los sonidos familiares de todas las noches. Teresa arrastrando las zapatillas por el cuarto, echando el cierre en la puerta, añadiendo algunos troncos a la chimenea, llenando el cacharro del agua de la perra, arropando a su hijo, que murmuró algunas palabras inconexas. Después oyó cómo se sentaba en la cama con un suspiro de alivio, se descalzaba, crujieron los gastados muelles del colchón y se acostó a su lado.

Cuando él ya se daba la vuelta para seguir hablando, un ligero ronquido le advirtió que Teresa se había quedado dormida.

Entonces salieron de sus escondites los demonios, los monstruos de la noche, a pasearse libremente sobre su alma. Y el jefe de todos ellos, la duda recelosa, la incertidumbre, la sospecha, se alojó en su mente. El dolor, en su corazón. La vergüenza, en su alma: la hoja afilada de su propia mentira que le decía qué coño haces echándole nada en cara, qué hablas de traición, qué cojones te pasa.

Se puso el brazo sobre los ojos, dio varias vueltas, se cayó la almohada al suelo, la recogió, le parecía que un ejército de hormigas le recorría la piel... Se sentó en la cama y empezó a rascarse.

¿Qué era ese reflejo redondo que se movía por la casa?,

¿era un ratón? Ah, no, era el monóculo del oficial de la Gestapo que le había interrogado. Con ojos despavoridos observaba esta casa que ahora le era tan hostil, con las paredes ahumadas, casi negras, los platos desportillados sobre la mesa, los clavos en la pared de los que colgaban las ropas miserables... Y esta mujer, que dormía con el mismo vestido con el que andaba todo el día, ¿quién era? Ni siquiera sentía al niño como suyo. ¿Se le asemejaba? ¡No! Todos decían que era el vivo retrato de Teresa, pero quizá la realidad era que se parecía a Federico, pero como todos los creían hermanos, confundían la semejanza.

Quien se parecía a él era Paquito. ¡Paquito, con sus piernas largas, con sus ojos grandes! ¿Por qué no le había dicho nada aquel día en Barcelona? ¿No lo pudo estrechar contra su pecho? Sintió un ansia descomunal de abrazarlo, de confesarle: soy tu padre, soy tu papá, no soy el héroe que crees, pero quizá sí que un poco héroe soy también. Mira mis dedos. Levantaba las manos en la oscuridad, aguanté sin hablar y eso es de héroes también. No tienes que avergonzarte de tu padre.

Me gustaría que Pepe te enseñara a boxear, se lo voy a decir. Mira, gancho de izquierda, *uppercut*... Saltó de la cama y comenzó a dar saltos, boxeando con la oscuridad, vamos a hacer cuerda, y luego al saco, dale, dale, Paquito. Esta lucha es noble, no es como la otra, ya sabes, esta acaba cuando uno cae al suelo y el otro lo ayuda a levantarse, os abrazáis, chocáis los guantes y, hala, a salir a la calle, a vuestras cosas con los amigos... Los amigos, Paquito, eso es lo más importante.

Luna se removía, inquieta, contagiada de su nerviosismo, y Román se acercó a ella y le pasó la mano por el lomo. Le hubiera gustado que entendiera el idioma de los humanos para poder decirle, tú eres la única alma pura que hay aquí, porque, desengáñate, Román, aunque nadie lo sepa,

421

tú has mentido también. Elisabeth, no soy digno de ti. Esta pobre mujer que duerme a tu lado cree que eres un ángel, pero no lo eres, no le has hablado nunca de Bea y de Paquito. ¿Le has contado lo que ha pasado en Barcelona, tus noches con ella? No, ¿verdad? Estás manchado, la historia de España, compleja y turbia, nos ha manchado a todos, aunque serías un miserable si pensaras que eso te absuelve de culpa.

Pero ¿qué hacía aquí en realidad? Si estuviera Félix al menos, pero el amigo no tenía tiempo de ocuparse de él, viajaba continuamente, tenía problemas en el partido. Al Gordo tampoco lo apreciaban, era un extraño, como él. ¡No estaban en casa!

Si volvían a Barcelona, Pepe miraría por los dos. ¡Cómo lo echaba de menos! Y a Bea. ¿Cómo se llamaba el sombrerito que llevaba? Casquete, le había dicho, y ponía un mohín delicioso, fruncía los labios en posición de beso. ¿Qué hacía aquí?

Quería visitar la tumba de sus padres, ¡estaban tan solos!

Sentía los ojos hundidos en las cuencas, le escocían como si alguien se los hubiera frotado con arena. ¡Los demonios! ¡Los demonios habían sido! Esas noches de cincuenta horas en la prisión de Saint-Michel en las que ni un solo milímetro de su carne estaba libre de dolor.

Tenía que salir de allí, aún era de noche, seguían los picores, le dolían los dedos. Las uñas que le faltaban. Oía los insultos de sus torturadores: *Schwein. Verrater. Hurenshon.* Él no sabía alemán, pero recordaba esas palabras.

Buscó a tientas sus pantalones, cogió su chaqueta, se palpó los bolsillos, sí, estaba el pasaporte, el salvoconducto a su otra vida. Después se fue de puntillas a la caja donde guardaban unos billetes, siempre escasos, cogió dos, después dejó uno, sin remordimientos, porque todo era culpa de las condiciones objetivas, ¿no eran la gran justificación de los comunistas? Le pareció que la Pasionaria, desde la pared, le sonreía. Él le guiñó un ojo, ah, picaruela, tú también te fuiste, ¿te acuerdas? Esto los comunistas no lo dicen, pero abandonaste a tu marido, un militante de base, un don nadie, para irte con otro, un cuadro importante del partido. Y ahora mi hijo lleva el nombre de tu hijo. ¿Cuántos hijos de comunistas se llaman Rubén?

Él quería tener una hija para ponerle Elisabeth. Cambiar la violencia por la esperanza, la muerte por vida.

Como un autómata, como si los demonios lo dirigieran, corrió el pestillo de la puerta. Se giró un instante, todos dormían, solo la perra levantó la cabeza, lo miró con sus rasgados ojos árabes y se volvió a dormir, y esa fue su despedida.

Salió a las calles solitarias, arrimándose a la pared como un emboscado. Sus pies le dirigieron al taller. Se dijo: «Si hay algún coche a punto, me voy».

Aparcado delante de la puerta estaba un Citroën recién reparado, Manolo le había puesto la pegatina en el cristal trasero con los datos del negocio, como hacía cada vez que finalizaba su trabajo. «Es un sistema de propaganda que me han enseñado los camaradas de París», presumía.

Manolo no, Federico. Escupió.

Como si estuviera en un sueño, dijo:

—Si están las llaves puestas, me voy.

Estaban.

Le dio al contacto, el coche arrancó con un ruido tan estrepitoso que temió despertar a todo el pueblo, pero no fue así. En algún lugar, Federico, Miguel el Moro y *etcétera*, emprenderían el camino a España, a él siempre le preocupaba ese *etcétera*. En *Mundo Obrero* ponían los nombres de los últimos fusilados en España: Agustín Zoroa, Lucas Nuño, Eduardo Sánchez Biedma, *etcétera*. ¡Dar tu vida por la causa, jugarte tu libertad para que te llamen *etcétera*!

¿Cuántos etcéteras iban a morir todavía antes de conseguir derrotar a Franco? ¡Ilusos! A él solo le importaba que muriera uno. Se lo había jurado.

Elisabeth se sentó en el asiento de al lado. Como ahora Román era clarividente, le dijo:

—Ya sé que te moriste en el campo de Gusen, ¿verdad? Cerca de Mauthausen.

Ella se encogió de hombros porque nunca le había gustado hablar de sí misma y le señaló la carretera, adelante.

París, Orleans, Clermont-Ferrand, Montpellier, Perpiñán... Se conocía el camino a España de memoria. Todos los refugiados españoles lo sabían, desplegaban los mapas en la mesa de la cocina y señalaban las rutas de salida y de entrada. ¡Lo hacían en Le Floride en Toulouse y la húngara se reía! ¿Cómo se llamaba? ¿Bea?

No, Bea se llamaba su mujer. La otra se llamaba Eva. ¿Qué te pasa, Román? ¿No te rige bien la cabeza?

Pero a él no le hacía falta cruzar la frontera de manera clandestina. Se tocó el bolsillo. Tenía su pasaporte. Excepto Rusia y países satélites.

Siempre le había gustado conducir, canturreaba, miraba el paisaje que se iba despertando. Cuando dejó París a un lado ya era mediodía, aunque el cielo estaba cubierto, y se dijo lo raro que resultaba que hubiera vivido en Francia ocho años y que no conociera París.

Paquito se reiría, le diría: «Hombre, papá, cómo se te ocurre».

Un día irían juntos.

Pobrecito Rubén. El revolucionario que se creía hermanillo de la perra. Pasó de la risa al llanto, ¿qué le pasaba? Hoy nada estaba en su sitio.

Rubén era suyo también. Lo iba a tener más difícil que Paquito, porque era hijo de un hombre enfermo y torturado, los médicos a los que lo había llevado Teresa al principio le habían dicho que podían curarse las heridas del cuerpo, pero no las del alma.

Pero ¿no decían que el alma no existía? Para no existir, cómo duele la condenada.

Volvía a cantar, ¿cómo era?

> *Solamente una vez*
> *amé en la vida.*

Vaya una existencia más pobre, solo amar una vez.

> *Solamente una vez*
> *y nada más.*

Pero no podía evitar que de vez en cuando le estallaran en la mente ideas como fogonazos. ¿Por qué nunca le había llamado la atención la diferencia de educación entre Teresa y su hermano? Esos modales que no se aprenden en el colegio, sino en el seno de la familia, como ese gesto reprimido de levantarse para saludar a las mujeres, de ponerle el abrigo a Paulette... Cómo se esforzaba por comer de forma grosera y por coger el cigarrillo con el índice y el pulgar en lugar de con el índice y el dedo medio.

¿Y el trato tirante entre Teresa y él, lejos del cariño fraternal? La aversión de Teresa por Paulette, ¿sería que le tenía celos? Vamos, hombre, que seguían liados, no me chupo el dedo. Afirmaba con la cabeza, negaba, soltaba el volante para dar más énfasis a sus argumentos. ¿Y toda la pamema que habían hecho con el número de lotería en el pantalón? ¡Cómo debieron de reírse los dos de su credulidad!

Se bajaba el párpado inferior con el dedo, que no soy tonto, aunque a veces lo parezca. Oh, qué frío sentía, a ver si iba a morirse ahora. Pues oye, tampoco pasa nada, si se acaba la vida, se acaba el sufrimiento. Es que ya no me caben más desdichas en el cuerpo.

Pero qué loco, ¡si ahora ya se había acabado todo! Salió el sol de la madriguera de nubes y le empezó a calentar el corazón una tibia esperanza de futuro. Le volverían a crecer los dedos. Se lo dijo a Elisabeth:

—Me habías prometido dedos de pianista y uñas como todos.

Ella sonreía y volvía a señalarle el camino.

Se sucedían los campos azulados de abetos y se veían pocos coches en la carretera, a la altura de Clermont-Ferrand se cruzó con un Fiat de modelo antiguo, como el que le había regalado su padre, y con el que había llevado a sus amigos al exilio y la desdicha. Con matrícula española. De Barcelona, nada menos.

¡Pero bueno! ¡Barcelona! Le tocó el claxon, pim, pim, pim, tres bocinazos cortos.

El otro le respondió, pim, pim, pim. Lo miró por el espejo retrovisor, le pareció que era un chico. Corría mucho, dobló la curva sobre dos ruedas y desapareció de su vista.

Se echó a reír, la cabeza hacia atrás, los ojos cerrados por un instante. No vio el enorme camión que venía en dirección contraria. Tampoco sintió el golpe. Lo último que oyó fue su propia risa.

BEATRIZ

Cuando Bea llegó al hospital de Clermont-Ferrand, le sorprendió lo moderno que era. Las paredes se hallaban cubiertas de ladrillo como una estación de tren y los pasillos eran anchos y estaban llenos de ventanas. Acostumbrada a la oscuridad laberíntica y actividad incesante del hospital Clínico, le pareció silencioso y algo lúgubre.

La habían avisado del accidente de Román el día anterior, cuando los gendarmes vieron el domicilio que figuraba en su pasaporte. La llamaron por teléfono desde la Dirección General de Seguridad. Gema no estaba porque había tenido que ir a supervisar los trabajos de reforma del piso que habían comprado en la calle Milanesado. No, la monja no iba a vivir allí, se quedaría en el paseo de Gracia pagando un pequeño alquiler, pero se tomaba como algo personal visitar la obra todos los días para que Bea, Álvaro y Paquito disfrutaran al fin de un verdadero hogar de tres. Lo habían comprado volando: él ya le tenía echado el ojo y a ella le encantó desde que puso un pie dentro. El niño había escogido él mismo cuál iba a ser su habitación y algunas veces iba al piso también a la salida de su colegio, que estaba casi al lado.

Le decía al «amigo» de su madre:

—Mi padre siempre va a ser el primero, eh, porque él es héroe y tú no.

Álvaro lo aceptaba aunque intentara argumentar:

—Lo entiendo, pero no hace falta querer solo a héroes, ¿no? También se puede tener cariño a personas corrientes y vulgares como yo.

—Tal vez —concedía el crío magnánimamente y luego preguntaba—: ¿Y cuándo me vas a regalar la cazadora?

—Eso será si apruebas. Que el ingreso de bachillerato es un curso muy importante para tu futuro.

Y a Paquito le gustaba sentirse como un niño con padre y asentía con gravedad, se encendían sus pupilas pardas.

—Se hará lo que se pueda.

Bea, por tanto, se encontraba sola en casa esa mañana. En ese momento en concreto estaba duchándose porque el calentador, después de un par de días estropeado, se había decidido a funcionar y el agua salía medianamente tibia. Por la noche sus padres los invitaban a cenar en Finisterre, aparecer con Álvaro a la vista de todo el mundo era admitir que entraba a formar parte de la familia del conde de Túneles, claro que ahora ya no era jugador profesional, sino un empresario boyante, al que le iba muy bien el negocio, y pronto nadie recordaría aquel oscuro episodio de juventud, y si alguien lo mencionaba lo harían callar porque quien esté libre de pecado que tire la primera piedra.

Orgulloso, su padre exhibía en la puerta de su despacho las dos figuras de plata que Álvaro se había empeñado en regalarle y le había enseñado su colección de arte:

—Menos mal que entra en esta familia de filisteos alguien civilizado.

Cuando Álvaro se lo contó a Bea, casi la había hecho llorar de alivio.

El pequeño ático olía al jabón líquido a base de lavanda que le traían a su madre desde Inglaterra vía Bilbao. Bea cantaba:

Dos gardenias para ti.
Con ellas quiero decir
te quiero.

El teléfono. Primero no le dio la gana ponerse, pero cuando llamaron por segunda vez, pensó que quizá era importante.

Se envolvió en una toalla y dejó huellas mojadas en todo el pasillo.

Cuando se lo comunicaron, tiró la toalla al suelo y todo se le fue en buscar papel y lápiz para apuntar, barrió con la mano la estantería con fotos, libros, figuritas, sin encontrar nada, no se atrevía a abandonar el auricular para buscarlos, y al final solo decía sí, sí, sí con un tono cada vez más histérico, porque quería colgar para que no se le olvidara el mensaje y poder escribirlo. Corrió enloquecida y desnuda a la cocina, resbaló sin llegar al suelo, cogió el cesto de costura, le dio la vuelta dejando caer hilos, agujas, dedales, tijeras, botones, cintas, y en el fondo apareció un lapicito y apuntó el nombre del hospital en el hule que cubría la mesa. «Puy de Chanturgue.»

Después, su preocupación era que Paquito no se enterara, llamó a su madre para que lo fuera a buscar al colegio y tuvo que contárselo.

La madre se sorprendió:

—¿Román, dices? ¿Tu Román?

—Sí, mamá, ese. —Era «su» Román, sí. Suyo.

Esperaba una retahíla de reproches, pero la madre dijo de inmediato:

—No te preocupes, hija, aquí están tus padres para lo que necesites. Y Rosa también, que ya sabes lo que quiere a su sobrino.

No tuvo tiempo de emocionarse, después sí, lo haría muchas veces. Pero ahora, rápido, rápido, tenía que llamar a Álvaro, aunque no quería hablar con él, sino con Pepe.

Habían llamado a su empresa de importación y exportación Los Tres Amigos. El nombre se le había ocurrido a Pepe: decía que era por Álvaro, él mismo y Bea, pero mentía, a ella no la engañaba; sabía que Pepe pensaba en Félix y en Román y sus infancias compartidas. Al oírle, había tenido que parpadear para evitar la emoción del recuerdo y no comentó nada. Bien. Por encima de países y guerras, los tres amigos seguían juntos.

Y ahora uno de ellos moría. ¡Se moría! ¡Cómo puedes morirte en tiempos de paz cuando has sobrevivido a dos guerras!

La empresa, cada vez más activa, tenía una secretaria nueva que se daba importancia:

—El señor Velasco y el señor Segura están reunidos con unos clientes de Sevilla —decía, y al final Bea pegó un rugido de una forma tan exagerada que el aparato vibró:

—Si no me los pasa, le envío a la Guardia Civil.

Álvaro se puso en el acto, entonces ella sí que permitió que un sollozo le atravesara la garganta:

—Román ha tenido un accidente de coche y está en el hospital de Clermont-Ferrand.

—¿Grave?

—Sí.

Álvaro le repitió la noticia a Pepe, que de inmediato cogió el teléfono.

—Voy contigo —le dijo a Bea.

Salieron esa misma mañana, y cómo pudo Pepe arreglarlo todo Bea no se lo explicó nunca. Como Julio se había llevado el coche del despacho, fueron con el Duesenberg de Pepe. Diez horas de viaje que hicieron prácticamente en silencio, Bea apoyaba la frente en el frío cristal y veía sus grandes y profundas ojeras reflejadas en el vidrio, oscuras como pozos.

Cuando llegaron, quisieron hablar con un médico. Los hicieron esperar y después salió una enfermera española y les dijo de forma sencilla y brutal que Román estaba muy grave.

Román en una cama, solo y extranjero, muriéndose sin darse cuenta. Bea se llevó la mano al pecho, donde conservaba la herida todavía fresca de su amor por él. Pidieron verlo y la enfermera contestó que no:

—Es el protocolo del hospital. Está en una habitación en la zona restringida de cuidados intensivos.

A ciegas fueron a la cafetería, pero estaba cerrada y un celador les indicó el hotel más cercano. Era sucio y deprimente como todos los hoteles modestos franceses, pero no les importó. Bea se echó encima de la colcha, ni siquiera se quitó los zapatos, y estuvo llorando toda la noche porque se acordaba de la mirada infantil y triste de Román, tan parecida a la de su hijo.

Cuando se conocieron, el primer día que habían hecho el amor en la camita de su casa, Román le había dicho: «Te voy a hacer un collar de besos», y hasta hoy no se había acordado. Se tocó el cuello: «Aquí están tus besos, compañero del alma, vivirán mientras yo viva».

Cuando regresaron al día siguiente la enfermera española no estaba, pero les comunicaron que el estado de Román era crítico. Tenía múltiples fracturas, entre otras se le había aplastado el tórax con el volante, y un hematoma grande en el cerebro que le había provocado una conmoción cerebral. También les indicaron que debían ir a la gendarmería.

—¿Puedo verlo? —preguntó Bea con resignación de condenada.

Aunque ella no había dicho nada, en el hospital daban por hecho que era su esposa.

—Por la tarde quizá —le contestaron.

Tenían muchas preguntas que hacer, pero el policía que los atendió les dijo que ellos no podían aportar nada.

—El camionero no tuvo la culpa. Por las rodadas vimos que el coche se había metido en el carril en dirección contraria y el camión se lo llevó por delante y dio una vuelta de campana. —Revolvió unos papeles que tenía encima de la mesa y leyó un papel—: Ha seguido su camino porque iba a Bélgica a llevar material perecedero; tenemos sus señas por si quieren denunciarlo, pero no creo que consigan ni un franco. —Y con un gesto de boca feo, les dijo bajando la voz—: Era un empleado, cobran miserias por estos trabajos.

Bea y Pepe estaban tan sobrepasados por las circunstancias que ni siquiera se indignaron con la mezquindad del hombre, pero el otro no se dio cuenta y les dijo tranquilamente, dando por concluida la entrevista:

—Pueden ver el coche en el depósito si quieren. —Y añadió—: Los chicos ya han avisado a Monés y vendrán a hacerse cargo.

Pepe lo miró con asombro y el hombre le aclaró:

—Llevaba la dirección de un taller de Monés pegada al cristal trasero y esta mañana a primera hora han llamado allí. Creo que se puso la propietaria y le contaron la situación.

Fueron a ver el coche. No encontraron ni maleta, ni bolsa, ni cartera.

—¿No había nada? —preguntó Pepe con suspicacia.

—No, señor —se ofendió el otro—, está tal cual lo trajeron con la grúa.

Se metió en la gendarmería dejándolos plantados.

Regresaron al hospital caminando despacio, abrumados por la tristeza. La cojera de Pepe se había acentuado, arrastraba la pierna como si le pesara infinitamente. Se culpaba con voz monótona:

—Pobre Román, qué arrepentido estoy de haberle enviado el pasaporte.

—Pobre Román —repitió Bea como un eco, que aun con ese dolor punzante en el pecho intentó consolar al amigo leal—. Tú no tienes la culpa, no sabemos siquiera dónde iba.

—Pero llevaba el pasaporte.

Ella se detuvo y lo miró a los ojos. Toda la agresividad, la chulería, la arrogancia de Pepe habían desaparecido, y ahora se le veía más indefenso y, por tanto, más joven:

—Pepe, no sabemos sus intenciones y no creo que las sepamos nunca.

Y se dieron cuenta de que los dos estaban seguros de que se iba a morir y se tomaron del brazo, aterrados y sobrecogidos.

La enfermera española volvía a estar de turno y se dirigió a ellos de inmediato:

—Hay ahí unos... señores que acaban de llegar —aclaró—. Son españoles también.

Pepe y Bea se miraron: ¿serían sus padres? ¿Álvaro?

Un hombre y una mujer avanzaban hacia ellos por el pasillo, a contraluz. El hombre se detuvo, titubeante, Pepe hizo lo mismo. Fue como una de esas películas que se encallan por la mala calidad del rollo y se quedan fijas en la pantalla. Un momento irreal, como un sueño.

—¿Félix? —dijo Pepe con voz ronca.

El otro hombre se llevó las manos a la cabeza, dio una vuelta sobre sí mismo como si le resultara increíble, bajó las manos:

—Joder, ¿Pepe? Joder, Pepe, joder, Pepe.

Se aproximaron el uno al otro todavía sin creerlo, Pepe, Félix, joder, Gordo, se cogieron por los hombros, se acercaron a la ventana, se miraron a la luz y se fundieron en un abrazo. Se separaron, volvieron a mirarse, se dieron grandes palmadas y otra vez se volvieron a abrazar.

—Joder, joder, joder.

Y después:

—Pobre Román, coño, pobre Román.

Se habían reunido los tres amigos de nuevo, pero de qué manera.

Otro abrazo y otro y otro. La gente miraba de reojo, sonriendo sin saber muy bien por qué. Bea los observaba, sí, Román ya le había contado que solían verse en Monés. Félix era gordo, pero no tanto como lo recordaba, y llevaba el pelo peinado hacia atrás con gomina y un pañuelo al cuello. Tenía aspecto desaseado y parecía francés.

Todo lo de ese día le resultaba lejano, como si lo viera desde el balcón de su casa. Una niebla grisácea los envolvía y hasta las voces llegaban amortiguadas. Pero el corazón de Román seguía latiendo, aunque todo lo demás, juventud, ilusiones, proyectos, futuro, estuviera muerto y bien muerto.

Después contempló a la acompañante de Félix. Bajita, mal vestida, con un chal de punto como una mujer de pueblo. Debía de ser más joven que ella, pero estaba avejentada, y lo más curioso era que esta desconocida la miraba intensamente, como si la conociese, de una forma que la violentaba.

Al final Félix y Pepe se separaron, a la rápida mirada de Félix a su pierna, Pepe solo dijo:

—Un mal tiro en Rusia.

Bea saludó a Félix, le dio un beso, pero aun así él seguía sin creérselo y otra vez joder, joder, joder y pobre Román, qué mala suerte ha tenido siempre, primero lo de sus padres, después el exilio y el año de torturas y prisión a manos de la Gestapo, y ahora...

—Desde aquello no volvió a ser el mismo —les dijo Félix frotándose los ojos.

Bea y Pepe dirigieron una expresiva mirada a la mujer que iba con él y entonces se vio obligado a presentarla. La cogió del brazo y la puso delante de ellos sin soltarla:

—Esta es Teresa, la compañera..., la mujer de Román.

Como un muñeco articulado del parque de atracciones del Tibidabo, Bea tendió la mano y la mujer la estrechó.

La buena educación mamada desde la cuna pintó una levísima sonrisa en su boca y hasta dijo un «encantada» que sonó tan ridículo que todo el mundo fingió no haberlo escuchado. Luego, más tarde, Bea se llamó idiota y cosas peores por no haber imaginado que un hombre como Román tuviera una amante en Francia, o cien. ¿Román, el guapo, que no podía entrar en una habitación sin que las mujeres se atusaran el pelo, sacaran pecho, cruzaran las piernas y exhibieran toda su panoplia de monadas para llamar su atención?

Estúpida. La gran abogado que no sabe ver más allá de sus narices.

¿Sintió dolor? Dolor sentía, pero no por ella. Tampoco remordimiento por haber estado con Román en Barcelona. Se lo debían el uno al otro, fue un homenaje a su juventud, cuando todo estaba todavía por estrenar y el mundo era nuevo y limpio.

Pero la herida fresca que llevaba en el pecho era por el otro Román, el que le dijo que le iba a hacer un collar de besos.

En ese momento llegó corriendo la enfermera y se dirigió a Bea:

—Puede entrar ahora. Es el cambio de turno de los médicos, tiene dos minutos, pero le aviso que está inconsciente.

Iba a seguirla, aunque, en el último instante, su bondad natural la frenó. Y Bea señaló a..., ¿cómo había dicho que se llamaba? Ah, sí, Teresa.

—Que entre ella..., es su mujer.

Creyó advertir un chispazo de gratitud en los ojos de Teresa mientras se daba la vuelta para ir detrás de la enfermera.

Los dos amigos la miraron, Pepe le estrechó el brazo:

—Has hecho muy bien.

¿Por qué se sintió más orgullosa con las palabras de Pepe que con toda su carrera profesional? Orgullosa y triste, quería agradecérselo, pero solo le salió un seco:

—Id a la cafetería y bajo luego.

Tuvo que rehacerse en el cuarto de baño. Así que Román tenía mujer y quizá hijos en Francia. ¿Habrá sido una sorpresa para ella también la existencia de Beatriz? ¿Lo sabía?

Encendió un cigarrillo. Y de pronto se acordó de Julio y de la carta que llevaba al pueblo de Román y todo se aclaró en su mente. Por eso Teresa no estaba sorprendida. Triste, mucho, pero sorprendida no. Se llevó las manos a la cara con auténtico pánico, ¿mencionaba sus noches de pasión en Barcelona? Ay, mujer, qué exagerada eres, a todo le llamas noches de pasión... Noches fraternales, dos náufragos de la vida consolándose uno al otro. Con un gesto de película, Bea se apoyó en el borde del lavabo, se miró a los ojos en el espejo y se dijo con dureza torciendo la mandíbula:

—Vamos, nena, ¿se folló o no se folló? Pues noches de pasión, coño.

Repasó con la mente el breve texto que había escrito, no se acordaba de memoria, pero más o menos venía a decirle...

Román, no te lo dije cuando viniste a Barcelona, pero he conocido a un hombre con el que quiero pasar el resto de mi vida. Nuestro matrimonio no existe legalmente y ahora yo me desligo también de ti con el corazón, a pesar de que te he querido mucho. Nuestro hijo lo ha aceptado al fin y, aunque nadie logrará ocupar tu lugar, porque venera tu recuerdo y la imagen que yo le he trasmitido de ti, no te preocupes porque lo vamos a cuidar mucho. Intenta ser feliz, te lo mereces.

Así pues, no debía tener miedo, su secreto estaba a salvo, como decían los seriales de la radio. Echó el cigarrillo al váter, se lavó la cara, se peinó, se enjuagó la boca. Cuando bajó a la cafetería, Pepe le estaba diciendo a Félix en tono persuasivo:

—Vente a España, no seas burro. Si estás mal visto en el partido, corres peligro, ¿no lo ves? En Moscú están haciendo depuraciones en masa, esos malditos procesos de los que van a salir decenas de penas de muerte, ¡tanta sangre! ¿No tienes bastante? ¿No ha caído ya la plana mayor del Partido Comunista Español? Tengo informes confidenciales: José Antonio Uribes, Segis Álvarez, Julio Mateo...

—Ramón Barros era muy amigo mío, y Juárez también.

—Condenados por «degenerados políticos», ¡y todo por haber criticado a la Pasionaria y su amante! Sabes cómo se las gastan. Para ellos no hay «de los nuestros». ¿O qué pasó con Carlitos? —Se mordió la lengua, no quería volver a esos recuerdos.

Cabizbajo, Félix lo reconoció:

—Sí, sé que el capitán Marcel va a ser el siguiente. Ayer lo llamaron a Moscú... Sabe que si va, ya no vuelve. Después me tocará a mí.

Pepe bajaba la voz, acostumbrado a las medidas de seguridad que tenían que guardar en España:

—Pero ¿qué prefieres, Franco o Stalin? Joder, Félix, no me hagas esto, eres lo último que me queda.

El amigo miró al suelo y al final preguntó lentamente:

—¿Y Teresa?

—Por Teresa no puedo hacer nada, ya lo sabes —se removió Pepe, incómodo.

El semblante de Félix se cerró como una luz que se apaga.

—Entonces no puedo irme, se lo debo a Román: es la madre de su hijo. —Se pasó la mano por el pelo—. Él nos sacó de España, Pepe, nos salvó la vida.

Un espasmo de dolor cruzó el rostro del amigo, pero sacudió la cabeza, agarró a Félix por el brazo y lo apretó tanto que el otro se quejó:

—¿Es que no ves que Román se venía a España también? En cuanto tuvo su pasaporte, lo primero que hizo fue volver a casa.

El otro negaba, pero a pesar de eso repitió, soñador:

—¡Volver a casa!

—Eso no lo sabemos —los interrumpió Bea: no la habían visto acercarse. Se sentó al lado del Gordo, frente a Pepe—. Quizá Teresa nos pueda decir algo.

—No, no sabía nada —negó Félix—, la cogió por sorpresa, creía que Román se había ido a Lille... Estaba atendiendo el taller cuando llamaron por teléfono desde la gendarmería de Clermont-Ferrand.

—Pero ¿se habían peleado?

—No, claro que no. Aunque aquí la veáis destrozada, Teresa es fuerte y tiene mucha personalidad, y eso a Román le gustaba. —Sonrió al recuerdo—. Hasta aguantaba al hermano por ella, eso que tenía un carácter imposible. Era su socio en el taller.

—No hables de él en pasado —rogó Bea—. Por favor, no lo hagas.

Pepe la miró con afecto sincero, ¡cómo se habían reído del socio de Román en el restaurante gallego de Barcelona! ¡Era otra vida, reían! Y le dijo a Bea señalándole al amigo:

—Convéncelo, anda. Yo se lo arreglo todo como hice con Román. Para qué coño van a servir si no los contactos que aún tengo y ser mutilado por Dios y por la Patria. ¡Pero si la empresa se llama Los Tres Amigos! Y es por nosotros —admitió tendiendo una mano hacia el Gordo—. Por ti, por Román, por todo lo que hacíamos... —Le falló la voz, pero aún le pidió a Bea—: Coño, díselo, que venga a trabajar con nosotros. Con Álvaro y conmigo.

—¿Quién es Álvaro?

Pepe iba a contestar, pero Bea lo cortó:

—Dejemos eso ahora. —Se dirigió a Félix de forma conminatoria—. Román y esa mujer ¿estaban casados?

—Esa mujer es una guerrillera valiosísima, una heroína de la guerra de España y de la Resistencia, y fue la que liberó a Román de un tren de la muerte —contestó Félix sin ambages.

Bea se volvió a Pepe:

—¿Tú lo sabías?

—Sí, me lo contó cuando vino a Barcelona. Es comunista y tienen un hijo. Lo siento... —Bajó la mirada—. Entiéndelo, no podía decírtelo.

Un hijo. Bea se quedó mirando su taza. Un hermano de Paquito. Román dejaba dos hijos en el mundo que se conocían gracias a su muerte. Porque se estaba muriendo. El pobre se estaba muriendo desde hacía tiempo, aunque nadie se diera cuenta.

¿Volver a casa? No, su casa ya no estaba en este mundo.

Justo entonces llegó Teresa, caminando como una anciana. Los dos hombres aprovecharon para subir a la habitación del amigo.

A Bea, no sabía si por lo que le había dicho Félix o porque se fijó con más detenimiento, Teresa la impresionó. Tenía una expresión grave que la ennoblecía y unos hermosos ojos oscuros, velados por una honda tristeza, pero no lloraba. Se dejó caer en una silla con profundo abatimiento y, sin detenerse a pensarlo, Bea le cogió la mano. Teresa no se sorprendió.

Después de un largo silencio, se rehízo:

—Está muy mal, pero creo que me ha reconocido —le dijo. Bea le tendió un pañuelo y se lo pasó por los ojos secos antes de seguir hablando—: Se ha llevado los dedos a los labios como si quisiera darme un beso.

Los dedos deformes del pobre Román. Juraba que con el frío le dolían las uñas que no tenía.

Bea bajó la voz:

—¿Has leído mi carta?

La otra asintió sin palabras.

—¿Y él? —dudó.

—No, tu amigo me la trajo ayer por la tarde. Román ya se había ido.

—Pero ¿sabes por qué se fue? —se atrevió a preguntarle Bea, la otra negaba—. ¿Dónde iba?

—No lo sé, los dos somos seres libres, primero se fue mi hermano a..., mejor que no lo sepas. —Bea asintió—. Y después él, en un solo día me he quedado sola. —Calló, se recompuso de nuevo, levantó la cabeza con orgullo, se ajustó bien el chal, hasta se retiró un mechón de pelo que le caía sobre la cara y se lo recogió con un pasador en la nuca, pero luego la miró con fijeza—: Tu carta me destrozó. No es que me importara que existierais, te juro que hasta me gustó que Rubén tuviera un hermano, pero...

De nuevo guardó silencio, Bea no se atrevió a apremiarla. Y ella siguió tras aclararse la voz:

—Yo no soy una santa, ni siquiera soy una buena comunista y también miento, mucho..., pero no me imaginaba que él fuera capaz de hacerlo. —Se serenó y dijo con sencillez—: Por eso me dolió tanto, porque creía que Román era mejor que yo.

Bea se inclinó hacia ella:

—Teresa, Román es como es, debemos entenderlo y perdonarlo. Yo lo perdono.

Teresa dijo, abatida:

—Claro, para ti es fácil porque no lo amas.

Pero lo he amado mucho, pensó para sí Bea, por eso tengo esta herida en el pecho.

Le puso la mano en el hombro y se quedaron calladas,

más unidas de lo que ninguna de las dos había estado con nadie en la vida.

Tan unidas, pensando tan al unísono, que cuando Bea miró a Teresa como pidiendo autorización, la otra asintió. Sí, entendió que quisiera verlo. Con los ojos le dijo has sido su mujer y te lo mereces también. Dejó su huella en nuestro vientre. Y las dos abatieron los párpados, estremecidas por un vértigo que las atravesó de parte a parte.

Bea se levantó y caminó irrevocablemente hasta la habitación de Román. ¿Se encontró a alguien, quisieron detenerla? No lo supo, jamás lo recordó, después también le pareció imposible que hubiera podido encontrar la habitación, solo murmuraba tengo que verlo, vive aún, sigue vivo. Todavía habita la misma tierra que yo. Empujó la puerta del cuarto. La silueta de Román apenas abultaba, no se veía su cara, si acaso el escorzo de un pómulo; a su lado, de rodillas, Pepe, y de pie, Félix. Las manos de los tres estaban unidas sobre la cama. La de Román primero, la de Félix después y, encima, la de Pepe. Nadie hablaba, solo se oía un gorgoteo lejano y olía a cloroformo y enfermedad, pero esas tres manos seguían vivas. Los tres amigos estaban llegando juntos al umbral de la muerte. No iban a dejar solo a Román, no, nunca. Román, hermano, somos nosotros.

Sobrecogida por la intimidad de este momento, Bea salió y cerró la puerta.

Fue al extremo del pasillo con la pena y la rabia mordiéndole la garganta, dio una patada contra la pared, apoyó las manos en el cristal de la ventana y después golpeó con el puño, por qué tiene que morirse, por qué, una vez, más veces, hasta que sintió que alguien la cogía por las muñecas con fuerza inusitada. Era Teresa, que la miró con severidad y le dijo:

—No, ahora no.

Bea respiró hondo y trató de recuperarse, pero Teresa no la soltó hasta que no admitió con la voz enronquecida:

—Estoy bien.

La dejó libre. De pronto se dieron cuenta de que el hospital estaba lleno de colores, de ruidos y de caras, y, sacudiendo la cabeza, ambas fueron a la habitación de Román. Quizás aún podrían verlo las dos juntas. Aquí estamos, Román, cuidaremos a tus hijos.

Pero era demasiado tarde.

En la puerta, apoyados en la pared, estaban dos hombres endurecidos por la vida, que habían visto morir y también habían matado, que habían pisado tantos frentes de guerra que no tenían dedos en las manos para contarlos, desde la Unión Soviética hasta el Montsec, desde la defensa de Madrid hasta la batalla del Ebro, desde el maquis de la Dordoña hasta la división blindada de Leclerc en el Chad; hombres rudos, endurecidos por la vida y las circunstancias, que no habían salido a la calle sin un arma desde hacía doce años, ¡y lloraban como chiquillos! Félix, con la barbilla hincada en el pecho, y Pepe rodeándole los hombros con un brazo, con las lágrimas corriendo libremente por sus mejillas. Lloraban por los cuatro muchachos que habían salido de España pensando que pronto volverían. Y no, nada había vuelto nunca. Lloraban por eso, pero, sobre todo, lloraban por Román.

Bea ahora intentó abrazar a Teresa, pero ella se desasió y le gritó a Félix llevándose un puño a la boca:

—¿Se ha muerto? ¿Se ha muerto?

En ese instante salió una camilla con un cuerpo cubierto por una sábana y se alejó rápidamente por el pasillo. Bea corrió detrás y, antes de que se metieran en el ascensor, detuvo a los enfermeros y descubrió el rostro de Román.

Sereno y bello, aún no lo había marcado la muerte. ¿Qué hacías ahí, saliendo a escondidas, debajo de la sábana? ¿Te ibas sin despedirte?

Adiós, carne que tanto besé, adiós, amor al que tanto quise.

Seguirás viviendo en tus hijos y en los hijos de tus hijos, pero nunca con tanta fuerza como lo harás en mi corazón.

Le tocó las pestañas, las cejas de terciopelo que resaltaban, negrísimas, contra la piel cerúlea. Me gustaría besarte, muchacho de treinta y un años, labios contra labios, tus dientes contra mis dientes, pero no me atrevo.

Diles a todos que no los olvidamos.

Los camilleros la apartaron con suavidad. Bea retrocedió hasta donde estaban sus amigos. Aturdidos por la impresión dirigieron de forma automática sus pasos a la salida. Instintivamente, Bea agarró la mano de Teresa, que entrelazó los dedos con los suyos como dos raíces de árbol cuando se encuentran bajo tierra. Los hombres, uno a cada lado, las cogieron por los hombros. El ángel de la muerte alzó el vuelo, se perdió de vista y ellos se sintieron ligeros y a la vez indestructibles. ¡Román los había unido! ¡Nada, ni el tiempo ni la distancia, podría separarlos!

Cada vez con más claridad oían las voces de los vivos, Paquito, Rubén, Álvaro, que los llamaban con acentos de enorme dulzura y melodiosa cadencia y su caminar adquiría la ligereza de los gamos, el galope del corcel. Los cuatro sonreían cuando abrieron la puerta, el sol puso en sus rostros una luz celestial y una extraña corriente de aire despeinó sus cabellos. Se quedaron unos segundos inmóviles, unidos por las manos. Con los ojos cerrados, Félix, que todo quería saberlo, preguntó:

—¿Cómo se llamará este viento?

Fue Bea la que contestó:

—¡Vida! ¡Su nombre es vida!

Otros títulos de la autora en Booket: